明治の漢詩人中野逍遙とその周辺

明治の漢詩人 中野逍遙とその周辺

――『逍遙遺稿』札記――

二宮俊博著

知泉書館

目次

緒　言

中野逍遙は、名を重太郎といい、年号が明治と改まる前年の慶応三年（一八六七）二月十一日、伊達氏十万石の城下町、伊予の宇和島に藩士の子として生まれた。字《あざな》は威卿、逍遙はその号である。「鉄道唱歌」の作詞者として有名な国文学者の大和田建樹は、母方の縁戚にあたる。幼時、西河梅庵に素読を習い、南予中学で左氏珠山から詩文の添削を受け、明治十六年（一八八三）八月末に上京。受験に備えて成立学舎に通い、翌年九月、東京大学予備門（十九年四月に第一高等中学校と改称）に及第。正岡子規や夏目漱石とは同甲で、高等中学二年の時には同じ組に入っている。二十三年（一八九〇）九月、帝国大学文科大学の漢学科に進み、二十七年（一八九四）七月第一回生として卒業した後、引き続き研究科で学んでいたが、その年の十一月十六日、急性肺炎のため神田駿河台の山龍堂病院で歿した。法号は俊聡院偉重素朴居士。郷里の光国寺に「文學士中野重太郎之墓」があり、恩師のひとり重野成斎の撰になる碑文に「中野生入帝國大學修漢文學科余時任教授生就受業業駸々日進前途可期不幸罹病歿距其卒業僅四月惜哉　正四位文學博士　重埜安繹書」（中野生、帝国大学に入り漢文学科を修む。余、時に教授に任じられ、生就きて業を受く。業駸々として日に進み、前途期す可し。不幸にして病に罹りて歿す。其の卒業を距つること僅かに四月、惜しい哉。正四位文学博士　重埜安繹書す）と刻されている。生前、世に知られることなく終わったものの、その漢詩文の才はつとに師友の一部から注目されており、彼の詩稿は同窓の友人達の奔走尽力によって『逍遙遺稿』正外二編としてまとめられ、文科大学の教授や学生それに同郷の諸士らの義捐金を得て、その一周忌に五百部が刊行された。

おりしも漢学畑出身の気鋭の文藝評論家として論壇で活躍していた田岡嶺雲は、当時の文士・漢詩人に対して小手先の技巧に走ることの非を鳴らし、「狂熱」の必要なことを繰り返し説いていた。「八面峰㈠」(「亞細亞」第二巻第四号、明治二十六年五月)においては、清人・陳元輔(字は昌其)の『枕山楼課児詩話』「気骨」の条にみえる「胸中纏綿已《や》まざるの情無く、徒《いたづら》に剪綵して花と為し、紅艶紙に満つるが若《ごと》きは、金装ひ玉飾り、霞蔚し雲蒸し、亦た観る者をして一時に目を奪はしむると雖も、究竟するに本来の心性を丟却す」という一節を引いて、「胸中蓊勃、禁じ難き情」があって始めて人の心を打つ秀れた詩が生まれるのだと説いている(金装玉飾、霞蔚雲蒸は美辞麗句、華麗多彩な表現をいう)。このように浪漫主義的な文学観を有していた田岡嶺雲が最も高く評価した詩人こそ、ほかならぬこの中野逍遙である。二人は文科大学の漢学科に籍を置いていたものの、選科生の嶺雲は正科の逍遙が講義に出てこないので、「窓を仝ふする三年、僅に一面の識あるに過ぎ」なかったが、親しく言葉を交わしたのは、逍遙が歿するそのわずか数ケ月前の七月、同人相会して、不忍池の長酡亭に飲んだ時が初めてであったという。その嶺雲が「日本人」第十一、十二号(明治二十八年十二月)に載せた「多憾の詩人故中野逍遙」と題する一文の冒頭には、

古より才人夭折多し、天其才を嫉む乎、抑もまた其長く地上に謫落するを惜む乎、李長吉二十六、キーツ二十七、壽を享くること何ぞそれ短き、蘭挫け玉折る、洵に東西歎を同ふす。逍遙子逝くの歳また二十又七。

と述べ、「滿腔の怨を胎して世を去り、滿肚の憂を抱いて墓に入」った逍遙の早逝を悼み、「字々悉く是れ涙、句々悉く是れ血」というべきその詩業を論じている。なお、後世鬼才と称せられた中唐の詩人李賀(字は長吉)は二十七歳でこの世を去っており、逍遙の享年も数えで二十八とすべきところではあるが、却ってそこに内心に

こみあげる衝動のまま一気呵成に書かれた文勢が感じられよう。

また国文科の大町桂月も「帝國文學」第一巻第六号（明治二十八年十二月）に「逍遙遺稿を讀む」という一文を載せ、逍遙の詩を「才と涙」とより成るものとみて、「厭世と戀愛」とをその特色に挙げ、その厭世観は旧套を脱していないが「戀愛詩人としては、彼實に漢詩壇に嶷立するに足る」と述べている。

そして重野成斎は、橋本夏男・宮本正貫・不破信一郎・小柳司気太・佐々木信綱ら在京の知友によって催された湯島の麟祥院における一周忌追悼会に「中野逍遙を悼む」と題する詩（『成斎先生遺稿』巻十五）を寄せ、

古來才慧易傷生　　古来　才慧　生を傷《そこな》ひ易し
手把遺編老涙横　　手づから遺編を把《と》りて老涙横《まじは》る
字字幽憤追屈宋　　字字幽憤　屈宋を追ひ
人言之子是多情　　人は言ふ　之《こ》の子是れ多情と

と詠じている。先に編纂委員から逍遙の筐底に蔵された詩稿を示され、儒者たる成斎はそこから温柔敦厚を旨として哀しんで傷《やぶ》らざる作品を選んだ。『遺稿』の正編がそれである。されど残餘についても委員はこれを捨てるに忍びず、外編に収録した。ところが今、一周忌を迎え、成斎は彼の早逝を悼んで老いの涙にくれつつ、その胸中深く鬱結した怨憤を吐露した詩章を覧るにつけ、戦国時代楚の辞賦の作家で、讒言により朝廷から斥けられ政治的失意の念と憂思悲憤の情とを訴えた「離騒」や神話や歴史に関する幾多の疑問を天に問うた「天問」などの諸作がある屈原、それに放逐された屈原を傷んだ「九弁」や楚王と神女との交情を描く「高唐の賦」「神女の賦」などで知られる宋玉に追随するほどだと認め、それを年若い友人たちの証言によって逍遙の多情がなせるわざだとみなすようになったと言うのである。

逍遙の抱いた憂怨、彼の流した血涙は、そのほとんどが報われない片恋によるものであった。逍遙を「鬱幽詩人」とみた姉崎嘲風（明治六年生まれ）は、明治三十年三月の「太陽」第三巻第六号に載せた「抒情詩に於ける月」（後に『復活の曙光』所収。有朋館、明治三十七年）において、ドイツの感傷詩人で肺患のため二十九歳で歿したヘルティ（Ludwig Hölty 一七四八～一七七六）に比している。そしてその詩篇に純粋一途な「清怨」を感じ取った五歳年下の島崎藤村は、生前相知る機会を得なかったこの人に「哀歌」を捧げて明治二十九年（一八九六）十月発行の「文學界」四十六号に発表し、その翌年上梓した第一詩集『若菜集』にこれを収めた。長野県師範学校に学ぶ太田水穂（明治九年生まれ）は友人の一人がわざわざ東京の発行者に注文して取り寄せたという『逍遙遺稿』を『若菜集』とともに吟誦の伴侶とした（「生ひ立ちの記」、「短歌雑誌」大正十年七月。後に『老蘇の森』所収、昭和三十年）。若き日の津田左右吉（明治六年生まれ）もこの漢詩集を繙いていたく共感共鳴し、小山内薫（明治十四年生まれ）が第一高等学校での寄宿舎生活を記した「青泊君」という小説（「帝國文學」第十二巻第七号、明治三十九年七月）には、『逍遙遺稿』と『若菜集』それにショウペンハウエルを愛読する下村君が登場する。また歌人吉井勇（明治十九年生まれ）も中学の頃から逍遙詩を愛好したといい、そのきっかけとなったのが『若菜集』の「哀歌」であった。そのことを回想した「中野逍遙の歌」（『歌境心境』所収。湯川弘文社、昭和十八年）には、かつて夏の一夜、隅田川に舟を浮べたおり、そのうちの一人が「秋怨十絶」を吟じたのを中澤臨川（明治十一年生まれ）が陶然として聞き惚れていたという思い出話を記しているが、臨川もつとにその第一文集『鬢華集』（明治三十八年、七人発行所）に収めた「痴情偈語」において、『逍遙遺稿』外編の「菊地学士の山口に在るに寄す」詩に見える「非収絶艶美人涙、安解俊傑豪士憂」（絶艶美人の涙を収むるに非ずんば、安《いづく》んぞ俊傑豪士の憂を解せん）という句を掲げている。

下って明治三十二年（一八九九）生まれの中国文学者奥野信太郎は『逍遙遺稿』を上野の図書館に通って全部

写しとったことがあるというし、大正四年（一九一五）ギリシャ正教徒の家に生まれ、ギリシャ・ラテン語は言うにおよばず欧州の諸国語を独学で身につけ、わが国には稀有な叙事的宗教詩の世界を展開した在野の詩人鷲巣繁男も商業学校に入った頃、後述の岩波文庫『訳文逍遙遺稿』を愛誦し、漢詩作りに熱中した時期があった。現代詩文庫51『鷲巣繁男詩集』（思潮社、一九七三年）には「逍遙子讃贈斎藤磯雄詩伯」と題する詩を収め、その序に「予幼時、常讀逍遙子中野重太郎遺稿、感奮甚、特愛誦秀才香骨幾人憐之一絶、而志作詩之道」（予幼時、常に逍遙子中野重太郎の遺稿を読み、感奮すること甚だし、特に秀才の香骨幾人か憐れむの一絶を愛誦し、而して作詩の道に志す）と記している。ちなみに、鷲巣繁男の評伝を著した神谷光信氏の『ポエーシスの途』解説には、中国文学者で漢字学研究に大きな足跡を残した白川静と鷲巣との交流について触れ、明治四十三年（一九一〇）生まれの白川も少年時代に『訳文逍遙遺稿』を愛読した旨伝える（『詩のカテドラル—鷲巣繁男とその周辺』所収。沖積社、二〇〇二年）。その白川自身も「やどかりの弁」（文春新書『わたしの詩歌』所収。二〇〇二年。後に『桂東雑記Ⅱ』の「はしがき」に再録。平凡社、二〇〇四年）で「李賀の詩を新体詩にでもしたような、清新さがあった」と評し、「遺稿はしばらく私の愛誦詩となった」と回想している。さらに大正八年（一九一九）生まれの詩人・中国文学者で味わい深い訳詩集や李賀研究で知られる原田憲雄氏も少年のころから彼の作品に親しんだという。

かかる中野逍遙の詩業については、同世代の田岡嶺雲や大町桂月らがこれを高く評価したが、逍遙その人が当時の漢詩壇とはほとんど交渉を持たずに歿したためか、専門の漢詩人からはあまり注目されなかった。昭和四年（一九二九）四月に刊行された井土霊山解説『現代日本漢詩集』（改造社『現代日本文學全集37』）には、全く取り上げられていない。しかしながら、その同じ年の一月、日夏耿之介が『明治大正詩史巻上』（新潮社。改訂増補版は東京創元社、一九四八年）において逍遙を近代詩史上に列し、九月に『逍遙遺稿』正外二編が笹川臨風・金築松桂による訳文（訓読文）を附して岩波文庫に収められたのを契機として、昭和十二年（一九三七）五月には坂本徳松「中野逍遙論」（草野心平他編『現代日本詩人論』所収。西東書林）が出、同年七月刊行の木下彪撰『明治大正名詩選（前篇）』（『漢詩大講座』第十巻、アトリヱ社。後に改題復刻版『漢詩近代名詩研究集成』所収。名著普及会、昭和五十六年）にもその詩五首が採録された。そして戦後から現在に至るまでの間に、柳田泉・川崎宏・笹淵友一・越智治雄・前田愛・原田憲雄・村山吉廣・西之谷好・藤本博美・箕輪武雄・野原卓郎・宮澤康三・杉下元明・王曉平といった研究者にそれぞれ論考があり、中村忠行・野田宇太郎・木俣修・木下彪・浦西和彦の各氏も各種文学辞典や文学散歩の類に紹介記事を執筆されている。また昭和五十八年（一九八三）には神田喜一郎編『明治漢詩文集』（『明治文學全集62』、筑摩書房）にその詩四首が収録されるとともに日本近代文学館から『名著復刻詩歌文学館〈紫陽花《あじさい》セット〉』の一つとして『逍遙遺稿』の復刻版が出され、平成元年（一九八九）に刊行された入谷仙介氏の『近代文学としての明治漢詩』（研文出版。新版二〇〇六年）には「漢詩と小説の間―中野逍遙」と題する一章が設けられた。さらに平成八年（一九九六）には、長年に渉って中野逍遙に関する資料や文献を蒐集されてきた川崎宏氏が『中野逍遙の詩と生涯―夭折の浪漫詩人』（愛媛県文化振興財団）にその成果をまとめられ、ついで平成十一年（一九九九）、「中野逍遙―恋に生き恋に死す」を収めた村山吉廣氏の『漢学者はいかに生きたか―近代日本と漢学』（大修館が出、平成十六年（二〇〇四）刊の『新日本古典文学大系明治編2漢詩文』（岩波書店）には、杉下元明氏の校注・解説による『逍遙遺稿』（抄）が収められている。

一方、郷里の愛媛県では、大正四年刊の兵頭賢一『南豫遺香』（宇和島運輸株式会社）に逍遙の紹介記事が見えるのを始めとして、松山中央放送局編『伊豫風土記』下巻（一九五〇年刊。復刻版は風媒社、二〇〇五年）、新愛媛編『南予の群像』（一九六六年）、津村寿夫『明治大正期の宇和島　後編』（一九六八年）や宇和島市文化財保護審議会

『宇和島の自然と文化』（宇和島文化協会、一九七一年。六訂版は一九九九年）、和田茂樹編『子規と周辺の人々』（愛媛文化双書36、一九八三年。増補版は一九九三年）に取り上げられているほか、最近では谷岡武城氏の『宇和島の文学』（新風舎、二〇〇六年）にも、逍遙についての記述がある。また二十歳の時に安岡正篤の主宰する金雞学院において講師の吉川英治から逍遙の「道情七首」其一などの講義を受け、伊予宇和島の人であると教えられて驚きと大きな感動を覚えたという河野傳氏の尽力によって逍遙の未刊の小説『慈涙餘滴』の影印版が世に出たのは、歿後百年忌にあたる平成六年（一九九四）のことである。

これらの方々によって、逍遙詩の特質や近代文学史上の位置づけ、逍遙の及ぼした影響、あるいは逍遙周辺の人々なかんずく彼の恋慕した女性などについて考究がなされ、その意味では、かつて佐藤春夫が「漢文のためかあまり読む人もなく、ただわずかに藤村の『哀歌』に歌われて人々の記憶に残る程度の不遇である」（『愛の世界』。朝日新聞社、一九六二年）と嘆いた状況は、こと研究の面に関しては少しずつ改まって来ているといえよう。それは、逍遙が旧套に囚われず新しい感性を漲り迸らせた「古詩型の新詩才」（日夏耿之介の評語）であり、いみじくも奥野信太郎の言うように「ごつごつとした漢字をならべながら、その漢字の堆積の間から、香気のように立ち上る若々しい恋情に、一種いうにいわれない柔媚《じゅうび》のおもむきを感じ」させ（「大正末期(一)」、『詠物女情』所収。新潮社、一九六八年。後に『奥野信太郎随想全集五』。福武書店、一九八四年）、たとえ少数ではあっても、彼の「狂熱」がいまだに読む者の胸を打つからにほかならない。そして逍遙その人が「日本の詩としての生命を失う寸前の漢詩に、おのれの生命を充塡して、爆発させ、そのエネルギーによって、儒教に縛られた明治人の感性を帝王切開し、近代日本語詩を生み出させた、奇異な創造的詩人」（原田憲雄「中野逍遙」。「人文論叢」第二十四号、一九七五年）であったことは疑いようもないであろう。

私も『逍遙遺稿』を繙いて、そこに見える才子佳人の典拠を探ったり、逍遙周辺の二三の人物について考証を試みたり、あるいは当時の漢詩壇からの影響の有無を検証するなど、自分なりに気がついた事柄をこれまで札記（読書ノート）の形で勤務先の紀要などに断続的に発表して来たが、このたび思い切って蕪稿を「明治の漢詩人中野逍遙とその周辺―『逍遙遺稿』札記」と題して、かかる小著にまとめることにした。もとより当初から系統だった論考の集成を構想したわけではなく、興味関心の赴くままに詩賦を読み資料を捜し、それに伴って愚意管見を述べたものに過ぎない。そのため各章の繁簡よろしきを得ず体裁も整っていないし、加えて表現の重複や表記の不統一があり、何よりも詩文の読みや解釈に問題が多かろうと案じている。かかるしだいで、これを研究と称するのはおこがましいけれども、拙著が中野逍遙のみならず明治漢詩探究の一助となり、さらにはまた近代文学において漢詩文の果たした役割や意義を考える上で些かなりとも資するところがあれば望外の幸せである。

明治の漢詩人中野逍遙とその周辺

『逍遙遺稿』札記

I　才子佳人小説との関わりをめぐって

一

『逍遙遺稿』正外二編は、明治二十七年（一八九四）十一月十六日、二十八歳の若さで亡くなった帝国大学文科大学漢学科出身の文学士、中野逍遙（名は重太郎）の漢詩文集である。逍遙の歿した翌年の十一月、彼の早逝を悼んだ学友達の手によって編集発行され(1)、昭和四年（一九二九）には、笹川臨風・金築松桂の訳文（訓読文）を附して岩波文庫に収められた。中野逍遙の詩の本領は、清冽なる恋情を綿々切々と訴えたことにある。四歳年下の南条サダ（貞子）という駿河台に住む上州館林出身の実業家の令嬢――かつて館林に居た頃、貞子と同い年の少年田山録弥、後の花袋が憧れた女性でもあった(2)――にひそかな恋心を燃やした彼は、満腔の情熱を傾注して、自らの思いのたけを詠じたものの、終に報われることなく、憤懣と悲歎とに満ちた数々の作品を残して、病に斃れた。だが、その血涙の結晶ともいうべき詩業は、自らの恋愛感情を大胆かつ真率にうたいあげたものとして、同世代の田岡嶺雲や大町桂月らに高く評価され(3)、年若い島崎藤村には大きな衝撃を与えた。「中野逍遙をいたむ」と題された「哀歌」一篇(4)は、未知の先輩に捧げられた藤村の鎮魂歌である。

中野逍遙および『逍遙遺稿』に関する論考は、日夏耿之介『明治大正詩史巻上』（新潮社、昭和四年。後に増補改訂版、東京創元社、昭和二十三年）をはじめとして、これまですでに幾つかあるが、[5] この小論では、それらの驥尾に附して、『逍遙遺稿』中に現われる才子佳人たちについて、いささか鄙見を述べてみたいと思う。

二

笹淵友一氏は、その著『「文學界」とその時代　下』（明治書院、昭和三十五年）の第十章を中野逍遙の研究にあてられているが、そこに次のように述べられた個所がある。

「逍遙遺稿」に現はれるシナの詩文人の名をその頻度数の順序にあげると（数字は頻度数）、司馬相如（32）、賈誼（15）、杜甫（9）、杜牧（8）、李白（6）、屈原、韓愈（5）、司馬遷（4）、李彦直、謝希孟（3）、謝安（2）、李長吉、孫仲謀、白居易、董仲舒（1）、蘇東坡、陶潜、陶侃、柳子厚、李衛公、鄒孟氏、劉郎（劉晨）、韓憑、陳碧城、馬遴、許俊、胡澹菴、林西崖、張船山[6]

等である。頻度数5以上について見ると、李杜は勿論シナ詩人の双璧として意識に上つてゐるが、その他の人物は、司馬相如、杜牧を除けば、いづれもその志が事と違ひ、悲劇的生涯を送つた人物であるのが特徴的である。即ち屈原が悲劇の主人公であるのはいふまでもないとして、賈誼もその才調のために却つて殃を招き長沙に貶謫された人物であり、韓愈もまたその「学術空しく世に違ひ」「身を窮苦より脱する能は」ざりし悲劇の人として、逍遙の意識に上つてゐる。これは逍遙の人生意識が悲劇的に傾いてゐたことと関係があらう。（杜甫、李白についても彼らの境涯の不幸が意識に留められてゐる。）逍遙の悲劇的意識が恋愛への憧憬と結びついてゐたことは既に述べたところで明らかであるが、逍遙のこの憧憬と関聯をもつのは司馬相如、つづいては杜牧である。杜牧が逍遙の意識に上るのは主として「春芳に負き」「恨を緑葉に叙し」た銷魂の抒情詩人としてであつた。そこに逍遙の心情に通ふ彼の詩境がある。だが恋愛によつて逍遙から最も多く親近感をもたれたのは司馬相如である。司馬相如と卓文君との恋物語は、漢書、史記その他によつて有名であるが、逍遙が相如に関心をもつたのは専らその点においてであり、相如の頻度数が他の詩文人を圧倒してゐるのも、彼の人生意識が主として恋愛によつて占められてゐたからに外ならない。

いささか長い引用となったが、『逍遙遺稿』に名の見える中国の詩人や文人から、中野逍遙の好尚のありかを探り出されているのは、はなはだ興味深い。もっとも、笹淵氏が挙げておられる「シナの詩文人」のなかには、李彦直・韓憑・馬遴・許俊のごとく中国の文言小説に登場する人物が含まれているし、また杜牧・謝希孟・李衛公の場合のように、用いられる典故が稗史小説に載せられている逸事によっているものがある。

さらにこの外、『逍遙遺稿』には、

韓翃（6）・歩非烟（3）・張麗容（3）・紅払妓（2）・柳氏（1）・林澄（1）・王宙（1）・倩女（1）・徐徳言（1）・楊素（1）・沙叱利（1）

等のように、用いられる頻度数はさほど多くないものを含めて、六朝・唐や明の文言小説に登場する才子佳人あるいはその大団円を助ける侠丈夫、反対に恋路の邪魔をする敵役の名がしばしば見えていることは、注目に値しよう。古典に見える故事に拠って自己の思想や感情を表現することは、いわゆる漢詩においてごく普通にみられる伝統的な手法でもあるわけだが、一般に正典ではない稗史小説の故事、なかんずく唐宋の詩詞に用例がないものを使うのは、僻典としてこれを避ける傾向にある。それにもかかわらず逍遙の場合は、とりわけ己れの心情や願望を吐露するのに、これら小説中の人物に仮託し、時にはその人物になり切って、彼の詩的表現を成り立たせているのである。

三

明治二十二年（一八八九）作の「偶成」詩（正編）に、

紅拂本知李衛公　紅払本《もと》より知る李衛公
温柔眼裏認英雄　温柔眼裏英雄を認む(7)

という句がある。紅払・李衛公（唐建国の功臣、李靖のこと）は、晩唐の杜光庭撰とされる「虬髯客伝」に登場する佳人・豪傑である。ここではその前半部、「李靖がまだ一介の布衣（無位無官の身）であった時、隋の司空楊素に謁して共に国事を論じた。その席に居合わせた楊素の妓女で、紅い払子を持った女が、李靖が大人物であることを見抜き、夜ひそかに李靖の寓居を訪れ、さそいあわせて太原に行く」という話がふまえられている。ちなみに言えば、逍遙が司馬相如とともに、好んでその名を挙げる卓文君（25例）も、明治二十四年作の「好色行」（正編）の序に「司馬相如は風流多才。卓文君其の才を愛し、礼を越えて焉《これ》に就く」というように、蜀の富豪の娘でありながら、貧乏文士司馬相如の才を認めてともに駆け落ちした女性であった。中野逍遙にとって理想的な女性は、将来国家の文運を荷うべき己が有為の才を高く評価し、それを見出してくれる人でなければならなかったのである。そして、この「好色行」に「我れは東海の馬相如、若《も》し文君に逢はば当《まさ》に気死すべし」というが如く、逍遙は彼にとっての「文君」とめぐり会うことを熱望したのであった。

だが、現実に恋した相手である南条貞子――その恋は、明治二十三年、貞子の上京間もない頃に始まったと言われる(8)――は、逍遙の友人佐々木信綱(9)の主宰する竹柏園で和歌を学び、また琴を弾く女性でもあったが、決して逍遙の思い描くような、彼の文才を評価し、そのもとに奔ることも辞さないという卓文君や紅払妓では、当然なかった。明治二十七年三月、南条貞子は逍遙の胸中を知ってか知らずか、別の男のところへ嫁いだ。親が選んだ相手は、いずれ文学士の肩書きは得られてもまだ一介の書生に過ぎない逍遙とは違って、弁護士を開業している男であった(10)。わが恋の容れられぬことを知って逍遙は懊悩煩悶する。そのような状態の中で、韓翃や杜牧の故事が用いられている。

明治二十六年作の「秋怨十絶」其八（正編）に、

韓翃難免章臺憤　　韓翃免れ難し章台の憤
杜牧長留綠葉歎　　杜牧長く留む緑葉の歎
人情一様各般愁　　人情一様各般の愁
收向秋燈腸欲斷　　収めて秋燈に向って腸断せんと欲す

とあるのは、我が恋のかなわぬ恨み、悲しみ、歎き、憤りを、彼我相通ずるのものとして詠じている。このうち、韓翃については、中唐の許堯佐「柳氏伝」（「章台柳伝」ともいう）に、次のように見える。

「天宝（七四二～七五五）年間、詩名の高かった韓翃（翃は翊にも作る。以下同じ）は、落魄して長安で友人李生の厄介になっていた。李生には寵妓柳氏があり、艶なること一時に絶し、談謔を善くしたが、韓翃の才を慕っていた。俠気に富む李生は、これを知るや柳氏を韓翃に贈った。翌年、韓翃は進士及第を果したものの、帰省した折、安禄山の乱が起った。難を避けるため柳氏は法霊寺に身を寄せた。この間、韓翃は淄青節度使侯希逸の書記となりその幕下に招かれていたが、乱が収まると、早速柳氏のもとに使いをおくって、次のような詩を示した。

章臺柳　章臺柳　　章台の柳　章台の柳
昔日青青今在否　　昔日青青たり今在りや否や
縱使長條似舊垂　　縦使《たと》ひ長き条《えだ》旧《もと》の似《ごと》く垂るるも
亦應攀折他人手　　亦た応《まさ》に他人の手に攀折せらるべし

これを見た柳氏は、

楊柳枝　芳菲節　　楊柳の枝　芳菲の節
所恨年年贈離別　　恨む所は年年離別に贈るにあり
一葉隨風忽報秋　　一葉風に随ひて忽ち秋を報ず
縱使君來豈堪折　　縦使ひ君来るも豈《あ》に折るに堪へんや

と返した。ところでこの当時、安禄山の乱平定に功のあった蕃将（遊牧民族出身の将軍）に沙吒利というものがいた。柳氏の美貌なるを聞きつけ、これを奪って無理やり邸に入れてしまった。侯希逸に従って上京した韓翃は柳氏の行く方がわからぬのを悲しんでいたが、ある日偶然、路上で牛車に乗った柳氏に出逢い、彼女が沙吒利のもとに囲われているのを知った。だが、如何すべくもない。折から淄青の諸将が宴会を聞き、韓翃もその席に招かれた。沈みこんでいる彼の様子を見て、虞侯（憲兵隊長）の許俊がわけを尋ねた。この許俊、元来任俠の士であったので、事情がわかると、すぐさま席を立って、沙吒利の屋敷に乗り込み、その留守を見はからって柳氏をつれもどして来た。一座の者は、その行動に驚嘆し、韓翃と柳氏は手をとりあって再会を喜び合ったが、何せ相手は今を時めく将軍のこと、後難を恐れて侯希逸にありのままを告げた。そこで、希逸は天子に上奏し、その結果、柳氏を韓翃のもとに返し、沙叱利には銭二百万を与えることで結着した。」

また、杜牧については、晩唐・高彦休『唐闕史』や于鄴の撰といわれる『揚州夢記』(11)に、風流才子としての彼の一面を伝える次のような話が載せられている。

「大和（八二七～八三五）末、杜牧は侍御史から江西宣州（今の安徽省宣州市）の僚佐となった。州内を遊んで回ったが、意に愜《かな》うものがない。湖州（浙江省湖州市）が名だたる郡であり、風物宜しく美人も多いと聞くや、さっそく彼の地に出向いた。湖州刺史の某乙は、もとより杜牧とは懇意であったので、彼の意向を汲んで、連日宴を催し、えりすぐりの歌妓をならべて見せたが、気に入る者はいなかった。そこで、杜牧は舟遊びをして、州民ことごとくを見物に来させ、そのなかからめがねにかなう娘を探すことにした。当日、夜が明けると、両岸に人垣の出来るほど大勢の見物人が集まったが、夕暮れ時になっても、気に入るような美人は見つからない。船じたくをして帰ろうとした折、人むらのなかに、年老いた母親に手を引かれた十餘りの鴉頭《あげまき》の少女を見つけた。杜牧は、これぞ国色なりと喜んで、その母親と少女とを舟に招き入れ、今すぐにというわけではないが、この十年のうちに必ずや湖州の刺史となるから、その時には是非とも迎え入れたい、十年たって来なければ、他に嫁いでもかまわぬと約束を交わした。かくて、杜牧は都に帰ってからも、ことのほか湖州のことが気懸りであったが、官位低く、なかなか思うようにならない。その後、黄州（湖北省黄岡市）・池州（安徽省貴池市）の刺史に任命され、さらに睦州（浙江省建徳市の東北）に移ったが、みな本意ではなかった。このような時、友人の周墀が宰相となった。杜牧は何度も頼み込んで、大中三年（八四九）、やっとの思いで湖州刺史となることが出来た。先に湖州に遊んでから、すでに十四年が過ぎていた。かねて約束を交わした少女は、三年前に嫁ぎ、はや三人の子をもうけていた。赴任した杜牧はただちにその母を召し出し、何故約束を守らなかったのかと質すと、母親は載詞（約束書）を示した。それを見て、長い間うなだれていた杜牧は、次のような詩を作って自ら傷んだという。

自是尋春去校遅　自《も》と是れ春を尋ねて去《ゆ》くこと校《や》や遅し
不須惆悵怨芳時　須《もち》ひず惆悵して芳時を怨むを
狂風落盡深紅色　狂風落とし尽す深紅の色
綠葉成陰子滿枝　緑葉陰を成し子《み》は枝に満つ」

見染めた少女を十年以上も待ちつづけ、いざ願いが遂げられるという段になってみると、少女はすでに人妻となっていたという杜牧の逸事は、中野逍遙にとって、決して他人事とは思えぬことであったろう。逍遙は、明治二十六年作の「南風涼及び磯馴松」（外編）のなかで、自らを「海南の狂杜牧」と称しているが、それはまだ「緑葉の歎」を知らぬ頃のことであった。詩讖とでも言うべきであろうか。前に述べたように、明治二十七年三月、南条貞子は、京橋のさる弁護士のもとに嫁いだが、おそらくはその直後であろう、逍遙は愛する人の俤が忘れられず、病弱の身をおして上州への旅を試みている。そして「上州漫筆」（外編）と題する一文のなかに、東京にもどってから詠じた次のような詩を書きつけた。

却是尋春歸非遲　却って是れ春を尋ねて帰ること遅きに非ず
狂颷何事妬花吹　狂颷何事ぞ花を妬んで吹く
牧之自此知痾疾　牧之此れ自《よ》り痾疾を知る
不見梢頭子滿時　見ず梢頭子満つるの時

もとより『唐闕史』や『揚州夢記』などに見える杜牧の故事には、「緑葉の歎」を発した杜牧が、それがもとで痾疾にかかったなどとは述べられていない。詩中にいう牧之（杜牧の字）とは、まさしく逍遙自身の謂なのだ。彼はここで、失恋のために痼疾を発した自分には、もはや人妻となった貞子が子をもうけるのを見ることもないだろうと、悲痛な思いを洩らしている。そして実際、逍遙はこの年のうちにもはや帰らぬ人となってしまったのだった。

四

このほか、中野逍遙が言及する才子佳人には、晩唐・皇甫枚の「飛烟伝」の主人公で「本当の恋に目覚め、嫉妬に狂う主人に鞭打たれながらも、死ぬまで愛する男の名を言わなかった」歩飛烟（飛は非にも作る）や、晩唐・孟棨の『本事詩』にみえる分鏡の故事で知られる徐徳言などがいるが、六朝・唐の人物ばかりではなく、下って宋・元・明の人々も含まれている。明治二十七年二月作の「豆州漫筆」（正編）に、

李彦直何人邪、思張麗容而不已。(12)跋跡三千里、足膚倶裂、遂慟絶于道路。猶託思于未來、而感形于來世。歩非烟何女邪、至于鞭楚流血、尚不實告、曰、生得相親、死亦何恨。蓋以一情之所感、折項(13)摧肝而不辭。知而陥其境、甘而當其禍、吾竟不能知情之爲何物也。

（李彦直は何人ぞや、張麗容を思ひて已《や》まず。(14)跋跡すること三千里、足膚倶《とも》に裂け、遂に道路に慟絶するも、猶ほ思を未来に託し、形を来世に感ず。歩非烟は何《いか》なる女ぞや、鞭楚流血するに至るも、尚ほ実を以て告げず。曰く、生きて相親しむを得たり、死するも亦何ぞ恨みんと。蓋し一情の感ずる所を以てすれば、項を折

り肝を摧くも辞せず。知って而して其の境に陥り、甘んじて其の禍に当たる。吾れ竟《つひ》に情の何物為《た》るを知る能はざるなり。）

と述べられている李彦直も、歩非烟と同じくその愛を一途に貫いて死んだ人物である。彼のことは、『情史』巻十一、情化類、心堅金石の条に見える。

「元の至元（一二六四〜一二九四）年間のことである。松江府（今の上海市松江県）の庠生《しょせい》李彦直は、小字を玉郎といい、弱冠にしてひとかどの文名があった。学校の裏は農園でそれをはさんで色街があった。或る日、ふとした機会から妓館の張婆の女《むすめ》、麗容と知り合い、恋仲になった。彦直は自分の父母に結婚を許してくれるよう頼むが、父は相手がまっとうな家柄の者でないとして、彦直を叱りつけ、どうにも承知しない。彦直は学業も手につかずやめてしまい、すっかり病気となってしまった。麗容も家に閉じ籠ったままである。やむなく父は、仲人を立てて結婚させることにした。折しも、当時松江府を治めていた参政の阿魯台（アルタイ）が任期満ちて都に帰ることになった。阿魯台は右丞相の伯顔（バヤン）に袖の下を贈るため、官妓を差し出すことにし、麗容がまっ先に眼をつけられた。彦直父子は、八方手を尽して取り戻そうとしたが、どうにもならない。麗容は絶食し、死んで彦直に誠を尽そうとしたものの、張婆の願いを容れて、やっとのことで思い留まった。やがて、都に送られる麗容一行を載せた舟が出た。彦直は、ひたすらその後を追いかけていく。かくして二ケ月、舟が臨清（山東省臨清市）に着いた時には、跋渉すること三千餘里、足膚倶《とも》に裂け、復た人の形無しというありさま。船板の隙からその痛ましい様子をみて、麗容は舟夫に、一緒について来ているお母さんが帰ったら、すぐに自害致します。あなたは家に帰って下さい。御自分を苦しめないで下さいと告げさせるが、それを聞いた彦直は天を仰いで慟哭し、そのまま息絶えてしまった。舟夫達は憐れに思い岸辺に埋葬した。その夕べ、麗容も縊《くび》れて後を追った。麗容の死を聞いて大いに怒ったのが、阿魯台である。せっかくいい目を見させてやろうというに、貧乏たれの書生に恋々としおって、よほどの賤骨じゃといって、舟夫に麗容の屍を裸にして焼かせてしまった。ところが、心臓の部分だけが灰とならずに残った。舟夫が踏みつけると、小さな、人の形をしたものが出て来た。金色をし玉のように堅い。よく見ると、生前の彦直そのままの姿恰好である。そこで、彦直の屍を掘り返して焼いてみると、今度は麗容そっくりの人形が出て来た。希代の宝を手に入れたと大喜びした阿魯台は、これを香木の箱に収め、心堅金石之宝と題して、伯顔に献上した。伯顔が箱を開くと、腐った血の塊りが二つあるばかりで、とても臭くて近寄れない。怒った伯顔は、阿魯台を獄に下し、殺してしまった。」

この李彦直については、正編に収める明治二十七年作の「春怨十絶」其十に、

　薄命深憐彦直心　　薄命深く憐れむ彦直の心
　濃情尤悼牧之遇　　濃情尤《もっと》も悼む牧之の遇

と杜牧と対偶をなして詠じられ、外編に収められた同年二月作の「哭花録」にも、「杜牧敍恨于綠葉、韓翃發憤于章臺、尚有所慰也。非烟終誓于不言、彦直感形于未來、此則甚矣」（杜牧恨を緑葉に叙べ、韓翃憤を章台に発す。尚ほ慰むる所有るなり。非烟終《つひ》に不言に誓ひ、彦直形を未来に感ず。此れ則ち甚だし）と述べられている。また、正編の同年作「摧琴の賦」には、

　李彦哭絶于野岸　　李彦は野岸に哭絶し
　林澄埋沈於郊壙　　林澄は郊壙に埋沈す(15)

とも見えている。いずれの作も、南条貞子の結婚を知ってからのもので、逍遙にとっては、情愛のために殉じ

た李彦直の悲しい運命が、痛切に胸にこたえたものであろう。なお、林澄についても、李彦直の話と同じく『情史』に見える。同書巻十七、情累類に、次のような話が載せられている。

「林澄は字《あざな》を太清といい、侯官（福建省福州市）の人で、年は十七であった。同郷の学友戴貴の妹、伯璘を見染め、伯璘の小間使い寿娘の手引きによって、幾度か詩のやりとりを交わして深い仲になったが、家人で他に知る者はなかった。仲秋の夕べ、伯璘の部屋で密会しているさなか、その家の下男がこれを嗅ぎつけ、斧を持って飛び込んで来た。林澄はあわてふためいて外に出ようとし、運悪く斧にあたって死んでしまった。伯璘も林澄がこときれたのを見て、縊れて後を追った。悲しんだ両家の父母は、二人を合葬し、その墳を双鴛塚と題したという。明の正徳三年（一五〇八）のことである。」

ところで、これら李彦直や林澄の話が載せられている『情史』（『情史類略』の略称で、一名『情天宝鑑』ともいう）は、詹詹外史こと明の馮夢龍（一五七四〜一六四六）の撰で、古今の男女の情愛にまつわる話柄を、情貞類以下二十四類に分けて輯録したものであって、実は中野逍遙の詩の典故を探る上で、極めて重要なものである。彼が再三引用している、宋の謝希孟の「天地秀麗の気、男子に鍾《あつま》らずして、而して婦人に鍾る」という言葉は、逍遙の女性観を窺う上で興味深いものであるが、その言葉もやはり、『情史』の巻五、情豪類、謝希孟の条に見い出せる。(16) 更にまた、これまで本文中に取り上げた紅払妓以下の才子佳人たちについてみても、紅払妓のことは、巻四、情俠類に、韓翃・柳氏のことは、巻四、情俠類の許俊の条に、杜牧の逸事及び歩飛烟のことは、巻十三、情憾類の杜牧や非烟の条にといった具合であるし、本稿では詳しく触れなかった徐徳言の故事についても、巻四、情俠類の楊素の条に、また相思樹説話で知られる韓憑の話は、巻十一、情化類、連枝梓雙鴛鴦の条に、中唐・陳玄祐の「離魂記」に登場する王宙・倩女のことは、巻九、情幻類、張倩娘の条にそれぞれ見えている。このほか、司馬相如・卓文君の風流韻事が載せられているのは言うまでもない。こうしてみると、中野逍遙が詩中に言及するさまざまの才子佳人たちの愛情物語は、その多くを『情史』に仰いでいたのではなかろうか。明治の前半期、わが国で『情史』が広く読書人に歓迎されていることを考え合わせても[17]、そのことは間違いないだろう。後述するように、若き頃の森鷗外もその熱心な読者の一人であった。

なお、この『情史』以外にも、明治期流行した書物で、逍遙の詩嚢を豊かにしたものとして、清の陳球『燕山外史』[18]がある。明治二十七年作の「瘞鏡の賦」（正編）に、「馬遴之趨義、許俊之成俠。古有其人矣、今將安在兮」（馬遴の義に趨《おもむ》き、許俊の俠を成す。古其の人有り、今将《は》た安《いづ》くにか在る）と述べているのは、自分と貞子との仲をとりもってくれるような義俠心に厚い人物がいないことを嘆いた内容であるが、ここに『柳氏伝』にみえる任俠の士許俊とともに対偶表現にして挙げられている馬遴は、『燕山外史』に登場する老俠であった。ちなみに、その梗概を魯迅が『中国小説史略』第二十五篇において要約するところに拠って示せば、次の如くである（訳文は、学研版『魯迅全集』巻十一の今村与志雄氏のものに拠った）。

「永楽の時、竇縄祖《とうじょうそ》は、元来、燕《えん》、すなわち北京の人であったが、嘉興に勉学に来て、李愛姑という貧しい少女と恋におち、彼女を迎えて同棲した。しばらくたって、父が強制して淄川《しせん》の官僚の家柄の娘と結婚させ、そのまま李愛姑を見棄ててしまった。愛姑は、金陵、すなわち南京の塩商人にだまされて、淪落して妓家に入ったが、俠士馬遴《ばりん》の助けを得て、結局、ふたたび竇のもとに妾として嫁いだ。だが、本妻が非常に嫉《しっ》妬《と》深く、虐待したので、竇もやりきれず、愛姑を連れて逃げていった。折から、唐塞児《とうさいじ》の乱があって、二人は別れ別れになった。竇生がふたたび帰宅した時、財産はなくなっていて、本妻も別れたいと要求した。身よりもなく一人ぽっちでいると、突然、愛姑が来た。その日は尼の庵にかくれていて、いまもどったという話であった。この年、賨生は及第し、累進して山東巡撫にまでなり、愛姑を命婦のように官署に迎えた。やがて、男子が生まれ、乳母を求めたところ、応募した者がいた。それはさきの本妻であった。再婚後、夫が死に、子供は夭逝《ようせつ》し《(ママ)》たので、遂に困窮して賤《いや》しい仕事に就いたのであったが、賨生は寛大に処遇した。ところが、さきの本妻は、策略を弄《ろう》して馬遴を殺し、賨生も巻添えになって罪を得た。だが、結局、無実が判明して官職にもどった。その後、愛姑とともに二人は仙人となったのである。」

五

これまで、『逍遙遺稿』に現われる才子佳人たちについて述べ、それが『情史』『燕山外史』などに見えるものであることを指摘した。ところで、自伝的色彩を濃厚に持つ小説「ヰタ・セクスアリス」（明治四十二年七月「昴」第七号）のなかで、森鷗外が十五歳頃のこととして、次のように述べていることは、中野逍遙の恋愛詩の世界およびその背景を考えてゆく上で、はなはだ示唆に富む。

戀愛といふものの美しい夢は、斷えず意識の奥の方に潛んでゐる。初て梅暦を又借をして讀んだ頃から後、漢學者の友達が出來て、剪燈餘話を讀む。燕山外史を讀む。情史を讀む。かういふ本に書いてある、青年男女の naively な戀愛がひどく羨ましい、妬ましい。

鷗外は文久二年（一八六二）の生まれであるから、慶応三年（一八六七）生まれの逍遙よりも五歳年長ということになるが、『燕山外史』や『情史』などの書物に「美しい夢」を見たのは、何も鷗外一人に限ったことではなく、逍遙とてやはり同じであったろう。そして、逍遙こそ、その夢に殉じた奇特な男だったのである。前田愛氏は、『情史』について、「収めるところの多くは、進士及第を目指す才子と佳人の風流韻事である。この主題は立身出世を夢みて上京した明治初年の漢学書生の共感を誘い、淡い綺懐《ロマンチシズム》を味わせた(19)」と指摘されている。そのことは、逍遙にも当然肯われるべきことのようであるが(20)、もっとも、彼にとってみれば、才子佳人たちの織り成す離合聚散の情話は、単なる絵空事の風流韻事にとどまるものではなく、自らの恋を生きる上で、またその思いを表現する上で、欠くべからざるものであったに違いない。そして、笹淵友一氏の言われる「悲劇的生涯」を送った「シナの詩文人」に対する熱い共感と、一途な愛を貫いた薄幸な才子佳人への深い思い入れとが、ないまぜになって、彼の詩的世界が形成されているように思われる。

（1）宮本正貫・小柳司気太編次、不破信一郎発行。なお、昭和五十八年に、日本近代文学館から『名著復刻詩歌文学館〈紫陽花《あじさい》セット〉』の一つとして、影印本が刊行された。

（2）柳田泉『田山花袋の文学(1)—花袋文学の母胎』（春秋社、昭和三十二年）に指摘されている。さらにそれをふまえた上でより精細な研究として、小林一郎『田山花袋研究—館林時代』（桜楓社、昭和五十一年）がある。その第二篇第二章参照。

（3）田岡嶺雲「多憾の詩人故中野逍遙」（明治二十八年十二月五日発行「日本人」第十一号および同年同月二十日発行の同誌第十二号）。大町桂月「逍遙遺稿を讀む」（明治二十八年十二月十日発行「帝國文學」第一巻第十二号）。なお、桂月の批評が載った「帝國文學」の〈雜報〉欄「近時梓に上れる遺稿」にも『逍遙遺稿』の紹介記事があり、またこれより以前、同誌第一巻第六号（明治二十八年六月十日発行）の〈雜報〉欄「明治の漢詩壇」にも中野逍遙への論及が見られる。

（4）明治二十九年十月、「文學界」四十六号に発表された。

（5）中野逍遙を文学史上に位置付けたのは、日夏耿之介であったが、その後の逍遙論として代表的なものは、本文中に挙げた笹淵友一『「文學界」とその時代　下』である。このほか優れた逍遙論として、前田愛「中野逍遙」（原題は「明治の漢詩」、『講座日本現代詩史―明治期』右文書院、昭和四十八年。後に『近代日本の文学空間』新曜社、昭和五十八年および『前田愛著作集』第四巻、筑摩書房、一九八九年に収録）、原田憲雄「中野逍遙」（「人文論叢」第二十四号、昭和五十年）、箕輪武雄「中野逍遙論」（「日本近代文学」第25集、昭和五十三年）などがある。

（6）ここに挙げられている人物のうち、孫仲謀は三国呉の孫権、鄒孟氏は孟子のことをいう。また陳碧城は、香奩体を善くした清の詩人陳文述をいい、その詩は、張船山（問陶）と共に、我が国では江戸末期からそれぞれの選集が刻され、愛読された。更に明治になると、明治十一年（一八七八）刊の『清三家絶句』や、同年刊の『清廿四家詩』に収められ、特に陳碧城は森春濤・槐南父子の推奨も与って大いにもてはやされた。林西崖は張船山の外舅林儁をいい、胡澹菴は南宋の忠臣胡銓のことである。なお、笹淵氏は、劉郎を六朝宋・劉義慶の『幽明録』などに見える劉晨のことと解されているが、これは中唐の詩人、劉禹錫のこととする方がよい。劉郎の名は、正篇の「竹枝に擬す」四首其二に「芳花満目定誰有、得意劉郎鞭馬来」（芳花満目定めて誰か有する、得意の劉郎馬に鞭って来る）と見えているもので、劉禹錫の「元和十年、朗州自《よ》り京に至り、戯れに花を看る諸君子に贈る」詩（『唐詩選』巻七）に「紫陌の香塵面を払って来る、人の花を看て回《かへ》ると道《い》はざるは無し。玄都観裏桃千樹、尽《ことごと》く是れ劉郎去って後栽う」とあるのをふまえる。このほか、李長吉（賀）の頻度数を（1）とされるのは、岩波文庫本の正編の「九州漫筆並びに序」に「則奇痛長苦、徒添嘔血之多、悲沈少陵、但覺趨病之甚耳」（則ち奇痛の長苦、徒《いたづら》に嘔血の多きを添へ、悲沈の少陵、但だ趨病の甚だしきを覚ゆるのみ）とある苦の字が吉の誤植であることに気づかれなかったためであろう。正しくは（2）とすべきである。さらに私の調べたところでは、賈誼（17）、杜牧（7）、蘇東坡（7）、屈原（6）、李彦直（4）、白居易（3）となり、他に陸游（2）、王維（2）等の例もみえる。

（7）訓み下しは、岩波文庫本（昭和四年九月初版）に従う。以下同じ。但し、誤読の箇所があるときやその訓読に従わぬ場合は、その旨を注記しておいた。

（8）注（2）に挙げた柳田泉、前掲書参照。

（9）なお、佐々木について、信綱は明治三十六年（一九〇三）の南清行以降、これを佐佐木と表記するようになった。中国では「〻」を使うことはあっても「々」という字がないからだという。『ある老歌人の思ひ出―自伝と交友の面影』（朝日新聞社、昭和二十八年）および『明治大正昭和の人々』（新樹社、昭和三十六年）佐々木弘綱の条参照。

(10) 注（2）に挙げた柳田泉、前掲書参照。

(11) 愛甲弘志「杜牧『歎花』詩考」（『人文論叢』第三十四号、昭和六十一年）に拠れば、『揚州夢記』は、「後人が于鄴の名を借りた偽書」であるという。

(12) 跡は、渉の訛字かと思われるが、原文のままとする。

(13) 岩波文庫本は、原文・訳文とも頂に作るが、誤植である。

(14) 岩波文庫本の訳文は、「麗容を思張して已まず」と誤読している。

(15) 岩波文庫本は、「李彦哭して野岸に絶し、林澄埋つて郊墳に沈む」と訓ずる。

(16) 正篇の「豆州漫筆」には、「宋の謝希孟曰く、天地光岳の気、男子に鍾らずして、而して婦人に鍾ると」といい、外篇の「長想痩」には、「宋の謝希孟曰く、天地英霊の気、男子に鍾らずして、而して女子に鍾ると」という。やや異同が見られるが、『情史』でも、本文に挙げたほかに、巻四、情俠類の評語には、「豈に謝希孟の所云《いはゆる》、光岳の気氛、磊落英偉、男子に鍾らずして而して婦人に鍾る者ならんか」という。なお、謝希孟のこの言葉の出処およびその明清期における流行のさまは、合山究「紅楼夢における女人崇拝思想とその源流」（『中国文学論集』第十二号、昭和五十八年。後に『明清時代の女性と文学』第三篇第一章「明末清初における女性尊重の進展と『紅楼夢』」。汲古書院、二〇〇六年）に詳叙されている。

(17) このこと、前田愛「明治初期文人の中国小説趣味」（『国文学　言語と文芸』第五十一号、昭和四十二年。後に『前田愛著作集』第二巻。筑摩書房、一九八九年）参照。なお、『情史』には、田中正彜（嘲々酔士）が抄録し訓点を施した明治十二年（一八七九）刊の『情史抄』三冊がある。

(18) 注（17）に同じ。なお、『燕山外史』は、明の馮夢楨（一五四八〜一六〇五）の「竇生伝」を骨格として、それを敷衍して書かれたもので、清末の光緒の初め（一八七九）に永嘉の傅声谷（若騤子）が注釈をつけている（魯迅『中国小説史略』）。ちなみに、中島長文訳注『中国小説史略2』（平凡社東洋文庫、一九九七年）に拠れば、『燕山外史』の版本については、嘉慶十六年（一八一一）序刊本が原刊と考えられるとし、「光緒五年（一八七九）上海広益書局石印本が傅声谷の注が付いた版である。日本の翻刻には明治十一年東京河井氏刊本、明治三十七年東京田中慶太郎排印本があり、後者は輯注本である。近刊は未見」という。但し、明治十一年（一八七八）に出た大郷穆訓点の二冊本には、河井源蔵版のほかに長野亀七版がある。大正十四年（一九二五）には支那文献刊行会から鈴木真海訳『燕山外史』が刊行されている。中野逍遙が読んだのは、おそらく大郷穆訓点本の一種であろうと思われるが、上海版の石印本の可能性も否定できず、あるいはその両方であったかもしれない。今のところは、いずれとも決めがたい。なお、大郷穆は、もと鯖江藩儒で学橋と号した（明治十四年、五十二歳歿）。その伝は、坂口筑母『幕末維新儒者文人小傳』第一集（私家版、一九八六年）に見える。

（19）前田愛「鷗外の中国小説趣味」（「国文学　言語と文芸」第三十八号、一九六五年。『近代読者の成立』有精堂、一九七三年および『前田愛著作集』第二巻、一九八九年に収録）。なお、前田氏は鷗外の読んだ『燕山外史』の版本について、「（東大附属図書館）鷗外文庫所蔵の『燕山外史』は光緒辛丑（明治三十四年）刊の石印本であるから、学生時代の森鷗外が通読しているとすれば、それは明治十一年刊長野亀七版大郷穆訓点の二冊本『燕山外史』でなければならない。この『燕山外史』は伊藤孫一から借覧したか、あるいは下宿屋上条の出火の際に失われたものかもしれぬ」とする。もっとも、注（18）に指摘したように、大郷穆訓点本には河井源蔵版もあり、必ずしも長野亀七版とは限らない。

（20）ちなみに、田山花袋も「姉」と題する小説（明治四十一年一月「中學世界」第十一巻一号。後に『花袋集』所収。易風社、明治四十一年）の中で貞子への思い出にふれて、「此身《このみ》が知事《ちじ》になつて、其女《そのをんな》が令夫人《れいふじん》で、一緒《しよ》に馬車《ばしや》に乗《の》つて故郷《こきやう》に歸《かへ》る夢《ゆめ》などは幾度《いくど》も見《み》た」と述べている。彼らにとって立身出世と佳人を得ることとが、分かち難く結びついていたのである。注（2）に挙げた柳田泉、前掲書参照。

本文中に触れなかったが、中野逍遙の詩文には、『燕山外史』の表現の一部をそっくりそのまま用いた箇所がある。明治二十七年作「九州漫筆並びに序」（正編）の中に、

蒼旻嫉才、紅顔蹇命。紫釵易斷、碧玉難逢。鸞絃終孤、鶬羹莫療。琴亡鏡破、桃斫蘭鉏、氷絃歎夜月之深、紈扇泣秋風之冷。

（蒼旻才を嫉み、紅顔命に蹇《なや》む。紫釵断え易く、碧玉逢ひ難し。鸞絃孤に終はり、鶬羹療する莫《な》し。琴亡び鏡破れ、桃斫《き》られ蘭鉏せられ、氷絃夜月の深きに歎き、紈扇秋風の冷たきに泣く。）

というのがそれで、これは『燕山外史』巻一、小説の導入部に、

無如蒼旻嫉才、紅顔蹇命。或悵紫釵易斷、或傷碧玉難逢。或鸞侶終孤、琴亡鏡破、或鶬羹莫療、桃斫蘭鉏。或絶塞不還、長向氷絃悲夜月、或深宮未老、早隨紈扇泣秋風。

（蒼旻才を嫉み、紅顔命に蹇むを如何《いかん》するとも無し。或いは紫釵の断え易きを悵《いた》み、或いは碧玉の逢ひ難きを傷む。或いは鸞侶孤に終はり、琴亡び鏡破れ、或いは鶬羹療する莫く、桃斫られ蘭鉏せらる。或いは絶塞還らず、長く氷絃に向って夜月を悲しみ、或いは深宮未だ老いず、早《つと》に紈扇に随って秋風に泣く。）

とあるのによる。なお、ここに示した冒頭の二句について、大郷穆は「無レシ如二キ蒼旻ノ嫉レミ才ヲ、紅顔ノ蹇一レム命ニ」と訓点を施し、「無如」の二字を「如き無し」と読むが、これはよくない。無如は、無奈と同じである。それはともかく、逍遙のこの一節は、今なら剽窃の譏りを免れぬところだが、伝統的表現法からすれば、さまで異とするには足りない。それよりも、典故をちりばめた流麗な四六駢儷文で書かれ、大郷穆の訓点本があるとはいえ、傅声谷（若駿子）の注釈を参照しなければ、読みこなすのがそう容易ではない『燕山外史』を自家薬籠中のものとした中野逍遙や、これを少年時代に愛読したという森鷗外ら明治人の漢学の力に改めて感心する。

補記二

野田宇太郎『四國文學散歩　愛媛』（小山書店、昭和三十三年）には、宇和島を訪れ中野逍遙の墓に詣でた一節があり、この本に序文を寄せた松山出身で当時七十三歳の安倍能成が、次のような懐旧談を記している。

殊に感慨の深かつたのは野田君が漢詩人中野逍遙の詩を追懷し、その墓を展じて居る一節である。私は子規沒後一高在學中、子規庵に暫く居た、私の竹馬の友で子規の從弟に當る岸駿を通して、「逍遙遺稿」二冊を子規の舊藏から借り、逍遙の漢詩文を耽讀したことがある。漢文漢詩ではあるに拘らず私の心は隨分感動を受けた。これは逍遙の若い熱情が漢文漢詩を通しても私を打つたのによるが、私等の一高での岩元禎先生の話によると、逍遙は中國の戯曲や小說を耽讀して居たさうで、それから來る自由なスタイルが、私のやうなものにも訴へ易かつたのかも知れない。

逍遙の戀人が上州に居たことは、私も逍遙の詩によつて知つて居たが、彼の詩中には度々茗溪の名も出て居るので、その戀人がお茶の水の女子高等師範學校に居た人だらうかと想像を擅まにしたこともある。前記の岩元先生が存外美人でもなかつたか知れないといつて、笑はれたことも久しぶりに思ひ出した。

ここに名の挙がっている正岡子規は、逍遙とは大学予備門からの同学で、逍遙と交際があり、またある程度まで逍遙の恋愛について知るところがあったらしいこと、講談社版『子規全集』別巻一（昭和五十二年）に収められた逍遙の子規宛書簡から窺われる。逍遙の歿後、遺稿集が刊行された際、追悼文を寄せ、〈多情多恨〉の語を以て評しているのは、そのような事情が与っているのであろう。子規との交友については、本書の第Ⅴ章で取り上げた。もうひとりの岩元禎は、長らく第一高等学校においてドイツ語や哲学の教師を務め、かつて夏目漱石『三四郎』に登場する広田先生のモデルに擬せられたことのある人物で、明治二年（一八六九）生まれ。逍遙や子規たちよりも三歳年下になるが、同じく遺稿集の刊行に際しては、発起人賛成者に名を列ね、義捐金一円を醵出している。高橋英夫『偉大なる暗闇―師岩元禎と弟子たち』（新潮社、一九八四年。後に講談社文芸文庫、一九九三年）には、彼をめぐる〈ホモ・アミクス〉の世界が克明に描き出されている。

本章で、中野逍遙の詩嚢を豊かにしたものとして、『情史』や『燕山外史』という明清時代の才子佳人小説があったことを指摘したが、安倍能成の「中国の戯曲や小説を耽読して居た」という岩元禎からの聞き書きも、これを裏付けていよう。

Ⅱ　秋怨十絶其七について

一

秀才香骨幾人憐
秋入長安夢愴然
琴臺舊譜壚前柳
風流銷盡二千年

秀才の香骨　幾人か憐れむ
秋は長安に入りて夢愴然たり
琴台の旧譜　壚前の柳
風流銷《き》え尽す二千年

この拗体の七絶は、明治二十七年十一月、二十八歳でこの世を去った文学士中野逍遙の「秋怨十絶」と題された詩の一つである。当時、一部の大学人の間にしか知られていなかった彼の名を広く江湖に知らしめたのは、もとより彼の歿後学友達の手によって編まれた『逍遙遺稿』正外二編の刊行（明治二十八年十一月）を契機としてのことではあるけれども、さらには島崎藤村が「文學界」四十六号（明治二十九年十月）に「中野逍遙をいたむ」と題する「哀歌」を発表して、その第一詩集である『若菜集』（春陽堂、明治三十年八月）に収めたことによるところが大きい。そして藤村は、「哀歌」の詞書の冒頭に、『逍遙遺稿』では正編に載せられているこの「秋怨十絶」其七を掲げ、彼の「清怨」を写したとする外編の「思君十首」（実際に「哀歌」に引かれているのは九首）とともに、その代表作とみなしたのである。後に『明治大正詩史巻上』（新潮社、昭和四年）において、中野逍遙の名を近代文学史の列に加えた日夏耿之介は、『明治浪曼文學史』（中央公論社、昭和二十六年）のなかでも、「秀才香骨幾人憐」と始まるこの詩を「逍遙集中の逸作」であると高く評価している。

ところで、この「秋怨十絶」其七については、関良一氏が『日本近代文学大系15藤村詩集』（角川書店、昭和四十六年）において、

春秋時代の斉の人伯牙（はくが）は琴に長じていたが、親友鍾子期（しょうしき）の死後は、自分の琴の音を聞きわける人が無いと絃を絶ち切り、再び弾じなかったという故事をふまえ、往昔の風雅の衰滅したことを嘆じた詩。「秀才香骨」は才子の芳しい遺骨。「愴然」はいたましいさま。「琴台」は琴を据える台。「壚」は酒亭。

と注釈を加えられ、松井利彦氏もその著『正岡子規の研究　上』（明治書院、昭和五十一年）第二章第三節「漢詩の叙景と写生」のなかで、この詩を取りあげ、関氏の見解をふまえた上で、

春秋時代の斉人、伯牙と鍾子期の故事、伯牙は琴の名手であったが、親友の鍾子期が亡くなってからは、自分の琴の音を本当に聞きわける者が無くなったとして、琴の弦を切り、再び弾じなかったという、風雅の理解者を失ったなげきを詠ったもので、才ある者の香ばしい骨を幾人の人が憐れんでいることであろう。長安の都は秋を迎えて余計にいたいたしい。秀才生前のままの器物、筆は残っているものの、往事の風雅は滅んでしまって長い年月がたってしまったという歎きの情を述べたもので、自分の才が世に本当に容れられない

ことを詠った詩であるが、この歎きは藤村の内部で更に、悲恋と結びつけられてゆく。といった解釈を施されている。関・松井の両氏とも逍遙が伯牙・鍾子期の故事を用いて、「風雅」の衰滅を哀惜痛嘆した作品であると受け取っておられるのである。さらに、詩の典故には触れられていないが、

往昔の才子を悼むものもすくない。長安の都の夢もいまはいたましく、詩琴酒の風雅が衰えはててすでに久しいの意。

とする、筑摩版『島崎藤村全集Ⅰ』（昭和五十六年）での三好行雄氏の語注も全く同様の理解の仕方を示しており、「風雅」を形容するのに「詩琴酒」という文人の嗜みをいう語が新たに附け加えられているに過ぎない。

二

だが果たしてそうであろうか。「往昔の風雅」の衰滅を嘆じた詩であるならば、何故に深く若き日の藤村を感動させ得たのか。そもそも、逍遙のいう「風流」が無条件に「風雅」と言い換えられるものであるか、大いに疑問を感ずるし、(1) 詩中に琴の字が見えるからといって、それを直ちに『呂氏春秋』本味篇や『蒙求』巻上に載せられている伯牙絶絃の故事に結びつけたり、詩琴酒の語を思い浮べたりするのは、根本的に間違っている。その点、すでに笹淵友一氏が、『「文學界」とその時代　下』（明治書院、昭和三十五年）第十章「中野逍遙」のなかで、「秀才香骨」といひ、「風流銷尽」といひ、その恋愛が長安才子の風流韻事としてイメージ化されてゐることがわかる。だがその漢詩的素材が素材として浮き上らないで、——たとへば転句の、一部は逍遙の経験を踏まへてゐるにしても、より多く相如伝に負ふと考へられるものなどにおいても——逍遙自身の抒情を文へる

ものとして定着してをり、その悲傷の情が全篇に滲透してゐるのである。

と指摘されておるのを参照すれば、少くとも「愁怨十絶」其七が伯牙・鍾子期の故事をふまえているものであると誤読することもなかったのではあるまいか。但し、ここで「一部は逍遙の経験を踏まへてゐるにしても」と留保をつけて述べられていることは、「経験」の語を直接体験の意に解すれば誤解をまねく虞れがあるけれども、転句の〈琴台〉・〈旧譜〉・〈壚前の柳〉といった語は、笹淵氏の言われるように、司馬相如の伝、それも相如とその妻卓文君との恋物語にまつわる措辞であるのだ。前漢時代の賦の大家、司馬相如の伝は、『史記』巻一百十七にみえている。

司馬相如は蜀の成都の人で、字《あざな》を長卿といった。幼い頃から学問を好み、また撃剣の修業に励んだ。郎（侍従）となって景帝に仕えたが、景帝が辞賦を好まなかったので、辞して梁の孝王の客となり、「子虚の賦」を著わした。その後、孝王の死にあい、家に帰ったが貧しかった。知人で臨邛の令であった王吉が彼を招き、土地の富豪卓王孫の宴会に呼ばれた。宴たけなわになると、王吉は相如の琴の腕前を見込んで一曲所望した。折しも、卓王孫の家ではむすめの文君が後家となって戻って来ているところだった。相如は琴を弾く。文君は戸の蔭からその様子をのぞき、相如の美貌と才能とに惚れ込んだが、自分がつりあわないのではないかと気に病んでいた。宴が終わると、相如は使いをやって気持ちを文君に伝えさせた。その夜、文君は相如のもとに奔り、二人して成都に駆け落ちした。家は四方の壁だけ立っているというすっからかんの貧乏暮し。卓王孫は鐚《び》銭《た》一文、むすめに財産を分けてやるものかとすっかり腹を立ててしまった。臨邛に舞い戻った二人は、馬車を売り払った金で居酒屋を買い取り、文君が壚に当って給仕し、相如は市中でふんどし一丁になって酒器を洗っている。噂を聞いて卓王孫は腹立しいやら恥しいやら、すっかり家の中に引き籠ってしまった。そのうち、とりなす人があらわれ、財産を分けてもらった二人は、成都に出てゆく。その後、相如は武帝に文才を認められ、都の長安に出て、郎・中郎将（侍従武官長）となり、最後は茂陵（武帝の陵園）に住んで卒した。

〈琴台〉の語は、この『史記』の相如伝やそれをふまえた『漢書』の伝、また司馬相如・卓文君の逸事を載せている『西京雑記』等にはみえないが、中野逍遙の敬慕した盛唐の詩人杜甫に「琴台」と題する五律があって、そこに次のように詠じられている。

茂陵多病後　茂陵　多病の後
尚愛卓文君　尚ほ愛す卓文君
酒肆人間世　酒肆　人間《じんかん》の世
琴臺日暮雲　琴台　日暮の雲
野花留寶靨　野花　宝靨《ほうえふ》を留め
蔓草見羅裙　蔓草　羅裙《らくん》を見る
歸鳳求凰意　帰鳳求凰の意
寥寥不復聞　寥寥として復《ま》た聞かず

晩年茂陵に住んだ司馬相如は病いがちであったのちのちまでも、やはり卓文君を愛していた。若い頃には浮き世暮しで酒場をひらいたこともあったが、今ではその昔彼が琴を弾いたという台《うてな》の跡に日暮れの雲がかかるばかり。野の花には卓文君のつけえくぼの面影が残ってい、蔓草《つるくさ》にはスカートの模様が偲ばれる。だが、司馬相如のうたった帰鳳求凰の曲のこころもちは、ひっそりと途絶えてもはや再び聞くこともできない。

第七句目の〈帰鳳求凰〉は、司馬相如が卓文君の心を挑発するために琴を弾いて歌ったとされる曲で、『玉台新詠集』巻九に「鳳兮鳳兮」と「皇兮皇兮」との「琴歌」二首を収め、前者は「鳳兮《や》鳳兮《や》故郷に帰り、四海に遨遊して其の凰を求む」という句で始まるが、中野逍遙も「秋怨十絶」其一において、

梧桐葉落下霜初　　梧桐葉落ち霜を下すの初
賓鴈叫愁度砌除　　賓鴈叫び愁ひて砌除を度《わた》る
歸鳳求凰莫人奏　　帰鳳求凰　人の奏する莫《な》く
秋風瘦骨病相如　　秋風瘦骨　病相如

梧桐《きり》の葉落ち霜おりそむるころ、雁が愁わし気に叫んできざはしを渡ってゆく。帰鳳求凰の曲を奏でし人はすでになく、秋風が瘦せた身に沁む、われぞ多病のいま相如。

と詠じている。

〈病相如〉という言い方には、晩唐の詩人李商隠の七絶「令狐郎中に寄す」詩の後半に「問ふを休《や》めよ梁園の旧賓客、茂陵の秋雨病相如」と自らを司馬相如に擬えた先例があるが、この場合もやはり〈病相如〉とは逍遙自身の謂であって、彼は早くから司馬相如の人となりを慕っていた。先に引いた杜甫の「琴台」詩について、清の黄生は「此の題を作《な》す者、二種の語有り。軽薄の士は則ち其の風流を慕ひ、道学の師は則ち其の淫泆を譏《そし》る。慕ふ者は其の艶句を馳せ、譏る者は必ず陳句多し。均《ひと》しく風雅を去ること三十舎なり」（『杜工部詩説』巻四）と評語を加えているが、相如・卓文君の「風流」すなわち自由奔放なロマンスに憧れた中野逍遙などは、「風雅」を重んずる伝統的な儒教主義の批評家からみれば、さしずめ「軽薄の士」だとして一蹴されることであろう。だが、逍遙にとって、司馬相如はその文学的才能を存分に発揮し、且つまた恋愛を成就させた稀有な存在であって、理

想とする人物であった。逍遙が司馬相如に言及するのは、明治二十一年作の「相如酒を売る」と題された七絶二首（正編）からだが、自己を積極的に相如の身に擬するのは、明治二十二年作の「鏡に対す」詩（正編）に始まる。そこでは、

琴臺未受文君憐　　琴台未だ受けず文君の憐《いつくし》み
如何相如病茂陵　　如何せん相如茂陵に病むを

と詠じられており、未だ理想とするような女性からの愛を得られず病みしがれている己れの自画像を、茂陵にさびしく病の身を養っている相如のイメージを借りて描き出している。生来蒲柳の質で「骨髄の病」を抱えていた逍遙にとって、消渇（糖尿病）の持病に苦しめられていた相如は、病弱という点でも親近感を覚える存在であったろう。さらに明治二十四年の「好色行」（正編）には「我は東海の馬相如、若《も》し文君に逢はば当《まさ》に気死すべし」と述べて、司馬相如たる我が身に、その文才を評価しそのもとに奔ることも辞さないというような、理想の恋人卓文君が出現することを強く待ち焦がれていたのである。

　かような逍遙がこれぞ卓文君なりと思い定めた女性こそ、よく知られているように、南条貞子という上州館林出身の士族のむすめであった。彼女は、逍遙の親友佐々木信綱の主宰する竹柏園で歌を学んでおり、また琴も弾いたという。だが、逍遙の恋は実りそうになかった。つとに郷里の期待を荷なって上京し、帝国大学に学んでいた彼は、自らを国家の文運隆盛に寄与すべき文学者であらねばならないとする強い使命感を抱いていたが、それを具体的に実現する方途もなく、焦燥にかられ不如意感をつのらしていた。かくして恋愛の成就と文壇での成功という二つのことが彼の内部で分かち難く結び合わされてゆく。明治二十六年の初め頃の作と思われる「偶感」二首其一（正編）にいう、

遠遊幾歳客心悲
鬻得大器欲向誰
多才長卿嗟病苦
有情文姫負琴徽
可知文章驚世日
始是翠眉上堂時
回首千里秋風涙
家有慈母待我歸
駿馬誤逢凡眼閲
群鶩同食泣櫪覊
知我者我不愧人
皇天有明竟何欺

遠遊幾歳　客心悲しむ
大器を鬻《ひさ》ぎ得て誰に向はんと欲する
多才の長卿　病苦を嗟《なげ》き
有情の文姫　琴徽《ことぢ》に負く
知る可し文章世を驚かすの日
始めて是れ翠眉堂に上る時なるを
首《かうべ》を回《めぐ》らせば千里秋風の涙
家に慈母有り我が帰るを待つ
駿馬は誤って凡眼の閲に逢ひ
群鶩同じく食《やしな》はれて櫪覊《れきき》に泣く
我を知る者は我　人に愧《は》ぢず
皇天明有り竟《つひ》に何ぞ欺かん

この詩は、逍遙最晩年の、〝天〟の善意が信じられなくなり、狂惑の極地に達した状態からみれば、まだしも己れを恃《たの》み天を信ずるところがある点で、いわば餘裕のみられる作品だが、この段階では、才能を抱きながら世に認められず凡俗に囲まれて涙する現状の下にあっても、文学者として名を立てることがとりもなおさず恋を成就する途であると彼には思われていたのである。けれども、それは両つながら全うされることのない逍遙の夢に過ぎなかった。明治二十六年秋、彼の愛する人が永遠に手の届かぬ所に去ってしまうと知った時、つまり南条貞子の結婚を知った時、彼は自分の夢がはかなくも潰えていくのを感じたであろう。それゆえ、逍遙は「秋怨十絶」のなかでこう詠じたのである。

秀才の香骨　幾人か憐れむ
秋は長安に入りて夢愴然たり
琴台の旧譜　壚前の柳
風流銷え尽す二千年

秀れた才能を持った詩人が朽ち果てて骨となっても（詩人の骨は芳しい香りがする）、幾人の者があわれんでくれようか。秋の気配が都に立ち籠める頃おい、わが夢は破れはかなくもいたましいものになってしまった。そのかみ、司馬相如が卓文君のために琴を弾いたという台《うてな》、二人がひらいた酒場の前の柳は、依然として残っているが、二人の死後、ほんとうの風流《ロマンス》は二千年もの間消えうせたままなのだ。

この詩を日夏耿之介が『明治大正詩史巻上』において「これまた大學才人の隨一人であつたかれを弔ふ薤露歌」であるとし、『明治浪曼文學史』において「秀才香骨詩は偶たまその死の讖をなしたもの」とみたのは、けだし卓見であろう。

三

もっとも、ここで〈秀才香骨〉の四字を、逍遙自身のことではなく、司馬相如を指すものとし、〈夢愴然〉についても司馬相如・卓文君のそれとみなす解釈も、あるいは成り立つかも知れない。ただその場合でも、逍遙の身の上を離れた純然たる詠史の詩と考えるのはどうかと思われる。〈秀才香骨〉の語は、この「秋怨十絶」其七のほかにも、外編に収められた「失題十首」と題する連作の詩に用いられている。この「失題」詩で詠じられているのは、不如意な現実にゆきなやむ自己を何とか救い出そうとする逍遙の幻想である。第一首から第四首まで、愛する女の心をわがものとし、自分の才能を認められ、得意の絶頂にあって都大路を疾駆する逍遙の姿が述べられている。そして其五にいう、

蹴盡長安滿城塵　　蹴尽す長安満城の塵
白馬霜蹄驕秋晨　　白馬の霜蹄　秋晨に驕る
論蜀檄下意氣高　　論蜀の檄下って意気高く
歸鳳譜成琴曲新　　帰鳳の譜成って琴曲新たなり
卓氏心腸鏤錦繡　　卓氏の心腸　錦繡を鏤《ちりば》め
相如筆力動鬼神　　相如の筆力　鬼神を動かす
鷫鸘舊袍今何在　　鷫鸘の旧袍　今何《いづ》くにか在る
可憐風流二千春　　憐れむ可し風流二千の春

長安の都いっぱいに塵を蹴散らして、わたしの乗った白馬は誇らし気に秋の朝靄のなかを駆けてゆく。巴蜀に諭《さと》した檄文が出来あがって意気高く、帰鳳の譜が完成して琴曲も新たに仕上った。わが愛する卓文君の心ばえはあやにしきをちりばめたごとくに美しく、いま相如たる已れの筆力は鬼神をも感動させる。だが、それは夢のまた夢。昔、司馬相如が貧乏暮しをしていた時、卓文君のために鷫鸘の上着を酒に換えたというが、そんな話は、今どこにあるのか。ああ二千年前の風流《ロマンス》がうらやましい。

詩中にみえる〈論蜀檄〉は、司馬相如の「巴蜀に喩す檄」（『文選』巻四十四）のこと。〈鷫鸘袍〉のことは、『西京

雑記』巻二に「司馬相如初め卓文君と成都に還る。貧に居りて愁懣、著《つ》けし所の鷫鸘裘を以て、市人の陽昌に就きて酒を貰《おぎの》り、文君と歓を為さんとす」とみえる。この詩は、六句までが逍遙の夢物語を述べたもので、文君は彼にとっての理想の恋人、相如は逍遙自身の形象である。ところが、第七句に来て急に暗転し、逍遙の不如意な現状が顔を出す。ついで其六では、五首目の最後の句を承けて、

可憐風流二千春　憐れむ可し風流二千の春
秀才香骨人似烟　秀才の香骨　人烟に似たり
自古文章憎命達　古《いにしへよ》自り文章は命の達するを憎み
由來英雋泣沈淪　由来英雋　沈淪に泣く
伯樂去世駿馬絶　伯楽世を去って駿馬絶え
軒轅登天鳳不臻　軒轅天に登って鳳臻《いた》らず
聞說聖德普六合　聞説《きくなら》く聖徳六合に普《あまね》く
萬国衣冠朝東濱　万国の衣冠　東濱に朝すと

と、自分の才を見出してくれる伯楽の不在を嘆き、彼の不遇意識を前面に押し出している。第三句は、杜甫の「天末にて李白を懐ふ」詩の頸聯「文章は命の達するを憎み、魑魅は人の過ぐるを喜ぶ」[2]をふまえる。〈軒轅〉は、黄帝のこと。〈鳳不臻〉は、『論語』子罕篇に「鳳鳥至らず、河、図を出さず、吾れ已《や》んぬるかな」というのに拠る。けれども、尾聯において新たな展開が予告され、次の第七首以降は、「扶桑の天子姓一系、庶孽遠孫尽《ことごと》く王臣」として、その天子に直接意識の上で結びつくことによって、「彩筆　頌を艸する詞臣」となるという幻想を夢みて終っている。かくしてこの「失題十首」詩全体では、逍遙の不遇感が見事に救済されるように仕立て

られているのである。それはともかくとして、ここに示した其六において、〈秀才香骨〉の語は詩の展開からみれば、司馬相如その人を指して用いられているかのようである。ただ、ここでもやはり、逍遙自身の姿が色濃く投影されているとすべきであって、烟のごとく消え去ったのは二千年前の司馬相如だが、己れも今まさに消えさらんとする運命にあることを暗示しているものと考えられよう。とすれば、逍遙の用いた〈秀才香骨〉の語は、彼自身と相如との複合化された二重のイメージでとらえるのがよいのではないだろうか。

なお附言すれば、〈香骨〉の語、中国の詩文では専ら女性の身の上に用いられ、それも死せる美女をいうのが一般的であるような気がする。例えば、杜甫の「石鏡」詩に「冥莫香骨を憐れみ、提携して玉顔に近づく」と見え、中唐の李賀「官街鼓」詩に「漢城の黄柳新簾に映じ、柏陵の飛燕香骨を埋む」とあるのはその例であり、佐藤春夫の『車塵集』命名の由来となった、明・銭希言『楚小志』の「美人の香骨化して車塵と作《な》る」も同様である。『佩文韻府』や『駢字類編』を検索すると、ほかに晩唐の李商隠・温庭筠・曹松の用例が挙げられているが、温李の場合は、やはり女性についていう。曹松に「定めて是れ香骨を浮べ、東帰して故郷に就かん」とある用例は、「李頻員外を哭す」と題する詩にみえている句であって、その場合は詩人の李頻を指して用いられているから、さまで奇異に思うことはないのかも知れぬが、『全唐詩』をみると、香の字を一つに吟に作るとあって、やはり詩人の芳しい遺骨と解する上では、用例が乏しい。もっとも西晋の張華の「博陵王宮俠曲」には、「生きては命子の遊に従ひ、死しては俠骨の香しきを聞く」という例があって、それをふまえた盛唐の李白「俠客行」、王維「少年行」には「俠骨の香」という表現も見えているので、くだくだしく詮索するに及ばないであろうが、ともかくもう少し用例を確かめたい気がする。思うに、この〈香骨〉の語は、逍遙の愛用した詩語であるらしく、ほかに正編の「相如酒を売る」詩二首其二にも、「夙《つと》に香骨を将《もっ》て才賢に許す、卓氏の風流亦た憐れむ可し」

とある。この場合は、卓文君のうるわしい人となりを指して用いており、必ずしも死者に限定されているわけではない。逍遙の念頭には李賀の「酒罷みて張大徹、贈を索《もと》む。時に張初めて潞幕に効《いた》す」詩に見える「天は詩を裁《た》たし遣《め》んとして花を骨と作《な》す」（骨は精神の意）というような句が別にあって、「香ぐわしい才華」という意味もその〈香骨〉のイメージのなかに融けあっているとみれば、あるいは理解しやすいかも知れない。

四

以上、秋怨十絶其七の解釈についてたどたどしく私見を述べて来た。私の見方が当を得ているかどうかは別として、決してこの詩が「風雅の衰滅を嘆じた」作品でないことだけは間違いのないところである。最後に餘談になるが、「相聞居歌話」（政経書院刊『わびずみの記』所収、昭和十一年）のなかで、「まだ中學生時代に、島崎藤村先生の詩集に依つて中野逍遙の詩を知り、それ以來私の逍遙熱はずつと今日まで續いてゐる」といい、中野逍遙の詩に並々ならぬ傾倒ぶりを示した吉井勇の幾つかの歌を挙げておこう。

『人間經』（政経書院、昭和九年）の巻一、「相模野の庵にありて詠みける歌　その二」に、

　われもまた艶生涯とみづからの傳《でん》には書けどさびしわが世は

と歌い、『天彦』（甲鳥書林、昭和十四年）所収の「溪鬼抄」に、

　これをしも艶生涯《えんしやうがい》と言ふべくばあまり寂しきわが世なるかも

同じく「冬夜沈吟」に、

　世にそむき佗び居しをればみづからの艶生涯《えんせうがい》（ママ）も寂しとぞする

と詠ずる〈艶生涯〉の語は、『逍遙遺稿』外編に収められた「狂残痴詩」其六に「語を寄す残月長く嗟《なげ》くを休《や》めよ、我が輩も亦た是れ艶生涯」というのをふまえる。この句も藤村の「哀歌」の詞書に引かれている。

また吉井勇には逍遙の故郷伊予宇和島を訪れて、神田川《じんでんがわ》畔の光国寺にその墓を展じた歌もあり、「中野逍遙は宇和島の人、年少詩人としての才名高く、逍遙遺稿乾坤二巻を残して世を夭うす、行年二十七」との詞書を添えて、

逍遙《せうえう》の墓の寫眞も撮し來ぬ伊豫路《いよぢ》の秋の旅のかたみに
秀才の香《にほ》へる骨《ほね》を憐れみてをろがみにけり逍遙の墓
墓まうでよりかへり來て二卷《ふたまき》の逍遙遺稿讀めばかなしも
墓さむし若く死にたる逍遙の短き一生《ひとよ》思ひなげけば
短かりし命《いのち》おもへばいとどなほ秋怨十絶《しうゑんじふぜつ》讀みて泣かるる
墓の石しばらく撫でてゐたりけり弔ふべくも云はむ術《すべ》なく
逍遙の墓の青苔《あをごけ》いや深く古線香も崩《くず》れゐしかな

と詠まれている。この「逍遙の墓」と題する歌は、『玄冬』（創元社、昭和十九年）の「羇旅餘情」に収められているが、このほか『寒行』（養徳社、昭和二十一年）の「爐邊獨語」には、「夢愴然」と題する歌もあって、その詞書に「秀才香骨幾人憐　秋入長安夢愴然」と書きつけてある。若き日に情痴の世界に耽溺した吉井勇が、老いの近きに達せんとする頃、己が青春を回顧するのに中野逍遙の詩句を引いているのは、はなはだ興味深く思われる。

（1）風雅は、本来『詩経』の国風と小雅・大雅とに基づく語。そこから文学は政治の問題とは無縁であってはならないとする中国の儒教的な伝統的文学精神を指し、それに根ざした典重雅正な詩文をも含めて言うようになった。たんなる「みやび」

ではない。これに対して風流は、何事につけ自由奔放という意を内包しており、やがて男女間の情愛についても、これを風流と称するようになる。この風雅・風流の語義と日中の文学観の相違については、鈴木修次『中国文学と日本文学』（東京書籍、昭和五十三年）参照。なお、風流についての専論として、岡崎義恵「風流の思想」（『日本藝術思潮』巻二の上・下所収。岩波書店、昭和二十二・三年）、小川環樹「風流の語義の変化」（『国語国文』二十巻八号、昭和二十六年。後に『中国語學研究』所収。創文社、昭和五十二年）、星川清孝「晋代における『風流』の理念の成立過程について」（『茨城大学文理学部紀要』人文科学第一号、昭和二十六年）がある。

（2）なお、過を「すぎる」という通過・経過の意ではなく、「あやまつ」と訓じて過失の意に解する説もある。例えば、中根淑『香亭藏草』附録「詩窓閑話」（大日本図書株式会社、大正三年）には、「子美ガ五律中ニ、文章憎二命達一。魑魅喜二人過一（天末懐李白）ト云フ句アリ。過ノ字、經過ノ時ハ平仄兩用ナレド、過失ノ時ハ必ズ仄聲ナルベキヲ、是ハ全ク平聲ニ用ヒタリ、杜詩ニハ、時トシテ斯ノ如キコトアリ」という。このこと、すでに清の何焯『義門読書記』巻五十三に指摘する。それについては、松浦友久編『続校注唐詩解釈辞典［付］歴代詩』（大修館、二〇〇一年）の「天末にて李白を懐ふ」詩（宇野直人執筆）参照。

Ⅲ　故郷の恋人のこと

一

『逍遙遺稿』外編に、「想郎恋」および「待郎怨」と題された楽府《がふ》体の二つの作品がある。(1)いずれも、愛する夫が他郷に赴いて長い間家を留守にし、ひとり残された妻が離別の悲しみや失意の念を訴え、その帰りを待ちわびるという中国古典詩の伝統的な閨怨詩の内容や発想をもとに詠じられている。今、前者を掲げると次の如くである。(2)

憶昔總角時　　憶ふ昔　総角《あげまき》の時
與郎贄鄉師　　郎《あなた》と郷師に贄す
郎誦經史妾習字　　郎は経史を誦し妾《わたし》は字を習ふ
郎居東席妾西帷　　郎は東席に居り妾は西帷
詰旦帶月聯袂出　　詰旦《あけがた》　月を帯び袂《たもと》を聯《つら》ねて出で
日暮捉螢攜手歸　　日暮　螢を捉へ手を携へて帰る
記得驟雨分一傘　　記し得たり驟雨一傘を分かち

浮名忽播同伴議
十三廢學深閉門
牡丹日暖捻金絲
繡出鴛鴦恨不似
様來燕子妬雙飛
君子十六上都學
紫騮東去不可追
僻地春風易凋花
從茲景光渾堪悲
脂粉褪零紅粧謝
天邊鴈字寄信遲
聞道蟾桂忽分榮
又傳仙桃竊移枝」
君卜燭時妾懊惱
君抱鳳時妾將老
九天有月恨漠々
九地有泉愁浩々
君身似飛鴻

浮名忽ち播《し》く同伴の議《そしり》
十三　学を廃して深く門を閉ぢ
牡丹　日暖くして金糸を捻《ひね》る
鴛鴦を繡出して似ざるを恨み
燕子を様来して双飛を妬《ねた》む
君子十六　都に上って学び
紫騮東に去って追ふ可からず
僻地の春風　花を凋《しぼ》ませ易く
茲《こ》れ従《よ》り景光渾《す》べて悲しむに堪《た》ふ
脂粉褪零して紅粧謝し
天辺の雁字　信《(たより)》を寄すること遅し
聞道《きくなら》く蟾桂忽ち栄を分かつと
又た伝ふ仙桃窃《ひそか》に枝を移すと
君燭を卜《ぼく》する時　妾懊悩し
君鳳を抱く時　妾将《まさ》に老いんとす
九天月有り恨み漠々
九地泉有り愁ひ浩々
君が身は飛鴻に似て

到處任翺翔
妾心如哀蝶
逐日向枯槁
柳絲綿々似繫思
柳絮滿地人不掃」
柳絲柳絮兩可憐
看到浮雲一惘然
百年致悲又致苦
人生莫作婦人身」
歡樂銷磨氷鏡碎
金釵留塵對斜曛
若到九泉莫忘妾
縱隔三世猶慕君
不依湘浦望烟水
不向巫峽問雨雲
凄々斷腸又斷魂
願世々化雙鴛鴦
天涯地角長不分

到る処翺翔に任す
妾が心は哀蝶の如く
日を逐ふて枯槁に向ふ
柳糸綿々として思ひを繫ぐに似たり
柳絮地に満ちて人掃《はら》はず
柳糸柳絮両つながら憐れむ可し
浮雲を看到れば一に惘然たり
百年悲しみを致し又た苦しみを致す
人生まれて婦人の身と作《な》る莫《な》かれ
歓楽銷磨して氷鏡砕け
金釵塵を留めて斜曛《（ゆうひ）》に対す
若《も》し九泉に到るも妾を忘るる莫かれ
縦《たと》ひ三世を隔つも猶ほ君を慕ふ
湘浦に依らずして烟水を望み
巫峡に向はずして雨雲を問ふ
凄々として腸を断ち又た魂を断つ
願はくは世々双鴛鴦と化し
天涯地角長く分かれざらん

伝統的な閨怨詩とは異なって、この作品に登場するのは、有明の月の下一緒に手をつないで学校に上がり、夏の夕暮れ時螢をつかまえて帰ったこともあるという幼なじみの姿である。そればかりか、にわか雨にあって一つ傘に入ったところを友達からからかわれるといった淡い初恋の相手でもあって、恋い慕う男が十六歳で都に遊学した後、見事大学に及第し他に愛する女性ができたという噂に、容色のうつろいやすさを嘆き、恋する身の苦しさ待つ身の切なさを訴えつつ、男の愛がわが身にそそがれるのをじっと耐えて待っているという、男の立場からすれば、何とも可憐でいじらしく愛しい存在である（なお第三十四句は、白居易の新楽府「太行の路」の「人生まれて婦人の身と作る莫かれ、百年の苦楽は他人に由る」というのをそのまま用いている。百年は、一生の意）。

このような女性の姿は、後者の「侍郎怨」においても同様にみられ、そこでは「君と年月を同じうし、予《あらかじ》め夫婦の約を結」んだ娘が、「十七にして冊を挟んで天末に去」った許嫁の帰りを三十になっても嫁がずに待ちつづけている姿が詠じられている。

與君同年月　　君と年月を同じうし
豫結夫婦約　　予め夫婦の約を結ぶ
鬒髮長過肩　　鬒髪長くして肩を過ぎ
鬒毛延及額」　　鬒毛延びて額に及ぶ
雙袖繡燕子　　双袖　燕子を繡し
翠蛾宿月魂　　翠蛾　月魂を宿す
一鄕佳名上一門　　一郷の佳名　一門に上り
將卜良時了良婚　　将《まさ》に良時を卜して良婚を了せんとす

良時易邁婚難了
春花秋月晨復昏」
君子重名輕琴瑟
十七挾册去天末
天末一去不可見
人傳長安遠於日」
西隣桃姝甫十三
明春有約理粧奩
東家李姐年十六
昨臘掃眉嫁宜男」
君子十年業未就
妾也三十容姿舊
春風何顏新上堂
當是使君別有婦
使君有婦妾無夫
爲君銷瘁白玉膚
孤枕幽愁莫人知
敲釵敲斷珊瑚珠」

良時邁《す》ぎ易く婚了し難し
春花秋月　晨復《ま》た昏
君子名を重んじ琴瑟を軽んず
十七　冊を挾んで天末に去る
天末　一たび去って見る可からず
人は伝ふ長安は日よりも遠しと
西隣の桃姝　甫《はじ》めて十三
明春　約有り粧奩を理《をさ》む
東家の李姐　年十六
昨臘　眉を掃って宜男に嫁ぐ
君子十年　業未だ就《な》らず
妾也《ま》た三十　容姿旧《ふる》し
春風　何の顔《かんばせ》あって新たに堂に上る
当《まさ》に是れ君をして別に婦《(つま)》有らしむべし
君をして婦有らしむるも妾夫無し
君が為に銷瘁す白玉の膚
孤枕幽愁　人の知る莫《な》し
釵を敲《たた》いて敲断す珊瑚の珠

標有梅兮其數七　　標《お》ちて梅有り其の数七
暗天五月妾心結　　暗天五月　妾が心結ぼる
六月七月八九月　　六月七月八九月
十月上牀啼蟋蟀　　十月　牀に上って蟋蟀啼く

〈長安遠於日〉は、東晋の明帝（司馬紹）がまだ数歳の子供の時に、父の元帝から長安と太陽とどちらが遠いかと問われ、最初は太陽が遠いと答えたが、翌日になって太陽は見えるが長安は見えないから、長安の方が遠いと答えたという故事に基づく（『世説新語』夙恵篇）。〈標有梅兮〉は、『詩経』召南「標有梅」に「標ちて梅有り、其の実七。我を求むる庶士、其の吉に迨《およ》べ」とあるのをふまえる。その鄭箋に「梅の実尚ほ七つを餘して未だ落ちず、始めて衰ふるに喩ふ。謂ふならく女《むすめ》年二十、春盛りにして嫁がず、夏に至れば則ち衰ふ」という。結びの二句も『詩経』豳《ひん》風「七月」に「五月斯螽《ししゅう》股を動かす、六月莎雞羽を振るふ。七月野に在り、八月宇に在り。九月戸に在り、十月蟋蟀、我が牀下に入る」というのによる。斯螽は、バッタ。莎雞は、クツワムシ。蟋蟀は、コオロギ。

《恋愛詩人》中野逍遙がその一身を捧げたのは、彼が「南氏」「南枝」「南家」「貞麗卿」と称する上州館林出身の実業家のむすめ、南条貞子であったのだが、その一方で「想郎恋」や「侍郎怨」において、ひたすら思う人＝逍遙（十六、七歳で上京し、やがて大学に及第し、他に愛する女性ができたというのは、逍遙その人のことを彼が女の立場にたって述べたものにほかならない）を待ちつづけるけなげな故郷の幼なじみの姿を形象化しているのは、そのような女性が実在したのかあるいは仮構された存在であるのかを問わず、形象化そのものが中野逍遙の恋愛観・女性観に微妙に関わって来る。

二

実際に、幼なじみかどうかは別として、『逍遙遺稿』の中には南条貞子とは別に早くから故郷の女性の面影が揺曳していた。(3) 明治二十二年作と思われる「可憐子」（正編）と題する作品には、

可憐子兮可憐子　　可憐子よ可憐子
湘江回首雲千里　　湘江首《かうべ》を回《めぐ》らせば雲千里
愛君風情似春花　　愛す君の風情春花に似たるを
愛君胸襟似秋水　　愛す君の胸襟秋水に似たるを
遙想綉窓幽夢凝秋思　　遥かに想ふ綉窓の幽夢秋思を凝らすを
朝來向機織錦字　　朝来機に向って錦字を織る
錦字行々無由寄　　錦字行々寄するに由無く
纖手裂投鶴港水」　　纖手裂いて投ず鶴港の水
鶴港之水向北流　　鶴港の水　北に向って流る
流到佐田忽停留　　流れて佐田に到り忽ち停留し
化作黄金峽下金　　化して黄金峡下の金と作《な》る
金光閃々豫海浮」　　金光閃々　予海に浮ぶ
我上高樓春已老　　我れ高楼に上れば春已に老ゆ
蜀魂啼長武郊草　　蜀魂《ほととぎす》啼長す武郊の草

武郊草色連天際　　武郊の草色天際に連なる
満地涙痕無人掃」　　満地の涙痕人の掃《はら》ふ無し
欲依長風語我心　　長風に依って我が心を語らんと欲すれば
太平海水萬尺深　　太平海水万尺深し

と詠じられている。〈鶴港〉は、逍遙の故郷伊予宇和島の雅称、鶴島に因む表現。〈黄金峡〉は、佐田岬の南にある暗礁、黄金碆《おうごんばえ》。ちなみに、明治二十一年の作に「黄金碆」と題する詩（正編）があり、「黄金峡下黄金碆、黄金碆上黄金波。佐田の岬頭潮矢の如く、直ちに海門を奪って此の間を過ぐ」と歌い起こしている。この〈可憐子〉は東京にいる恋人のために「綿字を織る」（このこと、前秦の蘇若蘭の故事に基づく。彼女は廻文詩を織り成して遠く旅上にある夫のもとに寄せたという）が、その手紙は逍遙のもとには届かず、彼は都はずれの高楼に上って故郷の〈可憐子〉を偲び涙するのである（なお結句は、李白の「汪淪に贈る」詩の「桃花潭水深さ千尺、及ばず汪淪の我れを送る情に」が意識されていよう）。

さらに明治二十三年には楽府体の「金風催」（正編）が作られている。この詩も、前に挙げた「想郎恋」「待郎怨」と同じく、やはり閨怨詩の発想による内容である。

金風催　　金風催す
妾衣薄　　妾衣薄し
空幃燈火痩欲削　　空幃　燈火痩せて削らんと欲す
玉露警秋凋群林　　玉露　秋を警《いまし》めて群林凋す
女郎花寒泣籬落」　　女郎花寒くして籬落に泣く

金風催　　金風催す
郎寒甚妾身寒　　郎の寒きこと妾が身の寒きより甚だし(4)
南雁叫斷北關雲　　南雁叫断す北関の雲
寶篆和梦消漸無　　宝篆　夢に和して消えて漸く無し
孤枕涙珠拭不乾」　　孤枕　涙珠拭へども乾かず
起把金針手自捻　　起ちて金針を把《と》って手自《てづか》ら捻る
爲郎新刺錦繡袷　　郎が為に新たに刺す錦繡の袷《あはせ》
前膝欲語人千里　　膝を前《すす》めて語らんと欲せば人千里
五更疎雨撲金鴨　　五更の疎雨　金鴨を撲《う》つ

〈金風〉は、秋風。五行説では、金は秋。〈空幃〉は、人気《ひとけ》ない部屋。幃は、とばり。カーテン。〈女郎花〉は、オミナエシ。〈籬落〉は、かきね。〈宝篆〉は、薫香の美称。煙が篆状になるからいう。〈五更〉は、午前四時。夜明け前。〈金鴨〉は、鍍金してある鴨の形をした香炉。例えば、中唐の戴叔倫「春怨」詩に「金鴨香消え魂を断たんと欲し、梨花春雨重門を掩ふ」と。

また、これより先、明治十九年作の「将《まさ》に東都に向はんとして留別す」二首其二（正編）にも、

秋風吹濕蛾眉面　　秋風吹いて蛾眉の面を湿《ぬ》らす
醉指水天天盡畔　　酔うて水天を指せば天尽くる畔《はて》(5)
憐君一點涙香痕　　憐れむ君が一点涙香の痕
染入客衣不堪澣　　染みて客衣に入るも澣《あら》ふに堪《た》へず

と、休暇を終え秋風立つ頃、再び東京に向う逍遙を見送って涙する女性の姿が詠じられているが、〈可憐子〉と同じ人を指すのであろう。

三

ところで、逍遙は己れの才能を自負し、いま相如たる自分にふさわしい理想の恋人卓文君が出現することを早くから願っていたが、(6) この故郷の女性はいとおしくはあっても、残念ながら卓文君だとはみなせなかった。彼が卓文君として思い定めた女性こそ南条貞子——彼女は和歌を詠み琴を弾いた——であった。彼女に逍遙が思慕の念を抱くようになったのは、だいたい明治二十三年、貞子の一家が上京して間もない頃だと言われているが、(7) やがて貞子に対する逍遙の思いは、

思君我心傷　君を思へば我が心傷み
思君我容瘁　君を思へば我が容瘁《や》す
中夜坐松蔭　中夜松蔭に坐せば
露華多似涙　露華多く涙に似たり
　　　　　　「思君十首」其一（外編）

思君我心悄　君を思へば我が心悄し
思君我腸裂　君を思へば我が腸裂く
昨夜涕涙流　昨夜涕涙流る

今朝盡成血　　今朝尽《ことごと》く血と成る

「思君十首」其二（同右）

といった一途な激しい昂まりを見せることになる。しかしながら、このような激烈な恋情は、郷里の女性に対して示されることはなかった。ただ彼女の方は逍遙に向って「泣いて百年の恨みを訴ふ」るばかりである。逍遙の南条貞子に寄せる思いが日ごとに熾烈になってゆくなかで、明治二十六年八月に帰省した折には、「春夢思ひを繋ぐ南紀の浦、秋琴涙を馳す東武の州」（正編「明治廿六年八月帰郷中」詩）と詠じ、『逍遙遺稿』に登場するもう一人の女性である、紀州の春夢子と東京の貞子のことが思い出されるばかりで、そこに故郷の女性のことは触れられていない。(8)

ところが、その前年の明治二十五年十一月作の「狂残痴詩」十首其八（外編）には、

少稚曾分秋月襟　　少稚　曾《かつ》て分かつ秋月の襟

龍膽花摧豫州丘　　龍胆　花は摧く予州の丘

と詠じられ、明治二十六年秋の「秋怨十絶」其三（正編）に、

香銷南國美人盡　　香は銷《き》えて南国美人尽き

霜落東京秋色來　　霜は落ちて東京秋色来《きた》る

とか、明治二十七年作「落寞」(9)六首其六（外編）にも、

龍膽摧南浦　　龍胆　南浦に摧け

鶯花老北陂　　鶯花　北陂に老ゆ

といった表現が見られる。〈龍胆〉（りんどう）の花を女性に喩えることは中国の詩文に先例がみあたらないが、(10)

そのりんどうに比擬されている女性は、かの〈美人〉と同じく故郷の女性を指したものであろう。さすれば、これらの詩例は、その人が明治二十五年の秋頃にはすでに結婚して逍遙の手の届かぬ人となったことを暗示している。それゆえ、明治二十六年の帰省中の作にはこの女性の姿がなかったのであろう。さらに明治二十七年二月の「豆州漫筆」（正編）においても、逍遙は〈龍胆〉の花が摧けたことを嘆き、愛弟為雄の死を悼んで、「龍膽之花摧矣、吾知海内無復眞憐吾情者也。棣棠之枝裂矣、吾知天下無復共研忠孝之道者也」（龍膽の花摧けたり、吾れ海内に復た真に吾が情を憐れむ者無きを知るなり。棣棠の枝裂けたり、吾れ天下に復た共に忠孝の道を研くこと無きを知るなり）と悲痛な叫びをあげている。ちなみに、〈棣棠の枝〉とは兄弟の喩えで、『詩経』小雅「棣棠」による。

四

さて、冒頭に掲げた「想郎恋」が作られたのは、ほぼ明治二十七年三月以降九月頃までの間と推定される。「侍郎怨」もやはり同じ頃に書かれたものである。だとすれば、この時期、故郷の恋人はもはや逍遙の手の届かぬ人となっていたはずだ。それなのに、逍遙が自分を待ち続ける恋人の姿――それは今や架空の存在である――を詠じているのは何故であろうか。ここで問題になるのは、先にも述べたようにこの二つの作品に形象化されている女性像であろう。

逍遙は、南条貞子を自分にとっての卓文君だと思い定めたが、結局のところ、その切なる思いは報われることはなかった。痛ましいまでに恋ごころをうたい、報われぬ思いに身を焦がし、苦しみに悶え怨みに泣くことによって、「紅心の餘唾」(11)と藤村に評される数々の《恋愛詩》が生まれたのであるが、もっともそれは、彼が《恋愛詩人》たらんと欲したためではなく、ひたすら自らの恋を生き、思いのたけを真率に表現した結果、そうなったのである。貞子の心がわが身に向けられていないことを悟り、彼女の結婚を知った彼は、激しい恋着のゆえに深い怨嗟の呻きを洩らしている。逍遙の心友で貞子の和歌の師匠でもあった佐々木信綱宛の明治二十六年七月十八日附の書簡[12]には、

かの冷たきものハいつまでもつめたく熱性に化するの折を見ず而も落花の後に於て尚ほ枝頭の群鳥をして其無情をうらましむるのあとあるはまことにをしむへきかきりにあらすや
花も散りぬわれ予め他手の名果を統す思へは君か薫陶の恩も山の如し歌は物のあはれを知るとかれ高気の区に入らずはかならず青織社会中に其名を知られしならん（青織ハBlue Stockingニテ一時米国ニテ女子青キヅボンヲ着シテ極メテ生意気ナル社会ヲ立テ其風一時流行セシ事アリ事ハ「アービング」[13]ノ著書ニ見ユ）冷たき永雪もあたゝかなる春風には融く堅き金鉄もはけしき熱火には鎔くたゞ人のこゝろよ教育も薫陶も唯其外面を飾て少しも其内を化するの力なきくちをしさこれは方今高等教育を受けたる女学生の通弊なり

と、貞子のつれなさをなじり遣る方ない憤懣を切々と訴えている。逍遙の熱情もついに彼女を動かすことはできなかった。貞子は明治二十七年三月、さる弁護士のもとに嫁いだ。[14]それでも逍遙は彼女のことがあきらめ切れず、その人の面影を追い求めて、貞子が式を挙げた直後であろうか、四月二日には病身をおして貞子の郷里上毛の地への旅を試みている。けれども、所詮それでどうなるものでもなく、貞子への執着は執着、未練は未練として胸中に抱きながらも、その一方であるいはそれゆえに、傷ついた自分を優しくいたわりなぐさめてくれるはずだった故郷の幼なじみの面影が再び甦って来たのではなかったろうか。すげない女と違って、「真に吾が情を憐ん」でくれる人だった。文学者として世に立たんとした中野逍遙にとって、その経世の志の実現は彼の恋愛の成

就と不可分のことと考えられていたが、両つながら実現かなわず、精神的に八方塞りの状態に追いつめられ現実にゆきなやんでいる時に、ひととき夢想したのが、己れに対する愛情を裏切ることなく、ただじっと帰りを待ち望んでくれている故郷の女性の優しい面ざしであったのだ。これは、幼時の思い出はともかくも、今は現実にあり得ぬ人であり、儚いまどろみのなかにしか見出せぬ女だった。

ただ、逍遥がこのような女性を形象化し、またそれ以前に故郷の女性の姿を繰り返し詠じている背景には、明治二十二年五月十四日附母宛の手紙[15]に言及している親戚のむすめ「おしづさん」のような人がいて、そのイメージの原型を成しているのかも知れない。

> 過日おしづさんに女用文章おくり上げ候処大によろこびなされこの身を実の兄とおもひ候得ハ万事力《ちから》になりてたまはれと申越され考へてみれば不便の事ト存候岡田も今ハおこまりでもあるまじきに小学校の生徒に本を教へるのみがおとこのつとめか、比企も内〻のよきにまかせて自分のむすめにはあくまで諸げいを教へこみながら死んだる兄の子、実さいのめいにはなるべく手をつけぬがおぢのやくめかおばさんもおばさんなり、かわいそう〳〵といひながらそこのとりもちもせず、えやうにのみ身をくらすが女房の仕事かあちらもこちらもはくじやうの事ばかり去年国へかへり候節におしづさんを二三度もたづねてあげしが外にたよる人もなしとて打ちよろこびわが出立の日のあさも立よりて名残をしみしが門までいでて見送り玉ひ言葉もなくて立わかれぬ力の及ばん限りはつくしてあげんとは思へども今は書生の身分殊更遠く立はなれてハ心のま丶ならずなにとぞおしづさんをうちの子と思ひ御世話をなし上げ下され度萬の事不自由勝と存じ候へは出来るだけハ御たすけあげなさるべく候おしづさんがおいでになれば重太郎がそう云ふたと御申し下され度候

逍遥が東京に出立する朝、名残りを惜しんで門まで見送り言葉もなく別れたという「おしづさん」の姿は、先

に挙げた「秋風吹濕蛾眉面、醉指水天天盡畔。憐君一點涙香痕、染入客衣不堪澣」（秋風吹いて蛾眉の面を湿らす、酔うて水天を指せば天尽くる畔。憐れむ君が一点涙香の痕、染みて客衣に入るも澣ふに堪へず）や、明治二十五年作「郷を発す」詩（正編）の「十里家山不容吾、又抱狂骨上征途。美人泣訴百年恨、雲慘澹兮離亭晩」（十里の家山吾れを容れず、又狂骨を抱いて征途に上る。美人泣いて訴ふ百年の恨み、雲は惨澹たり離亭の晩）といった詩句をあたかも髣髴とさせはしないか。

（1）楽府体ではあっても、「想郎恋」・「侍郎怨」といった楽府題は、従来見られない。
（2）読み下し文は、おおむね笹川臨風・金築松桂の訳文に拠ったが、必ずしもそれに従わぬ場合もある。以下同じ。
（3）故郷の女性の存在については、すでに箕輪武雄氏が「中野逍遙論―逍遙の恋愛をめぐって」（「教育国語国文学」第4号、昭和五十一年）および「中野逍遙論」（「日本近代文学」25、昭和五十三年）において、これに注目している。
（4）岩波文庫本は「郎寒甚しく妾身寒し」と訓ずるが、神田喜一郎編『明治漢詩文集』（筑摩、明治文學全集62）の今鷹眞氏の読みに従う。
（5）岩波文庫本に、承句の「醉指水天天盡畔」を「酔うて水天を指せば天尽《ことごと》く畔《そむ》く」と訓ずるのは、よくない。
（6）このこと、第Ⅱ章「秋怨十絶其七について」において、一部言及した。
（7）笹淵友一「明治の漢詩人中野逍遙伝」（「国文学　言語と文芸」昭和三十四年九月号）。
（8）春夢子は、南条貞子や故郷の女性と並んで『逍遙遺稿』中に登場するもう一人の重要な女性である。原田憲雄氏が「中野逍遙」（「人文論叢」第二十四号、昭和五十一年）のなかで「春夢とよぶ女性への逍遙の感情が恋愛であったのか友情であったのか断定しにくい。恋愛でなかったとしても、当時はその維持が困難であったろう青年男女間の友情を、すくなくとも逍遙のほうでは実現しようとして努力したといえようか」と述べられた時には、具体的にどういう女性か分からなかったが、その後の原田氏の精力的な調査研究によって、ようやく素顔が明らかになった。第Ⅳ章「狂残痴詩其六について」参照。

(9) この「落寞」という詩題、李賀の「崇義里滞雨」詩の「落莫誰家子、來感長安秋。壯年抱羇恨、夢泣生白頭」(落莫たり誰が家の子ぞ、来《きた》り感ず長安の秋。壮年羇恨を抱き、夢に泣いて白頭を生ず)云々とある〈落莫〉が意識されてはいないだろうか。逍遙の作品には、李賀のこの詩の情調を想起させるものが幾つかある。

(10)「龍胆」そのものも、中国の詩に詠じられることはほとんどその例を見ないようだが、日本の古典にはまま見える。例えば、『源氏物語』葵の巻・野分の巻には、枯草の中に可憐な花を咲かせる秋の植物の代表格として取り上げられているし、和泉式部は己が身をこの「龍胆」になぞらえて「りんだうの花とも人を見てしかなかれやはつるしもがくれつつ」と詠じている。※『源氏物語』と和泉式部の歌については、梅野きみ子氏の御教示による。

(11)「哀歌」(『若菜集』所収)の詞書に見える。

(12) 川崎宏編「〈資料紹介〉中野逍遙書簡」(「文学」第三十四巻第一号、昭和四十一年一月)による。

(13) あるいは米国のワシントン・アーヴィング(Washigton Irving 一七八三～一八五九)のことかと思われるが、その著書が何かは未確認。

(14) 柳田泉『田山花袋の文学(1)—花袋文学の母胎』(春秋社、昭和三十二年)。なお箕輪武雄氏は、稲村徹元・井門寛・丸山信共編『大正過去帳』(東京美術、昭和四十八年)に収録されている貞子の夫、三宅碩夫の死亡記事に基づいて、貞子の結婚をおそくとも明治二十四年春までと考えねばならぬという見解を提起されている(前掲「中野逍遙論」)。しかしながら、『逍遙遺稿』を読むかぎり、私には明治二十七年三月説が妥当であると思われるので、ひとまずこれに従っておく。

(15) 注(12)に同じ。なお、川崎氏の『中野逍遙の詩と生涯—夭折の浪漫詩人』(愛媛県文化振興財団、一九九六年)によれば、「手紙の中の比企氏の当主員宜は逍遙の父方の祖母ハマの甥、その姪で親をなくしている明治二年生まれの岡田シヅ(倭)という人」で、逍遙の妹タケ(竹)と同い年である。

附記　津田左右吉の日記

若き日の津田左右吉が『逍遙遺稿』を読んでいたことについては、すでに村山吉廣氏が、彼の日記「無絃無簧録」(1)の明治三十六年三月二十日（金）の条に「逍遙遺稿を讀む、感慨無量、あゝわれ情なきにあらず、われに筆なきを奈何せむ」云々と述べた件りのあることを指摘されている（「明治漢詩史稿(一)」。「中国古典研究」第二十七号、一九八三年）。その日記の一節に「戀せよ、汝の情のなほもゆる間に、狂せよ、汝の血のなほ沸ける間に」とあるのは、後年、吉井勇が「ゴンドラの唄」で「命短かし恋せよ少女／紅き唇褪せぬ間に／熱き血潮の冷えぬ間に／明日の命はないものを」と歌っているのを髣髴とさせる——ちなみに、吉井自身の語るところでは、「ゴンドラの唄」は鷗外訳の『即興詩人』中の「妄想」に見えるヱネチアの俚謡「朱の脣に觸れよ、誰か汝の明《あ》日《す》猶在るを知らん。戀せよ、汝の心の猶少《わか》く、汝の血の猶熱き間に」を典拠としていると言う(2)——が、それはともかくとして、津田左右吉の日記の中には、村山吉廣氏が指摘された以外にもう一箇所、中野逍遙に言及しているところがあるので、ここに挙げておく。「風塵録」と題された明治三十年四月二十七日の日記(3)に、漢文脈の文章で次のように書かれているのがそれである。

> 正岡子規が、中野逍遙の遺稿に序したるなりと覺ゆ、子は多情多感の人、而して多情多感の人を求めて得ずといふ語を記憶せり、春風枝頭を吹いて花乃ち開き、秋雨樹梢を霑ほして葉乃ち落つ、花開いて狂蝶茲に舞ひ、葉落ちて鳴鴈聲寒し、蓋し同類相求め、同氣相感ず、おのづからこれ有情の事、若し夫れ多情多感の人に至つては乃ち多情多感の人を求めて以て自ら慰めざるを得ずとす、而も彼れ之を求めて而して得ざら

んか、吁、これ眞に人生の最大痛恨事、多情多恨の人、いづくんぞ之に向つて同情同感の涙を濺がざるを得んや、われ獨り熱血のわきかへれるに世は擧つて冷笑を以て之を迎ふ、われ獨り流涕泣哭するも人は皆な戯謔敖笑を事とす、われ〔缺〕として迷路に彷徨するも友は却つてたゞ傍觀指笑せんとす、滿腔の憤慨語らんとするに友なく、胸裡の懊惱慰めんに人なし、而も悶々の情、抑へて而して止むを得ず、僅かに禿筆を驅つて徒らに無限の憂愁を一片の故紙に托し、聊か一杯の酒を仰いで空しく萬斛の磊塊を無情の乾坤に濺ぐ、抑々亦た悲しからずや、社交彌々しげくして孤獨の感益々深く、喧囂晨夕に加はりて寂寥の情日夜に甚だし、吁、嗟、わが鬱結せる胸襟を開くは夫れ誰人の纖手なるぞや、わが澎湃たる血涙を濺ぐは夫れ誰人の衣袖なるぞや、而して又わが冥濛なる雲霧を開いて此の可憐の前路を指導するはそれ何人ぞや、吁、嗟、多情多感の士、多情多感の人を求めて得ず、這人夫れ遂に孤獨寂寥、無量の感慨遣るに所なく、無限の痛恨寄するに人なく、永く憂思を齎して空しく悶死するに終る外なきか、坐して而して獨り哭するに堪へず、出でて曠野に叫破するも煙霞徒らに茫々として天涯地角遂に反響の求むべきを知らず、求めて而して得ず、徒らに涙を無情の草木に霑ほすに忍びず、歸り來つて又た獨り兀坐沈吟し、輾轉反側す、吁、嗟、花咲き花散り而して孤蝶曾て羽を托するに處なく、春ゆき秋去り而して隻鴈遂に翼を寄するに時なし、茫々たる天地、吁、嗟、誰か隻狂兒の情を知り、隻狂兒と感を同じうするものぞ、一夜悶々に堪へず、孤獨歎を作る、

明治三十年（一八九七）四月といえば、津田左右吉二十五歳。その年の三月に群馬県立尋常中学校を辞職し、五月には千葉県立尋常中学校に赴任することになっていた。千葉の中学校には、中野逍遙の大学時代の友人であった菊池謙二郎(4)も校長として奉職しており、そこでは両者の間に往来があった。ちなみに津田が菊池に初めて会ったのは、日記によれば四月二十四日のことである。津田はそれ以前から『逍遙遺稿』を手にし愛読してい

たものと思われるが、この菊池謙二郎から直接、逍遙のことを耳にする機会もあるいはあったかも知れない。なお、引用文中の「隻狂児」とは、当時の左右吉の号。彼は「隻狂児伝」と題した漢文体の文章を四月十七日附の日記に書いている。

津田左右吉が、その日記において『逍遙遺稿』に言及しているのは、以上二箇所にとどまるが、「痩骨稜峭として幾分の奇氣を吐き、面貌蒼白にして眉下一點の愁雲を帯ぶ、人と爲り沈痛憂鬱多情多感、胸裡曾て憤慨の氣を絶たず、口を開けば則ち悲婉悽愴、恨みを行雲に寄せ、筆を執れば則ち幽思蕭條、怨みを流水に托す」云々という「隻狂児」の面貌を含めて、青年津田左右吉が漢文脈で書いた何篇かの文章には、『逍遙遺稿』からの影響が色濃く感じられる。そのうちの一つ、明治三十年八月作の「憶上毛記」は、津田が群馬の中学校に勤めている頃知り合った下宿屋の娘に対する恋慕の情を「戀しきは奇峭雄偉なる上毛の山川」とばかり昂揚した筆致で縷々訴えた一文であって、この漢文体の文章は、かつて中野逍遙が南条貞子への思い断ち難く情念につき動かされて、彼女の生まれ故郷である上州に旅し、「上毛漫筆」（外編）・「上州羇旅、感傷十律」（外編）といった詩文を綴り、上毛の自然と美人とに悲しい頌歌を捧げているのと、その文気・措辞の面で極めて似通ったところがある。例えば、「上毛漫筆」に「他日月氷有緣、得託生于上州之人。死則埋骨於碓氷妙義之麓、百年志願。吁又何加焉」（他日月氷縁有らば、生を上州の人に託するを得ん。死せば則ち骨を碓氷妙義の麓に埋むるは、百年の志願なり。吁《ああ》、又た何ぞ加へん）と逍遙が言えば、左右吉は「吁、われ生まれて上毛の人たる能はず、恨み何ぞ加へん、希はくば死して上毛の土とならんか、わが願ひ則ち足る矣」と述べるといった具合である。

熱烈な「ヱルテル」心酔者だった青年津田左右吉におけるロマンチシズムの内実と構造については、大室幹雄『アジアンタム頌―津田左右吉の生と情調』（新曜社刊、昭和五十八年）がこれを解き明かして餘蘊がない[5]が、この時期、『逍遙遺稿』が投げかけている影も見落してはならぬように思う。

（1）『津田左右吉全集』第二十六巻（岩波書店、昭和四十年）。

（2）「いのち短し」（『定本吉井勇全集』第八巻所収。（番町書房、昭和三十九年）。なお、「妄想」の章は明治三十三年九月「めさまし草」に載せられ、『即興詩人』の完訳も明治三十五年九月に単行本として刊行されているから、あるいは明治三十六年三月二十日の時点で津田も読んでいたかも知れない。津田は丹念に読書の記録をつけているが、現在『全集』に収められている彼の日記にそのことを窺える記事はない。ただ、明治三十三年三月十七日の日記に「ふるき『柵草子』をとりいでて、『即興詩人』をよみはじめぬ」とあり、『即興詩人』の連載に興味を抱いていたことは確かである。

（3）『津田左右吉全集』第二十五巻（岩波書店、昭和四十年）。

（4）この人は、漱石や子規の友人でもあった。水戸出身で、仙湖と号した。慶応三年生まれ。明治二十六年、国史学科卒業。『逍遙遺稿』では、「明治廿四年夏、文科大学々寮に在り。八月の初め水戸に遊び、菊池・石川二子を訪ひ、酒を大洗の海楼に飲む」詩（正編）および「菊池学士の山口に在るに寄す」詩（外編）にその名が見える。

（5）大室幹雄氏は、明治三十年四月十七日の「隻狂児伝」と、同年八月に書いた「憶上毛記」とについて、「その素養からくる措辞の稚拙さはとにかく、むしろその稚拙さがかえって清潔な響きになって、分別臭い名漢文などにはめったにみられない若々しさを湛えた格調高い名品だといってもけっして過褒ではない。ことに後者は、措辞の緊密、視野の広大、想像の清澄、情念の苛烈なまでの昂揚が上毛の山河への追憶と融合して、青年らしいロマンティシズムの横溢する絶唱だと称するのに何ら躊躇を感じない」と述べておられるが、これは津田の「憶上毛記」の先蹤作品たる中野逍遙の「上州漫筆」などの詩文にも当てはまる指摘であろう。

Ⅳ　狂残痴詩其六について

一

明治二十五年（一八九二）十一月、当時文科大学漢学科に在学中の中野逍遙（重太郎）は、自ら狂骨子と号し、浅草は今戸に居住する親戚筋の宇都宮氏宅に寄寓していた。[1] その下宿に、十月頃より夜ともなると、残月子こと佐々木信綱が神田小川町の自宅からほぼ一日おきに訪ねて来るようになっていた。たがいに益友とも心友とも認め合っていた二人は、[2] 酒を前にして人生を論じ文学を語り、青春の悩み恋の苦しみを訴えて、大いに気焔をあげ憤懣をぶつけあっていたのである。時に逍遙二十六歳、信綱二十一歳。ともに多感な青年であった。父佐々木弘綱（文政十一年［一八二八］～明治二十四年［一八九一］）から英才教育を受けて育った信綱は、「歌林の名材」[3] としてすでに世間の注目を浴びつつあった。日頃口数少なく、「資性狷介」で「常人と相容れず」[4]、「交際も餘り博からざる方」[5] の逍遙にとって、この五歳年下の新進気鋭の歌学者は心おきなく話のできる数少ない友人であり、信綱の方でも胸襟を開いて語らえるのは、この逍遙を措いてほかになかった。そして何より二人は、学ぶところは異なっても、共に文学に志し、ゆくゆくは手を携えて文界を指導せんと誓い合う同志でもあった。ともすれば談は深更に及んだ。座には逍遙・信綱のほかに、逍遙の寄寓先の宇都宮夫人とやはり宇和島の出身で工科大学に進んだ富田保一郎の妹、富田アイ（愛子）という二人の女性の姿が見えることもあった(6)。

その頃、逍遥は信綱の家の筋向いに住み竹柏園で和歌を学んでいた上州館林出身の実業家のむすめ、南条サダ（貞子）二十二歳に狂おしいまでの思慕の情を抱いており、信綱は信綱で房州北条（現在、千葉県館山市の一部）に居るとある少女に心を寄せていた。すなわち、「残月子の心は礒松に傾き、狂骨子の情は南枝に鍾《あつま》(7)」っていたのである。両者両様に恋の炎に身を焦し、熱に浮かされて放言を繰り返す。黙していればやるせなく、身のおきどころがないようでいたたまれない。言葉にすれば彼の女への怨みがつのり、ますます感情が激してくる。傍らに侍してじっと耳を傾けていた夫人からは、不意に遠慮容赦のない痛烈な評語が浴びせられた。神妙そうに話を聞いていた愛子もそれにつられて思わず笑いころげる。南条貞子とは同い年で一足先に信綱から歌の手ほどきを受けていた(8)愛子にしてみれば、一方の当事者同士を知っているだけに、若い二人の深刻そうな表情やいかにも感に堪えぬといったふうの口吻は、微笑ましくはあっても内心噴き出したくなるような代物であったに違いないし、世智にたけた夫人には、青年たちの胸の内を多少理解できたとしても、所詮たわいもない世迷言としか聞えなかったであろう。だが、二人の青年は真剣そのものであった。そんな雰囲気のなか、ある晩、興たけなわに達した時、微醺を帯びた一人が突然筆を取って書いた。

昨夜春風入紫閣　　昨夜春風紫閣に入る
燈華ト喜對孤榻　　燈華喜びをトして孤榻に対す
問黄鶯兒之意中　　黄鶯児《うぐいす》の意中を問へば
只指南枝笑不答　　只だ南枝を指して笑って答へず

酔わざる者も同様に紙を引き寄せ題していう、

ともにみし沖のしま邊の磯馴松
　秋風いかにさむくふくらん

以上は、「狂残銷魂録」第一及び「狂残痴詩」十首並びにその後序から窺い知られる中野逍遙と佐々木信綱との隔夜の文談の様子である。これらの作品は、いずれも中野逍遙の歿後に編纂された『逍遙遺稿』外編に収められているが、この外、明治二十五年十月の「城南評論」第八号にも狂残子の筆名による雨夜の品定めならぬ「雨夜文談」が載せられている。

二

今、ここに引用した「酔わざる者」こと残月子、佐々木信綱の歌は「狂残銷魂録」第一に見えるものである。この作品は、その後、森鷗外の「めさまし草」まきの十（明治二十九年十月）に「をちかた人」と題する詠草の一首として発表され、さらに信綱の第一歌集である『思草』（博文館、明治三十六年）にも収録された。雑誌や歌集に載せられた際に、多少表記が改められており、『思草』では、

共に見し沖の島べの磯馴松あき風いかに寒く吹くらむ

となっている。

ところで、この信綱の歌は、彼が房州北条にいる恋人の身の上を遠く思い遣って詠じた作品であるが、それを竹柏園門下の歌人川田順は「おもひ草評釋（五）」（「心の花」昭和二十八年六月号。後に『羽族の国―思草評釈―』に収

録。短歌新聞社、平成六年）のなかで、次のように解説している。

「沖の島べ」は房州北條から眼前に見える「沖の島」のことで「島べ」の「べ」は單なる接尾語である。作者はおなじ町内（神田區小川町）に住んでゐた中野逍遙と親しかつた。多感の詩人逍遙は、これも小川町に住んでゐた銀行家南條なにがしの令嬢に想ひを懸けたが、その令嬢は琴を上手に彈いた。逍遙の漢詩その他の作品に、しばしば琴の音が現はれる。浪曼主義者の逍遙にはいま一人、房州北條に、戀人ならぬ戀人が居つた。信綱先生は逍遙と一緒に北條へ赴き、その女性も加はつて、共に沖の島に遊んだ。右一首は歸京してからの作で、逍遙の心になつて作つたものである。

川田順のこの評釈は、信綱の孫にあたる佐佐木幸綱氏の『日本近代文学大系55近代短歌集』（角川書店、昭和四十八年）や『短歌シリーズ・人と作品2佐佐木信綱』（桜楓社、昭和五十七年）においても、そのまま踏襲されている。

しかしながら、中野逍遙の「狂残銷魂録」やその他の作品を読むかぎりでは、逍遙にいま一人恋人ならぬ恋人が房州北条に居たとか、信綱が逍遙の心になって「沖の島べ」の歌を詠んだとかいう川田順の説明は、ずいぶんおかしなものになってくる。逍遙と信綱とが同じ町内に住んでいたというのも事実誤認であろうし、二人が一緒に房州に遊んだことがあるかどうかも疑問に思われる。だが、それよりも、逍遙の作品中に琴の音がしばしば現われていることに着目し、それを琴を善くした南条貞子と結びつけて的確に指摘している川田順が、全く『逍遙遺稿』に眼を通していなかったとは到底考えられず、どうしてかかる評釈がなされたのか理解に苦しむ。何かいわくがあるのだろうか。(9)

また、この歌の制作時期に関して、佐佐木幸綱氏が前掲『近代短歌集』の補注で、「信綱『房総漫吟』中に、北条、沖の島の歌があり、それから推察して、明治三三年の作か」と述べておられるのは、この歌の初出を「めさまし草」とされていることからすれば解せぬことであるし、そもそも、佐佐木幸綱氏の場合、『逍遙遺稿』それ自体を見ておられなかったのではないかと疑われる。信綱の『作歌八十二年』（毎日新聞社、昭和三十四年）に拠れば、彼は明治二十五年、二十一歳の時「晩春の頃、安房北条在の小原氏に招かれてゆき、北条の歌会に列なり、沖の島、鷹の島に遊び、奈古から帰った」ことがある。たんなる臆測に過ぎぬが、あるいはこの折の北条の歌会で知り合った女性がいて、信綱はその人に恋したのかも知れない。[10]

生前まとまった著書を一冊も刊行することなく、明治二十七年（一八九〇）十一月享年わずかに二十八で急逝した中野逍遙とは全く対照的に、佐々木信綱は昭和三十八年（一九六三）十二月に歿するまで九十二歳の長寿を保ち、歌壇の重鎮、国文学界の耆宿として多大の業績を挙げ数多の門流を育成した。人柄に圭角なく温雅謹直そのものであったらしいこの人は、歌道に文献学にと文火《とろび》の如く絶えることのない心熱を燃やしつづけたが、その若き日の感情の昂ぶりを伝える貴重な証言として、逍遙の「狂残銷魂録」や「狂残痴詩」等の作品は見過せぬであろう。

三

さて、ここでは逍遙の「狂残痴詩」十首のうちから、其六を取り上げてみたい。この作品は全体が四解に分かれ、逐解押韻格の古体詩である。次に全文を掲げ、解ごとに簡単な語釈を附しておく。

主人狂骨奇感士　　主人狂骨は奇感の士

客殘月有情人矣
人世境遇歎飛蓬
主客相見共揮涙
主人有酒留客飲
氷心投在玉壺裡
一杯銷憂十杯笑
百杯僅當中宵醉
主人狂骨襟先沾
客殘月子嗣拭眦
二子涙華分南北
一向高臺一碧水
碧水茫々看不盡
只有秋色涵千里
話到南北銷魂處
滿堂無聲夜欲死
冷語忽落夫人評
淑女嘲笑次之起
無情漫忖有情心

客残月は有情の人
人世の境遇飛蓬を歎じ
主客相見て共に涙を揮《ふる》ふ
主人酒有り客を留めて飲み
氷心投じて玉壺の裡《うち》に在り
一杯憂ひを銷《け》し十杯笑ふ
百杯僅かに中宵の酔に当たる
主人狂骨襟先づ沾《うるほ》ひ
客残月子嗣《つ》いで眦《まなじり》を拭《ぬぐ》ふ
二子の涙華南北に分かれ
一は高台に向ひ一は碧水
碧水茫々として看れども尽きず
只だ秋色の千里を涵《ひた》す有り
語し到る南北銷魂の処
満堂声無く夜死せんと欲す
冷語忽ち落つ夫人の評
淑女の嘲笑之に次いで起る
無情漫《みだ》りに忖《はか》る有情の心

報酬何聞感慨地　　報酬何ぞ聞かん感慨の地
他人不許問我憂　　他人は我が憂ひを問ふを許さず
知二子者二子耳　　二子を知る者は二子のみ

〈奇感〉は、並はずれて感傷的なこと。〈飛蓬〉は、風に吹かれて転がる蓬（ムカシヨモギ）。飄蕩して定まりない状態をいう。〈氷心〉は、清らかな心。盛唐の王昌齢「芙蓉楼にて辛漸を送る」詩（『唐詩選』巻七）に「一片の冰心玉壺に在り」と。〈高台〉は、駿河台を指す。逍遙が思いを寄せた南条貞子が住む。〈碧水〉は、東京湾を指している。その彼方、房州北条に信綱の愛する人が居た。〈銷魂〉は、悲しみや愁いに沈んでぼんやりすること。腑抜けの状態になること。六朝梁の江淹「別れの賦」（『文選』巻十六）に「黯然として銷魂する者は、唯だ別れのみ」と。〈夜欲死〉は、夜もとっぷりと更けようとする意。〈報酬〉は、返事。酬答。座に列なる二人の女性のそれ。〈感慨地〉の地は、心地の意。心境。

憶他玉鏡忽破春色移　　憶ふ他《か》の玉鏡忽ち破れて春色移り
百年金誓渾堪悲　　百年の金誓渾《す》べて悲しむに堪へたり
綠鬢不似去年様　　緑鬢去年の様に似ず
斜街低首立多時　　斜街首《かうべ》を低《た》れて立つこと多時
別後紅顔無恙否　　別後紅顔恙《つつが》無きや否や
何人彩筆畫娥眉　　何人の彩筆ぞ娥眉を画く
吾愛南家玉芙蓉　　吾れは愛す南家の玉芙蓉
仙香含霧倚太池　　仙香霧を含んで太池に倚《よ》る
風來忽吹楊妃粉　　風来って忽ち吹く楊妃の粉《おしろい》

月到偏照西施脂　　月到りて偏《ひとへ》に照らす西施の脂《はだ》
嬌夢只合天上棲　　嬌夢只だ合《まさ》に天上に棲むべし
枉使人妬蛺蝶枝　　枉《ま》げて人をして蛺蝶の枝を妬ましむ

〈憶他〉は、岩波文庫本に当時の読み方に従って、他の……を憶ふと訓ずるが、他は動詞につく接尾語で、唐代から見られる俗語的用法。例えば、盛唐の王維「盧員外と崔処士興宗の林亭に過る」詩（『唐詩選』巻七）の結句に「白眼看他世上人」とある看他も同じで、本来は看他す、憶他すと訓ずべきもの。〈玉鏡忽破〉は、結婚の約束が反故になること。〈春色〉は、春景色の意ではなく女性の容色。〈百年金誓〉は、一生添い遂げることを誓った固い約束。〈緑鬟〉は、女性の美しいまげ。〈斜街〉は、繁華な街なか。〈画娥眉〉は、妻のためにまゆ墨で眉をかいてやること。前漢の張敞の故事（『漢書』巻七六、『蒙求』巻下「張敞画眉」）。〈南家〉は、南条家を指す。〈玉芙蓉〉は、美しい蓮の花。〈太池〉は、長安にあった太液池。中唐の白居易「長恨歌」に「帰り来たれば池苑皆旧に依る、太液の芙蓉未央の柳」とあるそれ。〈楊妃〉は、楊貴妃。西施とともに中国の美女の代表格。〈嬌夢〉は、貞子の見るかわいらしい夢。〈天上棲〉の棲字、岩波文庫本は楼に作る。〈枉〉は、むだに、いたずらにの意。〈蛺蝶〉は、蝶々。仲睦まじいものの喩え。

半生爲客心魂碎　　半生客と為って心魂砕け
萬卷破書知感慨　　万巻書を破って感慨を知る
漫投文海決百川　　漫りに文海に投じて百川を決し
誤溯情源之九派　　誤って溯《さかのぼ》る情源の九派
枕上明星光陸離　　枕上の明星　光陸離
筆端幽鬼影靈恠　　筆端の幽鬼　影霊怪
秋琴臺畔風露沈　　秋琴台畔　風露沈み

春夢閣外紅紫褪
旅亭酒醒獨對燈
綠鬢之下寸丹在
寄語残月休長嗟
我輩亦是艶生涯
只留一點南枝花
千年潮打磯松沙

春夢閣外　紅紫褪《いろあ》す
旅亭酒醒めて独り燈《ともしび》に対し
緑鬢の下　寸丹在り
語を寄す残月長く嗟《なげ》くを休《や》めよ
我が輩も亦た是れ艶生涯
只だ留む一点南枝の花
千年　潮打つ磯松の沙

〈万巻破書〉は、盛唐の杜甫「韋左丞丈に贈り奉る二十二韻」詩に「書を読みて万巻を破り、筆を下せば神有るが如し」と。〈文海〉は、文学の世界。〈決〉は、導き治めること。〈百川〉は、さまざまの学問。例えば、『淮南子』氾論訓に「百川源を異にして、皆海に帰す」と。〈情源之九派〉は、みちあふれる情感のみなもと。初唐の王勃「明員外に上る啓」に見える語。清の陳球『燕山外史』にも「情源の九派に溯る険は瞿塘に等し」と。明治二十七年二月作の「豆州漫筆」（正編）に「漫りに文海の百川に投じ、誤って情源の九派に溯る」と同様の表現が見える。〈陸離〉は、きらめくさま。双声の語。〈霊怪〉は、不可思議であやしいこと。〈秋琴〉〈春夢〉については、後述。〈紅紫〉は、色とりどりの花。〈旅亭〉は、客舎。東京での寄寓先をいう。〈緑鬢〉は、つややかな黒い鬢。逍遙のそれをいう。〈寸丹〉は、一寸の丹心。まごころ、情熱。

この詩の内容構成について、ごく簡単にまとめると、およそ次のようになろうかと思う。

先ず第一解において、奇感の士たる狂骨子（逍遙）と有情の人残月子（信綱）とが相会して、それぞれ恋する女性に対する思慕の情を吐露し合うのだが、傍らで話を聞いている夫人や淑女の反応は極めて冷淡である。されば逍遙は自分たち二人の真情は自分たちにしかわかるまいと思うのである（第一句～第二十二句）。次に第二解で、逍遙はかつて別れた恋人のことを憶い出しはするものの、現在の自分は美しい南家の女《むすめ》（貞子）をひたすら愛しているのだと、夢見心地に述べる（第二十三句〜第三十四句）。だが、その人の心をわがものにすることはできぬ。そこで第三解になるとトーンが変って、残月子たちが帰った後、ちぢに心緒乱れて眠れぬ夜を過す逍遙の姿が詠じられている（第三十五句〜第四十四句）。されど結局第四解において、自分の愛する人は貞子しかいないし、残月子には磯馴松と呼ぶ女性しか存在しないのだと気を取り直し、その人を思いつづけることを改めて決意するのである（第四十五句〜四十八句）。

四

以上、「狂残痴詩」其六について紹介して来たが、ここで注目しておきたいのは、第二十三句から二十八句にかけて詠じられている女性の存在である。おそらくこの人は、逍遙が故郷宇和島に残して来た〈故郷の恋人〉であろう。それはまた、彼が〈可憐子〉〈龍胆〉の名で呼ぶ女性と同じ人であるに違いない。

〈故郷の恋人〉のことは、第Ⅲ章「故郷の恋人のこと」においてこれを論じ、その際、「狂残痴詩」其八に「少稚曾《かつ》て分かつ秋月の襟、龍胆花は摧く予州の丘」とある例などから推測して、「その人が明治二十五年の秋頃にはすでに結婚して逍遙の手の届かぬ人となった」のではないかと想像したが、この「狂残痴詩」其六に「玉鏡忽ち破れて春色移り、百年の金誓渾べて悲しむに堪へたり」と詠じていることからすれば、たんに幼なじみの女性であるというにとどまらず、逍遙の婚約者もしくは許嫁かそれに近い人であったと見る方がよいと思う。そして、この二句では、二人の結婚の約束が反故になったことを述べているのであろう。

さらに言えば、この婚約の破棄は、逍遙個人の側から一方的に申し渡されたもので、明治二十五年八月逍遙が帰省した時のことであったように考えられる。(11)というのは、『逍遙遺稿』正編に収められている「明治廿五年八月郷に帰る」詩とそれに続く「郷を発す」詩との間に大きな心理的落差乃至断絶が感じられるからである。

前者においては、先ず「朝に発す紛華の地、夕に投ず閑幽の郷。紅塵我を追はず、白雲旧岡に帰る」と詠じられ、都塵を遁れ心の安らぎを求めて帰省する逍遙の姿を見出すことができる。昔とかわらぬたたずまいをのこす故里の我家に辿りつけば、幼い弟妹や優しい両親が首を長くして待っており、「弟妹敝履を解き、嘻々として寧康を賀す。慈親園蕪を調《ととの》へ、歓喜して酒漿を列す」。母親の心尽しの手料理を前に一家団欒の喜びに浸るのであった。そして歓待してくれるのは家族ばかりではなく、「故人旧契を記し、来りて叩く読書の堂」。友人達も聞きつけて訪ねてくれる。されば逍遙は、故郷の人々の暖かいもてなしに、今更ながら東京遊学中の自分に対する期待の大きさを肌身に感じて、「丈夫の任本《もと》より重く、志気堅且つ剛。学問は不朽の業、須《すべか》らく国家の光を揚ぐべし」との決意を新たにし、使命感に燃えるのであった。郷土の期待声援を一身に負い、それに応えるべく孜々として学問に励むことこそ、自らの経世の志を実現しひいては国威を発揚する途ともなるという、地方出身の秀才の大半が持っていたエリート意識を逍遙は帰省中にくすぐられたのである。そこには、何ら心情的な翳りは見られない。

ところが、休暇を終え再び東京に出立する頃となると、雲行きは一変した。後者の「郷を発す」詩は、「十里の家山吾れを容れず、又た狂骨を抱いて征途に上る。美人泣いて訴ふ百年の恨み、雲は惨澹たり離亭の晩《くれ》」云々と詠じられ、最後に「秋風明月人鬟を皤《しろ》うす、嗚呼《ああ》人世読書子と作る莫《な》かれ」と結ばれている。逍遙にとって本来のどかな白雲郷であるはずの郷里に彼はわが身の置きどころなく、ひとり暗澹たる思いを胸に抱いて上京せざるを得なくなったのである。泣いて「百年の恨み」を訴えた美人は、破鏡の憂き目に遭った婚約者であったに違いない。そして、この女性をめぐって、郷党との齟齬軋轢が生じたのではあるまいか。

東京で南条貞子を見知った逍遙の眼には、貞子が和歌を詠み琴を弾くのみならず、新しい高等教育[12]を受けているという点で、理想的な女性に映ったのに対し、〈故郷の恋人〉の方はただ温順なだけが取柄の平凡な娘にしか見えなかったのであろう。それゆえ、貞子に恋する以前は、しばしば思い起されていたこの人も、貞子への思慕がつのってゆくなかでしだいにその影が薄れていったのである。だからといって、逍遙自身帰省以前に婚約の破棄まで決意していたかどうかはわからないが、先に挙げた「八月郷に帰る」詩の調子からみれば、深刻な悩みを抱いて帰省したとは思われず、彼は結婚の約束といってもそれ程重い意味を持つものとは受けとめていなくて、どちらかというと、幼なじみの感覚でこの女性を見ていたのであろう。だが、帰省中にはからずも口を衝いて出た一言が事態を大きく変えてしまった。それを聞いた親戚知友は驚きあきれ、非難の声が一斉に彼に集中したのであろう。具体的な事柄は何一つとしてわからないけれども、想像すれば以上のようなことになろうかと思う。

結局のところ、逍遙にとってみれば、〈故郷の恋人〉は幼なじみとしてかなりの好意は持っていても自覚した恋愛の対象とはなり得ず、気にかかる存在ではあっても情熱を迸らせる相手ではなかったということである。その人のことが気の毒にもいじらしくも思えたとしても、貞子に対する恋心はそれにもまして熾烈であった。そして、逍遙には自らがその女性を裏切ったというような罪悪感は乏しく、却って彼女ならば心のどこかで自分の行動や心情を理解しあるがままを受け容れてくれるのではないかと思うような甘い期待すら、ほのかに抱いていたように感じられる。だからこそ、逍遙が貞子への思い破れ、精神的に八方塞りの状況に追いつめられた時に、その優しい面影が再び甦って来たのではなかったか[13]。そのことはともかくも、ただこの帰省中に逍遙が身をもって味わったであろう郷党との心理的対立葛藤は、「郷を発す」詩の「狂骨を抱く」という表現からも端的に窺われるし、それ以前から狂を口走ることがなくはないものの、彼が自ら〈狂骨子〉と称するに至ったのは、この明治二十五年夏の出来事が大きな契機となっているように思われるのである。

五

ところで、「狂残痴詩」其六には、南条貞子と今述べた〈故郷の恋人〉のほかに、実はもう一人、別の女性が姿を見せている。その女性というのは、第四十一句・四十二句に「秋琴台畔風露沈み、春夢閣外紅紫褪す」と、〈秋琴〉と対偶をなして詠じられている〈春夢〉のことである。先の語釈には示さなかったが、〈秋琴〉は南条貞子を指す。彼女が琴を善くしたことから、かく言うのであろう。

では、〈春夢〉とは一体誰か。この女性の名は、明治二十五年作の「春夢女史に別る」二首（正編）を始めとして、『逍遙遺稿』中にしばしば見えているものの、如何なる女性で逍遙とどういう関係にあるのかについては、従来具体的には全くわかっていなかった。その点を明らかにされたのが原田憲雄氏である。原田氏は、「方向」第一一一号に「中野逍遙『遺稿』中の『春夢子』など」という論考を発表されて以来、春夢子及びその周辺に関する新資料を発掘され、秀れた研究成果を同誌第一一二号及び一一九号以降一三九号まで陸続として掲載されている。[14]それらの研究に拠れば、〈春夢〉は、本名坪井すむといい、紀州新宮の元藩医坪井蜂音庵《ぶあん》（『逍遙遺稿』に蜂青庵と作り、岩波文庫本に峰青庵とするのは誤りである）の女《むすめ》で、明治六年（一八七三）生まれ。逍遙よりは六歳年少となる。明治二十四年六月、女子学院（入学時は桜井女学校といった）を卒業。[15]その後、甲府の山梨英和女学校で教鞭を執ったことがあるという。明治三十二年（一八九九）三月、宮崎太郎と結婚し、退職。二男二女を挙げ、昭和二十一年（一九四六）十二月、七十四歳で亡くなった。逍遙が二十歳の頃、十三・四歳のすむに漢学を教えていたらしい。明治二十五年頃、すなわち「狂残痴詩」を書いた頃の逍遙にとってこの女性は、原田氏の言葉を借りて言えば、「愛すべきではあっても、親しすぎて、恋愛の対象とは考えにくかった」(16)ようだ。思うに、逍遙は何でも話せる妹のような感情を持っていたのではなかろうか。

なお、坪井すむは、逍遙の歿後、『誰が罪』という小説を書いている。この作品は、長らく筐底に蔵されたままになっていたが、これも原田氏の手によって翻刻され、「方向」誌上に発表された。その内容は、坪井すむをモデルとする藤井倭文子《しづこ》が、中野逍遙をモデルとする高等中学の学生岡野一郎に英書を習うことから端を発し、やがて数年の後、倭文子にいつしか好意以上の愛情を抱くようになった岡野は、紀州に帰郷中の倭文子のもとを訪れ、自分の気持ちを打ち明け妻になってくれるよう望むが、彼女の方は岡野を友だちか兄のように慕ってはいるものの、男女の愛情として意識しておらず、思いがけない告白に気も動顛してしまって、これを拒絶する。東京に戻った岡野は失望のあまり熱病に罹ってあえなく死んでしまう。彼からの最後の手紙を受け取り、さらにその死を知った倭文子は、岡野の純粋な思いに心打たれ、彼の申し出を受け入れられなかったことを後悔する、といったものである。

この小説は、あくまで坪井すむの視点から書かれた作品で、どこまで事実が踏まえられているのかよくわからないところがあるものの、〈春夢〉と逍遙との実際の交際の様子や二人の心情の機微をかなり忠実に伝えているように思われる。ただ、「狂残痴詩」が書かれた時点では、先にも述べたように、逍遙にとって〈春夢〉は自分をよく理解してくれる知己あるいは妹のごとき存在として思い浮べられていたのであろう。

六

さて、最後に今一つ、「狂残痴詩」其六を読んで気になることを述べておきたい。それは第四十五・六句の「語を寄す残月長く嗟くを休めよ、我が輩も亦た是れ艶生涯」という、この詩の関鍵となる表現についてである。この二句は島崎藤村の「哀歌」の詞書にも引用されており、中学時代に「哀歌」によって中野逍遙を知って以来、『逍遙遺稿』を愛読したという吉井勇の歌のなかにも〈艶生涯〉の語が用いられている。

われもまた艶生涯とみづからの傳《でん》には書けどさびしわが世は

これをしも艶生涯《えんしやうがい》と云ふべくばあまり寂しきわが世なるかも

世をそむき佗び居しをればみづからの艶生涯《えんせうがい》（ママ）も寂しとぞする

とあるのが、その例である。[17]

ところが、この〈艶生涯〉という語は、私にとって見なれない言い方で、おそらく「恋一筋の人生」あるいは「恋多き生涯」という意味であろうと見当はつけているものの、この言葉がすでに中国の詩文において先例のある表現なのか、それとも中野逍遙の造語なのかということになると、さっぱりわからないのが現状である。先に「狂残痴詩」其六の全文を掲げた際、語釈に挙げておかなかったのも実はこのためである。

けだし艶という字は、つやつやとした女性の美しさを言うのが本来の字義であって、とりわけ人について言う場合、女性に関した形容語として用いられ、そこからさらには男女の情愛についても言うようになるのだが、[18]男が自らの生き方について〈艶生涯〉などと言うことは、中国ではその例を見ないのではないかと思われる。[19]

もっとも、〈艶生涯〉に類似した言い廻しそのものがないわけではない。清の張船山（名は問陶）二十八歳作の

「九月一日洄瀾寺晩眺、遂に薛濤井を訪ぬ」詩二首其二（和刻本『船山詩草』二集巻三、乞假還山集下）に「古井澄むこと千尺、名箋豔一生」という句があって、そこに〈艶一生〉という言葉が使われている。薛濤箋にその名を留む唐代は蜀の名妓で詩を善くし、武元衡や劉禹錫それに元稹などと応酬のあった薛濤について、艶福に彩られた風流な一生を送ったとみなしているのである。なお、ちなみに言えば、張船山の詩は中野逍遙がこれをよく読んでいたらしく、第Ⅲ章「故郷の恋人のこと」で取り上げた正編の「将《まさ》に東都に向はんとして留別す」二首其二に「秋風吹いて蛾眉の面を湿《ぬ》らす、酔うて水天を指せば天尽くる畔《はて》。憐れむ君が一点涙香の痕、染みて客衣に入るも澣《あら》ふに堪へず」とあるのは、その転句結句の言い廻しを、張船山の「嘉陵江上立春内《つま》に寄す」詩六首其五（『船山詩草』巻三、出山小草）の「客行日已《ひび》に遠く、碧草新愁満つ。香涙征衣に在り、君に因って澣ふに忍びず」から学んでいるように思われる。それはともかくとして、張船山の〈艶一生〉という語は、女流詩人薛濤の身の上に関して用いられており、男性が自らについて言う用例ではない。

だが、〈艶生涯〉の語が中国の詩文に先例があってもなくても、この言葉で逍遙がいかに自らを表現したか、あるいは表現したかったかということを考える方が重要であろう。その点に関して言えば、「語を寄す残月長く嗟くを休めよ、我が輩も亦た是れ艶生涯」という二句について、これを「自身の優雅な生活に自足している心情を述べたもの」とみる関良一氏の解釈[20]や「名残りの月に思いを寄せていたずらに嘆くことはない、自分だって優艶な日々を過している」とする三好行雄氏の説明[21]は、いずれも全く焦点がずれているとしか思えない。とりわけ、三好氏が「残月」を「名残りの月」と解しておられるのは、甚だ奇異に感じられる。そして、両氏ともにこの二句には逍遙の満ち足りた心情が述べられていると見ておられるのも不可解だ。おそらく「哀歌」の詞書に引用されている二句だけを取り上げて解釈されようとしたからで、「狂残痴詩」其六全体を読んだ上の理解ではあるまい。私には、この二句に逍遥の悲壮なまでの決意が込められているように思えてならない。かつて吉井勇は「ふたなさけ二人をおもふ恋のためわが身ひとつの置きどころなき」(『水荘記』東雲堂書店、大正元年。後に『定本吉井勇全集』第四巻所収。番町書房、昭和五十三年)と詠んだことがあるが、「狂残痴詩」を書いた頃の逍遥はそれとは違って、一途なまでに南条貞子を恋い焦れていたのである。ひたむきで純粋な思いゆえに、振りすてた女性もいる。だからといって、貞子の心を獲られるというわけではないかも知れぬ、だがやむにやまれずすべてを捨ててまで、ひたすら貞子のことを想わずにはいられないのである。それほどまでに逍遥の貞子に対する恋着は深く切ないものであった。けれどもその人は自分に見向きもしない。愛する人をわがものとすることができず憂悩煩悶を繰り返すうちに、貞子への恋に生き恋に悩むことそれ自体が、〈艶生涯〉としか言いようもないものであって、自分の生きる道はこの恋一筋にしかないと、逍遥は心に決めたのではなかったか。それは悲しいばかりの決意であり覚悟であった。されば、わがまごころのすべてを傾けてその人を生涯愛そう。今はよしんば相手に胸の内をわかってもらえないとしても、自分はあくまで貞子一人を想いつづけよう。そして、残月子よ君はいつまでも変ることなく房州の彼の人を愛しつづけよ。それこそがわれら二人の生きてゆく証しそのものなのだ。そういう悲痛な叫びを逍遥は発していたように思える。その意味では、同じ〈艶生涯〉の語を用いても、吉井勇の場合には先入観のゆえであろうか、華奢風流・耽美放蕩の色あいがどうしても拭い切れないのに対して、逍遥のそれは全く情調を異にするものであった。

(1)　今戸には旧宇和島藩主伊達家の邸宅があり、逍遥の母親の兄弟宇都宮綱条《つなえ》は伊達家に勤めていた。
(2)　佐佐木信綱『明治大正昭和の人々』(新樹社、昭和三十六年)中野逍遥の条に「君は實に、自分にとって益友であり、心友であった」と述べられている。

（3）「狂残痴詩」十首其九に「残月子は歌林の名材、洛陽の月旦俊髦を推す」とある。佐々木信綱は明治二十三年、十九歳の時に『日本文範』上下を出版し、同年十月から翌年十二月にかけて父弘綱と共編で博文館から『日本歌学全書』を刊行するなど、早くから歌学者として旺盛な活動を始めていた。

（4）高橋作衛「逍遙遺稿の後に書す」（『逍遙遺稿』外編雑録所収）に、次のようにいう。

逍遙平素沈默、不漫與人接言。資性亦狷介、不與常人相容。而内抱飄逸不羈之才、藏慷慨淋漓之氣。胸中之鬱勃、不出之以口舌、而發以驅濤湧雲之文。興至情熱則假題托事、汩々滔々、字挾風霜、篇連月露。實大學之異材也。

（逍遙は平素沈黙にして、漫りに人と接言せず。資性も亦た狷介にして、常人と相容れず。而して内に飄逸不羈の才を抱き、慷慨淋漓の気を蔵す。胸中の鬱勃、之を出すに口舌を以てせず、而して発するに駆濤湧雲の文を以てす。興至り情熱すれば、則ち題を仮り事を托して、汩々《いついつ》滔々、字は風霜を挾み、篇は月露を連ぬ。実に大学の異材なり。）

〈駆濤湧雲〉の語、中唐の李翺が「吏部韓侍郎を祭る文」（『李文公集』巻十六）に、韓愈の文章について「怪駭を開合し、濤を駆り雲を湧かす」というのに基づく。〈汩汩〉は、滞ることなくすらすらと。北宋の蘇軾「自ら文を評す」（『東坡題跋』巻一）に「吾が文は万斛の泉源、滔滔汩汩たるが如し。一日千里と雖も難無し」と。〈風霜〉は、峻厳な内容。『楊子法言』および『西京雑記』巻三に「淮南王安、鴻烈二十一篇を著す。（中略）自ら云ふ、字中皆風霜を挾むと」と。〈月露〉は、詞藻の華美なるを喩える。例えば、『文久二十六家絶句』巻上に載せる家長韜庵の「近人の詩を読む」詩に「連篇月露と風雲と、閑語浮言争《いか》で勲を策せん」と。

ちなみに、黒頭巾こと横山健堂の「文壇人國記」（五）其四（「文章世界」明治四十四年十一月号。筑摩明治文學全集92『明治人物論集』所収）には、中野逍遙の人となりについて、次のように記している。

◉逍遙は、赤門《あかもん》の一奇才、漢詩《かんし》を以《もつ》て叙情詩《じよじやうし》を遣《や》ること邦文《はうぶん》を操《あやつ》るが如《ごと》し。而《しか》して其《ひ》の人《ひと》、内《うち》に燃《も》ゑて、外寂寞《そとせきばく》、人《ひと》の前《まへ》に物言《ものい》ふことを憚《はばか》り、下宿《げしゆく》に歸《かへ》りて、手紙《てがみ》に氣焰《きえん》を寄《よ》せ來《く》る癖《へき》あり。筆札に妙に、文勢颯爽として如何にも英氣の人ならんと想ひやらるゝよう也。

(5)　不破信一郎、明治二十八年十月七日附正岡常規宛書簡（『子規全集』別巻一。講談社、昭和五十二年）。この手紙は、『逍遙遺稿』の編纂刊行に際して、子規に追悼文の寄稿と出版義捐金の醵出を依頼したものである。第Ⅴ章「鶴鳴いて月の都を思ふかな―子規と逍遙」参照。

(6)　「狂残銷魂録」第一に見える。

(7)　笹淵友一『「文學界」とその時代　下』（明治書院、昭和三十五年）に、「雨夜文談」（外編）に登場する「傍らに評語談を助くる夫人、微笑談を聞くの淑女」について、「逍遙の寄寓先の宇都宮夫人と富田愛子とであろう」と推測されている。ここも、この二人の女性とみて間違いない。但し、初出時に「逍遙の従妹でお茶の水の女子高等師範学校に通う」と述べ、富田愛子と南条貞子とが同学だとしたのは、笹淵友一「明治の漢詩人中野逍遙伝」（『国文学　言語と文芸』昭和三十四年九月号）に拠ったが、現在のところ、その確証は得られていない。愛子は明治二十六年十二月、後に第六高等学校や第三高等学校の校長などを務めた酒井佐保と結婚した。このこと、川崎宏『中野逍遙の詩とその生涯―夭折の浪漫詩人』（愛媛県文化振興財団、平成八年）参照。

(8)　明治二十三年一月刊の佐々木弘綱撰『千代田歌集』（博文館）には、富田愛子の歌が八首採録されており、同年十二月刊の第二編には愛子の歌二十六首、南条貞子の歌一首を収める。二十六年七月刊の信綱撰第三編は未見だが、注(14)に挙げた原田憲雄氏の「春夢女史と南氏の歌(三)」に拠ると、貞子の歌が五十六首採られ、愛子の歌が四十二首選ばれているという。なお、第二編には花袋の作が田山録弥・田山汲古の名で二十二首載せられ、第三篇にも三首を収めるという。花袋の歌については、柳田泉『田山花袋の文学(2)―少年花袋の文学』（春秋社、昭和三十三年）の第二篇第二章第八節「花袋の和歌」参照。また同章第十節「花袋周囲の和歌」には貞子の歌を紹介してある。ついでに言えば、富田愛子や南条貞子よりも四歳年下で後に歌人・小説家として名を成した大塚楠緒子の場合は、明治二十三年（一八九〇）十六歳の時に竹柏園に入門しているが、第二編に八首が採られており、第三編には十二首選ばれているという。

(9)　川田順が「おもひ草評釋」を「心の花」に連載していることは、信綱も当然これを知っていた。『作歌八十二年』の昭和二十八年、八十二歳の項に「心の花に、川田順君は『おもひ草評釈』を寄せられ、廿九年五月まで十三回を執筆せられた」と回想されている。信綱の側から、この時何らかの反応なり注意なりがあってもおかしくはないはずだが、彼には自らの若き日の恋について、それを明らさまにするのが憚られる事情もしくは自身の感情があったのかも知れない。もっともその後、川田順も「思草以前の先生」（「心の花」佐佐木信綱先生追悼號。昭和三十九年四月号）と題する一文では、「先生は又、戀歌もたくさんお作りになり、荷田春滿の如き野暮な學者ではなかつた」とし、「共に見し沖の小島（ママ）の磯馴松秋風いかに寒く吹くらむ」の歌を他の三首とともに挙げ、「令室となられた雪子夫人の處女時代に贈られたものもあろうか」と述べてはいるのだが。ちなみに、雪子は外交官藤島正健の女で、明治七年生まれ。同二十五年竹柏園に入門し、二十九年に信綱と結婚した。

(10) もっとも、「狂残銷魂録」第二に「語を寄す残月近ごろ如何、筆下定めて烟霞の黐る有らん。許嫁の夫十年の恋、何ぞ稿を脱して故人に示さざらん」ということからすれば、この推測は誤っているかも知れない。ただ、「許嫁の夫十年の恋」が具体的にどういう内容を指すのか、現在のところ私には全く不明である。佐々木信綱と藤島雪子とが許嫁であったかどうかも確認できていない。どなたか御教示賜われれば幸いである。それにしても、「磯馴松」と呼ばれる女性は、雪子ではなかったように思われる。

(11) 「狂残痴詩」其六と〈故郷の恋人〉とを関連づけて論じたものではないが、〈故郷の恋人〉が逍遙の婚約者であったと見るべきこと及び明治二十五年八月逍遙の帰省中に婚約の破棄が申し出られたと考えられることについては、すでに原田憲雄氏が「郷を発す」詩を引いてこれを指摘されている。「春夢女史の文と南子の歌（四）―六、近代詩人中野逍遙」（「方向」第一二二号。方向社、平成二年十一月）。なお、原田氏によれば、正式の婚約破棄は、明治二十六年八月であったという。

(12) 小林一郎『田山花袋研究―館林時代』（桜楓社、昭和五十一年）に拠れば、南条サダは明治十八年九月に前橋にあった県立の高等女学校に入り、それが財政難のため廃校になった二十一年、中退のやむなきに至ったとされる。

(13) このこと、第Ⅲ章「故郷の恋人のこと」参照。

(14) 原田憲雄氏が「方向」第一一一号（一九九〇年三月）から第一三九号（一九九一年七月）にかけて発表された春夢子坪井すむ関係の論考は次の如くである。

○中野逍遙『遺稿』中の「春夢子」など（第一一一号〜一二二号）

○春夢女史の文と南子の歌㈠〜㈣（第一一九号〜一二二号）
○春夢女史小記（第一二三号）
○春夢様御もと—中野逍遙の手紙㈠（第一二四号）
○世に一人のこひしき君—中野逍遙の手紙㈡（第一二五号）
○春夢女史の『誰が罪』㈠〜㈥（第一二六号〜一三一号）
○玄益・玄得・玄道・蜂音庵—春夢女史周辺一（第一三二号）
○桜井女学校—春夢女史周辺二（第一三三号）
○女子剣舞—春夢女史周辺三（第一三四号）
○中野逍遙の手紙㈢—春夢女史周辺四（同右）
○中野逍遙の手紙㈣—春夢女史周辺五（第一三五号）
○中野逍遙の手紙㈤—春夢女史周辺六（同右）
○中野逍遙の手紙㈥—春夢女史周辺七（第一三六号）
○中野逍遙の手紙㈦—春夢女史周辺八（第一三七号）
○銀閣寺の萩—春夢女史周辺九（第一三八号）
○教員・主婦としてのすむ女史—春夢女史周辺一〇（第一三九号）

この他、原田氏は新宮市在住の若林芳樹氏の編集発行にかかる文藝同人誌「燔祭」の第38号（一九九〇夏）に「春夢女史」を、第39号（一九九〇秋）に「徐福の墓—雑誌『菁莪』に見える春夢女史の作品」を、第42号（一九九二春）に「坪井家の人々」をそれぞれ載せておられる。

(15) ちなみに、明治二十一年、二葉亭四迷こと長谷川辰之助が桜井女学校で文学を講じたが、二三ヵ月で罷めたという。

(16) 「春夢女史の文と南子の歌（二）—「中野逍遙」補遺」（「方向」第一二〇号。平成二年十月）。

(17) このこと、第Ⅱ章「秋怨十絶其七について」参照。

(18) 中国における艶の語義とその展開については、梅野きみ子氏の『えんとその周辺—平安文学の美的語彙の研究』(笠間書院、昭和五十四年)第一章「えん」考に詳叙されている。

(19) ちなみに、「……生涯」という言い方については、南宋の陸游(放翁)がよくこれを用い、自らを〈酔生涯〉〈淡生涯〉〈冷淡生涯〉と称した例がある。近人銭仲聯校注『剣南詩稿校注』(上海古籍出版社、一九八五年)を検すると、〈酔生涯〉は「新秋」と題する五律(巻四十)の尾聯に「誰か知らん閑老子、解《よ》く酔生涯を作《な》すを」というのを含めて二例、〈淡生涯〉は「秋思」と題する七律(巻三十七)の首聯に「身は龐翁に似て家を出でず、一窓自ら了す淡生涯」というのを含めて数例、それから〈冷淡生涯〉は「城南に梅を尋ね四絶句を得たり四首」其三(同巻九)に「冷淡生涯元《もと》悪しからず、却って嫌ふ合江園に歌吹するを」という例を見出せる。このうち〈酔生涯〉〈淡生涯〉の句例は、享和元年(一八〇一)刊の大窪行(詩仏)・山本謹(公行)校『放翁先生詩鈔』に収載しており、逍遙はこれらが念頭にあって〈艶生涯〉の語を作り出したのかも知れない。

なお、逍遙が陸游を読んでいたことは、明治二十三年作の「庚寅八月、土州に遊ぶ途上」詩(正編)に「風雅当年定めて誰を数ふ、剣門久しく誦す陸游の詩。今日驢に騎る土州《の》路、軽衫雨を帯びて高知に入る」と詠じていることからも明らかで、これは「剣門道中、微雨に遇ふ」詩(『詩鈔』七絶、『校注』巻三)の「衣上の征塵酒痕を雑ふ、遠遊処《ところ》として消魂せざるは無し。此の身合《まさ》に是れ詩人なるべきや未《いな》や、細雨驢に騎って剣門に入る」をふまえたものである。

(20) 『日本近代文学大系15藤村詩集』(角川書店、昭和四十六年)頭注。

(21) 筑摩全集類聚『島崎藤村全集Ⅰ』(筑摩書房、昭和五十六年)。

V　鶴鳴いて月の都を思ふかな　子規と逍遙

一

明治二十八年（一八九五）四月、子規正岡常規は折からの日清戦争に、その健康を案じた周囲の反対を押し切って、新聞「日本」の記者として従軍したが、五月十七日、帰国途上の船中にて喀血、神戸病院に担ぎこまれた。一時は重態に陥ったものの危機を脱し、二ヶ月後には須磨の保養院へ移り、やがて八月下旬、故郷の伊予松山に帰ってしばらく静養につとめることとなった。体力が回復するにつれ、じっとしておれない質《たち》の子規は、四月から当地の愛媛県尋常中学校に英語教師として赴任していた漱石夏目金之助の下宿愚陀仏庵にころがりこんだまま、漱石を巻き込んで松風会の連中と俳句作りに熱を上げていた。その子規のもとへ、十月七日附で東京の不破信一郎から封書が届く。不破は、伊予宇和島の人。子規や漱石とは文科大学の同窓で、史学科の卒業である。子規らとはあまり交際はなかったようだが、同じ文科のこと、当然面識はなくはない。

不破の手紙は、昨年の冬明治二十七年十一月十六日、急性肺炎に罹って長逝した漢学科の卒業生中野重太郎に関するものであった。不破とは同郷で逍遙と号したこの青年は、当時研究科に進み支那文学史を起草せんとしており(1)、かねてより文科大学の支那語の外国人講師張滋昉を始め一部の大学関係者の間でその漢文の才が注目されていたが、篋底には『芸窓餘感』『悲鳴餘響』などと題した漢詩稿や七十首余りの和歌、さらには『慈涙餘滴』(2)という小説の草稿その他が蔵されていた。不破は漢学科同期で正科の宮本正貫、選科の小柳司気太・米津仲次郎やそれに学外の佐々木信綱ら生前、重太郎と親しかった人々と語らって、なんとかその遺稿を世に出してやりたいと、この春先から周旋奔走していたのである。

子規宛の手紙のなかで、不破は、「學校生徒及同郷者」三百餘名の賛成者を得てその「出版費の義捐を乞」い、遺稿集を刊行する段取りであることを説明し、すでに序文や逍遙の漢詩文が第一回目の校正にかかっている旨報告した上で、次のように書いている。(3)

而して逸事、弔詞、追悼文ハ本月十五六日頃迄に之ヲ集め其時別ニ印刷シテ巻尾に附し度存候處御承知之通り交際も餘り博からざる方之人に有之候へば右弔詞、追悼文等餘り集まり不申體裁上遺憾に堪へず存候に付き甚だ差掛り申上げ恐縮之至に候へども何卒ナニカ玉稿御認め被下右十五六日迄ニ小生宛御送付被成下間敷くや　若し御忙敷御座候はゞ發句唯一句ニても宜敷何卒是非御願申上度奉存候

次に右出版費之内へ御義捐是ハ二十日頃迄ニ小生宛御送付被下度奉願候　御同學たりし夏目君松本、米山、尾田君等皆一統ニ壹圓宛相願候間此義御參考迄に申上候　尤も御思召次第御送り被下度候

右早く御願ニ申上筈之處手少ニて彼是遅延仕り恐縮之至奉存候　何卒宜敷御願申上候

平素は寡黙で、かつて高等中学二年の時には級友たちから the Silent という「尊称」(4)を奉られたこともあった逍遙が「交際も餘り博からざる方」であるため、追悼文や弔詞の集まり具合が捗しくないのを案じて、不破が子規に寄稿を依頼したのだった。ちなみに、ここに名の挙っている夏目金之助・松本文三郎(5)・米山保三郎・尾田信直らは子規も含め、『逍遙遺稿』刊行に際して揃って金一円を醵出している（『逍遙遺稿』に附された別紙の「發起人

賛成者及出版費義捐金額」一覧表による)。但し、「貴君にも發起人之内へ御加入なりて御名前拜借致候」と不破から言われた子規は、先の一覧表ではそうなっていない。固辞したのであろうか。

二

さて、「發句一句にてもよろしく」と懇願され、さらに追伸でも「猶玉稿之義至急申出重ゝ恐入候へども何卒枉げて御投寄被下度萬ゝ奉希候」と繰り返し要望された子規であったが、不破の懸念や心配を払拭するような熱のこもった追悼文を書き上げ、それに俳句四句を添えて東京の不破信一郎のもとに寄せた。これは、子規が十月十九日帰京の途に就く以前に松山で書かれたものであろう。そして漱石も同じく松山に在って、

　百年目にも參らうず程蓮の飯[6]

の一句を詠み、今は亡き中野逍遙を供養した。『逍遙遺稿』巻末の雑録の部に載せられた子規の「逍遙遺稿の後に題す」という追悼文は次の如くである。

　志士は志士を求め英雄は英雄を求め多情多恨の人は多情多恨の人を求む逍遙子は多情多恨の人なり多情多恨の人を求めて終に得る能はず乃ち多情多恨の詩を作りて以て自ら慰む天覆地載の間盡く其詩料たらざるは無し紅花碧月以て多情を托す可し暖煙冷雨以て多恨を寄す可し而して花月の多情は終に逍遙子の多情に及ばず煙雨の多恨は終に逍遙子の多恨に若かざるなり是に於てか逍遙子は白雲紫蓋去つて彼の帝郷に遊び以て多情多恨の人を九天九地の外に求めんとす爾来青鳥音を傳へず仙跡杳として知るべからず同窓の士同鄉の人相議して其遺稿を刻し以て後世に傳へんとす若し夫れ多情多恨逍遙子の如き者あらば徒に此書を讀んで万斛の涕

涙を灑ぎ盡す莫れと爾か云ふ

　　春風や天上の人我を招く

　　いたづらに牡丹の花の崩れけり

　　鶴鳴いて月の都を思ふかな

　　世の中を恨みつくして土の霜

　　　　〇

　ここで子規は、中野逍遙を〈多情多恨の人〉だと規定し、同声相応じ同気相求むるが如くに、自らと琴瑟相和すべき多情多恨の人をこの世に求めんとしたが終に得ることかなわず、惆悵たる思いのたけを詩に綴って己が幽憤を慰め、遂には意中の人を遠く九天九地の外にまで捜し求めんとして帝郷（天帝の住む仙界）に翔び去ってしまったという。〈多情多恨〉とは、物事に対して感受性豊かで感傷に富むというのが本来の意味であるけれども、子規が〈多情多恨の人〉と言ったこの場合にはもう少し限定されて、恋い慕う相手に溢れんばかりの熱情を灑ぎ、その一方で傷つきやすく繊細で顫えがちな心を内に秘めた者という意味が込められているのであろう。(7)

　かかる子規の追悼文は、不破信一郎からの強い要請に応じる形で書かれたものであったが、その実、子規は明治二十七年十一月十六日逍遙が急逝したおそらくはその直後に、「中野逍遙を悼む」と題して、

　　凩がいやとは餘り無分別(8)

という一句を詠んでいた。(9)木枯らし吹き荒ぶ季節、それを厭うあまり、じっと耐えて春を待つこともせで、忽焉とこの世を去った君は、よほど分別というものを持たぬ堪え性のない男だと、子規は言う。そのいかにも腹立たしく呆れ果てたという半ばなじるような口吻の裏に、何故かくもあえなく死んでしまったのかと質したくなるよ

うな無念の思いが色濃く滲み出ている。

このような句を詠み、「逍遙遺稿の後に題す」という一文を認めた時、子規の脳裏にはかつて下谷上根岸の寓居を二三度訪ねて来、日頃の寡黙ぶりもどこへやら、胸中の鬱懐を息急き切ったように愬えた中野重太郎の沈痛な面差が髣髴として思い浮んだに相違ない。

三

そもそも、正岡子規と中野逍遙とは、ともに慶応三年（一八六七）の生まれであった。子規が伊予松山藩十五万石の下級藩士の子であるのに対し、逍遙は同じ伊予でも南陬の宇和島伊達十万石の方で、幕末維新に際して明暗を分けた旧藩の命運――松山の久松（松平）家は親藩として幕府に恭順であったため維新後一時的にしろ土州兵の進駐を招いたが、宇和島は当時四賢侯の一人に数えられた伊達宗城《むねなり》の存在が大きく、小藩ながらある程度は維新の大業に参画し得たという意識が士族の間にあった――は、彼らの心性のありようにも当然ながらその奥深いところで微妙な影を落としていようけれども、それぞれ幼少期より朱子学や漢詩文の素養を身につけた彼らは、明治とともに歩む新世代の一員として、やがて明治十六年、十七歳の時におのおの東上の夢を果たし、十七年九月に東京大学予備門（十九年四月に第一高等中学校と改称）、二十三年九月には帝国大学文科大学に入学した。

その後、子規は当初の哲学科から国文科に転じたが、まもなく途中で学業を廃し、二十五年十二月から陸羯南の主宰する「日本」に出社するようになった。逍遙の方は漢学科に入り、重野安繹・島田重礼の指導を受け二十七年七月に卒業（漢学科第一回卒業生）、ついで九月引き続き研究科に進んだが、その歳の十一月病に斃れた。時に二十八歳であった。

子規と逍遙の二人――高等中学二年の時には同じ組でもあった――が互いに親しく言葉を交わし往き来するようになったのは、具体的にいつ頃からか今のところ不明だが、ある程度その交友が密になったのは、どうやら明治二十六年になってからのことではないかと思われる。現在見ることのできる逍遙の子規宛書簡のうち最も早いのは明治二十六年五月八日附で、それには、

昨日ハ意外之長座仕り誠に失禮御ゆるし下され度候　何分人生の感慨やみ難く□□此事に御坐候　しかし感情的の人間か感情を離るれは猶更苦しかるべしと存し自ら此苦に甘すへき心得に候　人ハ狂とも痴とも評すへけれと我ハ斷然感情の塊となりて此世を過すべく候何分多才の御身折角文壇に御盡力ねかはしき事に御坐候

擧首濁世不勝栖　只有美人情於玉
與君相老何邊好　楊柳春風賣酒家[10]

わが學文と名譽と知識と生命とを抛てわかおもふ人にあたへ百年の後餘力あらはこれを支那文學の光に發する時あるべしと信じ居候　この心あはれとおほし下さるべく候

云々と述べられ、同年十二月二日附の手紙には、

昨日ハ參堂不圖長座いたし失禮御ゆるし下され度候　御かげにて日頃の鬱を散じ申候　大悟徹底の御境界いつもなから御うらやましく存じ上候　不平、銷魂、此等の分子ハ滲て骨髓に沁して煩惱界に多事なる此身破裂性の感情に訴へて極端の死に終らんか　抑も一世を嘲弄して臭蛆の戯を局外に觀んか　駿邪驥邪　十年の

束縛に已れも駑骨と化し去りぬ　文學も哲學も我に於て何かあらん　厭世も樂天も目下の論かは、五里霧中迷ひ來れは茫々無限、三千世界何處に行てか恨なからん

吐血杜鵑啼殘中天半夜恨
磨蹄驪駒蹴盡浮世千秋塵[11]

御名說の次號近日に承知　寐言申上候

云々と書かれている。

これらの書簡をみると、逍遙は子規のもとを訪ねた際、胸中に積る思いを子規に向って掻きくどいていたようだ。彼が子規に洩らした〈人生の感慨〉とは、大局的に見れば、つとに服部嘉香が指摘しているように[12]、日清戦争前後の「多く感情に活きてゐた當時の青年」の一人として、「空想的に理想を拵へて其れを實現し得ざる悲哀を自識」し、「理想と現實との甚しい距離を知つた絶望、苦悶」が「厭世思想を抱かしめ」たことに起因するのであろう。そしてそれは多分に「センティメンタリズムの赤い色彩」にいろどられたものであり、背後に「戀愛の問題が伴つてゐた」のである。

中野逍遙に即して具体的に言えば、子規宛にかかる手紙を書いた当時、彼は上州館林出身の実業家南条新九郎の長女、サダ（貞子）に狂おしいまでのひたむきな思慕の情を寄せていた。佐々木信綱のもとで和歌を学び、琴をつまびいたこの四歳年下の彼女、「其の性や水よりも純にして、徳は花の美なるが若《ごと》し。竹柏の流を汲み、歌詞霞飛し、設楽の園に遊び、琴手雲靡す。生まれて右族に出でて、風塵に染まず、賢門に入らんことを志して、粉膩を倣《なら》はず」（『逍遙遺稿』正編「擢琴賦」）におりし人を理想の女性だと思い定めたが、〈わが思ふ人〉には胸の内が通ぜず、憂懊煩悶のあまり、時に深い怨嗟の呻きをあげていた。「我が百年の命を擲《なげう》ち、君が一片の情に換

へん」（外編「道情」七首其二）と願い、彼の人の心を得られなければ、これまでの学問もすべてかいなく将来文学者として世に立つこともできぬとばかり、自らの全存在意義を恋の成就に賭していたのだ。そうした苦しい胸の内を、相手の素姓や名前まで明かしたかはともかく、根岸の子規を訪ねたおりに愬えていたのであろう。

このような逍遙に対して子規が何と言葉をかけたかは、想像に任せるよりほかないが、十二月の手紙のなかで子規について逍遙が〈大悟徹底の御境界〉と言っているのは注目されよう。実は、これより三年前の明治二十三年に夏目金之助が八月九日附の封書に「此頃は何となく浮世がいやになり」云々と厭世的言辞を吐き、「心といふ正體の知れぬ奴」に悩まされている旨を、子規に洩らしたことがある。(13)その時、子規は十五日附の返書で、

最少し大きな考へをして天下不大瓢不細といふ量見にならではかなはぬこと也　けし粒程の世界に邪魔がられ、うぢ虫めいた人間に追放せらるゝとは、て扨《さて》も情なきことならずや

と激励したが、生来陰ることのない向光性の精神とでもいうべきものを持ち、それが活発発地に動いてやまない子規は、自身の健康のことも与ってであろう、「かくまで悟りこみたる我に一寸の光陰をかさぬ天道様こそうらめしけれ」と、人生への懐疑のなかにへたりこみ厭世的気分のうちにたゆたっている餘裕はないと言わんばかりの反応をみせたのであった。それゆえ、当時漱石の厭世気分が何に由来しその内実は如何といった方向へは、ほとんど興味を示していない。その子規に、漱石は「悟道徹底の貴君が東方朔の囈語《げいご》に等しき狂人の大言を眞面目に攻撃してはいけない」と半ば閉口半ば苦笑の体で、それ以上己れが内面に抱え込んだ問題については口にせずに終っている。逍遙が子規にみた〈大悟徹底の御境界〉も、三年前に子規が漱石に示した態度とさほど径庭がなかったとすれば、逍遙は子規と話すなかでその明快な口調に〈日頃の鬱〉は散じたかも知れぬが、あくまで一時的に過ぎず、彼自身の〈煩悩〉は果てることがなかったであろう。もっとも、深刻な恋の悩みや苦しみは、それ

を他人に打ち明けたところでどうなるというものでもないのだが、心中もだし難く誰かに語らずにはおられない厄介な面がある。ただ、何と答えたかは別としても、子規には日頃無口で何を考えているのかよくわからぬようなこの男が、実りそうもない恋に身を焦しあられもなく苦悶している姿だけは、克明に印象づけられたに違いない。

その後、中野逍遙は子規のもとへ、十月三日附で「和靑厓子白雲峰之詩併供子規雅兄達覽」(14)として端書に漢詩一首を寄せ、さらに翌二十七年四月と九月(15)とにそれぞれ封書を送っている。四月のそれは、九日附で「大都の煩塵に堪へかねてしばし上州旅行の途にのぼり申候」と記し、漢詩二首（後に『逍遙遺稿』外編に「上州羇旅、感傷十律」其七・八として収録）を添えている。この上州への旅は、「上州羇旅、感傷十律」其一に「歳の甲午春三月、吾佳人を憶うて上州に入る」とあるように、その歳の三月に結婚した南条貞子の面影忘じ難く、その生まれ故郷である群馬の地を訪うたものであった（但し、同じく外編に収める「上毛漫筆」に拠れば、実際に東京を発ったのは四月二日のことである）。九月のそれは、八月初旬帰省中に別府に渡り、中津―耶馬渓―柳川―熊本―三角―長崎―佐賀―太宰府―博多―下関とめぐって再び別府から宇和島に帰った九州旅行に際して詠んだ「九州漫游感慨十二律」を寄せたもので、文科大学講師張滋昉の批点と評語が加えられている（『逍遙遺稿』では「九州感慨十二律」と改題し、批点等は削除されている）。このように中野逍遙がその詩稿を子規に見せているのは、明治二十五年八月「日本」に「岐蘇雑詩三十首」のうち十五首を節録して載せたこともある子規の漢詩人としての力量を高く評価した上でのことであったのは言うまでもない。ただ、もはや以前のように子規に向って胸中をくどくどと訴えることはしなかった。

四

すでに述べたように、正岡子規は中野逍遙歿後一周忌に不破信一郎らの奔走尽力によって刊行された『逍遙遺稿』に「逍遙遺稿の後に題す」という一文を寄せ、俳句四句を添えた。今一度、その句を掲げると、

春風や天上の人我を招く
いたづらに牡丹の花の崩れけり
鶴鳴いて月の都を思ふかな
世の中を恨みつくして土の霜

という四句である。(16)

このうちの第四句は、中野逍遙の愛好した李賀、字は長吉――二十七歳で夭逝したこの唐代の詩人は、後世鬼才と称せられた。凄冷詭怪と評される作品を残したためである。ちなみに詩人や文人の死を白玉楼中の人となるというのは、李長吉の臨終の際のエピソードに基づく――が、「秋来」と題する詩に、

桐風驚心壮士苦　　桐風　心を驚かし　壮士苦しむ
衰燈絡緯啼寒素　　衰燈　絡緯《きりぎりす》　寒素に啼く
誰看青簡一編書　　誰か青簡一編の書を看て
不遣花蟲粉空蠹　　花虫《しみ》をして粉として空しく蠹《むしば》ましめざる
思牽今夜腸應直　　思ひ牽かれて今夜　腸　応《まさ》に直なるべし

雨冷香魂弔書客　雨冷やかにして香魂　書客を弔ふ
秋墳鬼唱鮑家詩　秋墳　鬼《しびと》は唱ふ　鮑家の詩
恨血千年土中碧　恨血　千年　土中に碧ならん

と詠じた、その結句を想起させる。李賀の幻視した「恨みの血潮は消えることなく千年の時を経ても碧玉《エメラルド》と化して残るだろう」というイメージは凄絶であると同時に甘美な趣きすら感じさせなくはないが、〈土の霜〉ではいかにも寂寥として即物的だ。己が心血を濺いで書き上げた詩稿を碌に読んでくれる者がいないという李賀の絶望の嘆きがかかる幻想を喚び起したといえようが、子規が〈世の中を恨みつくして土の霜〉と詠じたその時、果して中野逍遙の血涙もいにしえの薄命に泣いた詩人のそれと同じく、霜まよう土の下で人知れず固まり碧玉と化しつつあったことを夢想し得たであろうか。

かかる想像はともかく、子規の追悼句の中でとりわけ注目したいのが、第三句の「鶴鳴いて月の都を思ふかな」である。というのは、〈月の都〉と云えば、子規に同名の悲恋小説があり、それがこの句の上に影を落としているように思えてならないからだ。それに、〈鶴鳴いて〉の〈鶴〉も、逍遙の詩に多く用いられる語であった。(17) 例えば、『逍遙遺稿』外編の「偶感」其一に「寒燈夢を照らして影凄其たり、瘁尽す海南鳳鶴の姿」といい、同じく其二に「春風奏せんと欲す落梅の恨、奈《いか》にせん此の病軀鶴様に癯《や》せたるを」とあるのは、病弱であった逍遙が自らの痩身を鶴に比擬した表現である。とすれば、子規のいう〈鶴〉とは中野逍遙その人を象徴的に形象化した姿と見ることが可能であろう。もっとも、鶴は古来中国においては「仙禽」と称せられ仙人の乗り物ともされたから、直ちに〈鶴〉＝逍遙と考えなくてもよいかも知れぬが、私には〈鶴〉が逍遙その人であったように思えるのである。とはいえ、別の解釈も成り立たぬわけではない。〈月の都〉に帰った人＝逍遙を慕って、鶴が鳴いているとする見方である。その場合には、〈鶴〉＝逍遥を慕う人、それも女性とみるのがよいと思われるが、子規がそのような女性の存在を知っていたかどうか。もとより南条貞子ではあり得ない。かく考えると、〈鶴〉＝逍遥は〈月の都〉に憧れ、この世に嘹唳一声を残して天空高く翔び立ってゆくというのが、子規の句の大意であったろう。

さて、小説「月の都」であるが、これは、幸田露伴の『風流仏』に感激した子規が明治二十四年末から二十五年二月にかけて執筆し、苦心惨憺やがて完成を見るや、勇躍、露伴のもとを訪れ閲読を乞うたものの、はかばかしい評価が得られず、「拙著ハまづ。世に出る事。なかるべし」[18]と小説を以て世に立つことを断念したといういわくつきの作品である。その後、明治二十七年になって子規が自ら編集の任にあたった「小日本」に二月十一日から三月一日まで、草稿に多少手を入れた上で十三回にわけて連載し、一応陽の目をみることになった。

「小日本」に発表された「月の都」のあらましは、次の如くである。[19]

「世《よ》になき美人《びじん》の面影《おもかげ》を忍《しの》ぶことゝ、に何年《なんねん》」という「山《やま》の手邊《てへん》に住居《すまひ》して今業平《いまなりひら》と正札《しょうさつ》つきの桂男《かつらをとこ》」高木直人が、花見の宴にと叔母の家に招かれた際、来合わせた水口浪子に一目惚れする。浪子の父が紳商か法学博士でなくては嫁にやらぬと高言してあるのを知って悩み、思案のあまり痩せてゆく直人に叔母が気散じの旅を勧めたが、一月餘りの旅行の間も想うは浪子のことばかり。そのうち彼女が「痘痕博士《あばたはかせ》」と綽名される男と結婚するという噂に、すっかり気鬱ぎ、「今迄《いままで》つまらぬと言《い》ひし浮世《うきよ》も今《いま》は厭《いや》なり。好嫌《すききら》ひのありし人間《にんげん》も今《いま》は盡《ことごと》く厭《いや》なり。あゝ我《われ》ながら過《あやま》てり。理想《りそう》の美人《びじん》を人間《にんげん》に求《もと》めしこと第一《だいいち》の不覺《ふかく》、言《い》ふも詮《せん》なし。他人《たにん》が嫌《いや》なより我自《われみづか》ら人間《にんげん》が嫌《いや》なり」との感慨を洩らす。やがて直人の母が風邪から病の床につき、息子の行く末を案じて結婚話を持ち出すが、直人は黙したままである。水口の令嬢を娶らん気かと質され、直人は出家が素志だと答える。気落ちした母はそのまま身罷り、直人も病いがちとなって薬代も嵩み、遂に家や地所を売り払って裏長屋に移ることとなった。一方、直人のことを憎からず思っていた浪子は、その後募る想いに鬱ぎこみ、見かねた乳母のすすめで、意を決して直人に手紙を認める。だが、返書には「いやです」の一言のみ。居ても立ってもおられず直人の家を訪ねると、窓の戸に「月《つき》の都《みやこ》へ旅立《たびだ》ち候」と書き残されているばかりであった。（上巻）

かたや「行脚《あんぎゃ》の姿《すがた》に身《み》を窶《やつ》して」家を出た直人は、無風と名乗る旅の僧から白風という法名をもらい、草庵に住することとなった。「迷《まよ》ふ勿《なか》れ白風《はくふう》、執着《しふじやく》は迷《まよひ》なり。……悟《さと》れ白風《はくふう》」と諭されても、浪子の面影が頭から離れず、その姿を幻に見る。出家行脚の途中、偶然浪子の乳母に出会った直人は、意外な話を聞いて仰天した。浪子が大川に身投げしたというのだ。一命をとりとめたものの、もはや生きる望みも気力も失なった浪子は、直人宛の遺書を乳母に托していた。「月のみやことやらんにおはし候はんには十五夜の清光をたよりに月の一度のあふせなりともいかばかりうれしかるべくとはかなき事のみ力に此世の御暇こひ……」とあるのを読み、すっかり正気を失なって直人は何処ともなくさまよい歩く。狂乱した彼の眼には道の辺の石地蔵や冬田の案山子さえ浪子に見え、「これ程叫《ほどさけ》んでもお返辞《へんじ》の無《な》きは月《つき》の都《みやこ》へ上《あが》られたそうな」と呟くありさま。流浪の果てに三保の松原に至った直人は、一夜の暴風雨とともにその姿掻き消え、嵐の去った翌朝残ったのは「白浪《しらなみ》にゆらゆらと寄《よ》る破《やぶ》れ笠《がさ》」一つ、そこには「月の都へ帰り候」という文字が幽かに読みとれたという。（下巻）

この「月の都」は、上下二巻各六章からなり、それぞれ『易』の爻辞（上巻は渙、下巻は中孚）を配し、「文語体美文調で、道行物、謡曲のスタイル、西鶴ふうの文体」[20]などを織り交ぜた凝りに凝った作品だが、従来その完成度において難があるとされ、文学史上の評価は極めて低かった。今西幹一氏は、「陳腐な趣向の上に此岸の二人の現実性の付与を殆んど欠いている」と指摘し、「『月の都』は評判を呼ばなかったし、今後とも再評価に値せぬであろう。公表することで子規は執着し、愛着して来た『月の都』を葬ったのだと言えよう」と述べた上で、「講談社版全集十三巻に収載する小説十篇は、敢えて文学史上に残す必要のない出来栄えである[21]」と断じている。「月の都」を近代小説史の流れの上においた場合、あるいはかかる見解が一般的であるかも知れぬが、ここではその点にこだわるつもりはない。ただ、子規が〈多情多恨の人〉中野逍遙の死を悼んだ時、このそれ自体薄幸な運命を負った小説の内容がまざまざと思い出され、ある種の感慨をもたらしたのではなかったかと勝手に思いを馳せてみたくなるのである。

先に述べたように、中野逍遙は南条貞子に激烈なまでの恋心を捧げたが終に報われることはなかった。貞子がその歌の弟子であったことから、友人の佐々木信綱にも仲介を頼んだが無駄であった。逍遙の恋が実らなかった理由について、笹淵友一氏は「その有力な原因は南條の家風にあつたらしい。貞子の父は実業家であり、明治の新時代に漢文学などを専攻しようとする人物はその女婿として適格ではなかつた。それに逍遙が好男子ではあつたが病弱であつたことや、貞子その人が逍遙に対して積極性をもたなかつたこともその原因であつたやうである[22]」と推測されている。もとより、貞子の積極的でなかった点が最大の要因であろうけれども、貞子の父親も「月の都」において浪子の父が紳商か法学博士の婿をと考えていたのと全く同じであったようだ。そして実際に明治二十七年三月、二十四歳の貞子が結婚した相手というのが、岡山県出身の弁護士であったのだ。小説では高木直人と水口浪子とが互いに相思の仲となりながら行き違い此岸での愛を貫くことができず、現実の中野逍遙は実りなき恋に生涯を賭けようとし、かつて残月子こと佐々木信綱に対して「語を寄す残月長く嗟くを休《や》めよ、吾が輩も亦た是れ艶生涯」と悲しいばかりの覚悟の程を披瀝したこともあった。(23) されば、明治二十七年十一月の逍遙の突然の死は、かなわぬ恋に行斃れた者の如くに子規には思えたはずだ。無風の「悟れ白風」の呼びかけもついぞむなしく、白風高木直人が〈月の都〉へと旅立っていったように、逍遙中野重太郎も他人から見れば、「狂とも痴とも」評さるべき迷妄煩悩の世界に呻吟し、煩悶憂懊を抱いたまま溘然とこの世を去ってしまったのである。子規は生前、自分のもとを訪れた逍遙に「悟れ君」と一喝を浴びせていたやも知れぬ。だからこそ、そのあまりにもあっけない死が何とも腹立たしくやるせなく感じられたのであろう。それゆえ急逝の直後に、

　凩がいやとは餘り無分別

と苛立ちを押えきれず叫んだのであったが、改めて考えれば、主人公高木直人が物狂いの果てに〈月の都〉に帰って彼岸で理想とした恋人と結ばれるという己が小説の顚末をほとんど地でいった男のようにも見えてきて、

　鶴鳴いて月の都を思ふかな

と、自らの小説「月の都」を詠み込んだ一句を、逍遙に手向けたのではなかったかと思われる。

五

以上これまで、正岡子規と中野逍遙との関わりを逍遙の子規宛書簡や子規の逍遙追悼句を見ることによって探ってきたが、最後に逍遙の他に今一人、〈月の都〉に帰った男、藤野古白（名は潔）を追悼した子規の新体詩について触れておきたい。子規は、明治二十八年四月七日に拳銃自殺を図り十二日に亡くなった四歳年下の従弟を偲んで、自らがその文業を編んだ『古白遺稿』(24)（明治三十年五月刊）に「古白の墓に詣づ」と題する各連四行、二十

連にわたる長詩を添えた。その第十三連から十六連にかけて次のようにある。

ある夜の夢に　　　美しき
　人に逢ひけん。　　其人と
　何かたらひし、　　夢の跡、
うつゝやなごり　　雲五色。

雲の上なる　　　　あて人を
　塵の浮世に　　　　求めしは
いたづらなりき。　月の夜半、
朧に見えし　　　　花の顔。

此世に無しと　　　聞けば、など
　此世慕はん。　　　あはれ彼
　月に住むとし　　　聞かば、吾
月にかけらん、　　羽はなけど。

心定めし　　　　　其刹那、
　やさしき人の　　　情ありて

押しとゞめなば、　世に斷くて
ながらへざらん。　うたて、あな。

この箇所を掲げたのは、これを中野逍遙を悼んだ詩として読んでも全く違和感がないどころか、逍遙その人を歌ったのではないかと錯覚させるほどであるからだ。ここに詠じられている藤野古白も実は逍遙と同様、実らぬ恋に悩んでいたという。そのことが、かかる錯覚を生じさせるのであろうか。古白の自殺の誘因の一つに失恋があったことは、子規が『古白遺稿』に附した「藤野潔の傳」のなかで、

熱情を外に發する能はざりしによる。熱情の最も著きは愛なり。此間には多少の祕密もあるべしといへども、其祕密の中に道德的悪意を含まざることは古白の性質より考へても熱情の性質より考へても、保證し得べし。彼は實に花柳社會に流連することなど夢にも知らざりき。彼が曾て長文の一書を認めて未だ親まざるの愛人に贈りしが如きは世俗の少女に對して理想的の愛を得んとしたる者にして、其方便のつたなくやさしき處彼の愛の無邪氣なるを見るに足る。

と述べていることから窺われる。

「雲の上なるあて人を塵の浮世に求め」、「世俗の少女に對して理想的の愛を得んとした」のは、古白も逍遙も同じであった。そこに彼らの悲劇が胚胎していたともいえる。ともにあまりにも〈無邪氣〉、つまりは純粋でありすぎたのだ。かかる古白について子規は〈やさしき人〉の情あらば、かくも早すぎる死を迎えることはなかっただろうと言うが、その場合に〈やさしき人〉とは、必ずしも古白が思慕した女性のみに限定されるのではなく、おそらくは子規自身をも含めての謂でもあったのだろう。そして、古白に対する子規のおもいには、表現こそ異なれ、中野逍遙を哭して西谷虎二が「冷淡水の如き社會は此の眞摯朴實なる詩人の涙に接して些の同情をも

與ふるなし」[25]と激越な調子で叫んだのと相通ずるところがあり、より強い自責の念が込められているように感ぜられる。西谷は「冷淡水の如き社會」が逍遙に一片の同情すらも与えなかったがゆえに、その長逝――病死というよりほとんど自死に近いもの――を招いたのだと痛憤慟哭し、それは「社會の罪乎將《は》た彼の罪乎」と問うているのだが、けだし〈社会〉とは実体のつかめぬ茫漠たるぬっぺらぼうとして現前し存在するのではなく、大抵の場合〈やさしき人〉に微分され得るものなのだ。

さらに子規の「古白の墓に詣づ」詩には、先の引用箇所に続いて、

身を捨てし後、　汝がため
熱き涙の　一雫
誰こぼしなば、　あぢきなく
捨てし身をこそ　喜ばめ。

とうたわれている。古白のことはともかくとして、この一聯を読むとき、中野逍遙の歿後に人知れず〈熱き涙の一雫〉をこぼした心優しき女性がいたことを想わずにはいられない。原田憲雄氏の精力的な調査研究のおかげでようやくその素顔が明らかになった「春夢子」こと坪井すむがその人である。[26]すむは、その生涯においてたった一度きりしか書かなかった小説『誰が罪』のなかで、中野重太郎との出会いと別れをしるし、彼の人に対して己れが〈やさしき人〉になれなかったことを悔いた。[27]かかる人のありしというだけで、〈月の都〉に旅立った逍遙も莞爾として微笑を浮べたのではあるまいか。

（1）ちなみに、わが国で刊行された中国文学史の著作として最初の書は、明治十五年刊行の末松謙澄『支那文學略史』であるが、これは「先秦の文學を時代順に簡單に解題したもの」に過ぎない。「いわゆる文學史的な考察をした最初のもの」と評価される古城貞吉の『支那文學史』が経済雑誌社から出たのは、明治三十年のことである。但し、これには戯曲・小説が含まれていない。簡略ながらそれに触れているのは、笹川種郎（臨風）の『支那文學史』で、翌三十一年に博文館から帝国百科全書第九編として上梓された。臨風は三十年に東華堂から刊行された『支那小説戯曲小史』の著者でもあった。このこと、三浦叶『明治の漢學』第二部第七章「明治年間に於ける中國文學史の研究」（汲古書院、一九九八年）および川合康三編『中国の文学史観』（創文社、二〇〇二年）参照。なお、三浦氏は中野逍遙にも言及して、「二十七年七月、帝國大學漢學科を卒業し、新進の學士として聲名隆々として高かった中野重太郎（逍遙と號す）も亦更に研究科に進み、支那文學史を草しようとした。しかしこれは不幸にも同年十一月に病歿したため、未だ成らないで終わってしまった。最高學府に於いて漢學、殊に專ら詩文を修め、他日文壇の牛耳を執る者として期待されていただけに、その研究の挫折は深く惜しまれる」と書き添えている。「声名隆々として高かった」かどうかは留保をつけなければならないが、逍遙には、岩元禎の「中国の戯曲や小説を耽読して居た」という話（第Ⅰ章の補記二参照）から考えて、おそらく戯曲・小説を含めた中国文学史の著述を世に問おうという意欲があったものと思われる。

（2）『慈涙餘滴』（宇和島市立図書館所蔵）は、宇和島市伊達事務所長の河野傳氏の尽力により、川崎宏氏の「中野逍遙著『慈涙餘滴』縁起　併せ『逍遙遺稿』復刊のこと」と題する序文を附して中野逍遙百年忌にあたる一九九四年十一月に刊行された。

（3）以下、引用の書簡は、講談社版『子規全集』別巻一による。なお、『逍遙遺稿』刊行のいきさつについては、川崎宏「からうた集『逍遙遺稿』考―その成立と詩賦作品の餘響など」（関東学院女子短期大学「短大論叢」第八九集、一九九三年）および「中野逍遙の戀と詩と田山花袋―『逍遙遺稿』の成立とその餘響など」（「花袋研究学会々誌」第十一号、一九九三年）に詳しい。

（4）子規の『筆まか勢』第一編「生徒の尊称」（講談社版『子規全集』第十巻）。これは、第一高等中学二年三之組で級友たちが黒板に楽書した互いの人物評を子規が書き写しておいたもの。ちなみに他には、夏目—the Eyes／赤沼（金三郎）—the Sincere／米山—the Hermit／龍口（了信）—the Anxious／正岡—the Cold等とある。このうち赤沼金三郎（字は士朗）については『逍遙遺稿』外編に「短歌行、赤沼士朗に寄す」詩があり、龍口了信は『逍遙遺稿』巻末に「逍遙中野君を哭す」という一文を寄せている。龍口は、慶応三年広島の浄土真宗（西本願寺派）の寺に生まれ、明治二十七年国史学科卒。漱石の友人でもあった。後に高輪中学・高校の校長を務めた。赤沼に関しては、第Ⅺ章「張滋昉について(二)」の「赤沼金三郎」参照。

なお、逍遙が平素寡黙であったことについては、張滋昉の「逍遙遺稿の序」に「人と為り沈黙寡言」とあるのを始めとして、高橋作衛の「逍遙遺稿の後に書す」に「逍遙は平素沈黙にして漫りに人と接言せず、資性も亦た狷介にして常人と相容れず」といい、龍口も「沈毅寡言」と評している。

(5) 講談社版『子規全集』別巻一の注に拠って、松本文三郎のこととしたが、杉下元明氏からの御教示では、あるいは松本亦太郎のことかも知れないとの由。金井景子・宗像和重・勝原晴希校注『新日本古典文学大系明治編27正岡子規集』（岩波書店、二〇〇三年）も、亦太郎とする。この松本亦太郎を含め正岡常規・夏目金之助・米山保三郎は、中野重太郎とは高等中学二年の時に同じ組になっている。

(6) 明治二十八年の「正岡子規へ送りたる句稿その三　十月末」の中に「弔古白」と題した「御死にたか今少ししたら蓮の花」の句の次に「弔逍遙一句」として収める（岩波版『漱石全集』第二十三巻、一九七九年）。

(7) ちなみに、子規が〈多情〉〈多恨〉の語を用いた例として、明治二十二年の「讀書辯」（講談社版『子規全集』第九巻）に、自らの喀血の原因を旺盛な読書慾のせいだとし、「多情の好男子　多恨の佳女子相戀ひ相思ふの極　終に生命を以て感情の犠牲として刀劒に伏し毒藥を飲むと何ぞ異ならんや」というくだりがある。

(8) 『寒山落木』巻三、「終リノ冬」所収（講談社版『子規全集』第二巻）。

(9) 明治二十七年十一月十九日、「日本」の雑報欄に「市井のくさ〳〵」と題して、

◎文學士中野重太郎君逝く　帝國大學文科に漢文學科を置きし後同科を専修せし者は中野君を以て始めとす君は豫陽宇和島の人夙に東京大學豫備門に入り爾來螢雪の功を積む事十餘年本年七月を以て業を卒へ未だ半年ならずして早く其訃

を聞く悲いかな君が性素と多情多恨其多情多恨の極は却て幽鬱沈黙と爲り幽鬱沈黙の極は發して多情多恨の詩賦と爲る近者君等東亞說林なる一雜誌を發行して以て萬丈の気焔を吐かんとす第一號に載せたる紀行及び詩も今は君の遺筆となり未だ第二號を見ずして彼土に逝く君が多情多恨は終に此濁世穢土を厭ひたるか將た此濁世穢土は終に多情多恨の人を容るゝ能はざりしか之を君に問へば君答へず之を天地に問へば天地答へず聞ゆる者は只寒風林木を振ふの聲のみ吁

と前途有為とはいえ、社会的にはほとんど無名に等しい一文学士の訃報を伝えているが、その措辞内容および交友関係からみて、子規の筆になる一文であることは疑いない。〈凩〉の一句は、この記事が書かれた前後に詠まれたのであろう。

(10)　これは、『逍遙遺稿』未収。

首《かうべ》を挙げて濁世　栖むに勝《た》へず／只だ美人の玉よりも情ある有り／君と相老ゆ何れの辺か好からん／楊柳春風酒を売る家

と訓読するのであろうが、このままだと韻を踏まず詩の体を成さない。それに「情於玉」の三字、文意通じにくい。けだし、「玉」字は「花」の誤りではなかろうか。草書体では字形が似ている場合がある。「花」字であれば、下平声麻韻で「家」と韻が合うし、意味も通る。待考。なお、結句は、前漢の司馬相如と卓文君とが成都に駆け落ちし、酒場を開いて生計を立てたという故事を意識していよう。この二人のことは、逍遙が好んでこれを詠じている。第Ⅰ章「才子佳人小説との関わりをめぐって」および第Ⅱ章「秋怨十絶其七について」参照。

(11)　血を吐きし杜鵑啼き残す中天半夜の月／蹄を磨せし驪駒蹴り尽す浮世千秋の塵、と訓ずる。

(12)　「古白は天才の人である弱者である而して空想家である」(『四國文學』第一巻十二号、明治四十三年四月。講談社版『子規全集』第二十巻の解題に収録)。

(13)　『筆まかせ』第三編(講談社版『子規全集』第十巻)。

(14)　「青厓子の白雲峰の詩に和し併せて子規雅兄の達覧に供す」(講談社版『子規全集』別巻三「子規あての書簡」補遺)。青厓子は、国分青厓(名は高胤。安政四年[一八五七]~昭和十九年[一九四四])のこと。なお、「白雲峰之詩」の「之」字を『子規全集』では踊字「〻」に作るが、誤りであろう。ちなみに逍遙の詩は次の通り(『逍遙遺稿』未収)。

一身千萬心。〻〻又一身。〻凝夢冷寂。身動神蕩紛。
理界日星霽。情林猿馬奔。道高俗人笑。山中猛獅馴。
一身　千万の心／万心　又た一身／身凝れば　夢冷寂／身動けば　神蕩紛／理界　日星霽《は》れ／情林　猿馬奔る／道高く
して俗人をば笑はん／山中　猛獅馴る

(15) 講談社版『子規全集』別巻一では、七月とするが、本文中に後述するように、逍遙の九州旅行は八月初旬に始まっている。「九州漫筆並びに序」（『逍遙遺稿』正編）にも「八月初旬、舟、鶴城（宇和島のこと）を発して豊後に着き」云々とある。それに詩稿には張滋昉の批点と評語が附されているところからして、九月帰京後子規に寄せたものと思われる。なお、「九州感慨十二律」其一の初句「炎風八月不消愁」の「八」を『子規全集』では「七」に作る。

(16) これら四句は、『寒山落木』巻四（講談社版『子規全集』第二巻）の春・夏・秋・冬の部にもそれぞれ「中野逍遙を憶ふ」（春）、「中野逍遙を悼む」（夏）、「中野逍遙を吊ふ」（秋）、同上（冬）と題して収録されている。

(17) このことは、すでに宮澤康造「漢詩人中野逍遙―人と作品」（『独協大学教養諸学研究』第二十二巻、一九八七年）に指摘されている。

(18) 明治二十五年三月一日附河東秉五郎・高浜清宛書簡（講談社版『子規全集』第十八巻）。

(19) 講談社版『子規全集』第十三巻所収。

(20) 久保田正文『正岡子規・その文学』（講談社、一九七九年）の「小説について」。

(21) 「子規の小説―『月の都』への執着、あるいは愛着」（『短歌』一九八七年八月号）。

(22) 『「文學界」とその時代　下』第十章「中野逍遙」（明治書院、一九六〇年）。

(23) 「狂残痴詩」其六（『逍遙遺稿』外編）の一節。第Ⅳ章「狂残痴詩其六について」参照。

(24) 講談社版『子規全集』第二十巻所収。

(25) 「中野逍遙を悼む」（『逍遙遺稿』外編雑録所収）の一節。なお、「東亞說林」第二號（明治二十七年十二月七日発行）に掲載された「中野逍遙を悼む」では、「嗚呼是れ社會の罪乎、將た彼の罪乎、將た人彼れに違むく乎、將た亦彼人に違むく乎」

の後に改行して、

　彼が人生観に就ては、余聊か説無き能はず、彼此の世界を以て、虚僞、欺妄、無情、不仁、憂愁、破廉耻等の有せる害悪を以て充滿せる、昏冥溷濁の一大魔界にして、又た些の望無き者とせり。余も亦た、此の社會の憂愁の府たり、罪悪の巷たるを知らざるに非ず。然れとも亦た全く之を以て、無望の者となすを得ず。吾人は實に此の一縷の希望を以て、我が蜉蝣の一世を繋き、之が爲めに活き、之が爲めに動く、悲哉。彼憂愁中に蟠りて心爲めに昏く、血涙外に溢れて眼爲めに暗く。唯ゝ社會の暗黒の一面のみを見て、冥々の中尚一道の微光有り、温然として我が懷を照すを知らず、愁を以て愁を迎へ、悲を以て悲を迎ふ、彼遂に何を以てか自らを慰籍《ママ》せんや。然れとも止む無くんば、唯ゝ其れ一息の死乎。死や無限なり、平等なり、愁無く、喜無く、苦無く、樂無く、我無く、人無く、渾然として一に歸す、亦何をか悲しみ、何をか嘆かん、是に於てか幾くは彼以て瞑するを得んか。

という文章があり、それに続けて「今や幽明境を隔てて相見るを得ず。僅かに一篇の辭を攄べ、以て遠く在天の靈を慰む」という結びが来るが、『逍遙遺稿』雑録では、ここに挙げた箇所が省略されており、また「東亞説林」に掲載された時には施されていた句読点もすべて削除されている。

(26)　第Ⅳ章「狂残痴詩其六について」の注（14）参照。

(27)　ちなみに、原田憲雄氏は、「春夢女史の『誰が罪』㈠」の中で、子規や佐々木信綱・西谷虎二の追悼文の一節や歌を挙げ、「これらは逍遙を悼む心情から出た激語で、他の特定の人を責める意はおそらくなかっただろうが、逍遙の愛にこたえなかったと自覚する女性が読めば、おのれが責められる感じがしたであろう。あるいは人の激語を聞く前に、もしわたしがこたえていたら逍遙は死ななかったのではないか、といった反省をもったかもしれぬ。／『誰が罪』は、春夢女史のそのようなやさしい反省が自らを虐《さい》なんだころ、すなわち逍遙の死後数年の間に書かれたものらしい」と述べておられる。

　なお、原田氏が挙げる信綱の追悼歌は、「親友中野重太郎君を思ひいでてよめる歌ども」と題する十二首（『逍遙遺稿』外編雑録所収）のうち其三、「いかでかはあつき心のいれられむ氷よりけにひやゝけき世に」というもの。ちなみに、その第九首には「みくま野の浦のはまゆふ百重にも千重にも君の忍ばるゝかな」と春夢子の存在を暗示する歌もある。

補記

本章では、中野逍遥と正岡子規との関わりについて、逍遥の子規宛書簡や子規の逍遥追悼句を中心にみてきた。その際、明治十七年にともに大学予備門に入り、高等中学二年の時には同じ組であったこの二人が、「互いに親しく言葉を交わし往き来するようになったのは、具体的にいつ頃からか今のところ不明だが、ある程度その交友が密になったのは、どうやら明治二十六年になってからのことではないかと思われる」と述べたのだが、改めて講談社版『子規全集』第八巻の漢詩稿を繙いてみて、子規に明治二十四年作の「書中野君所示文後」（中野君の示す所の文の後に書す）という七律があるのに気づいた。

当時、子規の交友圏内に在って、中野姓でしかもその人の文章を読んだ感想を漢詩にまとめてこれを示すといった相手は、文科大学の漢学科に進んだ逍遥中野重太郎を措いては他に考えられない。とすれば、この子規の詩が、現在のところ、二人の直接の交流を物語る最も早い時期の作ということになろう。子規の七律というのは、次のような詩である。

千里芳魂無処尋　　千里芳魂　尋ぬるに処《ところ》無く
毎思往事轉難禁　　往事を思ふ毎《ごと》に転《うた》た禁じ難し
菱花不照彩鸞影　　菱花は照らさず彩鸞の影
錦字空留青鳥音　　錦字は空しく留む青鳥の音
月落寒房香梦冷　　月　寒房に落ちて香夢冷やかに

苔封孤塚落紅深　苔　孤塚を封じて落紅深し
生憎杜宇一声過　生憎《あやに》く杜宇一声過ぎ
分与暗愁悩客心　暗愁を分与して客心を悩ます

〈芳魂〉は、美人の魂。〈無処尋〉は、探し尋ねる手立てがない。例えば、中唐の白居易「元九が往を悼むに和す」詩に「美人君に別れて去り、去りて自り尋《よ》ぬるに処無し」と。〈菱花〉は、菱の花の形をした鏡。〈彩鸞〉は、美しいおとり。その昔、罽賓《けいひん》王のもとに捕らえられ三年も鳴かずいた一羽の鸞鳥が鏡を見せられると、そこに映った姿を見て悲傷して息絶えたという故事があり、鏡の縁語でもある。ここでは、美人を喩える。〈錦字〉は、手紙。前秦の蘇若蘭が塞外の地に流された夫のもとに錦を織り上げて作った回文の詩を寄せた故事（『晋書』列女伝、竇滔妻蘇氏伝）による。〈青鳥〉は、仙女西王母の使い（『漢武故事』）。恋文を運ぶ使者。例えば、晩唐の顧夐「浣渓沙」八首其四（『花間集』巻七に「青鳥来りて錦字を伝へず」と。〈寒房〉は、さむざむとした部屋。〈香夢〉は、恋人が出てくる夢。〈落紅〉は、散り落ちた紅い花びら。〈生憎〉は、いまいましい、憎たらしい。生は、はなはだの意。唐代の俗語。〈杜宇〉は、ほととぎす。〈暗愁〉は、わけもなく起こる愁い。そこはかとない物悲しさ。ちなみに、小島憲之『ことばの重み—鷗外の謎を解く漢語』（新潮選書、一九八四年）は、この言葉の用例を探り、それが「明治びとの好んだ詩語」である旨、考証されている。

この詩は、その詩題と内容からみて、中野逍遙が子規に示した文章をふまえ主人公の気持ちになって詠じたものであろう。そうだとすれば、それは今は亡き恋人のことを異郷の地で追慕する若者の姿が描かれた小説めいた文章で、それも漢文そのものかあるいは逍遙が二十から二十一歳頃にかけて書いた未完の小説『慈涙餘滴』のような漢文崩しの文体で記されたものではないかと思われるのだが、果たして実際は如何なるものだったかは全く不明としか言いようがない。逍遙が二十二歳の時に書いたという「翡翠簾」がそうだったかも知れないと想像をふくらませることはできても、その小説自体の梗概すら詳らかでない今、何一つ確かなことはわからずにいる。

ただ、逍遙からその文章を示された子規は、ふだんあまり喋ることのないこの男の意外な一面を見た思いがしたのではなかろうか。これによって、その後たとえ急速に交際が深まったというわけではなくとも、己れとは全く性格を異にした逍遙を侮りがたい端倪すべからざる存在として認めたのではあるまいか。そして彼を〈多情多恨〉の人として見る契機がこの明治二十四年の詩文のやりとりに胚胎したのかも知れない。そんなことをあれこれ思ってみたくなる子規の詩である。

Ⅵ　張船山のこと

逍遙・子規・鉄幹における船山受容

一

張船山（一七六四～一八一四）は、名を問陶、字を仲治といい、船山はその号である。内閣大学士張鵬翮（一六四九～一七二五）の玄孫にあたり、本籍は四川省遂寧であるが、彼自身は父の任地山東省館陶で生まれ、少年時代はおもに湖北省漢陽で過した。二十五歳の時、挙人となり、二年後の乾隆五十五年（一七九〇）進士に第三甲で及第した。この時、第一甲で合格した洪亮吉（字は稚存。一七四六～一八〇九）とは終生渝《かわ》らぬ友となった。翰林院庶吉士・検討、江南道監察御史、吏部験封司郎中を歴任した後、山東省莱州知府となったが、上官との間に齟齬を生じてこれを任期途中で辞し、嘉慶十九年蘇州で歿した。行年五十一。官界ではさほど振わなかったものの、つとに詩名高く、三十歳の頃に洪亮吉の推称によって当時八十近い性霊派の領袖で詩壇の大御所でもあった袁枚（一七一六～一七九八）に認められ、「老いて死せざる所以の者は、未だ君の詩を読まざるのみ」と嘱望されたことは有名な話である。

その集には、嘉慶二十年（一八一五）刊の『船山詩草』二十巻があり、巻一の楽府が嘉慶元年（一七九六）三十三歳の作であるのを除いて、各巻は年代順に並べられ、巻二から巻十六までが、十五歳から四十歳までの作を収め、巻十七以降は四十以後の作である。さらに道光十九年（一八四九）には『船山詩草補遺』六巻が刊行された。そして現在、これらは中華書局刊の中国古典文学基本叢書に収められている。そのほか、選注に趙雲中等『張問陶詩選注』（四川文藝出版社、一九八五年）および周宇澂編『船山詩選』（書目文献出版社、一九八六年）があって、これらの選注には巻末にそれぞれ船山年譜が附せられているが、より詳細な年譜としては、胡伝淮『張問陶年譜』（巴蜀書社、二〇〇〇年）が出ている。

わが国では、嘉永元年（一八四八）に篠崎弼（小竹）序の『船山詩草』三巻が、ついで同三年には広瀬健（淡窓）序の『船山詩草』二集六巻が刊行された。前者には原刊本の巻一の楽府を除いて、巻二の戊丁集から巻四の出山小草まで船山十五歳から二十六歳の作を収め、後者には巻五の松筠集から巻十の京朝集まで二十七歳から三十歳に至る作を録しており、両者はいずれも現在、汲古書院の『和刻本漢詩集成補編第二十集』に影印が収められている。

船山の詩風については、張維屏（一七八〇～一八五九）が『国朝詩人徴略』巻五十一に自著の『聴松廬詩話』を引いて、

船山詩、生氣湧出、生趣飛來。古體中時有叫囂剽滑之病。當時隨園名盛、以游戲爲詩。船山亦未免染其習氣。至近體則極空靈、亦極沉鬱、能刻入亦能清超、大含名理、細闡物情。或論古激昂、或言情婉曲、或聲大如鐘鏞、或味爽如菘韭、幾欲於從前諸名家外又闢一境。

船山の詩は、生気湧出し、生趣飛来す。古体中に時に叫囂剽滑（大声でやたらと叫ぶが上滑り）の病（欠点）有り。当時随園（袁枚の号）名盛んにして、遊戯を以て詩を為《つく》る。船山も亦た未だ其の習気に染むるを免れず。近体に至っては則ち極めて空霊（清新で潑剌）、亦た極めて沈鬱、能く刻入し亦た能く清超たり。大いに名理を含み、細かに物情を闡《あきら》かに

> す。或いは古を論じて激昂し、或いは情を言ひて婉曲、或いは声大なること鐘鏞（つりがね）の如く、或いは味爽なること菘韭（あおな・にら）の如くして、幾《ほと》んど従前諸名家の外に於いて又た一境を闢《ひら》かんと欲す。

と評しているが、おそらくはこれが一般的な見方であろう。

船山詩は、わが国では明治時代特にその前半期に広く読まれたらしく、漢詩人としても名を馳せた久保天随（名は得二。明治八年［一八七五］～昭和九年［一九三四］）は、昭和五年（一九三〇）刊の続国訳漢文大成『高青邱詩集』の総説の中で、「大抵《たいてい》、邦人《はうじん》の詩《し》を學《まな》ぶや、はじめ張船山《ちやうせんざん》より入《い》り、而《しか》して明《みん》の高青邱《かうせいきう》、而《しか》して宋《そう》の陸放翁《りくはうをう》、これを其鐵門限《そのてつもんげん》となす。船山詩草《せんざんしさう》は前半《ぜんぱん》、放翁《はうをう》は詩鈔《しせう》、ともに覆刻《ふくこく》あり。三家《か》の詩《し》、ひとり平易《へいい》解《かい》し易《やす》きのみならず、兼《か》ねて、その書《しょ》の得易《えやす》きに因《よ》りて、自然流傳《しぜんりうでん》の廣《ひろ》きを致《いた》せしものと思《おも》はる」と指摘回想している。[1]

自然な性情の発露を重んじ、「僻典を用て人の耳目を衒《てら》はず」（篠崎小竹の序）、ために「平易」ともみなされるのであろうが、とりわけその若々しい感受性や熱性に富む心情が真率に時に感傷的に表現されている張船山の青年期の詩篇が、和刻本を通して明治の若者たちの一部にそれぞれ濃淡強弱の色あいの差こそあれ、好んで迎え入れられたのは確かなようで、その一端をこれから中野逍遙・正岡子規・与謝野鉄幹の三人についてみてゆきたいと思う。逍遙と子規は慶応三年、鉄幹は明治六年生まれで、いずれも幼少期に漢学の素養を身につけ、子規と鉄幹は少年期その文学活動の始めに漢詩を作ることに熱中した経験を持ち、[2]逍遙は「古詩型の新詩才」（日夏耿之介の評語）として明治浪曼文学史にその名を留めている。

二

中野逍遙が張船山の詩を読んでいたことについては、実はすでにこれまでにも言及したことがある。例えば、明治十九年八月作の「将《まさ》に東都に向はんとして留別す」首其二（正編）に、

秋風吹濕蛾眉面　秋風吹いて蛾眉の面を湿《ぬ》らす
醉指水天天盡畔　酔うて水天を指せば天尽くる畔《はて》
憐君一點涙香痕　憐れむ君が一点涙香の痕
染入客衣不堪澣　染みて客衣に入りて澣《あら》ふに堪へず

とあるが、このうち三・四句は、張船山二十六歳の作「嘉陵江上立春、内《つま》に寄す」六首其五（和刻本『船山詩草』巻三、出山小草　※以下、『船山詩草』の引用は和刻本の巻数による）、

客行日已遠　客行　日已《ひび》に遠く
碧草新愁滿　碧草　新愁満つ
香涙在征衣　香涙　征衣に在り
因君不忍澣　君に因って澣ふに忍びず

の後半二句をふまえた表現であることは、第Ⅳ章「狂残痴詩其六について」のなかでも指摘しておいた。

ちなみに、近年、中国においてもわが国の漢詩に関心が寄せられているらしく、簡単な語釈をつけて紹介する書物が幾つか出版されているようだが、そのうちの一冊、王福祥・汪玉林・呉漢櫻編『日本漢詩擷英』（外語教学

与研究出版社、一九九五年）を繙いてみると、逍遙のこの詩を収録し、結句に注をつけて清人黄景仁（仲則）「山鏗」詩の「沙辺少婦来って衣を澣ひ、稚子自ら林間の扉を守る」という二句が引いてある。だが、詩意や措辞からみてそれが失当であることは疑いない。なお、船山の「嘉陵江上立春、内に寄す」詩については、其一の「東風我が心の如く、吹きて君が懐袖に入る」が逍遙「狂残痴詩」其五（外編）の冒頭の二句「春風我が心の如く、吹きて南氏が襟に入る」のもとになっているとの杉下元明氏の指摘もある。[3]

さらに、第Ⅲ章「故郷の恋人のこと」に挙げた「金風催」（正編）は、

前膝欲語人千里　　膝を前《すす》めて語らんと欲せば人千里
五更疎雨撲金鴨　　五更の疎雨　金鴨を撲《う》つ

と結ばれているが、そのなかの〈欲語人千里〉という表現は、船山二十五歳の作「家書を作す」詩（『船山詩草』巻二、戊巳集）の冒頭に、

情話忽在喉　　情話忽ち喉に在り
欲言人萬里　　言はんと欲せば人万里

という〈欲言人万里〉を点化したものであるように思われる。

また逍遙二十歳以前の作「春秋夜の感懐」詩（正編）に「由来蟣蝨《きしつ》亦た王臣」というのも、船山の「詠懐旧遊十首」其二（『船山詩草』巻三、出山小草）に「蟣虱生来亦た帝臣」とすでに類似した表現がある。

このほか、中野逍遙には、その詩文の中に直接、張船山の名を挙げて引用する例がある。明治三十二年に盛文社から刊行された村松忠雄編『山水小景』――川崎宏氏によれば、村松は宇和島の人で、同地出身の大和田建樹が序文を寄せている――に掲載された逍遙二十歳の旅日記「涙華紀行」、これは明治十九年八月二十二日、十日

ばかりの帰省を終えて宇和島を発ち、九月二日東京に至る間の日記であるが、(4) そのなかに、

乃ち張問陶か遂寧を辞するの詩

高堂雪鬢如垂絲　階前再拜將安之
附書他日空傷別　何似臨岐(ママ)之少時
市橋水濁流偏駛　水清不照遠遊子
關山遼濶客心長　萬里之行從此始

を三誦して旬日の殘夢を十里の家山に留め、江心の波は美人の涙と共に東方万里の舟を送りぬ。

と、張船山の名が見えている。なお、最初に掲げた逍遙の留別詩もちょうど同じ時の作で、名残りを惜しみ逍遙の旅衣を涙でぬらした美人というのは、どうやら親戚のむすめの「おしづさん」を念頭においているらしいのだが（第Ⅲ章「故郷の恋人のこと」参照）、実際、別れに臨んで二人の間にそれほどの愁嘆場があったかどうかは、あえて詮索することもないだろう。それはともかく、ここに引かれている詩は、船山二十六歳の作で原題を「己酉十一月七日、遂寧の西門橋下に家人に別る」（『船山詩草』巻三、出山小草）といい、その後半部である。

去年話別青春深　去年　別れを話して青春深く
燕山落日多歸心　燕山の落日　帰心多し
今年暫歸足高寄　今年　暫く帰りて高寄足り
車馬催人隨計吏　車馬　人を催して計吏に随はしむ
能分骨肉是浮名　能く骨肉を分かつは是れ浮名
似此毛錐眞可棄　此《かく》の似《ごと》き毛錐　真に棄つ可し

高堂雪鬢如垂絲　高堂の雪鬢　垂糸の如し
階前再拜將安之　階前に再拝して将《まさ》に安《いづ》くにか之《ゆ》かんとす
附書他日空傷別　書を附せば他日空しく別れを傷まん
何似臨岐立少時　何ぞ似ん岐に臨みて立つこと少時なるに
市橋水濁流偏駛　市橋　水濁りて流れ偏《ひとへ》に駛《はや》く
水清不照遠遊子　水清《す》むも遠遊の子を照らさず
關山遼闊客心長　関山遼闊として客心長く
萬里之行從此始　万里の行は此れ従《よ》り始まる

〈話別〉は、別れにのぞんで語らう。別れの挨拶をする。〈青春深〉は、春たけなわ。〈燕山〉は、北京附近の山々。〈高寄〉は、齷齪とした現実を離れのびのびとした心持ち。〈計吏〉は、漢代、年に一度都に上って地方の財政報告をした官吏。その際、朝廷に推挙される人材を伴って上京したことから、〈計吏に随ふ〉とは、首都北京での進士の試験に赴くことをいう。〈浮名〉は、実体の伴わない名声。〈毛錐〉は、筆。転じて詩文の才。〈高堂〉は、座敷。父母の居る所から、転じて父母を指す。〈雪鬢〉は、白くなった鬢。〈糸〉は、絹糸。白髪を喩える。〈附書〉は、手紙を寄せる。〈何似〉は、～と比べてどうか。如かずの意。〈岐〉は、分れ道。〈少時〉は、しばし。〈関山〉は、辺境の山並み。ここでは四川の山々。〈遼闊〉は、果てしなく続く意。〈万里之行〉云々は、三国時代、蜀の費禕が呉に使いする時、成都城外の橋のたもとで「万里の路は此の行に始まる」と嘆じたという。

さらに、もう一つ、明治二十五年十二月作の「狂残痴詩」十首の後序（外編）に、

昔者、林西崖購(ママ)綠端硯、藏于家、故張船山高祖所寶也。西崖讀(ママ)船山之詩愛之、贄而入門、而綠端硯豫爲納綵之物矣。狂殘之詩、朽於篋底乎、將續南枝之緣乎。讀之在人、得失皆天耳。

（昔者《むかし》、林西崖《（ママ）》緑端硯を贖《あがな》ひて、家に蔵す。故《もと》張船山の高祖の宝とする所なり。西崖、船山の詩を読みて、之を愛し、贄して門に入る。而して端硯は予《あらかじ》め納綵の物と為す。狂残の詩、篋底に朽ちんか、将《は》た南枝の縁を続《つ》がんか。之を読むは人に在り、得失は皆天のみ。）

と記して、船山のいわゆる硯縁の故事をわが身に引き較べて述べる例がある。〈狂残〉の狂は狂骨子中野逍遙、残は残月子佐々木信綱のことで、両者両様に恋の悩みを抱き悶々としていた時期の作である。〈南枝〉は南条貞子、逍遙が報われぬ想いを捧げていた女性。

さて、張船山の硯縁の故事というのは、『船山詩草』巻三、出山小草に見える。

婦翁林西崖先生、初任成都縣時、有人持古硯求售。匣上玉符一、符下有銘。其末云、錫自大君、藏之渠廈。子孫寶之、傳有德者。翁知爲故家賜物。贖而藏之。後二十年、余贅其家見之。實先高祖文端公赴千叟宴時、仁廟所賜之綠端硯也。爲族人所鬻。述于婦、婦以告翁。翁驚喜以硯歸余。且曰、吾始讀君詩愛之。因以女妻君。豈意二十年前君早以此作納綵之物耶。余固不足副傳德之言。然得失有數、婚姻有緣、亦足奇也。作硯緣詩四首誌之。

（婦翁林西厓先生、初めて成都県に任ぜられし時、人有り古硯を持して售《う》らんことを求む。匣上玉符一あり、符の下に銘有り。其の末に云ふ、錫《たま》ふに大君自《よ》りし、之を渠廈（大きな建物）に蔵す。子孫之を宝とし、有徳者に伝へよと。翁、故家（由緒ある家）の賜物為《た》るを知り、贖《あがな》ひて之を蔵す。後二十年、余、其の家に贅（婿となる）して之を見る。実に先（今は亡き）高祖文端公（張鵬翮の諡）の千叟宴（康熙五十二年宮中で催された敬老の宴）に赴きし時、仁廟（康熙帝）の賜ひし所の緑端硯なり。族人の鬻《ひさ》ぐ所と為る。婦に述ぶるに、婦以て翁に告ぐ。翁、驚喜して硯を以て余に帰し、且つ曰く、吾始め君の詩を読みて之を愛す。因って女《むすめ》を以て君に妻《めあは》す。豈に二十年前に君が早《つと》に此れを以て納綵

(ゆいのう)の物と作《な》さんと意《おも》はんやと。余固《もと》より徳に伝へよとの言に副《かな》ふに足らず。然れども得失は数(うんめい)有り、婚姻は縁有り。亦た奇とするに足るなり。硯縁詩四首を作り之を誌《しる》す。)

これは、船山二十六歳の作。最初の妻周氏を三年足らずの結婚生活で失なった後、二十四歳の時に娶ったのが林儁(字は西厓)の女佩環で、先に挙げた「嘉陵江上立春、内に寄す」詩は、この二度目の妻林氏に寄せた作である。

以上、中野逍遙が張船山に言及している箇所を挙げたが、次に正岡子規についてみてゆくことにする。

三

子規の場合には、二十三・四歳の頃に張船山の韻に次する詩を四首作り(講談社版『子規全集』第八巻漢詩稿)、文科大学国文科二年次のノートに『船山詩草』からの摘句を書き留めている(『子規全集』第二十一巻草稿・ノート)。まず、次韻詩の実例を一つ示しておこう。

明治二十三年の作に「新年書懐　言志会席上次張船山韻」と題する詩がある。

海外未能傳姓名◎　　海外未だ姓名を伝ふる能はず
又迎元旦若為情　　又た元旦を迎ふ　若為《いか》なる情ぞ
千秋功業悠〻遠　　千秋の功業　悠々として遠く
廿歳星霜忽〻征◎　　廿歳《はたち》の星霜　忽々として征く
夜半学文嗟病骨　　夜半　文を学んで病骨を嗟《なげ》く

古来成事在書生◎　古来　事を成すは書生に在り
倦凭破几貪閒睡　倦みて破几に凭《よ》りて閑睡を貪れば
梦遶英州龍動城◎　夢は遶《めぐ》る英州龍動城

〈龍動〉は、ロンドン。詩形は七言律詩で、韻字は名・情・征・生・城（下平声庚韻）。

これは、『船山詩草』巻二、戊丁集の「臘月初一日、燕子磯にて陳棣園典冑父子に遇ふ」詩、

隔水何人識姓名◎　水を隔てて何人か姓名を識らん
推篷乍見若爲情◎　篷《とま》を推して乍《たちま》ち見る若為《いか》なる情ぞ
煙波執手皆疑夢　煙波　手を執り皆夢かと疑ふ
天海驚心共遠征◎　天海　心を驚かす共に遠征
梗泛十年憐薄宦　梗泛十年　薄宦を憐れみ
萍蹤千里笑浮生◎　萍蹤千里　浮生を笑ふ
忽忽又作鑾江別　忽忽として又た作《な》す鑾江の別れ
今夜孤帆鐵甕城◎　今夜　孤帆　鉄甕城

の韻字をその順序通りに踏んだものであるが、読み比べてわかるように、正岡子規の次韻詩はもとの船山の作とはテーマにおいても内容の上でも全く関連するところがない。ちなみに、幕末から明治前期の漢詩壇にあってつとに清詩を鼓吹し、自身も張船山の絶句を含む『清三家絶句』（他に陳碧城、郭頻伽）を明治十一年に刊行した森春濤（文政二年［一八一九］～明治二十二年［一八八九］）には船山三十歳の作「冬日遺懐」詩（『船山詩草』二集巻六、京朝集）に次韻した元治元年（一八六四）作の「冬日遺懐、張船山の韻を用ふ」と題する七律（『春濤詩鈔』巻九）が

あり、またこれより先、大沼枕山（文政元年［一八一八］～明治二十四年［一八九一］）にもやはり船山三十歳の作「梅花」詩八首（『船山詩草』二集巻六、京朝集）に次韻した安政二年（一八五五）作の「梅花、張船山の韻に次す」八首（『枕山詩鈔二編』巻中）があるが、いずれも同一の題目テーマに依りつつ、それを変奏して原詩とはまた一味違った感慨を詠じている。このように古人の詩に次韻する場合には、もとの作品を多少なりとも意識しながら新たな詩趣を作り出そうと試みるのが一般的であるように思われるが、その点から言えば、子規が船山詩に次韻した四首は、どれもただ韻字の配列の仕方を倣ったというに過ぎないようである。他の三首について、その詩題と韻字およびそれに対応する船山の詩を示すと、次の通りである。

〔明治二十二年〕

○十二月五日内藤先生宅開言志會席上次船山集中韻

七言律詩　韻字：枝・詞・離・詩・糸（上平声支韻）

㊊『船山詩草』巻一、戊丁集「春日感懐」詩

○同席一戯作歳晩詩　次船山詩韵狂体

七言律詩　韻字：驂・貧・担（擔）・南・藍※（下平声覃韻）

㊊『船山詩草』巻三、出山小草「満城道中、西山を望む」詩

※〈藍〉字、㊊は〈籃〉に作る。

〔明治二十三年〕

○春郊散策圖　次張船山詩韻

七言律詩　韻字：斉・西・低・啼・渓（上平声斉韻）

(原)『船山詩草』巻三、出山小草「晩に修武を過《よぎ》る」詩

子規が張船山詩に次韻を試みているのは、すべて明治二十二年十一月に内藤鳴雪（南塘）・竹村鍛（錬卿）と共に起した漢詩や俳句の会、言志会席上のことであって、そこには師友と競い合い楽しみながら詩や句を捻るといった知的な遊びの要素が多分にあった。その意味では、先に述べた中野逍遙や後でみてゆく与謝野鉄幹の場合とは異なる船山詩受容の仕方が見られる。わが思いのたけを表現するために直接自らの詩文の中に張船山の名を挙げたりその語句を引用するといったことは、子規にはない。ただそうではあっても、国文科二年次の明治二十五年三月四日附のノートに［雑録］として、『船山詩草』二集巻一、松筠集のなかから幾つか摘句してこれを書き留めているから、子規がそれなりに『船山詩草』に関心を持ち、かなり読みこんでいたことは確かなようだ。子規の好尚を窺う意味で、次に参考までに挙げておく。

船山

直使天驚眞快事能遭人罵是奇才　………(A)
天若有情猶識我人如無命不須才　………(B)
便將奇壽敵鴻荒。轉眼終須致《（ママ）》北邙。
佛老看空聊縱酒。海天遊遍且思鄉。
竟逢知己何妨死。未遇傾城不肯狂。
梦蹈翠虛陪上帝。笑看傀儡競登場　……(C)
小婢上燈花歎《（ママ）》暮蠻奴掃雪箒無聲　………(D)

(A)は、「孫淵如星衍前輩の雨粟楼に題す」（七律）の頷聯。

直《た》だ天をして驚かしむるは真に快事、能く人に遭って罵るは是れ奇才

(B)は、「仏前に酒を飲み浩然として得る有り」詩四首其二（七律）の頷聯。

天若《も》し情有らば猶ほ我を識らん、人如《も》し命無くんば才を須《もち》ひず

〈天若有情〉は、中唐の李賀「金銅仙人、漢を辞する歌」に「天若《も》し情有らば天も亦た老いん」と。〈命〉は、天命の意。

(C)は、「仏前に酒を飲み浩然として得る有り」詩四首其四（七律）。

便《たと》ひ奇寿を将《も》って鴻荒に敵せんも、眼を転ずれば終に須《すべか》らく北邙に到るべし。仏老看ること空にして聊《いささ》か酒を縦《ほしいまま》にし、海天遊ぶこと遍《あまね》く且つ郷を思ふ。竟《つひ》に知己に逢はば何ぞ死するを妨げん、未だ傾城に遇はざれば肯へて狂せず。夢に翠虚を蹈《ふ》み上帝に陪し、笑って看る傀儡競って登場するを。

〈奇寿〉は、例えば、黄帝が三百歳まで生きたというようなとんでもない長寿。〈敵〉は、相手にする。匹敵。〈鴻荒〉は、太古の世。〈転眼〉は、あっという間に。〈北邙〉は、洛陽の北にある山名。古来、墓地として有名。〈仏老〉は、釈迦や老子。〈海天〉は、海内。中国各地。〈傾城〉は、絶世の美女。〈翠虚〉は、大空。〈上帝〉は、天帝。〈傀儡〉は、操り人形。下らない人間どもの喩え。

(D)は、「春日内《つま》を憶ふ」詩（七律）の頷聯。

小婢燈《ともしび》を上して花暮れんと欲し、蛮奴雪を掃って箒に声無し

以上、正岡子規が張船山の韻に次した作とノートに抜き書きした詩句とを挙げたが、最後に与謝野鉄幹についてみてみよう。

四

鉄幹の場合は、明治三十四年彼が二十九歳の時に上梓した第三詩歌集『鐵幹子』のなかに、「懊悩」と題する新体詩があって、そこに張船山の名が見える。

この詩は、「一劔天下の志」を抱きながら、「吾運拙く」支那朝鮮での雄飛の夢破れ鬱々と日を過ごす〈若もの〉に〈老いたる友〉と〈若き友〉とがそれぞれ慰藉激励の言葉をかけ、それに応えて〈若もの〉が已れの心境を吐露するという構成になっており、〈若もの〉の姿に鉄幹自身が形象化されているばかりではなく、二人の友それぞれが揺れ動く鉄幹の思考心情を反映した存在となっている。そして三人の言葉は四行一連の五連ずつで示され、すべて十五連六十行にわたる長詩である。

最初に登場するのは〈老いたる友〉で、この男もかつては少年の血を滾らせ功名を夢みたこともあったが、今ではすっかり家産を蕩尽して帰るべき故郷を失い、係累を抱えたまま裏長屋での侘暮し。その男がいう、

そぼふる窓に書を讀めば／船山が詩の悲しきや
見よ歌ひてはふるさとを／戀ふる涙のあつき哉

げに功名は何者ぞ／少年の血を激しては
南船北馬徒らに／黄金《こがね》を盡し身を破る
………

これに対して、血気に逸りいまだ挫折の苦味を嘗めたことのない〈若き友〉は、「老いたる人の繰言に／耳傾くる事なかれ／など書をよみし若者の／その悲みを知らざらん」と〈若もの〉に訴え、

………

三十にして名をば揚げ／四十にしてぞ山に入る
鬢に白髪の生ひざらば／英雄死すとも悔あらじ

………

げに心地よき船山の／この句を吾はとらん哉
夜半の劒に光なきも／たけき男の子に希望《のぞみ》あり

………

と己が抱負を熱く語りかける。しかし、〈若もの〉にとっては、結局二人の友の忠告も己が懊悩を救うまでには至らない。夢破れたからといって侘住まいに空しく埋れ朽ちんにはまだ熱き血潮が冷え切っておらず、ただ勇ましいだけの大言壮語に奮い立つにはあまりにも現実の壁の厚さを知りすぎた。〈若もの〉の迷いは深まりこそすれ、新たな希望は見出せず、ただ「おのが詩を市に抱きて獨泣く」ばかり。

そして最後は、

………

老いたる友よありがたき／君が諫にたゆたひぬ
心の友よ勇しき／君が言葉をはたいかにせん

と結ばれて、「懊惱」詩は終っている。

この作品のなかで〈若き友〉が引いているのが、張船山十五歳の作「壮志」詩の冒頭四句で、これは『船山詩草』巻一、戊丁集の巻頭に載せられている。

三十立功名　　三十にして功名を立て
四十退山谷　　四十にして山谷に退く
不見兩鬢霜　　両鬢の霜を見ざれば
英雄死亦足　　英雄死すとも亦た足る
咄嗟少年子　　咄嗟《ああ》　少年子
如彼玉在璞　　彼の玉　璞に在るが如し
光氣未騰天　　光気　未だ天に騰《のぼ》らず
魍魎抱之哭　　魍魎として之を抱いて哭す
人生不得志　　人生　志を得ず
天地皆拳曲　　天地　皆拳曲す
慷慨對中原　　慷慨して中原に対す
流年何太促　　流年何ぞ太《はなは》だ促《すみや》かなる
落拓大布衣　　落拓たる大布衣
許身非碌碌　　身を許すは碌々たるに非ず
四十四萬言　　四十四万言
隠軫匡時略　　隠軫たり時を匡《すく》ふ略《はかりごと》

為天子大臣　　天子の大臣と為り
上書繼臣朔　　上書して臣朔を継がん

冒頭の二句は、『老子』第九章に「功成り名遂げて身退くは、天の道なり」とあるのを意識しよう。また『論語』為政篇に「三十にして立つ」と。〈足〉は、満足。〈咄嗟〉は、嘆息の声。〈璞〉は、あらたま。掘り出したままで磨かれずにいる玉。すぐれた才能がまだ世に出て真価を発揮していないことの喩え。〈魍魎〉は、よるべないさま。畳韻の語。〈拳曲〉は、かがまる。双声の語。〈中原〉は、中国の中央部。〈落拓〉は、気宇壮大なさま。畳韻の語。〈布衣〉は、まだ仕官せずにいる書生。〈許身〉は、自負する。〈碌碌〉は、平凡なさま。〈隠軫〉は、盛大なさま。〈匡時略〉は、時世の病弊を芟除《さんじょ》し改革する意見政策。〈臣朔〉の朔は、前漢の東方朔のこと。武帝に対する上書の中で、十六歳で詩書を十九歳で孫呉の兵書を学び、あわせて四十四万言を誦することができるといい、勇なることは孟賁、捷なることは慶忌、廉なることは鮑叔、信なることは尾生のごとくであって天子の大臣となるにふさわしいと述べている（『漢書』東方朔伝）。

張船山のこの詩は、まだ世に認められてはいないものの、己が才能を自負して天下に為すこと有らんと切に期し、一旦功成れば富貴に恋々とすることなく潔く身を退きたいと願う、いかにも若者らしい熱情に溢れた述志の作だが、それだけに明治の若き政治的文学的浪漫者の好みに適い、その胸を熱くしたのだといえよう。

その一方、〈老いたる友〉の言葉の中に見える「南船北馬」の語も、実は『船山詩草』にしばしば用いられており、張船山十九歳の作「羇旅行」（巻一、戊丁集）に、

男兒生不識故鄕　　男児生まれて故郷を識らず
南船北馬伊胡底　　南船北馬　伊《こ》れ胡《いづ》くに底《いた》らん

二十三歳の作「初めて遂寧に帰りて作る」詩（巻一、戊丁集）に、

北馬南船笑此身　　北馬南船　此の身を笑ふ

歸來已是廿年人　　帰り来れば已に是れ廿年《はたち》の人

二十六歳の作「人日偶作」詩（巻二、戊巳集）に、

南船北馬儘飢疲　　南船北馬　儘《ことごと》く飢疲し

皮骨空存不支病　　皮骨空しく存して病を支へず

等の用例がある。

官界に踏み出す上での最大の難関、進士及第をめざし生計を講ぜんがために、故郷を離れ家人と別れて、旅食の索漠たるに耐え風沙に飽く、文字通り南船北馬の日々を重ねた若き船山の詩には、壮志雄心を抱きつつも一方で当然ながら懐郷の念を詠じた作も多く、自恃とはうらはらに失意が顔をのぞかせることもままあった。

船山二十三歳の作「峡に入りて病中亥白兄の作に同ず」詩三首（巻一、戊丁集）は、兄の張問安（字は亥白）の作に唱和したものだが、其二には、

※廿載爲兄弟　　廿載　兄弟と為り

謀生事事違　　生を謀るも事々違ふ

一寒何至此　　一寒　何ぞ此《ここ》に至れる

三匝竟無依　　三匝《ほんそう》して竟《つひ》に依る無し

齒壯親逾老　　歯《よはひ》壮んにして親逾《いよ》いよ老い

心枯髮漸稀　　心枯れ髪漸く稀なり

相看懷往事　　相看て往事を懐ひ

熱淚灑春衣　　熱涙　春衣に灑《そそ》ぐ

※和刻本は、〈廿〉字を誤って〈甘〉に作る。

と詠じられ、そこには相手が兄という心安さからか、おもわず〈熱き涙〉を零す船山の姿を見ることができる。(5)

おそらくは、こうした詩例をふまえて、〈若き友〉が共感する「壮志」とは相反する船山の一面を〈老いたる友〉が汲み取っているのであろうけれども、但し「歌ひてはふるさとを戀ふる涙のあつき哉」とか「南船北馬徒らに黄金《こがね》を盡し身を破る」といった述懐そのものは、『船山詩草』中の語が用いられているとはいえ、その心情が完全に一致するというわけでなく、〈老いたる友〉の場合にはより感傷的に詠じられているように思われる。

以上、与謝野鉄幹の「懊惱」詩とそこに引かれている張船山詩とについて私見を述べた。

五

本章は、中野逍遙・正岡子規・与謝野鉄幹の三人について、明治期に広く読まれたという張船山詩との関わりを具体的にみてゆこうとしたものである。もっとも彼らの引用している船山の詩句や次韻した作品の原拠を列挙するにとどまり、ごく表面的な一瞥に終始してしまったのだが、それでも逍遙の場合はその詩に船山詩に基づく表現がみられること、子規の場合は次韻という高度な知的遊戯の対象に船山詩が選ばれていること、さらに鉄幹には船山の述志の詩に己が心情を重ね合わせた作があること、以上の点は少なくとも明らかになったのではあるまいか。ただ子規や鉄幹については、その作品すべてに眼を通したわけではないので、さだめて遺漏も多かろうと思う。このように、論考として些か粗雑ながら、明治期における張船山詩の流行ぶりや受容の仕方について、その一端を多少は垣間見ることができたのではなかろうか。『逍遙遺稿』札記の一篇として、私なりに気づいたことを覚え書きとしてまとめた所以である。

(1) ちなみに、民国十五年（一九二六）に商務印書館から刊行された顧実『中國文學史大綱』の第十三章「清代文學」第五節「乾嘉詩」に「日本近人作詩、初船山、次青邱、次放翁、若是者、終於無成而已」（日本で近人が詩を作るのに、最初は船山、次に青邱、次に放翁を学ぶが、こんなふうでは、結局ものにならずじまいだ）というが、これは久保天随の指摘をふまえた上での記述であろう。

(2) 子規の漢詩は、講談社版『子規全集』第八巻漢詩・新體詩および第九巻初期文稿に収録。彼は十二歳の時から漢詩を作り始めている。鉄幹も同じ年齢の頃から漢詩を作り、明治十七年十一月から二十二年六月までの作、五十六編が、『海内詩媒』に載せられている。広田栄太郎「鉄幹と『海内詩媒』―解説と資料」（『大妻国文』第三号、昭和四十七年）参照。

(3) 『新日本古典文学大系明治編2漢詩文集』（岩波書店、二〇〇四年）。

(4) 川崎宏『中野逍遙の詩とその生涯―夭折の浪漫詩人』（愛媛県文化振興財団、一九九六年）にも紹介されている。

(5) なお、〈熱涙〉も『船山詩草』によくみえる詩語で、このほか「蟋蟀吟」（巻一、戊丁集）に「客有り羅衣を沾《うるほ》し、熱涙忽ち掬に盈《み》つ」、「峡に入り病中、亥白の作に同ず」詩三首其二（同上）に「相看て往事を懐ひ、熱涙春衣に灑《そそ》ぐ」、「同年の張子白若采の皖江に之《ゆ》くを送る」詩四首其一（二集巻一、松筠集）に「酒冷め雄心退き、人高うして熱涙多し」、「二月十二日十三日清風店に事を記す」詩（二集巻五、羸車集）に「熱涙中年慣れ、窮途一計無し」といった用例がある。本章に示した鉄幹「懊悩」詩の「涙のあつきかな」という表現だけでなく、第V章に挙げた子規「古白の墓に詣づ」の〈熱き涙〉も、そもそもは船山詩に由来するのではなかろうか。このこと、待考。

補記一

逸見久美氏の大著『評伝・與謝野鐵幹晶子』（八木書店、一九七五年）に附せられている「与謝野鉄幹・晶子書誌」によって、鉄幹が明治三十二年の「國文学」第拾號文苑欄に、「少年如我眞古狂（張船山）」と題する短歌十八首詩一篇を載せていることを教えられた。この「少年我の如きは真に古狂」というのは、『船山詩草』二集巻二、乞假還山集上に収められた船山二十八歳の作「燕豫道中短歌」に見える句である。ちなみに、「古狂」は、『論語』陽貨篇に「古の狂や肆、今の狂や蕩」とあるのをふまえた表現で、古の狂者のごとく志ばかりがいたずらに高くて小節に拘わることなく自由奔放であることをいう。

また正富汪洋『明治の青春―与謝野鉄幹をめぐる女性群』（北辰堂、昭和四十二年）に、第四歌集『紫』に収める「酒をあげて地に問ふ誰か悲歌《ひか》の友ぞ二十萬年この酒冷えぬ」は、船山の「十二万年此の楽しみ無し」の影響があるとし、それを承けて新間進一氏は、さらに第三歌集『鐵幹子』に収める「晩翠を憶ふ」冒頭の「十二萬年春すぎば／枯れたる骸骨《むくろ》に花ありや」云々の句を挙げ、これも船山詩をふまえるとする（『日本近代文学大系55近代短歌集』。角川書店、昭和四十八年）。船山の詩は「酔後口占」（『船山詩草』第二集巻一、松筠集）と題する七絶の転句である。

鉄幹の詩歌に「懊惱」のほかに張船山の詩句に基づく表現があるのを知ったので、ここに附け加えておく。

補記二

栃尾武氏に「南船北馬考―語の由来を求めて」（『新しい漢文教育』第三十一号、二〇〇〇年）と題する論考がある。これは「『南船北馬』という四字成句は中国で生れたのか、日本で成ったのか、ほとんど常識であるような語が意外に新しい用例しか見当らない」ことに疑問を持ち、「その典拠を改めて考え直してみよう」とされたものである。氏の説くところによれば、その出典を初めて示すのは民国二十年（一九三一）に商務印書館から出た『辞源』続編で、それには『淮南子』斉俗訓の「胡人便於馬、南人便於船」（胡人は馬に便に、南人は船に便になり）を挙げるが、それよりもむしろ『三国志演義』第五十四回の「南人駕船、北人乗馬」が典拠としてより適切であるとする。また竹添井井（進一郎。天保十三年（一八四二）～大正六年（一九一七））の明治十二年（一八七九）刊『桟雲峡雨詩草』に附載された同十年作の「杭蘇遊草」に、中国の南北各地を旅する意として「北馬南船」の語が用いられ、夏目漱石の明治二十三年（一八九〇）八月九日附正岡子規宛書簡に、せわしなく奔走する意で「南船北馬」の語が見えることを指摘した上で、わが国では『三国志演義』を和解した湖南文山『通俗三国志』が刊行された元禄二年（一六八九）以降「この四字成句がどこかで使われている可能性は高いのであるが、今まで調査した詩書では発見できない」とし、「明治十年から二十三年の間にかけてかなりよく使われていたこととなる」という。そして竹添井井については、「『北馬南船』という四字成句を最初に作った人物ではなかろうか」と推測されている。

さらに栃尾氏は「南船北馬再考」（『漱石と石鼓文』所収。渡辺出版、二〇〇七年）において、『四部叢刊』に見える用例として、清の朱彝尊（一六二九～一七〇九）『曝書亭集』に附載されている、その子朱昆田（一六五二～一六九九）の『笛漁小稾』巻八「汪無已が秋林読書図に題す」二首其一に「南船北馬廿年餘、頭白慵開夾注書」（南船北馬廿年餘、頭白く夾注の書を開くに慵《ものう》し）とあり、厲鶚（一六九二～一七五二）の『樊榭山房集』続集巻一「汪近人が煎茶図に題す」詩に「南船北馬喧如沸、肯出城陰舊草堂」（南船北馬喧しきこと沸くが如し、肯へて城陰の旧草堂を出でんや）というのがあることを示されている。たしかに朱昆田の例は、せわしなくあちこち旅食する意だが、厲鶚のそれは、「あちこち旅をする意」ではなく、各地から馬や船が賑やかに輻湊するさまをいう。

また「再考」では、他に先行する用例として、元の趙孟頫（一二五四～一三二二）『松雪斎文集』に「南舡北馬」の語が見えることを指摘し、「欽頌世祖皇帝聖徳詩東海西山壮」に「帝居三ス南舡北馬シテ、聚二メ皇都一時一ニ」とあると述べられ、この「南舡北馬」は世祖忽必烈《ふびらい》が「各地を遠征したことをいう」と解釈されているが、これでは句読がおかしい。原文は「欽頌世祖皇帝聖徳詩」（欽《つつし》んで世祖皇帝の聖徳を頌する詩）と題する七律で、その前半に「東海西山壮帝居、南舡北馬聚皇都、一時人物従天降、萬里車書自古無」（東海西山帝居壮んにして、南舡北馬皇都に聚る、一時の人物天従《よ》り降り、万里の車書古自《よ》り無し）と詠じており、北から南からそれぞれ馬や船が献上品や物資を載せて大都北京に続々と集まってくることを讃美称揚したのである。

今、「南船北馬」の典拠について、これをただちに『淮南子』や『三国志演義』にまで遡って求めようとすることには些か疑問を感じないわけではないが、その当否はしばらく措くとして、栃尾氏の言われるごとく、この語が「今の段階では江戸時代に見られず」明治に入って頻繁に使われるようになったとすれば、その影響の大きさから考えて、直接的か間接的かはともかくも、幕末・明治の漢学書生によく読まれた『船山詩草』に由来すると見るのがよいのではなかろうか。竹添井井の用いた「北馬南船」の語も、彼の造語ではなく、本論中に挙げたように張船山にすでに用例がある。もっとも、清の兪樾（一八二一～一九〇六）『東瀛詩選』に選ばれている江戸から明治初めまでの詩篇について、高島要編『東瀛詩選本文と総索引』（勉誠出版、二〇〇七年）を検すると、巻三十に載せる広瀬満忠（保水）の安政巳未（一八五九）作「家兄有隣君の賦するに同ず」詩に「離情回首十年間、北馬南船事往還」（離情首《かうべ》を回《めぐ》らせば十年間、北馬南船往還を事とす）とあり、巻四十二の菱田旗（九瀬）「横山懐之に贈る」詩に「郷梓寧無二頃田、南船北馬送年年」（郷梓寧《な》んぞ二頃の田無からんや、南船北馬年年を送る）とあって、後者は弘化二年（一八四五）刊の『玉池吟社詩』巻二に見えているから、『船山詩草』の和刻本が出るより以前の用例になるが、これとてもやはり張船山の影響ではなかろうかと思われる。

補記三

本章で取り上げた与謝野鉄幹には、『逍遙遺稿』からその「歌い口」（原田憲雄氏の語）を学んだと思われる作品があるので、ついでながらここに記しておきたい。

『鐵幹子』に収める「人を戀ふる歌」の冒頭の一連、

妻《つま》をめとらば才たけて／顔うるはしくなさけある
友をえらばば書を讀んで／六分の俠氣四分の熱

は、逍遙の明治二十六年作「十月病に罹り、山龍堂病院に入りて療養す。病牀感ずる所、臥して紙を横へて書す。四首」其一（『逍遙遺稿』正編）に、

擇友高世士　友を択ばば高世の士

娶妻絶代人　　妻を娶らば絶代の人
識見超俗儔　　識見俗儔を超え
學問壓凡倫　　学問凡倫を圧す
氣合崢嶸秋　　気は合ふ崢嶸の秋
詞吐燦爛春　　詞は吐く燦爛の春
窮櫪繫騏駿　　窮櫪に騏駿を繫ぎ
幽谷鎖麒麟　　幽谷に麒麟を鎖《とざ》す
匣底寶刀鳴　　匣底宝刀鳴り
腰下玉佩振　　腰下玉佩振ふ

という「はじめの四句の翻訳にちかく」、第十連の、

あゝわれ如何にふところの／剣《つるぎ》は鳴《なり》をしのぶとも
むせぶ涙を手にうけて／かなしき歌の無からんや

が「あとの六句の翻案とみてよい」ことは、すでに原田憲雄「中野逍遙」（「人文論叢」第二十四号、昭和五十年）にこれを言い、「詩句の模倣のみでなく、その熱情を詩の表現に放つ契機を学んでいる」と指摘されている。

このほか、同じく『鐵幹子』に見える「疎狂」詩の第二連に、

たのむは酒人《しゆじん》の狂に托し／ひだりに少女《をとめ》みぎには剣《つるぎ》
わらふな方便これおのづから／毒ある大蛇を刺さんものぞ

と詠ずるのは、明治二十四、五年頃の作「斬魔詩」（正編）に、

星河在屋月在梧　　星河　屋に在り月　梧に在り
破壁醒風万骨枯　　破壁の醒風　万骨枯る
左擁美人右持劍　　左に美人を擁し右に剣を持つ
叱咤斬斷妖魔面　　叱咤斬り断つ妖魔の面
怪血如浪迸袍緋　　怪血浪の如く袍緋に迸り
照見亂髮綴銀絲　　照見す乱髪銀糸に綴らるるを
一呼夢覺人安在　　一呼夢覚め人安《いづ》くにか在る
蹴枕起問夜何其　　枕を蹴って起って問ふ夜何其《いかん》と

とある第三、四句から影響されたものであろう。

Ⅶ　高橋白山・月山父子のこと

一

明治二十年代、世を憂う熱き心を抱きつつ報われぬ恋に身を焦し、激しい思慕の情を切々と詠じた特異な漢詩人として明治浪曼文学史にその名を留む文学士中野逍遙は、生前、帝国大学文科大学の一部の師友にその漢詩文の才を認められてはいたものの、世間的には全く無名の存在であり、当時の漢詩壇ともほとんど交渉がなかった。そのためか、明治二十八年十一月十六日、彼の一周忌に友人たちの奔走尽力により刊行された『逍遙遺稿』正外二編について、これを高く評価したのは大町桂月や田岡嶺雲ら同世代の赤門周辺の青年に過ぎず、逍遙の恋愛詩から大きな衝撃を受けたのは年若い島崎藤村であって、専門の漢詩人の間からは格別これといった反響は起こらなかった。(1)

ただ、そうではあっても、逍遙の在世中に彼の詩才に驚き将来を期待した漢学者が全くいないわけではなかった。これまでも指摘されているように、(2)信州の高橋白山（天保七年［一八三六］～明治三十七年［一九〇四］）がその人である。

白山は、通称を敬十郎（名は利貞、字は子和）といい、旧高遠藩の儒者であった人である。十六歳の時、藩校進徳館の助教に擢んでられ、十三年間で館の蔵書三万巻をほぼ渉猟したという。維新後は教部省の招きを断わり、私塾の教師をしていたが、やがて長野・新潟で師範学校や中学校の教諭となり、明治十九年から三十二年まで長野師範学校にあって人材の育成に努めた。明治三十年、白山六十二歳の時に建てられた「白山高橋先生壽藏之碑」は、仙台出身の岡鹿門（名は千仭。天保四年［一八三三］〜大正三年［一九一四］）の撰になるものだが、それに拠れば、白山は文久年間二十七・八歳の頃、江戸に出て藤森天山（名は大雅。寛政十一年［一七九九］〜文久二年［一八六二］）の門に入り、(3) 鷲津毅堂（名は宣光。文政八年［一八二五］〜明治十五年［一八八二］）や大沼枕山（名は厚。文政元年［一八一八］〜明治二十四年［一八九一］）らと交際したとのことである。また、その文章は欧陽修を主として学び、それに三蘇（蘇洵・蘇軾・蘇轍）の論策からも得るところがあり、詩は杜甫と陸游とを宗としたという。著作には『白山楼詩文鈔』八巻（明治十六年刊）『征清詩史』（三十年）『白山楼詩文鈔』巻之上（三十二年）『白山文集』（三十五年）『経子史千絶』（四十三年）『白山詩集』（同上）などがある。(4)

この白山の長子が、中野逍遙の数少ない友人のひとり高橋作衛であった。月山と号した彼は逍遙と同じ慶応三年（逍遙は二月、作衛は十月）に高遠で生まれ、明治二十七年七月に法科大学政治学科を卒業。高等中学を出たのは逍遙より一年遅いが大学では同期となった。その後、日清戦役が起こるや海軍大学校教授に任ぜられ伊東祐亨連合艦隊司令長官の国際法顧問としてその幕にあり、文才を買われ北洋水師提督丁汝昌への降伏勧告文を起草した。(5) 日露戦争前夜には帝大七博士の一人として政府の弱腰を詰り強硬に開戦論を唱えた。大正四年（一九一五）には漢詩文の会、雅文会を創設し「大正詩文」を主宰発行。同九年九月、五十四歳で歿した。その漢詩文集に同十一年刊の『月山遺稿』上下二巻がある。

逍遙との交友については、「逍遙遺稿の後に書す」（『逍遙遺稿』外編雑録所収。『月山遺稿』では「逍遙遺稿跋」と改む）と題する追悼文に、高等中学の時分から逍遙の名を聞き知ってはいたものの交際はなく、大学に入って後、ある日逍遙が彼のもとを訪ねて来、一見旧の如く親しくなったのだと述べている。作衛の一級下の法律学科には逍遙の母方の従弟穂積巌夫がおり、巌夫の叔父穂積陳重・八束の兄弟は共に法科大学で教鞭を執っていたから、あるいは穂積家の人々を通して逍遙が作衛のことを耳にする機会があったのかも知れない。(6)また彼は幼時より父白山に就いて詩文を学び、(7)高等中学や法科大学在学中に学生を代表して何篇かの文章を書いているところから、(8)漢文が出来る男だと認めた上での逍遙の訪問であったと思われる。やがて互いに往き来し酒を酌み交わすようになり、明治二十六年七月には房総旅行中の二人が偶然出会ったこともあったし、その後、逍遙は自らの詩稿を示して作衛の批評を求めるようにもなった。(9)

信州に引き籠っていた高橋白山が文科大学の学生中野逍遙の名を知るに至ったのは、この作衛を通じてである。わが子の教育に熱心でその大成を願う父親にとって、息子の交友関係は気に懸かるものであろう。その点から言うと、作衛から明治の新時代に漢学を専攻し一家の見識を有する人物だと聞かされれば、好ましく思わぬはずがない。そして、作衛のもとに寄せられた逍遙の詩を実際に見て、その世を憂い斯文の頽唐を嘆く逍遙の意気に感じ、その志を壮としてこれを励ましたのであった。本章では、逍遙と月山とが応酬し白山が唱和した各々の詩篇について、簡単な語釈を附して紹介してみたいと思う。

二

先ずは、中野逍遙の「新春感を書して、信州高橋月山子に寄す。長篇一首」（『逍遙遺稿』外編）から。これは、明治二十七年正月、南条貞子の結婚を知ったことによる精神的ショックからか、前年秋頃より体の不調に悩まされていた逍遙が、「纔《わづ》かに霊泉に因って、以て骨髄の病を医《いや》さん」[10]として伊豆に遊び、熱海に逗留した時の作である。[11]

娶妻當如陰麗華　妻を娶らば当《まさ》に陰麗華の如かるべく
生子願似孫仲謀　子を生まば願はくは孫仲謀に似んことを
威卿馬齒二十七　威卿　馬歯二十七
知昔諸葛出南陽◎　知る昔　諸葛　南陽を出づるを
十歳風雪耗短褐　十歳の風雪　短褐を耗し
旅食徒使客魂傷◎　旅食　徒《いたづら》に客魂をして傷ましむ
韓愈學術空違世　韓愈の学術　空しく世に違《たが》ひ
賈誼才調足招殃◎　賈誼の才調　殃を招くに足る
墨池染老一枝筆　墨池　老を染む一枝の筆
何日文章薦玉皇◎　何《いつ》れの日にか文章をば玉皇に薦めん
寸葵猶餘丹々心　寸葵　猶ほ餘す丹々の心
捧向紫微拂廟堂◎　捧げて紫微に向って廟堂を払ふ
對人不訴不平事　人に対して訴へず不平の事
只悲屈原沈江滄◎　只だ悲しむ屈原の江滄に沈むを
向人不說銷魂種　人に向って説かず銷魂の種

只憐杜牧負春芳◎
人生五十已過半
曠達贏得一代狂」
宮檻不流朱雲血
却喜明時聖德煌◎
蓬芥微臣浴雨露
寒艸猶知日月光◎
閑窓讀書又何幸
回頭文海波汪々◎
李杜登天詩流絶
程朱去世學脉荒◎
英傑之出當有時
誰荷大任在扶桑◎
蒼海老伯千古器
氣骨稜々傲秋霜◎
詩抵楚經貫秦漢
文帶莊荀之奇香◎
篁村先生一代儒

只だ憐れむ杜牧の春芳に負《そむ》くを
人生五十　已に半ばを過ぎ
曠達贏《か》ち得たり一代の狂
宮檻流さず朱雲の血
却って喜ぶ明時聖徳の煌《かがや》くを
蓬芥の微臣　雨露に浴し
寒草　猶ほ知る日月の光
閑窓　書を読む又た何の幸ぞ
頭《かうべ》を回《めぐ》らせば文海　波汪々《おうおう》
李杜　天に登って詩流絶え
程朱　世を去って学脈荒《すさ》ぶ
英傑の出づる当《まさ》に時有るべし
誰か大任を荷って扶桑に在る
蒼海老伯は千古の器
気骨稜々として秋霜に傲る
詩は楚経に抵《いた》り秦漢を貫き
文は荘荀の奇香を帯ぶ
篁村先生は一代の儒

博識求比海内亡◎
博識　比《たぐひ》を求むるも海内に亡《な》し

道踐洛閩之正派
道は洛閩《びん》の正派を践《ふ》み

學叩二酉之所藏◎
学は二酉《ゆう》の蔵する所を叩く

詩宗學伯除二人
詩宗学伯　二人を除けば

紛々諸子如蚊虻◎
紛々たる諸子　蚊虻の如し

小言詹々才是衒
小言詹々《せんせん》　才是れ衒《てら》ふ

不是幇間卽優倡◎
是れ幇間ならずんば即ち優倡

怪槐南又妖寗齋
怪槐南又た妖寧斎

惑亂詩道汙文場◎
詩道を惑乱し文場を汙《けが》す

我際盛世膺奎運
我れ盛世に際し奎《けい》運に膺《あた》り

竊嘆斯文之頽唐◎
窃《ひそ》かに斯文の頽唐を嘆ず

抱負雖包八表外
抱負　八表の外を包むと雖も

退潮其奈獨力濘」◎
退潮其れ独力にて濘《とど》むるを奈《いか》にせん

憶着信南月山子
憶着す信南の月山子

愛君傾盖友思長◎
愛す君が傾蓋友思長きを

文章略知家學素
文章　略《ほ》ぼ知る家学の素

風裁似學唐陸郎◎
風裁　学ぶに似たり唐陸郎

去年七月房南游
去年七月　房南の游

把手分手何太忙◎　手を把《と》り手を分かつ何ぞ太《はなは》だ忙《せは》しき
離合過眼縱無定　離合過眼　縦《たと》ひ定め無きも
交誼纏心莫變常◎　交誼心に纏《まと》ひて常に変ふる莫《な》し
與君跋踄碓氷麓　君と跋踄せん碓氷の麓
與君徜徉諏訪傍◎　君と徜徉せん諏訪の傍
百年感慨寄玉壺　百年の感慨　玉壺に寄せ
放吟撼天破愁腸◎　放吟　天を撼《ゆる》がして愁腸を破る
此時當有詩千首　此の時当《まさ》に詩千首有るべし
許否豪飲罄萬觴◎　許すや否や　豪飲　万觴を罄《つ》くすを
決眥北望三十里　眥《まなじり》を決して北望す三十里
路遠安致金錯囊◎　路遠くして安《いづ》くんぞ金錯嚢を致さん
風光思君君不見　風光　君を思へども君見えず
鶴唳引夢入彼蒼◎　鶴唳　夢を引いて彼蒼に入る

（◎は韻字。下平声陽韻）

〈陰麗華〉は、後漢・光武帝（劉秀）の皇后。劉秀がまだ世に出ぬ前、「宦に仕はば当《まさ》に執金吾と作《な》るべし、妻を娶らば当に陰麗華を得べし」と願ったという（『後漢書』皇后紀）。〈孫仲謀〉は、三国呉の孫権のこと。仲謀はその字。魏の曹操がかつてその陣容をみて「子を生まば当に孫仲謀の如くなるべし」と嘆じたという（『三国志』呉主伝、裴松之の注に引く晋・胡冲『呉暦』）。〈威卿〉は、中野逍遙の字。〈諸葛〉は、諸葛亮孔明のこと。南陽（今の湖北省襄陽の西）の地に隠棲躬耕していたのを劉備が三顧の礼で迎え入れた。時に孔明二十七歳。〈十歳〉は、逍遙が伊予宇和島から十七歳で上京してよりちょうど十年。〈短褐〉は、丈の短い粗末な着物。ここでは、貧乏書生の衣服。〈韓愈〉は、中唐の文豪。唐宋八大家の一人。六朝以来の美文を排し古文の復興を唱え、儒学を尊崇した。「仏骨を論ずる表」により憲宗の怒りを買い潮州に貶謫されたこともある。〈賈誼〉は、前漢の文学者。年若くして文帝に仕えたが、周囲の嫉視中傷にあい長沙に左遷された。「屈原を弔ふ賦」「鵩鳥の賦」などがある。〈墨池〉云々の一句は、勉学のために青春を費したことをいう。墨池は硯の水をためる窪んだ所。〈玉皇〉は、道教で天帝のこと。ここでは天皇。〈寸葵〉は、背の低いフユアオイ。その葉は太陽の方に傾くことから、天子の徳を慕う臣下の喩。〈丹々心〉は、まごころ。赤誠。〈紫微〉は、天帝の居所を護衛しているとされる星の名。転じて皇居、宮城の意。〈廟堂〉は、朝廷、政府。〈屈原〉は、戦国、楚の大夫。讒言されて楚王に容れられず、汨羅《べきら》に身を投じたという。わが身の高潔なるを訴え失意と悲憤の念を縷々詠じた作品は『楚辞』に収められ、後世悲運逆境に泣く詩人や文人の精神的支柱となった。司馬遷の『史記』には賈誼と合わせて「屈原賈生列伝」が立てられている。〈江滄〉は、あおあおとした川。滄江と同じ。韻を踏む都合でかくいう。〈銷魂種〉は、恋の悩み。南条貞子への思いをいう。〈杜牧〉は、晩唐の詩人。かつて見染めた少女がいたが、約束の期限を過ぎて会うと既に人妻となっていて「緑葉の嘆」を発したという逸話がある。第Ⅰ章「才子佳人小説との関わりをめぐって」参照。〈人生五十年〉は、わが国での言い方。中国では人生百年。ちなみに、正岡子規の明治十七年作「偶成、某子に示す」詩に「人生五十真に一夢、丈夫畢竟何の獲る所ぞ」、夏目漱石も明治二十八年五月作の「無題」五首其三に「人間五十今半ばを過ぎ、愧《は》づらくは読書の為に一生を誤るを」と詠じている。〈曠達〉は、大まかで物事にこだわらない。豁達。〈贏得〉は、他のことは身につかずこれだけが残ったという意を示す。〈一代狂〉は、当代きっての狂痴。世間の思惑など関係なく向こう見ずに突走るのが狂者。

〈宮檻〉云々　朱雲は前漢の人。成帝がその直言に怒り、御史に命じて御殿から引きずりおろさせようとした際、檻《てすり》にしがみついて抵抗したため檻が折れたが、辛慶忌がその罪をゆるすよう血を流すまで叩頭したので、成帝の怒りもとけたという（『漢書』朱雲伝）。『蒙求』巻下にも「朱雲折檻」の条がある。〈蓬芥〉は、よもぎやあくた。つまらぬものの喩え。〈雨露〉は、天子の恩沢をいう。下文の〈日月光〉も同じ。〈文海〉は、文学の世界。文壇。〈波汪々〉は、一面に波立つさま。〈李杜〉は、盛唐の大詩人、李白と杜甫。〈程朱〉は、北宋の二程子（程顥、程頤）と南宋の朱熹。性理学を唱え、旧来の訓詁中心の儒学の面目を一新し、新たな形而上学を確立した。〈扶桑〉は、中国の東方、日出づる辺の海中にあるとされた神木。転じてわが国の称。〈蒼海老伯〉は、副島種臣（文政十一年［一八二八］～明治三十八年［一九〇五］）のこと。蒼海はその号。明治十七年伯爵を授けられ、この当時は樞密顧問官。〈千古器〉は、長く後世まで讃えられる大器、傑材。〈稜々〉は、高く聳えたつさま。〈傲秋霜〉は、菊花が晩秋の霜をものともせず毅然として咲き誇っているが如くであるという意。〈楚経〉は、『楚辞』と『詩経』。用例未見。〈荘荀〉は、荘子、荀子。〈篁村〉は、島田重礼（天保九年［一八三八］～明治三十一年［一八九八］）の号。当時、帝国大学文科大学漢学科教授。逍遙が師事した。〈洛閩〉は、程朱の学をいう。二程子は洛陽の人であり、朱子は閩（福建省の古称）の地で学を講じたことによる。〈二酉〉は、湖南省にある大酉・小酉の二山。小酉山の洞穴に秦人が古書千巻を隠したという伝説から蔵書の多いことをいう。〈小言詹々〉は、つまらぬことを口やかましくいう。『荘子』斉物論篇に「大言は炎炎（淡淡と同じ）たり、小言は詹詹たり」と。〈槐南〉は、森槐南（文久三年［一八六三］～明治四十四年［一九一一］）のこと。〈寧斎〉は、野口寧斎（慶応三年［一八六七］～明治三十八年［一九〇五］）のこと。〈奎運〉は、文運。奎は二十八宿の一つで文章を司る星。〈斯文〉は、儒家の文学伝統。〈八表外〉は、八方の果て。全世界。〈憶着〉の着は、状態の持続を示す助字。〈傾蓋〉は、一見して親しく交わる。孔子と程子とが路上で出会い、互いに車の蓋《ほろ》（蓋は俗字）を傾けて親しく語り合った故事（『孔子家語』致思篇）による。〈風裁〉は、品格・態度。〈唐陸郎〉は、中唐の陸贄のこと。徳宗朝の賢宰相として知られ、その『陸宣公奏議』は天子に奏る意見書の模範とされた。〈房南〉は、房総半島の南部。〈過眼〉は、あっという間に。〈跋踄〉は、踏み越えてゆく。踄は、渉の訛字。おそらくは上文に引かれて誤まる。〈徜徉〉は、徘徊。畳韻の語。〈百年感慨〉は、人生の感慨。〈玉壺〉は、玉製の酒壺。酒壺の美称。盛唐の王昌齢「芙蓉楼にて辛漸を送る」詩（『唐詩選』巻七）に「一片の冰心玉壺に在り」と。〈愁腸〉は、愁え悲しむ心。〈万觴〉の觴は、さかずき。〈決眥〉は、まなじりも裂けんばかりに眼を見開く。盛唐の杜甫「望岳」詩に「眥を決して帰鳥入る」と。〈三十里〉は、漠然とその距離をいったもの。実数ではなかろう。〈金錯囊〉は、金錯刀（小刀の形をした貨幣。黄金が象嵌してある）を入れた袋の意。後漢の張衡「四愁詩」（『文選』巻二十七）に「美人我に贈る金錯刀」とあるのをふまえた表現。もっとも、ここでは錦嚢、つまり逍遙の詩篇を指すのであろう。〈鶴唳〉は、鶴の鳴き声。〈彼蒼〉は、天のこと。『詩経』秦風「黄鳥」の「彼の蒼たる者は天」に基づく語。

この詩は全部で六十四句に及ぶ一韻到底格の七言古詩で、一気呵成に書き上げられたものであろう。ただし、二句目は韻を踏み落としている。その内容は、国家の文運隆盛に寄与すべく世に立たんことを願う逍遙の心情が吐露されたものであるが、その中で注目されるのは、学界や漢詩壇の現状について、副島蒼海を〈詩宗〉、島田篁村を〈学伯〉として高く評価する一方、森槐南・野口寧斎を〈怪〉〈妖〉と痛烈に非難している点である。篁村・蒼海に対しては同じ頃に書かれた「豆州漫筆」（正編）においても「篁村先生世に在れば、未だ必ずしも望を学海に絶たず」と期待を寄せ、蒼海を「悲憤に泣く」詩人として取り上げている。(12)(13)

直接教えを受けた篁村とは違い、老伯蒼海にはおそらく相まみえる機会を持たなかったと思われるけれども、漢魏の蒼古雄勁な調べがあるとされたその詩風や高潔無私・豪邁闊達と評されるその人となりを逍遙は景仰していたのであろう。平生の逍遙をよく知る同じ漢学科出身の宮本正貫は「蓋し君の志す所、文は則ち秦漢を降らず、詩も亦た漢魏を下らず」（「亡友中野君の遺稿の後に書す」。『逍遙遺稿』外編雑録所収）と伝えているが、それを体現しているとみられたのが蒼海であった。これに対して槐南やその弟分寧斎は星社を代表する詩人として当時華やかな存在ではあったが、詞藻の豊かさ修辞の巧さでは他の追随を許さなかったものの、その詩は気骨に乏しく田岡嶺雲のいう「狂熱」に欠けていた。逍遙からみれば、さして年も違わぬ二人の活躍ぶりは小賢しくいたずらに才を衒うのみで、政府高官に取り入ることさながら宴席に侍る幇間か役者風情の如くに思われて、己れ自身はまだ世に出て驥足を展ばす状況にないだけに、餘計に苦々しく忌々しく感じられたに違いない。高橋作衛につねづね「現今の文壇僭越多し。何《いづ》れの時にか能く平生の志を成し、而して麗華鬪草、顛倒相尚ぶの弊を一掃せん。(14)(15)

唯だ恨むらくは時機未だ至らず、之を思ふも益無し、学ぶに如かざるのみ」(16)と語っていたという。

なお、後年のことになるが、逍遙の心友であった佐佐木信綱は、星が岡茶寮で数人の文人の会があった時、隣にいた槐南が「中野逍遙といふ人は貴下の親友であると聞いてをるが、逍遙遺稿の中に、『怪槐南矣(ママ)妄寧斎』といふ句がある。その怪と妄とがここに並んでをる」と言って高笑いしたので、寧斎は苦笑していた、というエピソードを記している。(17)

三

さて、これまで逍遙の高橋作衛に寄せた詩をみてきたが、次にそれに和した月山の作を挙げておこう。「明治甲午正月、詞契中野威卿、熱海に在りて長古一篇を寄せらる。因って其の韻に和す」と題する詩がそれである。『逍遙遺稿』雑録に載せられたものと『月山遺稿』とでは多少異同があるが、ここでは後者を示すこととする。

唱而和兮唯威卿　　唱して和すは唯だ威卿
羨君百里雁隨陽◎　　君を羨む百里　雁　陽に随ふを
幸有音書容易達　　幸ひに音書有り容易に達す
旬月別離復奚傷◎　　旬月の別離　復た奚《なん》ぞ傷まん
我對信山千疊雪　　我は対す信山千畳の雪
君臨熱海萬里洋◎　　君は臨む熱海万里の洋
驚見君詩有神助　　驚きて見る君が詩に神助有るを

筆端依舊多餘芳」◎
憶起去年鋸山下
置酒高談意欲狂◎
共祝此身逢盛世
聖明天子威徳煌◎
願薦穆如清風頌
揚勵欲添偉績光◎
願將一瀉千里筆
萬言詞賦致汪々◎
只嘆仁義久不講
五經掃地廉耻荒◎
漫説成都八百桑◎
不見三徑菊傲霜◎
今代英傑方老矣
雨後老梅無餘香◎
君憂文林事漸非
天下宿耆追年亡◎
我嘆世路甚艱難

筆端　旧に依って餘芳多し
憶ひ起こす去年　鋸山の下
置酒高談　意狂せんと欲す
共に祝す此の身　盛世に逢ふを
聖明の天子　威徳煌《かがや》く
願はくは穆如清風の頌を薦《すす》め
揚励　偉績の光を添へんと欲す
願はくは一瀉千里の筆を将《もっ》て
万言の詞賦　汪々を致さん
只だ嘆ず仁義久しく講ぜられざるを
五経　地を掃って廉恥荒《すさ》む
漫《みだ》りに説く成都八百桑
見ず三径　菊　霜に傲るを
今代英傑　方《まさ》に老いたり
雨後老梅　餘香無し
君は憂ふ文林　事漸《やうや》く非なるを
天下の宿耆　年を追って亡す
我は嘆ず世路甚だ艱難なるを

狡兎未死良弓藏◎
祝鮀佞與宋朝美
群小得志巧翺翔◎
儒流只見章句師
詞人所賦類優倡◎」
悲歌慷慨志相投
我清政海君文場◎
吾黨所期如斯耳
前程一往萬里長◎
文章只應凌漢代
功名又何說周郎◎
青衿自有苦中樂
黄巻却成閑裏忙◎
君筆倏忽役雷霆
風流却守徐公常◎
我胸毎抱濟世念
因循豈屑鄭子郷◎
時未到兮深韜晦

狡兎未だ死せずして良弓蔵さる
祝鮀の佞と宋朝の美と
群小　志を得て巧みに翺翔す
儒流　只だ章句の師を見るのみ
詞人の賦する所　優倡に類す
悲歌慷慨　志相投じ
我は政海を清《す》まさん君は文場
吾が党の期する所　斯《か》くの如きのみ
前程一往　万里長し
文章只だ応《まさ》に漢代を凌ぐべし
功名又た何ぞ周郎を説かん
青衿自《おのづか》ら苦中の楽有り
黄巻却って閑裏の忙を成す
君が筆　倏忽《しゅくこつ》として雷霆を役し
風流却って守る徐公の常
我が胸　毎《つね》に済世の念を抱き
因循豈に屑《いさぎよ》しとせんや鄭子の郷
時未だ到らずして深く韜晦し

屠蘇隨例迎東皇◎　屠蘇　例に随って東皇を迎ふ
何日能成平生志　何れの日にか能く平生の志を成し
一樽笑對山水蒼◎　一樽　笑って対せん山水の蒼

〈兮〉は、口調を整える助字。『楚辞』系の詩賦にみえる。〈百里〉は、漠然とその遠さをいったもの。実数ではなかろう。〈随陽〉は、太陽の後を追いかける。『尚書』禹貢の伝に「随陽の鳥は鴻雁の属」と。〈旬月〉は、一ヶ月。あるいは十日から一ヶ月。〈千畳雪〉の畳字、岩波文庫本は誤って壘に作る。〈神助〉は、鬼神の助け。例えば、杜甫の「修覚寺に遊ぶ」詩に「詩応《まさ》に神助有るなるべし、吾れ春遊に及ぶことを得たり」と。

〈鋸山〉は、房総半島南西部にある山。標高三二九メートル。〈置酒高談〉は、酒を飲み大いに語りあう。〈意欲狂〉は、心が高揚し狂おしい気分になる。〈穆如清風頌〉は、『詩経』大雅「蒸民」に「吉甫誦を作る、穆として清風の如し」とあるのに基づく。穆はやわらぐ意。この詩は、周の宣王の時、尹吉甫が宰相仲山甫の賢徳を頌して作ったもの。ここでは、今上の威徳をたたえる頌詩のこと。〈揚励〉は、高く宣揚する。韓愈の「潮州刺史の上《しやう》に謝する表」に「無前の偉蹟を揚厲す」と。厲は励と同じ。〈一瀉千里筆〉は、江河の水が一気に千里も流れ下るような奔放な筆力をいう。＊『逍遙遺稿』雑録では、第十四・十五句、揚励以下十四字を缺く。〈汪々〉は、気勢広大なさま。〈五経掃地〉は、聖人の教えがすたれて行なわれないこと。『新唐書』祝欽明伝に、儒者の祝欽明が中宗の前で滑稽な舞を見せ、盧蔵用が「是れ五経を挙げて地を掃へり」と嘆じたとある。『書言故事』巻六、評論類、掃地の条及び『十八史略』にも見える。五経は易経・尚書・詩経・礼記・春秋左氏伝。〈廉恥〉は、清廉で恥を知る心。〈漫〉は、やたらと、むやみに。〈成都八百桑〉の語、諸葛亮の後主劉禅への上表に「成都に桑八百株、薄田十五頃有り。子弟の衣食、自ら餘饒有り」とある（『三国志』諸葛亮伝）。『逍遙遺稿』雑録では、桑字を株に作る。〈三径〉は、前漢の蔣詡が庭に三本の小道を作った故事から、隠者の住まいをいう。晋末宋初の陶潜「帰去来の辞」に「三径荒に就いて松菊猶ほ存せり」と。〈菊傲霜〉は、霜の寒さに屈せず菊花が咲き誇る。第十九・二十句は世上の人々は子孫に美田を残すことばかり考えて、清貧に甘んじて毅然たる生き方を貫く者がいない、という意。〈文林〉は、漢詩壇。〈宿耆〉

は、老大家。〈狡兎未死良弓蔵〉は、『史記』越世家に「蜚鳥尽きて良弓蔵され、狡兎死して良狗烹らる」と。蜚は飛の古字。狡兎はすばしこい兎。ここで具体的に何を指すか不明。〈祝鮀〉云々は、『論語』雍也篇に「子曰く、祝鮀が佞有って宋朝が美有らずんば、難いかな今の世に免れんことを」とある。祝鮀は春秋、衛の祭祀官（祝）。鮀はその名。佞は弁舌の才。宋朝は宋の公子。美貌で有名。朱注に「言ふこころは衰世諛を好み色を悦ぶ。此れに非ずんば免れ難し。蓋《けだ》し之を傷むなり」と解する。〈翱翔〉は、飛び回る。〈章句師〉は、経書の訓詁に終始し儒教の根本精神を理解しない学者。〈詞人〉は、詩人。〈悲歌慷慨〉は、感情が激して悲壮に歌い、世を憤り嘆く。

〈志相投〉は、志向がぴったりあう。投は合の意。〈政海〉は、政治の世界。〈前程〉は、前途。前程万里は、前途洋々の意。〈周郎〉は、三国呉の名将、周瑜のこと。赤壁で曹操の大軍を破った。〈青衿〉は、『詩経』鄭風「子衿」の「青青たる子の衿、悠悠たる我が心」より出た語。書生をいう。〈黄巻〉は、書物。虫食を防ぐための黄檗《きはだ》の汁で染めた紙を用いたからいう。〈倐忽〉は、たちまち。倐は倏の俗字。『逍遙遺稿』雑録では、忽字を誤って急に作る。〈雷霆〉は、いかずち。〈徐公常〉は、三国魏の徐邈が流行の変化に心動かされることなく平生の態度を改めなかった故事による（『三国志』徐邈伝）。〈済世〉は、世を救う。〈因循〉は、前例を踏襲するのみで改革の気概に乏しいこと。〈鄭子郷〉は、後漢の孔融が大儒鄭玄を顕彰するために、その出身地に鄭公郷を置いた故事（『後漢書』鄭玄伝）をふまえるか。なお、『書言故事』巻十一、郡邑類に鄭郷の条がある。たんなる漢学者として郷里に埋もれたまま終りたくないという思いを述べているのであろう。『逍遙遺稿』雑録では、郷字を誤って卿に作る。〈東皇〉は、春をつかさどる神。

このような逍遙と月山との詩の応酬を見て、逍遙を高く評価したのが、前述したように高橋白山であった。「逍遙子、鋸山の途次、児作衛と語る、甚だ奇。故に詩中多く其の言を用ふ」と自注を附した「南豫逍遙子に贈る。以て答書に代ふ」と題された詩が『白山楼詩文鈔』巻之上および『白山詩集』巻二に収められている（圏批点は省略）。

夷齊執義餓首陽◎　　夷斉は義を執りて首陽に餓し

盗跖積悪能壽康◎
顔回篤學在陋巷
糟糠不飫身蚤亡◎
暴戻恣睢極逸樂
累徳潔行罹禍殃◎
久怪人事報施倒
不信天道祐善良」◎
從古修徳從所好
自己得喪總相忘◎
孟軻獨述三代道
仲尼爲裁吾黨狂◎
當日指斥笑迂濶
大道昭々千古煌◎
呂望起應非熊兆
牧野會師武惟揚◎
屈原憂愁作離騒
文章與日月並光◎
感激流涕武侯表

盗跖は悪を積みて能く寿康
顔回は篤学にして陋巷に在り
糟糠飫《よう》せず身蚤《つと》に亡す
暴戻恣睢《しき》　逸楽を極め
累徳潔行　禍殃に罹《かか》る
久しく怪しむ人事報施倒するを
信ぜず天道　善良を祐《たす》くるを
古従《よ》り徳を修めて好む所に従ひ
自己の得喪は総べて相忘る
孟軻独り三代の道を述べ
仲尼為《ため》に吾が党の狂を裁つ
当日　指斥して迂闊を笑ふも
大道昭々として千古煌《かがや》く
呂望は起ちて非熊の兆に応じ
牧野　師を会して武惟《こ》れ揚ぐ
屈原は憂愁して離騒を作り
文章　日月と光を並ぶ
感激流涕す武侯の表

餘產唯有南陽桑◎
岫雲倦鳥陶令辭
掛冠去就三徑荒◎
仁人君子豪傑士
出處不苟其義當◎
不怨天又不尤人
用之則行舍則藏◎
進正衣冠贊化育
操持權柄坐廟堂◎
退耕於野釣於水
著作傳道存綱常◎
大丈夫於此二者
必有一得復奚傷」◎
道體自有本源在
乾坤一氣盈汪々◎
天下至言出道體
道體源深文氣昌◎
誦習經史互醒發

餘産　唯だ南陽の桑有るのみ
岫雲倦鳥は陶令の辞
冠を掛け　去りて三径の荒に就く
仁人君子豪傑の士
出処苟《いやし》くもせず其の義当たる
天を怨まず又た人を尤《とが》めず
之を用ふれば則ち行なひ舎《す》つれば則ち蔵《かく》る
進んでは衣冠を正して化育を賛《たす》け
権柄を操持して廟堂に坐す
退いては野に耕し水に釣し
著作　道を伝へて綱常を存す
大丈夫は此の二者に於いて
必ず一得有り復た奚《なん》ぞ傷まん
道体自《おのづか》ら本源の在る有り
乾坤一気　盈《み》ちて汪々
天下の至言は道体より出づ
道体源深くして文気昌《さか》んなり
経史を誦習して互ひに醒発し

捜究古今相斟量◎
點掇疎密字妥帖
節奏短長韵鏗鏘◎
伴隨李杜共上下
追逐賈董參翱翔◎
韓吏部能自樹立
力回倒瀾道剛方◎
今人漫誇彫蟲技
爭樹旗皷翰墨場◎
瓦釜雷鳴黄鐘毀
玄文幽處爲不章◎
誰歌大雅頌盛德
感慨憂道嘆喟長」◎
走避都門熱鬧地
晨伴樵者昏漁郎◎
鋸山偶與我兒語
駐車共忘行旅忙◎
立談之間瀉心膽

古今を捜究して相斟量す
点掇疎密　字妥帖
節奏短長　韻鏗鏘《こうそう》
李杜に伴随して共に上下し
賈董を追逐して参《まじ》はって翱翔す
韓吏部能く自ら樹立し
力　倒瀾を回《めぐ》らして道　剛方
今人　漫《みだ》りに彫虫の技を誇り
争って旗鼓を翰墨の場に樹《た》つ
瓦釜雷鳴して黄鐘毀《こぼ》ち
玄文幽なる処　章《あきら》かならずと為す
誰か大雅を歌いて盛徳を頌さん
感慨　道を憂いて嘆喟長し
走りて避く都門熱鬧の地
晨《あした》には樵者に伴ひ昏《くれ》には漁郎
鋸山に偶たま我が児と語り
車を駐めて共に行旅の忙を忘る
立談の間　心胆を瀉《そそ》ぎ

發言風義盛激昂◎　言を発して風義　盛んに激昂す
今茲甲午鳳暦改　今茲甲午　鳳暦改まり
兒也賀正歸故鄉◎　児や正を賀して　故郷に帰る
一坐團欒勸杯處　一坐団欒　杯を勧むる処《とき》
書筒寄來叙吉祥◎　書筒寄せ来って吉祥を叙す
欲作謝詞繫雁足　謝詞を作りて雁足に繋がんと欲すれば
萬峯戴雪摩穹蒼◎　万峯　雪を戴いて穹蒼を摩す

〈夷斉〉は、伯夷叔斉。周の武王が殷の紂王を伐つのを諫めて聞き入れられず、首陽山に隠れて餓死したという。『史記』に伯夷列伝があり、以下第八句までその記述に基づく表現。なお、『史記』の引用は評林本による。〈盗跖〉云々　盗跖は盗賊の名。盗蹠とも書く。寿康は元気で長生き。伯夷伝に「盗跖は不辜を殺し、人の肉を肝にし、暴戻恣睢、党を聚むること数千人、天下に横行せしが、竟《つひ》に寿を以て終れり」と。〈顔回〉は、字は子淵。孔子の愛弟子。『論語』雍也篇に学を好んだことがみえ、「一簞の食《し》、一瓢の飲、陋巷に在り」とその貧しい暮しぶりが描かれている。陋巷は狭い路次裏。陋は陋の本字。〈糟糠〉云々　伯夷伝に「七十子の徒、仲尼独り顔淵を薦め、学を好むと為す。然れども回や屢《しば》しば空しく、糟糠にも厭《あ》かず、而して卒《つひ》に蚤夭せり」と。仲尼は孔子の名。糟糠は酒かす米ぬか。粗末な食事をいう。厭は飫と同じく、飽の意。蚤は早と同じ。〈暴戻恣睢〉は、兇暴で道理にもとりわがまま勝手。〈逸楽〉の語、伯夷伝に「専ら忌諱を犯し、而して終身逸楽す」と。〈人事〉は、人間社会の事柄。〈報施〉は、善行に報い幸福を授けること。伯夷伝に「天の善人に報施する、其れ如何《いかん》ぞや」と。〈天道〉云々　司馬遷は、伯夷叔斉が義を守って首陽山に餓死し、徳行を称された顔回が早逝したのに対し、盗跖がぬくぬくと天寿を全うした不条理を、「天道是か非か」と痛烈に問いかけている。〈従所好〉は、『論語』述而篇に「富にして求む可くんば、執鞭の士と雖も亦た之を為さん。如《も》し求む可からずんば、吾が好む所に従はん」というのに基づく。〈得喪〉は、得失。利害損得。〈孟軻〉云々　孟軻は孟子のこと。軻はその名。三代は夏・

殷・周。『史記』孟軻荀卿列伝に「天下方《まさ》に合従連衡に務め、攻伐を以て賢と為す。而るに孟軻は乃ち唐虞三代の徳を述ぶ」と。〈仲尼〉云々は、『論語』公冶長篇に「吾が党の小子、狂簡にして斐然として章を成す。之を裁する所以を知らず」というのによる。志ばかり大きくて実行が伴わないのが狂簡。斐然はあやのあるさま。うるわしい資質に恵まれているがむやみに大きなことをいうばかりでそれを活用できずにいる郷里の若者を教育したい、という意。〈当日〉は、当時。〈大道〉は、孔孟の道。〈昭昭〉は、明らかなさま。〈呂望〉云々　呂望は周の文王の賢臣、呂尚のこと。文王がある時、猟に出かける際「獲る所は龍に非ず彲《ひづち》に非ず、虎に非ず羆《ひぐま》に非ず、獲る所は覇王の輔なり」との占いが出て、渭水の岸で釣りをしていた呂尚を見出し、これぞわが太公（祖父）が待ち望んでいた人物だと喜んで太公望と呼んだという。後、呂尚は武王を佐けて殷を亡ぼした功により斉に封ぜられた（『史記』斉太公世家）。なお、『蒙求』にも「呂望非熊」の条がある。〈牧野〉は、周の武王が殷の紂王を破った地。今の河南省淇県の南。〈武惟揚〉は、武威を発揚すること。『尚書』泰誓に「我が武惟《こ》れ揚がり之が疆を侵し」云々とある。惟は強調の助字。〈屈原〉云々　『史記』屈原賈生列伝に「故に憂愁幽思して離騒を作る」と。〈文章〉云々　同じく屈原伝に離騒について「此の志を推せば、日月と光を争ふと雖も可なり」と最大級の賛辞を呈している。〈武侯〉は、諸葛亮の謚。その「出師の表」は有名。〈餘産〉云々　餘産は遺産。ここに南陽というのは、成都の誤りであろう。月山詩「成都八百桑」の語釈参照。〈岫雲倦鳥〉は、陶潜の「帰去来の辞」に「雲は無心にして以て岫を出で、鳥は飛ぶことに倦んで而して還るを知る」と。岫は山のほら穴。〈陶令〉は、陶潜のこと。かつて彭沢県令となったのでかくいう。〈掛冠〉云々　掛冠は官職を辞すること。陶潜は彭沢県令となったが八十餘日でこれを罷め帰隠した。その際作られたのが「帰去来の辞」で、その中に「三径荒に就いて松菊猶ほ存せり」とある。〈不怨天〉云々　『論語』憲問篇に「子曰く、天を怨まず、人を尤めず」と。〈用之〉云々　『論語』述而篇に「之を用ふれば則ち行なひ、之を舎《す》つれば則ち蔵《かく》る」と。己れを用いてくれる者があれば世に出てその抱負を実行し、なければじっと隠れて機会を俟つ。〈化育〉は、『中庸』に「天地の化育を賛《たす》く」と。ここでは人々の教化育成。〈綱常〉は、人の守るべき大道。三綱五常（君臣父子夫婦の道と仁義礼智信）。〈道体〉は、道の本体。宋儒（程朱）の用語。〈乾坤一気〉は、天地の根源の気。〈文気〉は、文章にあらわれた気力。〈点掇〉は、文字の配置。ここでは、逍遙の詩についていう。〈妥帖〉は、ぴったりはまる。〈節奏〉は、詩のリズム。〈鏗鏘〉は、美しい響の形容。〈追逐〉云々　賈董は前漢の賈誼と董仲舒。この表現、北宋の蘇軾「潮州韓文公廟の碑」に「李杜を追逐し参《まじ》はって翺翔す」とあるのによる。〈韓吏部〉は、韓愈の最終官位が吏部侍郎であったのでかく称す。〈樹立〉は、しっかりと立つ。〈力回〉云々　倒瀾はくずれた波。韓愈「進学解」に「狂瀾を既倒に廻らす」と。時勢の衰えたのを挽回する意。〈彫虫技〉は、ひたすら字句を彫琢することを貶めていう。〈争樹〉云々　文場で主導権を握ろうとする。〈瓦釜〉云々　『楚辞』卜居に「黄鐘は毀ち棄てられ、瓦釜は雷鳴し、讒人は高く張り、賢士は名無し」と。黄鐘は楽器で最もよく響くもの。大人物の喩。瓦釜は土製の飯釜。小人物の喩。〈玄文〉云々　『楚辞』九章「懐沙」に「玄文幽に処《を》れば、矇瞍之を章らかならずと謂ふ」と。玄文は白地に墨で画いた模様。矇瞍は盲人。なお、処幽の二字、『史記』では幽処に作る。〈大雅〉は、『詩経』の分類の一。主に宮廷の饗宴に歌われ、周の天子の徳をたたえたものが多い。〈嘆喟〉は、嘆息。

〈風義〉は、（りっぱな）態度、様子。〈鳳暦〉は、暦の美称。中国古代、鳳は天時を知る鳥とされたからいう。〈雁足〉は、漢の蘇武の故事により雁は手紙を運ぶ鳥とされたのでかくいう。〈穹蒼〉は、蒼天。

四

以上、ながながと逍遙に唱和した高橋作衛とその父白山の詩を挙げて来たが、両人の作はいずれも、逍遙の詩才を高く評価し、漢詩壇の現状を憂える逍遙に理解と共感とを示した内容となっている。なかでも高橋白山は、逍遙とはおそらく会ったこともなかったであろうが、まだ世に出る機会もなく焦慮するこの息子の友人に対して、『史記』や『論語』の言葉を引用しつつ、中国古来の士人の生き方を説き、轗軻不遇に耐える大丈夫の心がまえを諄々と諭している。その実これは、ちょうど今の逍遙と同じ年齢の頃、江戸で詩人達と交際し国事を論じながらも、家庭や藩内の事情で憂国の志士として周旋奔走することかなわず、また維新後は中央に出ることもなく信州の地で子弟の教育に専念した老漢学者が自らを支えた信条を吐露したものと言えよう。

ただ、逍遙が高橋作衛に寄せた詩の冒頭、「妻を娶らば当に陰麗華の如かるべく、子を生まば願はくは孫仲謀に似んことを」と言い、自らの恋の悩みを〈銷魂種〉と表現して仄めかしていることについては、高橋作衛も白山も何ら言及する所がない。もとより具体的な事情を知る由もない白山が触れぬのは当然ながら、作衛の方でも逍遙の恋についてたとえある程度まで察しがついていたとしても、直ちにこれを云々することは憚られることでもあったろう。かかる場合、黙しておくのが礼儀というものかも知れない。

しかし、逍遙にしてみれば、詩の形式を破ってまでも叫ばずにおれなかったのが冒頭の二句であり、諦めようにも諦めきれない南条貞子への未練執着、そこから生ずる懊悩煩悶が〈銷魂種〉となってわが身を苛んでいたのである。そうした逍遙からすれば、高橋父子が自分の詩才を認めその将来を期待してくれたことには大きな励ましを受けたとしても、己が胸中すべてを理解してくれているとは必ずしも思い難く、恋の悩みは打ち明けても詮ないことだと感じて、その意味では孤独感を内向させたのではなかろうか。

はなはだ不充分ながら、本章では、中野逍遙と高橋白山・月山父子との交流について、それぞれが応酬した詩を挙げ、感想の二、三を記した次第である。

附　張船山詩と高橋作衛

前章の「張船山のこと」において、清人張船山の詩が明治の若者たちに迎え入れられていたことを、中野逍遙・正岡子規・与謝野鉄幹の三人について検証したが、このたび『月山遺稿』を繙いてみて、若き日の高橋作衛にも張船山に次韻した詩があるのを知ったので、ここに紹介しておきたい。

それは「夜坐感有り。張船山の韻を用ふ」と題された七言律詩で、『月山遺稿』では中野逍遙に和した詩の前におかれており、詩中に「十年の志」ということからして、明治二十六年、作衛が二十七歳の時の作であろう。

節物催人魂易驚◎　節物　人を催して　魂　驚き易し
亭途如砥幾時平◎　亭途　砥《といし》の如く幾時にか平らかならん
燈前獨守十年志　燈前　独り守る十年の志
馬上誰馳萬里名◎　馬上　誰か馳せん万里の名
圖按東西觀地勢　図は東西を按じて地勢を観
書窮今古到天明◎　書は今古を窮めて天明に到る
無端起見山頭月　端無《はしな》くも起って見る山頭の月
不忍池邊落雁聲◎　不忍池辺　落雁の声

（◎は韻字。下平声庚韻）

この十年というもの国際政治の舞台で活躍することを夢みて、今日も明け方近くまで勉学に励んでいるのだが、空の白らむ気配にふと気づき、起ち上って外をみると、上野の山に月が落ち不忍池あたりからは雁の音が聞こえてきたという。なお、二句目の〈亭途〉は平坦な道、順境をいう語で、下文の〈幾時平〉と意味上しっくりこないように感じられる。それはともかく、この詩は次に示す張船山二十一歳の作「重ねて感有り」二首其一（和刻本『船山詩草』巻一、戊丁集）に次韻したものである。

伏櫪長鳴萬馬驚◎　伏櫪長鳴　万馬驚き
唾壺擊缺氣難平◎　唾壺撃って缺くとも気平らかなり難し
自甘縱酒逃風雅　自ら縦酒に甘んじて風雅に逃るるとも
不欲因人著姓名◎　人に因って姓名を著《あらは》すを欲せず
醉後春泥三逕滑　酔後　春泥　三逕滑り
夢回雪屋一燈明◎　夢回《さ》めて雪屋　一燈明らかなり
拊牀忽憶劉琨語　牀を拊して忽ち憶ふ劉琨の語
莫道荒雞是惡聲◎　道《い》ふ莫《な》かれ荒雞是れ悪声と

〈伏櫪〉は、三国魏の曹操「歩出夏門行」に「老驥櫪に伏するも、志は千里に在り。烈士暮年なるも、壮心已《や》まず」というのに基づく。驥は駿馬。櫪は廐舎のかいばおけ。〈唾壺〉は、東晋の王敦が酒を飲むといつも曹操の楽府（前出）を詠じ、如意で唊壺をうちながら節をとったので、壺の口がすっかり缺けてしまったという故事（『世説新語』豪爽篇）。〈縱酒〉は、思う存分酒を飲むこと。〈三逕〉は、三径と同じ。〈拊牀〉は、寝台をたたく。感情が昂っての動作。〈劉琨〉は、西晋の詩人。字は越石。〈荒雞〉は、真夜中に鳴く鶏。不祥の兆とされた。祖狄が劉琨と一つふとんに寝ていた時、夜中に鶏の声が聞えると、劉琨を蹴り起こし、これは悪声に非ずといって、一緒に舞ったという（『晋書』祖狄伝）。本来ならば「劉琨語」というのはおかしいが、ここでは平仄のつごうもあってかくいう。

ここには現実に対する不如意感を抱きつつもそれを払拭するような気概が詠じられているが、この詩に限らず張船山の青年期の詩篇には豪宕なロマンチシズムに溢れた作品が多く、そのため明治の漢学書生たちに共感を呼んだのであろう。[18] 若き高橋作衛もそうした政治的文学的浪漫者の一人であった。

（1）　但し、明治二十七年十一月二十五日発行の「精美」第三十九号の雑纂・彙報欄には、無署名ながら次のような記事が見える。

◉中野重太郎氏逝く　西風搖落風物凄寥たり愁人は將に情に堪へざらんとす此時に當りて知己の訃音に接す斷腸九回せざらんと欲するも得んや中野重太郎君は宇和島の人なり本年七月帝國大學を卒業して文學士の稱號を受く大學文科に漢文科を置てより漢學を專修せし者實に君を以て嚆矢となす業を卒へてより數閲月是より漸く滿腹の知識を以て事に從はんとするに方り肺炎と心臓病とに罹りて藥爐に伴ふこと一週日に充たず友人等君が病めるをだも知らざる者ありしに本月十六日溘焉簀を易へて幽冥の人となる訃を聞て驚かざる者なし吾輩深交にあらすと雖も仰て旻天の假年に吝なるを恨ますんはあらざるなり傷ましい哉君人と爲り幽憂沈鬱特に詩文に長ず本月三日君等主張する所東亞說林第一號出づ中に君が九州感懷十二律幷引を錄す曰く

百年倏忽。紅顏破碎。花月忽々逐レ之何及。悲哉吾生之孤寂。累々乎其憐レ于レ無レ處二適歸一矣。東望二武州一。佳人似レ夢。風露半銷。殘月在レ軒。傷二舊會之莫一レ續。而悲二聚散之無一レ定。紅桃三日。碧萍一夕。况茫々浮世。漠々塵界。人情之嶮甚レ于二峻坂一。世風之澆過レ于二薄氷一者乎。嗚吁人已不レ可レ賴。我亦不レ可レ倚。朽者下而混二土芥一乎。不レ朽者上而從二星辰一乎。知レ我者其唯天耳。

と君は終に塵界の人にあらざるなり人生の最快事に逢ふも尙ほ且つ沈默して情海の波に感じ双袖の沾に禁へさる者とは自ら能く自己を知るの言なり噫嘻君が多感多情は浮世紛々の徒と同處すべきにあらず

逍遙子朗三呼大四笑于二九地之下一也。

とは實に君が現世の人にあらざる悲絶の讖《（ママ）》文なりしなり哀哉

「精美」は益友社から刊行されていた漢文学の雑誌で、敬香大江孝之（安政四年［一八五七］～大正五年［一九一六］）が関係しており、この一文は彼の筆になるものであろう。

(2) 川崎宏『中野逍遙の詩とその生涯―夭折の浪漫詩人』（愛媛県文化振興財団、一九九六年）。なお、高橋白山の子、作衛と中野逍遙との交流については、すでに村山吉廣「中野逍遙について（1）―逍遙周辺の人々」（「東洋文学研究」第十八号、一九七〇年）にも言及されている。

(3)『白山文集』に載せられた依田学海（天保四年［一八三三］～明治四十二年［一九〇九］）の敍に「先師藤森天山先生、以二經濟文章一、名聞二天下一。門下多二傑士一。而川田甕江、鷲津毅堂其選也。文久癸亥歳、高遠藩士高橋白山、來二江戸一、介二毅堂一謁二先生一、執レ贄而爲二弟子一」という。但し、甕江川田剛（天保元年［一八三〇］～明治二十九年［一八九六］）の「天山藤森先生墓表」（『事実文編』巻六十九）および望月茂『藤森天山』（藤森天山先生顕彰会、昭和十一年刊）に拠れば、天山は文久二年壬戌に歿しており、癸亥歳とは一年のずれがあるのだが、その消息については不明。

なお、長澤孝三編『漢文学者総覧』（汲古書院、昭和五十五年）や近藤春雄編『日本漢文学大事典』（明治書院、昭和六十年）に、白山が坂本天山（延享二年［一七四五］～享和三年［一八〇三］）に師事した如く書かれているのは、誤りであろう。

(4) 三浦叶『明治漢文學史』（汲古書院、一九九八年）の附録「明治年間における漢詩文集年表」参照。ちなみに同書中編第二章「日清戰争と漢詩」に『征清詩史』が、同じく第十章「異色な漢詩文集」に『経子史千絶』が取り上げられている。なお、木下彪編『明治大正名詩選（後編）』（『漢詩大講座』第十巻、アトリヱ社、昭和十二年。後に改題復刻版『漢詩近代名詩研究集成』所収。名著普及会、昭和五十六年）には白山の詩八首が収録され、近年中国で刊行された『日本漢詩擷英』にも五首を採る。

(5)『月山遺稿』巻上に「與丁汝昌勸降書」を収める。

(6) 中野逍遙と穂積家との関係については、川崎宏前掲書参照。

(7)『月山遺稿』の凡例に「博士幼受學於家庭。厳父白山先生日課詩十數首、年甫十三歳、命屬漢文」という。

(8) 例えば、法科大学在学中の明治二十六年四月には、「祭帝國大學講師越氏文」を書いている。越氏は、財政学を担当したエッケルトのこと。

(9) 川崎宏前掲書参照。

(10) 「上毛漫筆」(外編)。

(11) 「豆州漫筆」(正編)に「先年心を病み、而して鼓動時に激す。客歳熱を憂ひ、而して神気益々銷す。(中略)遂に自愛の心を発し、湘南卅里の游を作《な》す。蓋し風流山水の勝に託する者に非ず。僅かに旦夕の病を救ふに補效せんと期する耳《のみ》」という。この時、修善寺から熱海に入ったのが一月二日。それからほぼ一ヶ月露木楼に滞在したようだ。なお、岩波文庫本の「豆州漫筆」の訳文(訓読文)に「明治廿七年甲午十一月」とあるが、〈十〉は衍字。

(12) 中野逍遙が島田篁村・副島蒼海の二人を高く評価していたことについては、すでに原田憲雄「中野逍遙」(「人文論叢」第二十四号、一九七六年)に論じられている。また、草森紳一「秋霜に傲る―副島種臣の生地佐賀に旅して」(「墨」一九八三年三月号。後、『北狐の足跡―「書」という宇宙の大活劇』所収。ゲイン、一九九四年)には逍遙と蒼海との関わりについて、両者が会ったことがあるかどうかはわからぬが、逍遙は蒼海が最も親しかった中国人で文科大学の講師でもあった張滋昉から「蒼海と応酬した詩を見せられ、彼の生き方までを教えられたのであろう」と述べる。

(13) 中野逍遙より三歳年下の臨風笹川種郎は、国史科の出で昭和四年の岩波文庫版『逍遙遺稿』に訳文(訓読文)を附した人だが、昭和二十一年刊の『明治還魂紙《すきがへし》』(現在、筑摩明治文學全集99『明治文學回顧録集(二)』に収む)の中で、島田篁村について次の如く回想している。

「漢籍講讀の雄は篁村島田重禮先生を推して第一としなければならない。先生學深く識高く、如何なる難解の文意も一たび先生の解釋を經れば、坦々として大道髮の如きものであつた。私が大學にゐた時、先生の講義があると各科を通じて之を聽講した。『楚辭』天問の篇の如き、古來解し難いものとされてゐたが、先生が之を講ずると、庖丁牛を解くに似て、刄を迎へて皆釋かれるのであつた。」

「竹添井々先生の支那史はまことにつまらなかつたし、鐵扇片手の根本通明先生の論語は敬遠してつい聽かず、漢學は島田先生ばかりを聴いて歩いた。」

もっとも、竹田篤司『西田幾多郎』（中公叢書、一九七九年）にかかると、「この高名な漢学者は、教壇に上るや、やおら腰から煙草入れをとりだし、おもむろに一服ふかしてから、やっと講義にとりかかる。しかしその講義たるや、ただ荘子を音吐朗々、読みあげるだけなのであった。驚いた若者が、支那哲学専攻の先輩である服部宇之吉に苦情を述べると、服部は、『ナニ、専門の講義も同じなのだ』と、こともなげに答えた」ということになるのだが、哲学科の選科生西田幾多郎はともかく、篁村に心酔していた逍遙の場合は、臨風と同様の感想を抱いたに違いない。なお、臨風の発言を理解する上で、原田種成『漢文のすゝめ』（新潮選書、一九九二年）に、大東文化学院本科における朴堂安井小太郎（一八五八～一九三八）の講義ぶりを回想して、「『荘子』の講義はただ訓読するだけであるが、古来難解とされているところも実にすんなりとよくわかった。漢文の訓読つまり返り点送り仮名をつけて読むのは中国の古典を日本語（文語文）に翻訳することである。だから、その訓読が優れていると、読んだだけでスーッと頭に入ってきて、よくわかるものである」と述べていることも参考になる。ちなみに篁村については、町田三郎『明治の漢学者たち』（研文出版、一九九八年）にその学問の一斑が考察されている。また根本通明については、村山吉廣『漢学者はいかに生きたか―近代日本と漢学』（大修館、一九九九年）に「根本通明―北から来た男」がある。

(14) 森槐南の詩風については、入谷仙介『近代文学としての明治漢詩』第一章「表現者の極北―森槐南」（研文出版、一九八九年。新版二〇〇六年）に論じられている。

(15) これは、大町桂月・田岡嶺雲にも共通する見方であった。桂月の「逍遙遺稿を讀む」（『帝國文學』明治二十八年第十二号）に、

「今の詩人たるものは、徒に詞を弄するのみ。措辭愈妙を極はめて、氣愈餒ゆ。人形の如く、造花の如し。毫も生色あるを見ず。五斗米の爲に腰を屈するは怪しむに足らざれど、權に媚ひ、世に阿り、胸中一片の赤誠なく、國家の何物たるを解せず、美の何物たるをも解せず、血なく、涙なく、徒に支那人の口眞似して、陳腐相襲ぎ、浮華輕佻、人をして嘔吐を催さしめむとす。」

と、「槐南一輩」を念頭をおいて手厳しく批判している。

また嶺雲は、栩々生の筆名を用いた明治二十六年五月一日刊の「亞細亞」第二巻第四号の「八面峰㈠」において、「今の詩人の詩は、工みなるに違ひ」ないが、「意を後にして造句を先にする」弊ありとみて、「先づ典故を捜得て韻を定め、儷語を索得て句をなし、平仄にあわせ、語を累ねて句を列ねて、篇をなすが如き事なる勿れ、此れの如きは經師屋の事のみ」と説き、「胸中蓊勃、禁じ難き情あり、吾筆底に落ち來て詩となる」と述べて、さらに清人陳昌其（名は元輔）の『枕山楼課児詩話』「気骨」の条に見える「胸前に纏綿已《や》まざるの情無く、徒《いたづら》に剪綵花を為し、紅艷紙に満つるが若《ごと》きは、金装ひ玉飾り、霞蔚し雲蒸し、亦た観る者をして一時に目を奪はしむると雖も、究竟するに本来の心性を丟却す」という一節を引いている（原文は、若胸前無二纏綿不レ已之情一、徒剪綵爲レ花、紅艷滿レ紙、雖二金装玉飾、霞蔚雲蒸一亦令二観者一一時奪レ目、究竟去二却本來心性一に作るが、後述の元文元年刊本に拠って書き下した）。嶺雲が求めたのは、彼の別の言葉でいえば〈狂熱〉であり、それを有する詩人として逍遙を高く評価したのである。明治二十九年六月十日刊の「青年文」第三巻第五号「今日の漢詩人」においては、「彼れ猶未だ圓熟蔗境に到らざりしと雖ども、情炎燃ゆるが如く、眞の詩人的性情を有する詩人たりしもの、唯此人ありしのみ。今や亡し噫」と述べ、その早逝を痛惜している。ちなみに、陳昌其について、西田勝編『田岡嶺雲全集』第一巻（法政大学出版局、一九七三年）の解題に「陳昌應（清の文人、名は梁。『覓園集』その他の著作がある）の誤植か」とするのは、よくない。康熙（一六六二～一七二二）頃の福建の人で、詳しい伝記は不明だが、その『枕山楼課児詩話』は、彼の地ではともかく、わが国ではよく読まれたようで、元文元年（一七三六）刊本を始め和刻本が幾種類かあり、明治十四年（一八八一）には『枕山楼詩話』の名でも刊行された。元文刊本は現在、汲古書院刊の『和刻本漢籍随筆集第二十輯』に影印が収められている。そのほか『枕山楼茶略』があり、文化二年（一八〇五）刊の和刻本がある。

(16)　「麗花闘草、顚倒相尚ぶの弊」というのは、中唐・李翺の「吏部韓侍郎を祭る文」に「建武以還《よりこのかた》、文卑しく質喪はれ、気萎え体敗れ、剽剥譲らず。花を儷《なら》べ草を闘はし、顚倒相上《たふと》ぶ」という美文否定論の一節に基づく表現で、麗はおそらく儷の訛字であろう。また、「之を思ふも益無し、学ぶに如かず」は、『論語』衛霊公篇に見える言い方。

(17)　佐佐木信綱『ある老歌人の思ひ出―自伝と交友の面影』（朝日新聞社、昭和二十八年）および『明治大正昭和の人々』

（新樹社、昭和三十六年）の野口寧斎の条。なお、これはすでに村山吉廣前掲論文に紹介されている。

（18）三浦叶前掲書、下篇第五章「明治の文人と漢文學」に、森田思軒（文久元年［一八六一］〜明治三十年［一八九七］）が一時期張船山詩を愛好した旨、指摘されている。これは思軒の「歸省雜記」（明治二十二年八月「國民之友」第六十号「藻鹽草」）に見えるもので、それに拠れば、思軒は十九歳（明治十二年）の頃には張船山の韻に賡和した作が少なくなかったが、その後十年振りにその集を見て、「頗る望みを失ひたり」という。それは「船山の詩爽朗快豁の趣はあれとも含蓄に乏しく餘韻に乏しく大抵高聲壯語戟手喝破するのみ」であったためで、「嘗て喜ひ誦せる佛前飲酒浩然有得の如きも均しく亦た是物なり」と否定的な言辞を連ねている。

けだし、思軒の指摘は張船山の青年期の作についてあてはまるが、逆にされぱこそ明治の若者たちに受け彼らにアピールしたのではあるまいか。思軒が例に挙げた「仏前に酒を飲み浩然として得る有り」と題された詩は、第Ⅵ章で触れたように正岡子規も大学時代のノートにその一節を書き写していたのである。

補記

高橋白山については、三宅雪嶺『同時代史』第三冊（岩波書店、一九五〇年）の明治三十七年（一九〇四）の条に「三月十日、高橋白山歿す。信州高遠藩士、敬十郎と稱す。文久中江戸藩邸に在りて四方の詩客と交り、明治初年信州安曇郡に私塾を開き、後に新潟長野二縣の中學及び師範に教鞭を執る。（信州に聲望有り、男作衛の代議士に當選せるも其の聲望に依る所多きが、他の地方に知られず、他に知らるゝは作衛の大學教授たり、代議士たるに依ること多し）」と簡にして要を得た記述が見える。

なお、高橋白山に関する論考として、名倉英三郎「研成学校記　教員白山高橋敬十郎」（「比較文化」第十一

号、一九六五年）がある。かつて黒頭巾こと横山健堂は『舊藩と新人物』（敬文館書店、明治四十四年）のなかで、

◉高橋白山は、其門下《そのもんか》、信州無數《むすう》の新人物《しんじんぶつ》を輩出《はいしゆつ》せしむ。佐久間象山は、學問識見《がくもんしきけん》を以《もつ》て、天下《てんか》の士《し》と爲《な》る。白山は、則《すなは》ち一の中等教員《ちうとうけうゐん》に終《をは》れりと雖《いへど》も、其《そ》の教育《けういく》に貢献《かうけん》したるの功は、必《かなら》ずしも、象山に下《くだ》らず。

と述べているが、同論考は教育者白山について明治八年頃までの足跡を丹念に辿り、研成学校との関わりを論じたものであることを、さらに村山吉廣氏に「岡千仞撰文『白山高橋先生壽蔵之碑』解題並びに訳注」（「斯文」第一一二号、二〇〇四年）があることを附け加えておく。

Ⅷ　落合東郭のこと

一

明治十六年（一八八三）八月末に十七歳で東上の夢を果たしてから三年、第一高等中学に学ぶ逍遙中野重太郎が二十歳の時に筆を染め未完に終わった小説に『慈涙餘滴』と題する作がある。半紙版二十四行罫紙に手書され全部で四十九枚。最初の部分は「秋空涙雨」と題し、明治十九年九月の執筆。第二部は明治廿年七月と記された「続稿附紀行」で、さらに第三・第四の「続稿」があり、本文の外に「新春雑感詩、録して以て小序に代ふ」と題する七絶七首（明治二十三年正月作）および緒言（明治二十二年十月八日附）が添えられている。

その内容は、明治十九年九月、帰省を終え上京の途に就いた逍遙子が伏見に母方の叔父を訪うべく、神戸三宮から京都に向かう汽車のなかで、大阪から乗り合わせた六十ばかりの上品な老婦人とその孫の十四五の少女を見かけるところから始まって、翌日の伏見における三人の再会、それぞれの身の上話に筆が進む。老婦人の夫は、維新の際、会津桑名の側に属して伏見で戦死し、少女の父親は十四年にコレラに罹って急逝、ひとりいた兄は慶応義塾に進んだものの放蕩に身を持ち崩し、それを憤って母親も心痛のあまり他界したのだという。その後、逍遙子は二人と別れ、京、大津を経て四日市に出、海路東京に戻った。翌二十年早春、かねてより孫に新時代の女子教育を受けさせたいと願っていた老婦人が少女をつれて上京し、逍遙子は二人の訪問を受ける。少女は英学を学びはじめ、初めは亡くなった祖母に接する思いで老婦人に対していた逍遙子ではあったが、次第にこの少女に心惹かれ、ほのかな恋情を抱くようになる。その後まもなく老婦人が突然この世を去り、未完のままとなる。——という話で、そのなかに登場人物の口を藉りて文明批判の言葉が述べられており、東海散士の『佳人之奇遇』から影響を受けた一種の政治小説とされている(1)。

この『慈涙餘滴』は、中野逍遙の歿後百年を経た平成六年十一月、彼の故郷愛媛県宇和島市在住の河野傳氏の尽力によって影印刊行されたが、そのなかの「続稿附紀行」に、

　四方ノ交、韻雅ヲ以テ相合フノ士ハ獨リ肥藩《州》ノ東郭子ガ八月初旬東都ヲ發シテ相州江ノ嶋ニ遊ブアル耳

と記され、この当時、学校などでは極めて口数少なく、高等中学二年の時には同級生からthe Silentと評されたこともあった逍遙ではあるが(2)、詩文の友として〈肥州の東郭子〉すなわち熊本出身で東郭と号した落合為誠とはかなり親しく、互いを認めあっていたことが窺われる。

逍遙と東郭との訂交が具体的に何時どのようにして始まったのか、現在のところ詳らかにし得ないものの、長年にわたり中野逍遙に関する資料を博捜蒐集して来られ影印本『慈涙餘滴』に序文を寄せられた川崎宏氏は、「本文各所に打たれている傍点圏点および欄外の頭評記述の文章は、私の推定ではあるが東郭落合為誠によるものである」と述べた上で、逍遙と東郭との交友が逍遙の大学予備門（明治十九年四月、第一高等中学校と改称）入学以来のものであることを指摘されている。さらに東郭に四百七十字程の「慈涙餘滴序」がある由、紹介されているが、残念ながら未見である。

また同じく川崎氏の『中野逍遙の詩とその生涯―夭折の浪漫詩人』（愛媛県文化財団、平成八年）によれば、中野

逍遙が明治二十年の夏休み中、八月六日から二十八日まで房総に遊んだ際の旅行記「房総漫遊小記」にも、落合東郭の評語が載せられているという(3)。

さりながら、逍遙が二十八歳で溘然として世を去った後、その一周忌にあたる明治二十八年十一月、文科大学の友人達の手によって上梓された『逍遙遺稿』正外二編およびそれに添附された「發起人賛成者及出版費義捐金額」の一覧表には、落合東郭の名が全く見えない。それには何か事情があったのであろうか。

本章では、中野逍遙と落合東郭との交流の一端をみてゆくとともに、こうした疑問について、私なりに思うことを覚え書きとして記しておきたい。

二

さて、『慈涙餘滴』の「続稿附紀行」には、先に引用した箇所に続けて、

坡仙ガ茲遊奇絶冠平生。ノ句ヲ分テ韻トナシ其口占七首ヲ寄テ曰ク

と、江の島に遊んだ東郭が、〈坡仙〉すなわち北宋の文人蘇軾（東坡）の七律「六月二十日、夜　海を渡る」詩の結びの句の七字をそれぞれ韻字に用い、即興で書きつけた五言六句の詩七首を寄こしてきたのを挙げている。今ここに読み下し、簡単な語釈を附して示しておく（以下の引用において、圏批点は全て省略する。なお、其一〜其七は便宜的につけたもので原文にはない）。

其一

縹緲海中島　　縹緲たる海中の島

懸崖百尺危　懸崖　百尺危《たか》し
極目千里外　極目　千里の外
長風吹吟髭　長風　吟髭を吹く
蓬瀛何足道　蓬瀛　何ぞ道《い》ふに足らん
遊仙宛在茲　遊仙　宛《あたか》も茲《ここ》に在り

〈縹緲〉は、遠く微かなさま。畳韻の語。中唐の白居易「長恨歌」に「忽ち聞く海上に仙山有り、山は虚無縹緲の間に在りと」。〈海中島〉は、江の島。〈懸崖〉は、切立った崖。江の島は周囲約四キロ。四面みな断崖である。〈百尺〉は、高いことをいう。もとより実数ではない。〈極目〉は、見渡す限り。戦国楚の宋玉「招魂」（『楚辞』巻九、『文選』巻三十三）に「目は千里を極め春心を傷ましむ」と。〈長風〉は、遠くから吹いてくる風。〈吟髭〉は、詩人の髭。〈蓬瀛〉は、蓬莱と瀛洲。神仙の住む島。『史記』秦始皇本紀に見える。〈遊仙〉は、仙界に遊ぶこと。

其二

晨踏嶺頭雲　晨に踏む嶺頭の雲
夕登海中楼　夕に登る海中の楼
碧濤浸楼下　碧濤　楼下を浸し
皓月満楼頭　皓月　楼頭に満つ
飄然将忘世　飄然として将《まさ》に世を忘れんとす
疑是鼇背遊　疑ふらくは是れ鼇背に遊ぶかと

〈飄然〉は、高遠なさま。例えば、西晋の成公綏「嘯の賦」（『文選』巻十六）に「心滌蕩として累無く、志俗を離れて飄然たり」と。〈疑是〉は、～ではないかと思う。～のような気がする。〈鼇背〉の鼇は、大きな海亀。寺門静軒『江戸繁昌記』四篇、画嶋の条に「瀕《みぎは》にして之を望めば、譬へば一大亀の潮を仰ぐが如く然り。金亀の号、蓋し諸《これ》を此《ここ》に取る」とあり、江の島を大海亀に見立てている。

其三

落日紅将盡　　落日　紅　将《まさ》に尽きんとし
纔啣崖頭枝　　纔《わづ》かに啣《くは》ふ崖頭の枝
水天唯彷彿　　水天　唯だ彷彿
佳矚方此時　　佳矚　方《まさ》に此の時
何得坡仙起　　何ぞ坡仙を起こすを得て
相共論両奇　　相共に両奇を論ぜん

〈纔〉は、ようやく。やっと。〈水天〉は、海が広がって空と連なる。〈彷彿〉は、髣髴とも書く。双声の語。あるかなきかの微かなさま。頼山陽「天草洋に泊す」詩に「水天髣髴青一髪」と。〈佳矚〉は、すばらしい眺望。〈何得〉は、ここでは、どうにかして～したいものだ、という意を表す。その場合、正しくは安得とすべきである。〈坡仙〉は、北宋・蘇軾の号、東坡居士に因んだ敬称。〈起〉は、地下に眠る霊を呼び起こす。〈論〉は、優劣をつける。〈両奇〉は、この江の島のすばらしさと蘇軾が「奇絶」と評した海南島から中国本土の雷州半島に渡る旅路と。

＊なお、結句の後に朱筆で「笑我隴蜀意、更欲見両奇」（我が隴蜀の意を笑へ、更に両奇を見んと欲す）と書き込まれているが、これは東郭の手による訂正であろう。

其四

危磴拝祠去　　危磴　祠を拝して去り

倚杖看断碑　杖に倚《よ》りて断碑を看る
云是宋代物　云ふ是れ宋代の物と
文字既磨滅　文字既に磨滅す
懐古時彷徨　古を懐いて時に彷徨すれば
深林鳥声絶　深林に鳥声絶ゆ

〈危磴〉は、急峻な石段。〈祠〉は、弁財天を祀る祠。〈倚杖〉は、杖にもたれて。〈断碑〉については、伊藤東涯『輶軒小録』に「相州江嶋ノ祠ノ側ニ古碑アリ、（中略）石断エテ横紋アリ、文字湮滅シテ知ルベカラズ、（中略）相傳フ、土御門院ノ時、良眞ト云フ僧アリ、入宋シテ慶仁禅師ニ得テ帰ルト」云々とある。

其五

突彼稲邨崎　突たる彼の稲邨崎
閲盡當年難　閲し尽くす当年の難
桓ゝ左中将　桓々たる左中将
投剣自彼岸　剣を投ずるは彼の岸自《よ》りす
遥望岸上松　遥かに岸上の松を望めば
儼乎其如冠　儼乎として其れ冠の如し

〈稲邨崎〉は、鎌倉の南部、七里が浜と由比ケ浜との間の岬。稲村ケ崎。新田義貞が名剣を投じ、潮の引いたのに乗じて鎌倉に攻め入った所。『太平記』巻十に見える。〈桓桓〉は、たけだけしいさま。『詩経』周頌「桓」に「桓桓たる武王、厥《そ》の土を保有す」と。〈左中将〉は、新田義貞のこと。左近衛中将に任じられた。〈儼乎〉は、厳かなさま。

其六

日入望更幽　日入りて　望《ながめ》　更に幽に
月出望逾清　月出でて　望　逾《いよ》いよ清し
雲海万里濶　雲海　万里濶《ひろ》く
清光此際情　清光　此の際の情
胸裏苟如此　胸裏　苟《いやし》くも此の如《かく》くならば
洞然物自平　洞然として物自ら平らかなり

〈雲海〉は、海原の雲に接する彼方。〈洞然〉は、からりとして広々としたさま。〈物自平〉は、おのれを含め万物が平衡を保ち、調和している、という意。

其七

暁来暇矚処　暁来　暇に矚する処《とき》
風光不可名　風光　名する可からず
晴靄抹蛋舎　晴靄　蛋舎を抹し
岳雪半天明　岳雪　半ば天明
瀲灔三百里　瀲灔　三百里
紅暾蹴波生　紅暾　波を蹴って生ず

〈不可名〉は、その美しさ名状しがたい、という意。〈晴靄〉は、晴れた日に立ちのぼる朝もや。〈蛋舎〉は、漁師の苫屋。〈岳雪〉は、雪を冠した富士山。〈瀲灔〉は、水面のひろびろと広がるさま。畳韻の語。蘇軾「湖上に飲す、初め晴れ後に雨ふる」詩に「水光瀲灔晴れて偏《ひとへ》に好しと。〈紅暾〉は、旭日。なお、結句については、逍遙の「明治十九年丙戌、予帰って親を省す。七月十四、東京を発し、十六日神戸に着く。偶たま感じて長古一篇を作る」と題する詩（『逍遙遺稿』正編）に「紅暾波を蹴って鷲よりも疾し」とあり、東郭はそれを踏まえているのではなかろうか。逍遙の句は若々しい潑溂とした表現であるように思う。

さらに、「又平生ノ感懐六首ヲ寄ス今其三ヲ録シテ曰」と、逍遙は落合東郭から寄せられた五七雑言体の次のような詩も挙げている。

俯看噞喁魚　　俯して看る噞喁《けんぎょう》の魚
仰聴和鳴鳥　　仰いで聴く和鳴の鳥
二者雖小也　　二者小なりと雖も
各得自然妙　　各おの自然の妙を得たり
妙理従来誰商量　　妙理　従来　誰か商量せん
悠ゝ遠思在彼蒼　　悠々たる遠思　彼蒼に在り

〈噞喁〉は、魚が水面に浮び出て呼吸すること。双声の語。西晋の左思「呉都の賦」（『文選』巻五）に「噞喁浮沈」と。〈和鳴〉は、仲好く鳴き交わす。『中庸』に『詩経』大雅「旱麓」の句を挙げて「詩に云く、鳶飛んで天に戻《いた》り、魚淵に躍ると。其の上下に察《あきら》かなるを言ふなり」とあり、鳥や魚までが楽しげなのは、中庸の道が明らかに顕れたものとする。〈悠々〉は、はるかに思うさま。『詩経』邶風「雄雉」に「彼の日月を瞻《み》る、悠悠たる我が思ひ」と。〈商量〉は、はかり考える。〈彼蒼〉は、天をいう。『詩経』秦風「黄鳥」の「彼の蒼たる者は天」に基づく語。

軽風吹面上　　軽風　面上を吹き
皎月到天心　　皓月　天心に到る

對之豈無感　　　之に対して豈に感無からんや
一念入古人　　　一念　古人に入る
嘆息古人今不見　嘆息す古人　今　見えず
世間空有文章煥　世間空しく文章の煥たる有り

〈軽風〉は、そよ風。〈天心〉は、天の真ん中。〈古人今不見〉は、初唐の陳子昂「幽州の台に登る歌」に「前に古人を見ず、後に来者を見ず。天地の悠悠たるを念へば、独り愴然として涕下る」とあるのによる。〈煥〉は、輝く。後漢の張衡「思玄の賦」（『文選』巻十五）に「文章奐として以て粲爛たり」と。奐は煥と同じ。

登高一遐観　　　登高して一たび遐観すれば
芙蓉落眉間　　　芙蓉　眉間に落つ
寛温而雄麗　　　寛温にして雄麗
五州無此山　　　五州　此の山無し
寄言永秀東海表　言を寄す永秀東海の表
不虧不崩護皇境　虧《か》けず崩れず皇境を護れと

〈遐観〉は、はるかに眺める。晋末宋初の陶淵明「帰去来の辞」に「時に首《かうべ》を矯《あ》げて遐観す」と。〈芙蓉〉は、富士山。その頂が八弁の蓮華に似ているのでかくいう。〈五州〉は、五大陸。世界中。〈不虧不崩〉は、『詩経』魯頌「泮宮」に魯の国を寿いで「彼の東方を保ち、魯邦是れ常。虧けず崩れず、震《うご》かず騰《あが》らず」云々とあるのによる。〈皇境〉は、わが国をいう。

小説の構成を緊密にしようとすれば、中野逍遙がこれらの詩をわざわざ挙げる必要はないのだが、それにもかかわらず、こうして書き出しているのをみると、よほど東郭と意気投合し、その詩才を認めていたものらしい。

三

では、落合東郭とは如何なる人か。やや後のことになるが、五高教授在任中の夏目漱石が一時期、東郭の留守宅を借りて住んでいたことは、(4)漱石の伝記に興味を抱いている人にはよく知られていようが、それ以外の事柄になると、明治大正昭和の三代にわたり漢詩人として活躍したことも含め、現在ではさほど識られているとは言い難い。そこで今、『日本近代文学事典』（日本近代文学館編。講談社、昭和五十二年）を繙いてみると、村山吉廣氏の執筆で次のようにある。

慶応二・一一・一九〜昭和一七・一・一九（1866〜1942）漢詩人。肥後熊本生れ。名は為誠《ためのぶ》。東大選科卒。宮内省に出仕。帰郷後、五高、七高教授歴任。明治四三年、ふたたび上京し、大正天皇の侍従となり天皇崩御後は図書寮で伝記を執筆。昭和一一年熊本に隠棲、詩作三昧の生活を送る。同郷の元田永孚の号である東野にちなみ東郭と号したが、森槐南に師事し、清の王漁洋の詩風を学び、当代第一の名があった。ほかに書にも巧みであった。享年七七。

また、猪口篤志氏の『日本漢詩鑑賞辞典』（角川小辞典22、昭和五十五年）では、その生卒年を一八六七〜一九四二とした上で、

落合東郭、名は為誠、字は士応、東郭はその号。別に青桐居士・半九老人と号した。熊本の人。世々細川侯に仕えた。東郭若冠《(ママ)》上京し、外祖父、元田東野《もとだとうや》の薫陶を受け、詩を森槐南《かいなん》に学んだ。のち鹿児島第七高等学校造士館教授、熊本第五高等学校教授を経て、明治四十三年（一九一〇）冬、宮内省に入り、内大臣

秘書官となり、大正二年（一九一三）侍従に任ぜられ、側近に奉仕すること十余年、挂冠の後、郷里熊本に退隠し、昭和十七年二月、病歿した。歳七十六。詩を好み書を善くし絵に長じ篆刻を巧みにし、暇あれば揮毫するを楽しみとした。人となり謹厳にして敦厚、その詩は七絶を好んだ。

と紹介され、神田喜一郎編『明治漢詩文集』（筑摩書房『明治文學全集62』、昭和五十八年）には中村忠行氏が作製された東郭の略歴が載せられていて、それには、

〈慶応三（一説、二）・一一・一九―昭和一七・一・一九〉

［名］爲誠《ためのぶ》［字］士應［別號］可窓夢讀騷人［出］肥後熊本の人。明治天皇の侍讀元田永孚（東野）の外孫。東郭の號は東野に因む。［歴］帝國大學文科大學選科に學ぶかたわら、大江敬香の愛琴吟社に詩を問い、星社結成後は之に加盟して森槐南の指導を受けた。森川竹磎とも早く訂交し、その誘掖によって二十三年頃には塡詞にも筆を染め、竹磎の『花影塡詞圖』や『得間集』には題詩を寄せているから、二十四、五歳の頃には一角の詩人として自立していたことになる。卒業後、宮内省に出仕、また、第五高等學校・第七高等學校に教授したが、四十三年上京して大正天皇の侍従となり、天皇崩御ののちは宮内省圖書寮で傳記編纂の事に當り、昭和十一年熊本に隠棲、詩作三昧の生活を送った。その詩は王漁洋を宗とし神韻縹渺、餘情豐かな詩風で、當代屈指の名手とされた。

と述べられている。さらに落合東郭の郷里熊本で出された『熊本県大百科事典』（熊本日日新聞社、昭和五十七年）には、福田常三氏の執筆で次のごとく見える。

慶応二年（一八六六）一一月二六日～昭和一七年（一九四二）一月一九日。侍従、漢詩人。名は為誠《ためのぶ》、字は士応。託麻郡大江村（現熊本市）生まれ。本山小学校で同級の徳富健次郎（蘆花）は『善人帳』の第一に挙げ

ているが、長じて温厚謹厳。東大卒業後、七高、五高の教授を経て宮内省に入り大正天皇の侍従を務めた。明治天皇の侍講元田東野《とうや》（永孚《ながざね》）は外祖父に当たり、常にこれを敬慕して終生修養、致身の範とした。詩は森槐南《かいなん》に学び、温雅な作風で名をはせた。『愛冷吟草』などの詩集がある。

このほか、新版『漱石全集』第二十二巻（岩波書店、平成八年）に附された漱石書簡の「人名に関する注」（紅野敏郎作成）には、

落合東郭（1866―1942）漢学者・漢詩人。熊本県の生れ。本名は為誠（ためのぶ）。東大選科卒後、宮内省に入り皇太子（のち大正天皇）の傅育係をつとめる（その間熊本県飽託郡大江村の留守宅に漱石が住んだ）。のち五高、七高の教授をつとめたが、再び出仕して大正天皇の侍従となった。

と云う。

これらの記述には、生年や享年に一年のずれがあり、また官歴にも多少の差があって、よくわからない点が多い。昭和十七年七十七歳で歿したというのは、あるいは荒木精之『熊本県人物誌』（日本談義社、昭和三十四年）の記述に因ったものであろうか。

ちなみに、長らく中京の地に在って漢詩壇の孤塁を守り続け、昭和三十九年五月に九十八歳で亡くなった擔風服部轍に「落合東郭を哭す」詩（冨長蝶如編『擔風詩集』巻七。書藝界、昭和六十一年）があり、「一月十九日歿」と自注を附して、次のように詠じている。

辭都一旦掉頭還　　都を辞して一旦　頭を掉《ふ》りて還る
初服多君臥故山　　初服　君が故山に臥するを多とす
壇坫齊名同甲子　　壇坫《だんてん》　名を斉しうす同甲子

屋梁落月認容顔　　屋梁　落月　容顔を認む
倏然晩歳風騒客　　倏然《ゆうぜん》たり晩歳　風騒の客
猶是前朝供奉班　　猶ほ是れ前朝　供奉の班
手攬遺篇思往事　　手づから遺篇を攬《と》りて往事を思ふ
不禁沾臆涙潸潸　　禁《た》へず臆《むね》を沾《うるほ》して涙潸潸《さんさん》たるを

〈掉頭〉は、人々がひきとめるのを頭を横にふるだけで、の意。盛唐の杜甫「孔巣父の病を謝して江東に帰遊するを送り、兼ねて李白に呈す」詩（『唐詩選』巻二）に「巣父は頭を掉りて肯へて住《とど》まらず、東のかた将《まさ》に海に入りて煙霧に随はんとす」と。〈初服〉は、仕官する以前の服。『楚辞』離騒に「進みて入れられず以て尤《とがめ》に離《かか》り、退いて将に復た吾が初服を修めんとす」とあり、後漢・王逸の注に「清潔の服」、清・蔣驥『山帯閣注楚辞』に「未だ仕へざる時の服なり」とする。〈多〉は、りっぱだと思う。〈臥故山〉は、郷里に隠棲する。それは、盛唐の王維「送別」詩に「君言ふ意を得ず、南山の陲《ほとり》に帰臥せん」というのとは違って、失意の帰隠ではなく、侍従という大任を果たされた上でのこと。〈壇坫〉の語は、『史記』魯仲連伝に見え、もとは会盟の場をいうが、ここでは漢詩壇。〈同甲子〉は、同い年。〈屋梁〉云々は、杜甫の「李白を夢む」詩二首其二に「落月屋梁に満つ、猶ほ疑ふ顔色を見るかと」とあるのをふまえる。〈倏然〉は、物事にとらわれず、さっぱりとしたさま。悠悠自適。『荘子』大宗師篇に「倏然として往き、倏然として来るのみ」とあるのに基づく語。杜甫「韋大夫之晋を哭す」詩に「尊栄真に忝《はづか》しめず、端雅独り倏然たり」と。〈風騒〉は、『詩経』国風と『楚辞』離騒とをいい、転じて詩文のこと。〈前朝〉は、大正の世。〈供奉班〉は、侍従の列。〈沾臆〉は、涙が胸元をぬらす。例えば、六朝梁の沈約「夢に美人を見る」詩（『玉台新詠集』巻五）に「那《なん》ぞ知らん神傷む者、潺湲として涙臆を沾すを」、杜甫「哀江頭」詩（『唐詩選』巻二）に「人生情有り涙臆を沾す」と。〈潸潸〉は、涙が流れるさま。

慶応三年十一月十六日生れの服部擔風が「同甲子」と述べていることからすれば、落合東郭の生年も当然その歳であろうし、それに何よりも東郭の墓がある熊本市京町の往生院の過去帳には七十六歳と記されていることから、慶応二年生まれとするのは誤りであろう。

この札記をまとめている間に、東郭の三男でかつて台北帝大教授、さらに五高・熊本大学理学部教授を務め落合家を継いだ和男氏（昭和四十五年歿）の夫人で熊本在住の落合秀氏から、幾つかの御教示を得ることができた。戦災や水害で失われた資料が数多くあるとのことながら、それによれば、落合東郭の生年月日は慶応三年十一月十九日で間違いなく、明治十七年に上京して元田家に身を寄せ学習院に進んだ。二十二年九月帝国大学文科大学の選科生となり、国語漢文を修め、卒業後図書頭井上毅のもとに雇となり、三十一年三月帰熊。四月済々黌中学教諭、三十三年五高の嘱託を受け講師に就任。三十六年九月七高教授、四十一年八月末五高教授に任ぜられた。四十三年明治天皇より永孚の身内の者を皇太子の傍に置きたいとの意向あり上京、内大臣秘書官となる。大正になって天皇の侍従を拝命。昭和二年退官、図書寮御用係となり、大正天皇の詩集編纂に携わる。その後、昭和十年にこれを辞し、熊本に隠棲。それから、結婚したのは何時か不明だが、元田永孚の内孫を娶った由、つまりいとこ同士で結ばれたことになる。ちなみに東郭の長男は夭折し、次男の竹彦氏は元田家を嗣がれたという。

東郭の集は生前上梓されたものに、『可窓短述』（昭和三年）・『愛冷吟草』（昭和十四年）があり、歿後十六年をへて昭和三十三年七月に東繁穂氏により『燕帰草堂詩鈔』が刊行されている[5]。このうち、『愛冷吟草』は明治二十八年八月、箱根塔沢に遊んだおり、依田学海（当時六十三歳）が宿泊していることを知って刺を投じ、学海およびその愛妾瑞香と応酬唱和した作を中心に収め[6]、学海の「愛冷吟草引」（明治二十九年作）と題する序文が冠せられ[7]、東郭の詩には森槐南の評語が附されている。また『可窓短述』は、すでに「周甲」を迎えた東郭が「故郷の同人」の慫慂によって「今体詩百二十首」を鈔録したもの。これらの三集にはいずれにせよ、そのなかに中野逍遙との交流を窺わせる作は残念ながら一つも見当たらぬ。

なお、東郭の蔵書はそのほとんどが現在、熊本大学図書館に寄贈されており、そのうち漢籍については、東京大学東洋文化研究所附属東洋学文献センターから昭和五十五年に『落合文庫漢籍分類目録』が刊行されているが[8]、邦人の漢詩文集についてのそれはまだない。

四

ところで、落合東郭が上京してから三十一年に帰熊するまでの間、すなわちその東都遊学時代に、彼の名を頻繁に見出すことのできる雑誌に「鷗夢新誌」がある[9]。これは明治二年生まれの竹磎森川鍵蔵の主宰した漢詩の専門誌で、その第三十七集（二十二年二月）に「冒雨過湖上」（雨を冒して湖上を過る）詩が載せられているのをはじめとして、第四十集（二十二年五月）には「贈槐南先生。聊表欽仰之意。併請教」（槐南先生に贈る。聊か欽仰の意を表し、併せて教へを請ふ）詩二首を寄せている。そのなかで「美人香草風流の曲、思ふに堪ふ飛郷（ママ）錦繍の腸」と槐南を富麗艶冶な耽美的詩風で知られ李商隠と並び称される晩唐の温庭筠（字は飛卿）に擬えているのに対して、槐南は「温李の清麗、固より槐南の希《ねが》ふ所。然れども専ら此れを以て槐南に求む、槐南豈に敢へてせんや。或いは鬼臉人を嚇《おど》すを以て槐南を目する者有り、君の見る所と正《まさ》に相反す。而して槐南も亦た豈に敢へてせんや」と評して、己が詩風の一面だけをとらえる見方に些か向きになって反駁しているのは興味深い。おそらくこの応酬を契機に、東郭は槐南に親炙していったのではなかったろうか。時に槐南二十七歳。翌年の二十三年九月には年若い漢詩人達を糾合して星社を結成し、その盟主となるに至るが、すでにもう鬱然たる大家であった。

さらに、明治二十二年十月に創刊された森鷗外（当時二十八歳）の主宰する月刊誌「文學評論しがらみ草紙」の第三号

（二十二年十二月）には、「山中雑詩八首」のうち二首の抄録と「温泉寺懐古」と題する一首を載せ、続く第四号（二十三年一月）には、〈謫天情仙〉こと野口寧斎の「舞姫を讀みて」とともに「題小説舞姫後」（小説舞姫の後に題す）という七絶二首が掲げられている。

粉黛裙釵仙子粧　　粉黛裙釵　仙子の粧
清歌妙舞姓名揚　　清歌妙舞　姓名揚がる
一朝離別眞身苦　　一朝離別　真に身苦しむ
誰謂人生亦戯場　　誰か謂ふ人生も亦た戯場と

〈粉黛〉は、おしろいとまゆずみ。〈裙釵〉は、裳裾とかんざし。〈仙子〉は、仙女。例えば、白居易「長恨歌」に「楼閣玲瓏として五雲起こり、其中《そこ》に綽約として仙子多し」と。〈清歌妙舞〉は、初唐の劉廷芝「白頭を悲しむ翁に代はる」詩（『唐詩選』巻二）に「公子王孫芳樹の下、清歌妙舞落花の前」と。〈戯場〉は、劇場、舞台。人生を舞台に喩える言い方として有名なのはシェークスピアのそれで、「お気に召すまま」にみえるが、明清にも似たような表現がある。このことについては合山究氏に「明末清初における『人生はドラマである』の説」（『荒木教授退休記念中国哲学史研究論集』、昭和五十六年）という論文がある。

湘管一枝寫泪痕　　湘管一枝　泪痕を写す
讀來我亦欲銷魂　　読み来《きた》って我も亦た銷魂せんと欲す
深沈簾幕寒如水　　深沈たる簾幕　寒きこと水の如し
夜雨瀟々鐙影昏　　夜雨瀟瀟　鐙影昏《くら》し

〈湘管〉は、湘竹で作った筆の管。転じて筆をいう。例えば、南宋の許棐「後庭花」詞に「雨窓涙と和《とも》に湘管を揺らす、意長く箋短し」と。なお、湘竹には、古代の聖王、舜の死を悼んだ二人の妃、娥皇と女英の両姉妹が流した涙の痕がそのまま染み附いて残っているという伝説がある。〈銷魂〉は、悲しみのあまり腑抜けの状態になること。六朝梁の江淹「別れの賦」(『文選』巻十六)に「黯然として銷魂する者は、唯だ別れのみ」と。〈深沈〉は、奥深くひっそりとしたさま。畳韻の語。例えば、六朝宋の謝霊運「晩に西射堂を出づ」詩(『文選』巻二十二)に「青翠杳として深沈」と。〈瀟瀟〉は、雨のしめやかに降るさま。もとは『詩経』鄭風「風雨」に見える語。その場合は、激しく降る雨。〈鐙影〉の鐙は、燈と同じ。

これらの詩は、さながら旧来の才子佳人小説の読後感を記したもののようで、今読むとさほど新鮮味も感じられないが、ただ漢詩それも七絶で表現しようとするとこういう形にならざるを得ないのかも知れない。

その後も「しがらみ草紙」には累号、東郭の詩が載せられ、第六号(二十三年三月)には「贈紅葉山人」と題する七言律詩があり、第十三号(二十三年十月)には同じく七律で「得漣山人書却寄。山人時在湘南」(漣山人の書を得て却って寄す。山人時に湘南に在り)という詩が見える。次にそれぞれを挙げておく(圏批点は省略)。尾崎紅葉は慶応三年十二月生まれで東郭と同年だが、前年四月すでに出世作となる『二人比丘尼色懺悔』を刊行し、新進作家としてその地位を確立していた。

山人名姓壓詞場　　山人の名姓　詞場を圧し
匹似陸機驚洛陽　　陸機の洛陽を驚かすに匹似す
托月烘雲描思遠　　托月烘雲　描思遠く
裁紅暈碧惹情長　　裁紅暈碧　惹情長し
百年老鶴憐清唳　　百年の老鶴　清唳を憐れみ
滿室天花愛妙香　　満室の天花　妙香を愛す
好酌鐙前一樽酒　　好し酌まん　鐙前一樽の酒

寸心得失細商量　　寸心得失　細かに商量せん

〈詞場〉は、文壇。〈匹似〉は、中唐頃からの俗語で、たとえば～のごとし、さも似たりの意。〈陸機〉は、三国呉の人。呉の滅亡後、晋の都洛陽に出て、張華からその詩文を称えられた。西晋時代、潘岳と並び称される文学者。〈托月烘雲〉は、周りに雲を描くことによって月を際立たせる。もと月を描く手法の一つ。他のものを配することによって描きたいものを際立たせること。〈裁紅暈碧〉は、きらびやかな言葉を用いること。古くは中唐の欧陽詹「春盤の賦」の自注に「裁紅暈碧、巧みに春情を助くを以て韻と為す」と見えるが、ここは清の銭謙益「春尽日、士龍の韻に次す」詩（『牧斎初学集』巻十一。明治十一年刊『清廿四家詩』にも収める）に「暈碧裁紅　故事を成す」とあるのによるものであろう。ちなみに、梁川星巌「江馬氏細香に贈る二首」其一（『星巌集』丙集巻二）にも「暈碧裁紅　異葩を簇《むらが》らす」という。〈惹情長〉は、餘情が尽きない。〈百年老鶴〉云々は、その老練な筆致を譬えていうのであろう。〈清唳〉は、遠くまで聞こえる鶴の鳴き声。〈満室天花〉云々は、華麗な表現を譬えていうのであろう。天花、妙香の語は『唯摩経』に見える。〈好〉は、さあ、ひとつ～しようの意。〈鐙前〉の鐙は、燈と同じ。〈一樽酒〉は、杜甫の「春日李白を憶ふ」詩に「何れの時か一樽の酒、重ねて与《とも》に細かに文を論ぜん」をふまえる。〈寸心得失〉は、杜甫の「偶題」詩に「文章は千古の事、得失寸心知る」とあるのによる。得失は、作品のよしあし。〈商量〉は、はかり考える。議論する。

これは紅葉山人に対するほんの挨拶代わりといった程度の作品であって、二人の関係はさほど親密でないような印象を受けるのだが、それに比べると三歳年下の巌谷小波との交わりはもう少し深かったように思われる。

珍重廻潮錦字章　　珍重す廻潮錦字の章
纏綿堪讀寄情長　　纏綿として読むに堪へたり寄情の長きを
鮫珠的々探蒼海　　鮫珠的々　蒼海を探り
江竹蕭々弔碧湘　　江竹蕭々　碧湘を弔ふ

廟裏瑤琴神女怨　廟裏の瑤琴　神女の怨み
夢中環佩玉郎装　夢中の環佩　玉郎の装ひ
可憐羅韈星々影　憐れむ可し羅韈星々の影
明月微波水一方　明月微波　水の一方

〈錦字〉は、後秦の蘇若蘭が回文詩を織り成して遠く旅上にある夫に寄せたという故事により、転じて手紙のこと。〈鮫珠〉は、人魚の流す涙の粒。真珠をいう。『述異記』に「南海中に鮫人の室有り、水居すること魚の如し。機織を廃せず、其の眼能く泣く。泣けば則ち珠を出だす」と。〈的々〉は、白く輝くさま。〈蕭々〉は、さわさわと葉が擦れる音。〈碧湘〉は、あおあおとした湘江。湘江（湘水）は洞庭湖に注ぐ川で、舜の二妃、娥皇と女英が帝の崩御を聞き身を投じて死んだとされている。その際、二人が舜の死を悼んで流した涙の痕が竹について残ったという。それをふまえて例えば、盛唐の李白「族叔の刑部侍郎曄及び中書賈舎人に陪して洞庭に遊ぶ」詩（『唐詩選』巻七）には「日落ちて長沙秋色遠く、知らず何処にか湘君を弔はん」とある。わが国では江戸の蘐園派の詩人達以来、相模川のことを中国風に湘江・湘水と称する。〈廟裏〉の廟は、江の島の弁財天を祀った祠を指す。〈瑶琴〉は、玉で飾った琴。琴の美称。〈玉郎〉は、晩唐の李商隠「重ねて聖女祠を過《よぎ》る」詩に「玉郎会《かなら》ず此《ここ》に仙籍を通ぜん」とあり、仙界で仙人に仕える官。ここでは、小波が見た夢の中で彼自身その姿に変わっているとも考えられる。〈羅韈〉は、薄絹の靴下。三国魏の曹植「洛神の賦」（『文選』巻十九）に「波を凌いで微歩すれば、羅韈塵を生ず」と。〈星々〉は、きらきら光るさま。〈水一方〉は、『詩経』秦風「蒹葭」に「所謂伊《こ》の人は、水の一方に在り」とあるのによる。

小波の「庚寅日録」(10)によれば、硯友社の面々、川上眉山・尾崎紅葉・江見水蔭らとともに、四月三日から七日まで江の島に行き金亀楼に逗留しており、また八月二十二日から二十五日まで腰越片瀬村（現在、藤沢市の一部）の柏屋に宿泊して海水浴を楽しんでいる。そのいずれかの間に、かかるやりとりがあったものらしい。恋しい女性のことを夢にみたとでも書いて寄越したのであろうか。小波はこの当時、父一六——書家のみならず漢詩人(11)としても著名であった——の紹介で日曜ごとに森槐南のもとに通い、『西廂記』や『紅楼夢』の講義を受けている。あるいはこうしたことも東郭と親交を深める機縁になったのかも知れない(12)。

このほか、森槐南の「送落合東郭為誠游相州」（落合東郭為誠の相州に游ぶを送る）と題する七律（『槐南集』巻十二）もこの明治二十三年に作られており、またこの年の夏三ヵ月あまり体調を崩し病床に臥していた森川竹磎には「病起懐人」（病より起きて人を懐ふ）詩二十六首の作があって「鷗夢新誌」第五十三集（二十三年十二月）に載せられているが、そのなかに森槐南・矢土錦山・永坂石埭・国分青厓・野口寧斎・本田種竹・大久保湘南・宮崎晴瀾・佐藤六石・高野竹隠・岩渓裳川・関澤霞菴・神波即山・横川唐陽(13)さらには清人孫君異（点）・張袖海（滋昉）らと並んで、其十三に落合東郭の名が見え、

間裏塡詞韵也諧　　間裏の塡詞　韻也《ま》た諧《かな》ふ
瀟瀟灑灑是風懐　　瀟瀟灑灑是れ風懐
晃山絶句餘霊在　　晃山絶句　餘霊在り
比似金陵十二釵　　比似す金陵十二釵に

〈間裏〉は、暇なとき。〈塡詞〉は、唐の中頃におこり五代を経て宋代に大成された文学様式、詞のこと。譜に合うように文字をうずめて歌詞を作るのでかく称する。〈瀟瀟灑灑〉は、さっぱりとして俗離れしているさま。杜甫の「飲中八仙歌」（『唐詩選』巻二）に崔宗之という貴族の子弟について「宗之は瀟灑たる美少年、觴《さかづき》を挙げ白眼にして青天を望めば、皎として玉樹の風前に臨むが如し」と。〈晃山〉は、日光山のことを中国風にいう。東郭に「晃山雑詩」十二首があり、後に「しがらみ草紙」三十二号（二十五年五月）に載せられた。〈餘霊〉は、充分に霊妙であること。〈金陵十二釵〉の金陵は、南京の古称。十二釵は十二人の才媛。なお、『紅楼夢』の別名を金陵十二釵ともいう。

と詠じられている。ちなみに森川竹磎については、神田喜一郎博士の『日本における中國文學Ⅱ—日本塡詞史話下』（二玄社、一九六七年。後に『神田喜一郎全集Ⅶ』所収。同朋舎出版、一九八六年）においてわが国有数の塡詞作家として高く評価されその事績が詳叙されており、また水原渭江氏によって『聴秋仙館詩稿』『夢餘稿詞』が刊行されている。その誘掖によって東郭も塡詞に手を染めたらしい。なお明治二十四年四月に竹磎が『得間集』を上梓した際、東郭は「題森川竹磎得間集」（森川竹磎の得間集に題す）という七絶四首を「鷗夢新誌」第五十八集（二十四年五月）に載せている。こうしてみると、中村忠行氏の言われるように、彼が二十四・五歳頃には充分ひとかどの詩人として認められ、旺盛な活躍をしていたのである。

さらに「鷗夢新誌」第六十集（二十四年七月）には、その年の六月、上京後おそらくは初めての帰省[14]で熊本に向かう東郭を送った森槐南が「送落合東郭歸熊本」（落合東郭の熊本に帰るを送る）詩を寄せている。これは後に野口寧斎の同題の詩とともに「しがらみ草紙」第四十七号（二十六年八月）にも転載された。なお、「しがらみ草紙」の同号には東郭の「官暇將歸省留別諸同人」（官暇将《まさ》に帰省せんとして諸同人に留別す）詩四首が載せられ、第四十八号（二十六年九月）に森槐南の「送落合東郭歸里用其留別韻」（落合東郭の帰里を送る。其の留別の韻を用ふ）四首と關澤霞菴の同題の詩が掲げられている。このうち、槐南の「送落合東郭歸熊本」詩を示しておく。ここには、颯爽とした東郭の風姿が次のように詠じられている（圏批点は省略）。

君家外祖公輔量　　君が家の外祖は公輔の量
主知特達嘉勤讓　　主　特達を知り勤譲を嘉す
鶯花富貴開畫堂　　鶯花富貴　画堂を開き
文采風流映絳帳　　文采風流　絳帳に映ず

至尊聴講屢歎嗟
而今松柏欝新壙
尙想姿儀朗照人
諸孫乃見朝霞狀」
君也翩々尤軼群
葩流才藻吹蘭芬
五陵年少游俠子
艷君衣袖不須薫
洛陽美女花窈窕
乞君手書白練裙
君以清門能自重
掉頭忽指鎭西雲」
驪歌爲唱河梁柳
祖筵先酹夕陽酒
當時禮數儒臣優
惟今氣誼詩盟厚
明日阿蘇山翠新
有一青衫躍馬走

至尊聴講　屢《しば》しば歎嗟す
而今　松柏　新壙に鬱たり
尚ほ想ふ姿儀　朗《あき》らかに人を照らすを
諸孫に乃ち見る朝霞の状
君や翩々　尤も軼群
葩流才藻　蘭芬を吹く
五陵の年少　游俠子
君を艶《うらや》む衣袖薫ずるを須《もち》ひざるを
洛陽の美女　花　窈窕
君に乞ふ手づから白練の裙に書せんことを
君は清門を以て能く自重し
頭を掉《ふ》りて忽ち指す鎮西の雲
驪歌　為に唱ふ河梁の柳
祖筵　先づ酹《そそ》ぐ夕陽の酒
当時　礼数　儒臣優れ
惟今　気誼　詩盟厚し
明日　阿蘇　山翠新たなり
一青衫有りて馬を躍らして走る

詢是東野先生孫　　詢《まこと》に是れ東野先生の孫
滿城士女一回首　　滿城の士女　一たび首《かうべ》を回《めぐ》らさん

〈外祖〉は、元田永孚（文政元年［一八一八］～明治二十四年［一八九一］）のこと。東野はその号。熊本の人で、その学は程朱を主とし、明治天皇の侍講を務め、同じく熊本出身の井上毅（号は梧陰。弘化元年［一八四四］～明治二十八年［一八九五］）とともに教育勅語の草案を作った。明治二十四年一月二十二日歿。享年七十四。〈公輔〉は、三公四輔。『漢書』孔光伝に「入りて四輔と称し、出でて三公に備ふ」と。天子を輔佐する大官。〈量〉は、器量。〈特達〉は、群を抜いてすぐれていること。『礼記』聘義に「圭璋特達」とあるのに基づく語。〈勤譲〉は、へりくだりつとめること。〈鶯花富貴〉は、元田東野がその書屋につけた号か。東郭に「鶯花富貴堂の壁に題す」詩（『鷗夢新誌』第五十九集）があり、竹磎に「東郭の鶯花富貴堂題壁詩を読み、戯れに原韻に次して以て贈る」詩がある。〈画堂〉は、きらびやかなホール。大広間。〈文采風流〉は、文学や藝術などの風流の道。杜甫の「丹青引、曹将軍覇に贈る」詩（『唐詩選』巻二）に「英雄割拠已《や》みぬと雖も、文采風流今尚ほ存す」と。〈絳帳〉は、後漢の大儒、馬融が教授する際、「常に高堂に坐し、絳紗帳を施し、前に生徒に授け、後に女楽を列し」ていたという（『後漢書』馬融伝）。そこから転じて講席のこと。〈松柏〉は、墓地に植えられる木。〈新壙〉は、まだ新しい墓。壙は墓穴の意。なお、永孚の墓は東京の青山墓地にある。〈朝霞〉は、あさやけ。霞は赤い雲気。『世説新語』容止篇に「唯だ会稽王来たらば、軒軒として朝霞の挙がるが如し」と。容姿すぐれた人が現われると、あたりがぱっと明るくなることをいう。

〈翩翩〉は、美しく文雅なさまをいう。三国魏の曹丕「呉質に与ふる書」（『文選』巻十一）に「元瑜は書記翩翩として、致《おもむ》き楽しむに足る」と。〈軼群〉は、群を抜く。軼は逸と同じ。〈葩流才藻〉は、すぐれた詩才。葩は花、華やかの意。中唐の韓愈「進学解」に「詩は正にして葩」という。〈蘭芬〉は、蘭の香。ここでは美しい詩文に喩える。〈五陵年少〉の五陵は、唐の都長安の郊外の地。その周辺に漢代五帝の陵墓があるので、かく称する。この地域には富豪の家が多かった。年少は若者。例えば、中唐の白居易「琵琶行」に「五陵の年少争って纏頭し、一曲に紅綃は数を知らず」と。ここでは、明治の東京をいうのに舞台を唐の長安に借りて表現している。次句の「洛陽」の場合も同様。〈游侠子〉は、男伊達を気取るいなせな若者。例えば、盛唐の高適「邯鄲少年行」（『唐詩選』巻二）に「邯鄲城南遊俠子」と。〈艶〉は、羨む。〈窈窕〉は、しとやかなさま。畳韻の語。『詩経』周南「関雎」に「窈窕たる淑女」と。〈清門〉は、名門。例えば、杜甫の前出「丹青引」に「将軍は魏武の子孫、今に於いて庶と為るも清門為《た》り」と。〈掉頭〉は、人々がひきとめるのを頭を横に振るだけで、の意。前掲、服部擔風「落合東郭を哭す」詩の語釈参照。〈鎮西〉は、ここでは熊本を指す。

〈驪歌〉は、送別の歌。『漢書』王式伝に「歌吹の諸生に謂いて曰く、驪駒を歌へ」とあり、服虔の注に「逸詩の篇名なり。大戴礼に見ゆ。客去らんとして之を歌ふ」、文穎の注に「其の辞に云はく、驪駒門に在り、僕夫具《とも》に存す。驪駒路に在り、僕夫駕を整ふ」と。〈河梁〉は、河に架けた橋。前漢・李陵の作とされた「蘇武に与ふ」詩（『文選』巻二十九）に「手を携へて河梁に上る、遊子暮れに何《いづ》くに之《ゆ》かん」とあるのに基づき、送別の地をいう。なお、柳も別離には欠かせない。唐代、送別に際し、無事に帰ってくるようにとの願いを込めて、柳の枝を手折り環にして旅立つ人に贈った。〈祖塋〉は、祖先の墓。〈酹〉は、酒を地に注いで祖霊を祭る。〈礼数〉は、礼節。古来、礼をもって天子を薫陶するのは儒者の務めで、東郭の外祖父元田永孚も謹直な儒者として宮中に仕えた。〈氣誼〉は、意気、情誼。〈詩盟〉は、詩人の交わり。〈青衫〉は、青色の官服。下級官吏の服。白居易「琵琶行」に見える。〈満城〉は、町中。〈回首〉は、振返る。

これまで、落合東郭の漢詩壇での活躍ぶりについて、それが明治二十二年に始まることを指摘し、「鷗夢新誌」や「しがらみ草紙」所収の作を中心にその一斑を見てきたが、彼には温雅な君子人とでもいった一種の風韻が備わっていたばかりでなく、瀟洒で闊達な一面を有した人であったように思われる。

なお、明治二十五年十一月発行の「鷗夢新誌」第七十四集には、東郭の「古七夕賦示内子」（古七夕、賦して内子《つま》に示す）と題する七絶二首が載せられており、その詩を槐南が「燕爾新婚、情深如海」（爾《なんぢ》の新婚《〔にひづま〕》に燕《たのし》んで、情深きこと海の如し）云々と評していることからすれば、この歳の六七月頃に妻を迎えたらしい。

五

それでは、このように落合東郭が漢詩人として着々と地歩を固めていくのに対して、中野逍遙の方はどう見ていたのであろうか。

もし望むなら、逍遙が「吾が心を知る者は其れ唯だ慈君か(15)」としてずっと変わることのない信頼を寄せた文科大学の外国人講師張滋昉（字は袖海、匏翁と号した。『慈涙餘滴』の緒言(16)に見える慈君というのも彼のことである。また後に『逍遙遺稿』に序文を書いた）、この人は槐南・寧斎・竹磎らとも交際があったから、彼を介して星社の詩人達と知合うことはできたはずであるし、落合東郭を通じて交流することも可能であったにも関わらず、槐南や寧斎らの華々しい活躍ぶりを横目にみながら、彼らのグループに加わろうとしなかったばかりか、明治二十七年正月、「骨髄の病」をいやすべく熱海に逗留していたとき、信州に帰省している月山子高橋作衛に寄せた「新春感を書し、信州の高橋月山子寄す。長篇一首」（外編）のなかで、

詩宗學伯除二人　　詩宗学伯　二人を除けば
紛々諸子如蚊虻　　紛々たる諸子　蚊虻の如し
小言詹々才是衒　　小言詹々《せんせん》　才是れ衒《てら》ふ
不是幇間即優倡　　是れ幇間ならずんば即ち優倡
怪槐南又妖寗齋　　怪槐南又た妖寗斎
惑亂詩道汙文場　　詩道を惑乱し文場を汙《けが》す

我際盛世膺奎運　　我れ盛世に際し奎《けい》運に膺《あた》り
竊嘆斯文之頽唐　　窃《ひそ》かに斯文の頽唐を嘆ず

と槐南・寧斎の二人を槍玉にあげて痛烈に批判している。ちなみに、〈詩宗〉は蒼海副島種臣を言い、〈学伯〉とは篁村島田重礼を指す。この詩については、第Ⅶ章「高橋白山・月山父子のこと」において取り上げたが、その際述べたように、逍遙からみれば、さして年も違わぬ二人の活躍ぶりは徒《いたずら》に才を衒い巧みに政府高官に取り入るのみで、さながら宴席に侍る幇間か役者風情の如くに思われたのだろう、なによりも彼らに志の高さを見出すことができなかった。西洋にも眼を向けとりわけ疾風怒濤期を生きた独逸の詩人シラーに傾倒する一方で、⒄ 逍遙には支那文学の研究を通して斯文の伝統を保持し東亜文明を宣揚したいという悲願があった。その目的に向かっては孜々として学問に打ち込まねばならず、いずれ文界の指導的立場に立つことを夢みはしても、ただちに今の漢詩壇に打って出て己れの詩才を発揮したいとは思わなかったのかもしれない。さらに臆測すれば、逍遙がその指導を受けた文科大学教授島田重礼は漢詩壇と距離を置いていた学究一途の人であり、まだ学問の未熟な学生が詩人として世に出ることをあまり喜ばなかったのではなかろうか。そのためかどうかは判らぬが、彼の詩文はその生前、宇和青年会の機関誌「鶴城青年」に掲載されたという「房総漫遊小記」や明治二十七年十一月三日、田岡嶺雲・藤田剣峰・小柳司気太らの手によって創刊された「東亞說林」第一号に載せられた「九州漫筆」などほんの一部を除いて、⒅ ごく少数の身近な友人達に示されたにすぎなかった。

その逍遙のほとんど絶筆ともいうべき作品「幽憤の賦」⒆（正編）のなかに、

彼切々之交兮　　彼の切々の交
斷臂之睦　　　　断臂の睦

黄金嚮背兮　　　　黄金嚮背し

雲雨翻覆　　　　　雲雨翻覆す

棄十年之竹馬兮　　十年の竹馬を棄て

阿一朝之紳笏　　　一朝の紳笏に阿《おもね》る

という友情の断絶を嘆く箇所があるのは、東郭との関係をみてゆく上で注目すべきだろう。〈切切〉は、『論語』子路篇に「朋友には切切偲偲」とあるのに基づく語。〈断臂〉は、五代周・王凝の妻李氏が他人からつかまれた臂《うで》を断ち切って貞節を示した故事に拠るが、逍遙は男同士の固い友情を示す語として、これを用いる。例えば、正編の「明治廿二年九月九日、石川氏今日京に上ると聞き、神田の旗亭に待つ。夕に及んで至らず、遂に本郷駒込に移る。因って一篇を留む」と題する詩に「相逢うて初めて一笑し、明日断臂を誓ふ」とある。ちなみに、石川氏というのは明治元年生まれの石川一（号は禅顕）のこと。水戸の人で二十六年に法科大学を出た。その略歴は『対支回顧録』下巻に見える。〈雲雨翻覆〉は、杜甫が薄情な世の中にあって友情の持続の難しさを嘆じた「貧交行」（『唐詩選』巻二）の「手を翻せば雲と作《な》り手を覆せば雨」をふまえている。中野逍遙が〈十年之竹馬〉である己れを見捨てて、〈一朝之紳笏〉すなわち今を時めく政府の大官にすりよっていったとみなしている人物は、〈竹馬〉を文字通り幼友達と解すれば、彼の故郷宇和島出身の者ということになろうが、どうもそうではなく、〈十年〉というのは逍遙が十七歳で上京して以来の期間を指すように思われる。そうすると落合東郭のことを念頭に置いてこのような言を発したと考えても不自然ではなかろう。

二十歳の頃には「韻雅ヲ以テ相合フ」の士として、その一文一詠を互いに回覧批評し合っていた逍遙と東郭であったが、東郭が星社の詩人として名を知られるようになった頃には、すでに二人の間にはかなりの齟齬懸隔を生じるようになっていったのではなかったか。それは逍遙から見れば、東郭が自分を棄てて、今を時めく槐南一派に附き権勢に阿っていったように思われたのであろう、それゆえ、かかる表現がなされたのではあるまいか。もっとも、東郭が詩壇で活躍するのは先に見たように明治二十二年頃からで、その時には黙して何も言わず、二十七年になってからこのような感慨を吐露しているのにはそれなりの理由があるように思われる。というのも、この当時、中野逍遙は三年越しに恋い焦がれていた南条貞子への想いが彼女の結婚によって終に叶わず、一旦はその人を死んだものとして断念しようとしたものの、諦めようにも諦めきれない心が未練執着となって己が身を苦しめ、その悲鳴絶叫とも言うべき詩賦を書き綴っていたからである。我が苦しい胸の内を誰ひとりとしてわかってくれぬと懊悩憂悶し、天の善意を疑い人間不信の激語さえ洩らすようになった彼の目には、進む途を異にし何時しか疎遠になっていった友人であっても、かつては心許し己が真心を尽くしたことがあると思えば、それは自分を裏切り見捨てる行為のように映ったに違いなく、だからこそかかる言葉が吐かれたのであろう。そして逍遙の歿後、その遺稿編纂の任にあたった逍遙の学友達もこのような事情に薄々気づいていて東郭に醵金等を依頼するのを憚ったか、あるいは最初から念頭に置かなかったのかも知れない。

果たしてこのような見方が全面的に成立するかどうかは、いかんせん確証に乏しいけれども、本章では、中野逍遙と落合東郭との交友について、その一端を見てきた次第である。

（1）　このことは、次の諸論考に指摘されている。
○笹淵友一『文学界とその時代　下』第十章「中野逍遙」（明治書院、昭和三十五年）
○越智治雄「東海散士の系譜（ノート）」（「共立女子大学短期大学部紀要」第五号、昭和三十六年。後に岩波書店『近代

文学成立期の研究』所収。一九八四年）
○前田愛「中野逍遙」（『近代日本の文学空間』新曜社、一九八三年および『前田愛著作集』第四巻、筑摩書房、一九八九年に収録。原題は「明治の漢詩」『講座日本現代詩史—明治期』右文書院、一九七三年）
○箕輪武雄「中野逍遙論」（『日本近代文学』25、昭和五十三年）

（2）正岡子規『筆まか勢』第一編「生徒の尊称」による（講談社版『子規全集』第十巻）。これは、第一高等中学校二年三之組で級友たちが黒板に楽書した互いの人物評を子規が書き写しておいたもの。

（3）川崎宏氏、前掲書によれば、落合東郭の評語というのは次の如くである。

子細商量遊賞趣一分山水一分坂《（ママ）》朗盧之句也。予於此篇云爾。

丁亥秋十月念三　　弟　東郭散士　拝

「丁亥秋十月念三」は、明治二十年十月二十三日。東郭が引いているのは、阪谷朗盧（文政五年［一八二二］～明治十四年［一八八一］）の「鎮西発気稿」の中の「途上吟」と題する七絶五首のうち其二の後半二句である。ここに国会図書館所蔵の明治二十六年刊『朗盧全集』からその詩を挙げておく。

丘壑從來無語言　　丘壑　従来　語言無し
憑依良士發精神　　良士に憑依して精神を発す
子細商量遊賞趣　　子細に遊賞の趣を商量すれば
三分山水七分人　　三分は山水　七分は人

ちなみに、この「途上吟」には「壬戌九月十三日出郷」という自注が附されており、文久二年（一八六二）朗盧四十一歳の時の作になる。なお、阪谷朗盧の評伝として、山下五樹氏の『阪谷朗盧の世界』（岡山文庫177、日本文教出版社、平成七年）がある。

（4）荒正人『増補改訂漱石研究年表』（集英社、昭和五十九年）明治三十一年三月の条。

（5）なお、『燕歸草堂詩鈔』には、服部擔風が「東郭仁兄を懐ふ有り」として次のような題詩を寄せている。

詩名早歳動東關　詩名　早歳　東関を動かし
標置槐門四傑間　槐門四傑の間に標置す
學派青箱傳祖業　学派青箱　祖業を伝へ
世途白髮臥家山　世途白髪　家山に臥す
我慚下里巴人調　我は慚づ下里巴人の調
君是先朝侍從班　君は是れ先朝侍従の班
同甲于今傷後死　同甲　今に于《お》いて後死を傷む
身遭鼎革泣時艱　身は鼎革に遭ひ時艱に泣く

〈東関〉は、関東。東都をいう。〈標置〉は、高く抜きんでる意。〈槐門四傑〉は、森槐南の四人の高弟。ちなみに、辻撰一「明治詩壇展望」其二（昭和十四年二月「漢學會雜誌」掲載。のち筑摩明治文學全集62『明治漢詩文集』に転載）には、槐南門下の四天王として野口寧斎・大久保湘南・佐藤六石・宮崎晴瀾の四人を挙げ、これは国分青厓の定めたものと云う、とある。〈青箱〉の語、六朝宋の王准之の家は代々江左の旧事を諳じており、その文書を青箱に緘していたので、世人がこれを王氏の青箱学といったという故事に基づく（『宋書』王准之伝）。〈下里巴人〉は、田舎じみた野暮な歌曲。戦国楚の宋玉「楚王の問《とひ》に対す」（『文選』巻四十五）に見える。〈鼎革〉は、昭和二十年の敗戦と戦後の混乱期を指していう。『易』雑卦伝に「革は故《ふる》きを去るなり」、「鼎は新しきを取るなり」とあるのに基づく語。

（6）平成三年、岩波書店から刊行された『学海日録』第十巻、明治二十八年八月十八日の条に、「塔沢に在りしとき、文書局の属僚にて、熊本人落合東郭為誠にあふ。この人、年は廿五、六なれども、詩を善し、余が名をかねてきゝ知り、詩を贈らる。海内文章帰月旦、山中風物足娯遊句あり。余を追ふてこゝに来宿し、ともに唱和数篇に及ぶ」云々とみえる。ここに挙げられている東郭の詩句は、「龍雲館賦呈依田學海翁」（龍雲館にて賦して依田学海翁に呈す）と題する七律の頷聯（『愛冷吟草』所収）である。また、漢文で書かれた『墨水別墅雑録』（今井源衛校訂。吉川弘文館、昭和六十二年）明治二十八年八月十七日の条にも「熊本人落合為誠来宿、余婢の言を聞き、是れ落合直文かと疑ひ、往きて之を見れば則ち為誠也。為誠は東郭と号す。余特《た》だ其の名を知り、未だ其の面を見ざりし也。是に於て其の奇遇を喜びて去る」と、その初対面の様子を記している。なお、落合東郭と依田学海との関係について論じたものに、高橋昌彦「落合東郭―依田学海との交友―」(「雅俗」第四号、九州大学文学部「雅俗の会」発行、平成九年)がある。

(7) ここに依田学海の引を書き下して挙げておく。

丙申九月、余、暑を墨水の別墅に避く。荷花香を送り涼気水の如し。乃ち婢に命じて箏を弾ぜしむ。松風謖謖として其の調べに和する者の如し。之を平時に比ぶるに、稍《や》や趣味多し焉。偶たま友人落合東郭訪はる。出して其の愛冷吟草を示す。蓋し客歳八月大磯𣴎山等に遊びし作に係る。余、時に亦た東郭に客舎に逢ひ、盤桓すること数日、唱和して数首を得。今、巻中に載せる者是れなり。余、老いて読書作文に耽るも、詩を専攻すること能はず。偶たま興に触れて発するも、殊に韻致に乏しく、屢しば朋輩の鍼砭する所と為る。東郭は年少気鋭、加ふるに鍛錬を以てし、頗る王新城の風有り。此の巻に収むる所七律最も妙。蓋し草木泉石、藉《か》りて以て詩資に充て、胸中の蘊蓄を発し、自然の節奏を成すこと、猶ほ箏を弾き松風の之に和するがごとし。宜《むべ》なり其の音韻の曲折致《おもむ》き多きや。老傖余輩が如きの企及する所に非ず。感歎の餘、書して以て引と為す。

東京学海居士依田百川

王新城は、漁洋山人と号した清の王士禛(一六三四〜一七一一)のこと。山東新城の人であるので、かく称する。神韻説を提唱し、その詩風は淡泊清麗にして餘情に富むとされる。なお、明治期における王漁洋詩の流行とその受容について考察したものに、福井辰彦「明治漢詩と王士禛―『新文詩』所収作品から」(「国語国文」七十五巻五号、二〇〇六年)がある。

(8) ちなみに、その序文には東郭の生卒年を一八六六〜一九四二としている。

(9) もっとも、今回は東京大学の明治新聞雑誌文庫所蔵の分しか閲覧することができなかった。但し、明治二十二年九月発行の第四十四集などたしかに缺号もあるが、明治二十二年から二十八年にかけての各集は概ね揃っている。

(10) 筑摩書房『明治文學全集20川上眉山・巖谷小波集』所収。

(11) その漢詩集に『一六遺稿』(明治四十五年刊)がある。

『燕歸草堂詩鈔』には、「含暉樓賦呈巖谷古梅翁。翁曾選呉澹川詩、載在清朝二十四家選本。因用其秋江収釣圖韵」（含暉楼にて賦して巌谷古梅翁に呈す。翁曾て呉澹川詩を選び、載せて清朝二十四家選本に在り。因って其の秋江収釣図の韻を用ふ）と題する詩が収められている。呉澹川は、阮元（一七六四〜一八四九）の幕僚であった呉文溥（号は澹川）のこと。『南野堂詩集』がある。その伝は、陳碧城「呉澹川伝」（『頤道堂文鈔』巻三）に見える。ちなみに、明治十一年刊の『清朝廿四家詩』に採られた詩人とその選者を示すと次の如くである。

〈巻上〉銭牧斎詩（北川雲沼）呉梅村詩（鷲津毅堂）宋荔裳詩（鈴木蓼處）施愚山詩（小永井小舟）王漁洋詩（長三洲）趙秋谷詩（伊藤聴秋）尤西堂詩（森春濤）朱竹坨詩（広瀬青村）〈巻中〉陳迦陵詩（神波即山）黄莘田詩（関雪江）査初白詩（日下部鳴鶴）厲樊榭詩（江馬天江）巌海珊詩（長松秋琴）袁簡斎詩（大沼枕山）銭擇石詩（野口松陽）王穀原詩（谷太湖）〈巻下〉蔣蔵園詩（鱸松塘）王夢楼詩（徳山樗堂）趙甌北詩（小野湖山）呉穀人詩（岡本黄石）呉澹川詩（巌谷一六）張船山詩（成島柳北）陳碧城詩（永坂石埭）郭頻伽詩（丹羽花南）

なお、大正四年六月に森川竹磎の鷗夢吟社から刊行された『明治名家詩鈔』にも一六の詩が採られている。これも参考までに、そこに選ばれた詩人と選者の名を挙げておく。

橋本芙塘詩（上夢香）森槐南詩（落合東郭）森春濤詩（永坂石埭）岡本黄石詩（福井学圃）副島蒼海詩（森川竹磎）大久保湘南詩（土居香国）野口寧斎詩（田辺碧堂）北条鷗所詩（高島九峰）長三洲詩（関澤霞庵）本田種竹詩（澤野江舟）巌谷一六詩（巌渓裳川）神波即山詩（永井禾原）

(12) 明治二十三年の「庚寅日録」六月廿九日（日）の条に「午後落合東郭氏來る」、七月六日（日）の条に「落合氏來、共に森氏へ行」とある。〈森氏〉は槐南のこと。以後、八月三日（日）、九月十四日（日）の条などにもその名が見える。

(13) これらの詩人については、神田喜一郎編『明治漢詩文集』に附された中村忠行氏作製の略伝参照。

(14) 神田喜一郎博士の『日本における中國文學Ⅱ―日本塡詞史話下』「八十五　竹磎の送行詞三闋(二)」には、東郭が慶応三年生まれであることが明記され、明治二十四年の帰省について、その年の二月に元田東野が歿したのと何か関係があったのであろうか、と述べられている。

なお、この時の東郭の帰省と関連すると思われる資料に、岩波書店『鷗外全集』第三十六巻（昭和五十年）所収の落合東郭宛て書簡〔番号四四〕がある。これは日附があるのみで年月不詳ながら、「拜讀八年前にはなれし郷に歸り玉ひての景況さもあらむとおもはれ中には好詩料もあるべしと羨申候」云々と記されていることからして、けだし東郭の手紙には明治二十四年六月から十月初めまでの帰省の際に郷里での見聞を報じた内容が書かれていて、それに対する返信であろう。

また明治二十五年一月二十三日附の東郭宛て書簡〔四五〕には、「柵」二十八号が出来たことを報じ、「漣に御あひなされ候はゝよろしくと御つたへ下され度候」と認めてあり、ここからも東郭が巌谷小波と親しかったことが窺える。

(15) 明治二十七年一月作「豆州漫筆」（『逍遙遺稿』正編）。

(16) 参考までに、次に『慈涙餘滴』の緒言を読み下しておく。

慈君常に世道の凌夷を嘆じ、重に命ずるに匡濟を以てす。重や頑魯、当たる所に非ざるなり。然りと雖も、百年講学し、此の身にして未だ死せざれば、則ち慈志の万に一つも酬ゆる所以の者、或いは得ること有るに庶幾《ちか》からんか。此の編は固《もと》より芸窓の小戯にして、遺愁の餘に成り、敢へて粲を大方に博せず。而して其の顔に慈涙餘滴と曰ふ者は、専ら重の筆に非ざるを示すなり。慈君実に涙有り矣。

(17) 橋本夏男「中野君志想ノ一斑」（『逍遙遺稿』外編雑録所収）に「君ハ理想派ヲ以テ最モシルレルヲ慕フ余ハシルレルノ崇拜者ナリトハ君自ラモ謂ヒシ所ナリ獨リ詩ニ於テ之ヲ慕フノミナラス亦其氣質ヲモ愛セシニ似タリ」という。詳しくは、第Ⅸ章「シルレルとショウペンハウエルのこと」参照。

(18) このほか、明治二十五年十月の『城南評論』第八号には狂残子による「雨夜文談」が載せられている。〈狂〉は狂骨子と号した中野逍遙、〈残〉は残月子こと佐々木信綱である。

なお、逍遙の歿後、『東亞説林』には彼の詩篇が毎号掲げられ、資金難のため二十八年三月の第四号で廃刊のやむなきに至ったが、その後継誌ともいうべき二十九年十一月発刊の『江湖文学』においても、おおむね各号にその作品が載せられた（なお、この雑誌は三十年六月の第七号で終刊）。このことは、田岡嶺雲や小柳司太らの逍遙に対する友情の厚さや精神的連帯感の強さを如実に物語っていよう。

（19）佐々木信綱は、逍遥の葬儀の際に、その誄辞の中で「君が最後に作りし鏡を埋むる賦琴を摧く賦憂《（ママ）》憤賦八百世に傳はりて有情なる人に永く君の心の秘密を語らむ」と述べている（「俊聡院葬祭略記」所収）。

落合東郭について調べる上で、落合秀氏から手紙による御教示を得たほか、熊本県立図書館・熊本大学図書館・東大明治新聞雑誌文庫等にお世話になった。また店の奥に落合東郭の揮毫になる舒文堂の扁額が掲げられている河島書店の河島又生氏からは、落合東郭による屋号命名の由来について伺うことができた。ここに御礼申し上げる。なお、河島氏が還暦記念に刊行された『書肆三代』（昭和五十二年）にはその話を含め、他に○落合東郭先生の御逝去、という一節が立てられているなど、興味深い内容が多々ある。

補記

本章において、川崎宏氏が落合東郭に四百七十字程の「慈涙餘滴序」があることを記されている旨述べたが、このたび川崎氏の御厚意により、その複写をみることができたので、ここに全文を紹介しておく。なお、朱筆（ゴチで表示）などによる訂正は、東郭自身の手になるものらしく（これも川崎氏の御教示による）、それによってとりあえず読み下しておく。

慈涙餘滴序

為　寓　為　為寄　於談笑　此　之所
夫悲哀歓楽巧写世故人情或諧謔或訓」戒或諷刺而一種筆墨以足感動人者是」所稗史小説以有補于世教也然而世
所　云　於　乎　吾未　可
之」謂稗史小説者徒記閭巷之瑣談男女之」情而筆之者亦概不学無識之徒耳宜哉」馬琴京傳二三輩之外不堪見其著

者也
作案」及近代学者往々用力于此於是稗史小」説倍隆於前代所刊不啻汗牛充棟不亦」多乎而嚮者東海散士之佳人之
奇遇一」出而洛陽紙價為貴予謂東都固人文之」淵藪應有才子継彼昏而揮彩筆而吾未」聞出兒其書也頃日吾友中君逍遥
示予其近」著慈涙餘滴五篇併徴序披而讀之文辞」清新意思悽愴楚騒之雄勁六朝之雅麗」兼而有之於和漢小説之外
見別出一機軸」至若佳人嘆骨肉之流離老媼慨世俗之」澆季則細大叙来真情勃々溢于紙上人」生之苦楽見在其中而残
墟遺蹟觸景感」物以自泄其胸中浩瀚之気議論風生識」見超卓使讀者俯仰今昔慨然不能禁於」是撃節驚咤以喜果有
後起之昏也今而」後散士之著不得擅美於於前則君之才与」識又可以知矣而孰謂稗史小説無補于」世教哉抑予自出郷
将三易裘葛而徒與」昏研伍風塵之間一事未成況於為慈親」安養之地乎乃至讀夫長安遊子麋射策」之歳月梅柳已無
花桃李解結子々規呼」尽而客未帰之語豈為無感哉嗚呼豈為」無感哉
能 哉是為序

落合為誠 稿

(夫《そ》れ悲哀歓楽、巧みに世故人情を写し、訓戒を諧謔に寓し、諷刺を談笑に寄す。而して一種の筆墨以て人を感動するに足る者は、此れ稗史小説の世教に補すること有る所以《ゆゑん》なり。然るに世の所謂《いはゆる》稗史小説といふ者は、徒《いたづら》に閭巷の瑣談、男女の情を記す。而して之を筆する者、亦た概して不学無識の徒なるのみ。宜《むべ》なるかな、馬琴京伝二三輩の外、吾れ未だ其の可なる者を見るに堪へざるや。近代に及んで学ぶ者往々にして力を此《ここ》に用ふ。是《ここ》に於いて稗史小説倍《ます》ます前代より隆《さかん》にして、刊する所、啻《ただ》に汗牛充棟のみならず、亦た多からざらんや。而して嚮者《さきに》東海散士が佳人の奇遇一たび出でて紙価為《ため》に貴し。予謂《おも》へらく東都は固《もと》より人文の淵藪、応《まさ》に才子有り彼《か》の書を継いで彩筆を揮《ふる》ふべしと。而して吾れ未だ其の出づるを聞かざるなり。頃日吾が友中君逍遥、其の近著慈涙餘滴五篇を見示し併せて序を徴す。披《ひら》いて之を読むに、文辞清新、意思悽愴、楚騒の雄勁、六朝の雅麗、兼ねて之有り。和漢小説の外に於いて、別に一機軸を出す。佳人の骨肉の流離を嘆じ、老嫗の世俗の澆季を慨するが若《ごと》きに至っては、則ち細大叙し来りて、真情勃々、紙上に溢る。人生の苦楽、其の中に見在す。而して残墟遺蹟、景に触れ物に感じ、以て自ら其の胸中浩瀚の気を泄《も》らす。議論風生じ、識見超卓、読む者をして今昔を俯仰せしむ。慨然禁ずること能はず。是に於いて節を撃ち驚咤して以て果して後起の書有るを喜ぶなり。今よりして後、散士の著、美を前に擅《ほしいまま》にすることを得ず。則ち君の才と識と、又た以て知る可し矣。而して孰《たれ》か稗史小説の世教に補すること無しと謂はんや。抑《そ》そも予郷を出でて自《よ》り、将《まさ》に三たび裘葛を易《か》へんとするも、徒《いたづら》に書研と風塵の間に伍す。一事未だ成らず。況んや慈親安養の地を為すに於いてをや。乃ち夫《か》の長安の遊子策を射るの歳月に糜し、梅柳已に花無く、桃李子を結ぶを解す、子規呼び尽して客未だ帰へらざるの語を読むに至って、豈に能く感無からんや。是れ序と為す。）

Ⅸ　シルレルとショオペンハウエルのこと

一

明治二十三年（一八九〇）一月、「國民之友」第六十九号附録として「藻鹽草」に発表された森鷗外の「舞姫」のなかに、主人公太田豊太郎の伯林はモンビシュウ街の客舎における読書生活の一端について述べて、「ショッペンハウエルを右にし、シルレルを左にして、終日兀坐」している旨、記された箇所がある。ひとり太田豊太郎のみならず、シルレル（Friedrich von Schiller 以下、本文ではシラーと表記）やショオペンハウエル（Arthur Schopenhauer 以下、本文ではショーペンハウアー）の名は、鷗外以後の明治の知識青年にとって単なる教養というに止まらず、自らの生き方を模索する上で大きな意味を有するものであった。

このうち、シラー（一七五九〜一八〇五）に関して、鷗外は「舞姫」発表以前、吾醒廬主人こと遠湖内田周平訳の「菩提樹畔の逍遙」上下（「國民之友」五十九号・六十一号）を評した「國民之友『菩提樹畔の逍遙』細評」を独酔庵主人の筆名で明治二十二年十月刊「文學評論しがらみ草紙」第一号に書き、「軍醫シルレルノ事ヲ記ス」と題する記事を侗然居士の筆名で同誌第一号および翌二十三年三月の第六号にのせており、未完に終わったが二十四年十一月から二十五年にかけて「シルレル傳」を「早稲田文學」の第三号から五・七・八・十一・二十四号と断続的に掲載している。

そもそも独逸の詩人・劇作家シラーの名がわが国へ最初に紹介されたのは、明治四年（一八七一）に出た敬宇中村正直の『西國立志篇』に始まるとされ、十三年（一八八〇）十二月には『ウィリアム・テル』の翻訳『瑞西《すいつる》獨立自由の弓弦《ゆみづる》』が出た。これは自由民権運動の潮流に棹さすもので、他にもテルの訳が出ている。その後、二十二年十月に博文館から刊行された柴山北村三郎編『世界百傑傳』の第七編には「藝徳ノ傳」に附して「西爾烈兒ノ傳」が添えられ、シラー伝として最初のものと言われている。[1]二十三年一月には当時二十一歳の巌谷小波（季雄）が「ゴェテー氏とシルレル氏」を「六合雑誌」第一〇九号に載せた。これは同誌第一〇六号（二十二年十月）から掲載の「ゴェテー傳」の一部である。二十六年三月には同じく博文館から「寸珍百種」第弐拾四編として漣山人・霧山人共撰の『獨逸文壇六大家列傳』が出版され、そのなかにもシルレル伝が収められた。なお、漣山人は巌谷小波、霧山人は宮崎出身の坂田孫四郎のことで、小波は早くに訓蒙学舎でドイツ語を習い、さらに独逸学協会学校普通科に進んだ。後に中退はしたものの専修科でも学んでおり、霧山人の経歴はよくわからないが、やはり独協の出身であったという。[2]ここにいう〈六大家〉とは、クロップストック・ウヰーランド・レッシング・ヘルデル・ゴェテー・シルレルの六人を指す。このうちゴェテー伝は先に述べた「六合雑誌」に、ウヰーランド伝は二十三年五月の「日本之文華」第一冊第十号及び同年七月の第一冊第十三号に、クロップストック伝は霧山人との共著で二十四年十二月から翌年一月にかけて「六合雑誌」第一三二号及び第一三三号に、またヘルデル伝の初回は二十五年十月の「城南評論」第八号に掲載された。[3]ちなみに「城南評論」の同号には、狂残子こと狂骨子中野逍遙と残月子佐々木信綱との共著になる「雨夜文談」が掲載されている。

二

さて、明治十六年（一八八三）八月末に十七歳で上京して以来、駿河台の成立学舎で英書を習い、翌十七年九月大学予備門に入学、二十三年六月に第一高等中学を卒業した後、帝国大学文科大学の漢学科に学んでいた逍遙中野重太郎も高等中学在学中の十九年の秋頃からドイツ語を習い始め、(4)やがてシラーの作品に魅せられた一人で、彼に多大の関心を抱き、その人となりを敬慕崇拝するようになった。明治二十七年（一八九四）十一月逍遙が二十八歳で歿して後、一周忌を期して学友宮本正貫・小柳司気太らによって編纂された『逍遙遺稿』の正編には「中野文學士小傳」が掲げられているが、それには、

又嗜劒又嗜詩、好誦西人志留禮流翁詠、自期以翁。

（又た剣を嗜《この》み詩を嗜んで、好んで西人志留礼流《シルレル》翁の詠を誦し、自ら期すに翁を以てす。）

と述べられている。

かかる逍遙のシラーに対する傾倒ぶりをかなり具体的に伝えているのが、大学予備門以来の友人で法科大学を出た橋本夏男の「中野君志想ノ一斑」と題する追悼文（『逍遙遺稿』外編雑録所収）で、そこに次のような一節が見える。

……君ハ理想派ヲ以テ最モシルレルヲ慕フ余ハシルレルノ崇拝者ナリトハ君自ラモ謂ヒシ所ナリ獨リ詩ニ於テ之ヲ慕フノミナラス亦其氣質ヲモ愛セシニ似タリ嘗テ其友ニ寄スルノ書ニ曰ク*我思想の動く所の類似點をシルレルに求るに其傳に曰くカル大學の無味なる學科は氏の多情なる文學志想を満足せしむる能はす遂に

學校を遁走せんとまで思ひ定めたり後氏は目的を變して醫學にうつり遁校の念を抑へたるも其過半の腦力は文學の爲めに奪はれたり千七百*八十年カル校を出て萬事强制の羈束を脱せしより其反動より氏の行狀に著しき變動を來し借財も亦嵩みしかは『盜賊』といふ書を出版せしに非常の名を博しマンハイムの劇場にて演する事となれり氏は演劇を見る爲めに職省に無届にて逃走せり先輩には不興を蒙り故郷には面白からぬ評あり云々此事ありてこそシルレルなれト以テ君カ平素ノ境遇ト感想ノ一斑ヲ伺フニ足ル

＊〈我〉字、岩波文庫本は誤って〈或〉に作る。〈七〉字、もと〈八〉に作る。今、岩波文庫本に従って改める。

逍遙が友に寄せた手紙のなかに引くシラーの伝というのは、その文意や措辞からして、おそらくは先に挙げた漣山人・霧山人共撰『獨逸文壇六大家列傳』所収のシルレル伝に拠るものであろう。

その「カル校の組織」と上欄に標題がつけられている箇所には、

……併し乍ら氏は神學を好むの念を割いて、余儀なく此校に移りしものなれば、當初より不平を制して入學し、日々法學の課程に就くと雖も、此無味なる學科に於ては、氏の多情なる文學志想を滿足せしむる能はず、遂に或る二三の同志と計り、學校より遁走せんと迄思ひ定めたることもありき。

併るに千七百七十五年、校舍スツツガルドに移轉するに際し、氏は目的を變更して醫學に移り、以て漸く遁校の念を抑制したりしが、之れとて全く氏の精神を牽留するに足らす、其過半は文學の爲に奪はれたりき。然り而して此カル校は後日非常に進歩し、ヨゼフ帝より高等カル學校として、三分科を有する大學の列に加へられたり。

とあり、以下「氏初めて社會に出づ」として、

千七百八十年十二月十四日目出度くカル校を卒業して、直にスツツガルドに在る近衛兵營の軍醫補に任命

され、十八グルデンの月給を得て、初めて獨立の生活を味ふこととなりしが、此職務の氏に適當せるや否やハ暫く措き、其事務甚だ繁激ならざりしかバ、傍ら其好める文學に從事するを得たり。

續いて「初めて著作を公にす」として、

扨氏ハ今日に至る迄、嚴格なる校則に束縛され、万事壓制の下に在りし身の、今や突然自由なる世路の潮流に游泳することとなり、其反動より氏の行狀に著しき變更を來たし、些細の俸給ハ其消費を充たす能ハず、從て借財も亦嵩みしかバ、彼のRaeuber（盗賊）を出版して其を補ハんとせしも、氏の名聲未た現ハれざるの當時に在りてハ、之れが金主となるもの無く、止を得ず尙借財を重ね、遂に千七百八十一年の夏、自費を以て之を上梓し、其表紙にハ艸花を飾捺して、盗賊カル、モールを現はし、塔内より引出せる父の目前にて、復讎を誓ふの圖を畫けり。

さらに「氏潜かにマンハイムに赴く」として、

此著の世に出るや、豫想外の好評にて、フリードリヒ、シルレルの名ハ一時世上に囂しく、マンハイムの俳優鑑《（ママ）》督ヘリベルト、フオン、ダルベルヒハ、氏に乞ふて之を舞臺に適當する樣補删折衷し、マンハイムの劇場に於て演することとなれり。氏ハ其自作の演劇を見んと欲し、休暇の許《（ママ）》ざれさらんことを恐れ、軍隊に無屆にて、千七百八十二年マンハイムに來れり。一月の初舞臺にて、有名なるイッフランド、フランツ丈モオルに扮して非常の喝采を得、後至る處此曲を演せざるなく、「ロイベル」の曲を知らさるの人無きに至りしが、獨り古郷スツッツガルドに於ては、甚た面白からざる批評行はれたり。

と述べられている。

もっとも、中野逍遙が好んで誦したという「志留礼流翁の詠」については、そのシュツットガルト時代にラウラ（Laura）を詠じた幾つかの恋愛詩[5]など、必ずや逍遙の琴線に触れ共感共鳴を呼んだであろうと想像されるが、それが実際にどういう詩句や歌詞であったのかは、現在では確かめようもなく、またシラーの影響が逍遙の詩文に如何に現われているかについて具体的にこれを云々することは甚だ難しいけれども、「それによって自由の精神や多感な詩情をおおいに触発されている」[6]ことは充分考えられ、逍遙はシラーと出会うことにより詩想を涵養するばかりでなく内心の衝迫を詠ずる端緒を得たのであろう。

文科大学漢学科の選科生で同期の本科生逍遙より三歳年下であった嶺雲田岡佐代治は、逍遙歿後一周忌に彼の遺稿が刊行されたのを機に、「多憾の詩人故中野逍遙」と題する一文を明治二十八年（一八九五）十二月五日刊「日本人」第十一号及び同月二十日刊第十二号の二回に分けて掲載し、そのなかで逍遙と親しくなるに至った経緯について触れ、

　予もと逍遙と窓を同ふす而かも其初め未た相知らさるなり。蓋し彼れ大學にありと雖とも、藻思ある彼の如きもの彼の無味なる日課に堪ゆる能はさりし乎將た碌々たる鶏群に伍するを欲せさりし乎、常に講筵に出てす。故に窓を全ふする三年、僅に一面の識あるに過きさりしなり。

云々と回想しているのだが、かくいう嶺雲もほとんど授業で顔を合わせることのなかった逍遙の胸中を推し量るなかで、カール校でのシラーの心境を想起したのではあるまいか。ちなみに、嶺雲は荘周が夢に胡蝶となる故事（『荘子』斉物論篇）に基づく栩々生の筆名で政教社発行の「亞細亞」第六十六号（明治二十五年十一月二十一日刊）に掲載した「思ふ事」において、シルレルの Klage der Ceres（ツェーレスの嘆き）の一節、

Deine Blumen kehren wieder,
Deine Tochter kehret nicht.

という句に「花は再び咲くめれど、娘はつゐに還りこじ」という訳を添えて引いており、この当時、嶺雲もシラーの詩を読んでいたことが窺える。

さらに想像を逞しくして言えば、逍遙が若きシラーの「自由への欲求、束縛への反抗といふ浪漫的情熱」(7)に共感し、それを我が身の上に引き附けて強く意識するようになったのは、上州館林出身で四歳年下の南条サダ（貞子）への報われぬ恋に身を焦がし、それゆえ、故郷で自分の帰りを待っている幼なじみの女性を振り捨てざるを得ず、ために郷党の不興を買い軋轢を生じたとする意識を持ってからのことではなかったかと思われる。(8)

明治二十五年（一八九二）作の「郷を発す」詩（正編）には、

十里家山不容吾　十里の家山　吾れを容れず
又抱狂骨上征途　又た狂骨を抱いて征途に上る
美人泣訴百年恨　美人泣いて訴ふ百年の恨み
雲惨憺兮離亭晩　雲惨憺たり離亭の晩
玉簫吹起滿眼愁　玉簫吹き起こす満眼の愁
長江之水自天流　長江の水　天自《よ》り流る
英雄劍下傷心地　英雄剣下　傷心の地
悲士歌邊感慨涙　悲士歌辺　感慨の涙
秋風明月皤人鬢　秋風明月　人の鬢を皤《しろ》うす
嗚呼人世莫作讀書子　嗚呼《ああ》　人世　読書子と作《な》る莫《な》かれ

と詠じられているが、友人宛の手紙にシラーについて「先輩には不興を蒙り故郷には面白からぬ評あり」という一文を認めた時、その出来事が胸中に蟠っていた逍遙は自らを彼に擬することによって改めて過去を断ち切ろうとしたのではなかろうか。

三

一方、ショーペンハウアー（一七八八〜一八六〇）について言えば、シラーの場合のように逍遙がその著作を愛読しているのを伝える友人達の証言もなく、逍遙自身この哲学者の名を具体的に明示しているわけではないのだが、大学卒業後の明治二十七年八月九州に旅した時の感懐を記した「九州漫筆並びに序」（正編）に次のような箇所があるのは注目されよう。

……竟之缺陷世界、事事無不不平、塲塲無不銷魂。潘郎之朱顏、宋子之文心、徒增感招慨而已。則浩浩古今、茫茫宇宙、寧不如木石之默默無識耳。嗚呼佛氏已說之、西哲亦演之。而多血青衿、尙不能解恨于彈鋏之間。淋漓關山、匹馬長鳴。文章經國、禿筆山積。乃畫策未就、空向鳳闕而致志。露華三更、鐵笛一曲、情塞難逾、愛關遮斷。欲見而不可見、欲逢而不可逢。錦絃全絕、而鴛夢俄驚、血淚共揮、而神骨凋瘁。吁是爲誰而然邪。

（之を竟《きは》むるに缺陥の世界は、事々不平ならざる無く、塲々銷魂せざる無し。潘郎の朱顔、宋子の文心、徒《いたづら》に感を増し慨を招くのみ。則ち浩々たる古今、茫々たる宇宙、寧《むし》ろ木石の默々として識無きに如かざるのみ。嗚呼《ああ》仏氏已に之を説き、西哲も亦た之を演せり。而して多血の青衿、尚ほ恨みを弾鋏の間に解く能はず。淋漓たる関山、匹馬長鳴す。文章経国、禿筆山積す。乃ち画策未だ就《な》らず、空しく鳳闕に向って志を致す。露華三更、鉄笛一曲、情塞逾《こ》え難く、愛関遮断し、見《まみ》えんと欲すれども見ゆ可からず、逢はんと欲すれども逢ふ可からず。錦絃全く絶え、而して鴛夢俄《にはか》に驚き、血涙共に揮《ふる》ひ、而して神骨凋瘁す。吁《ああ》是れ誰の為に然るや。）

〈缺陥世界〉は、ままならぬこの世をいう。逍遙が愛読した澹澹外史こと明・馮夢龍の『情史』（『情史類略』）巻十三、情憾類の評に「情史氏曰く、缺陥の世界は、憾《うら》む可きこと実に繁《おほ》し」とある。ちなみに、明治十二年（一八七九）刊の嘲々酔士田中正彝による抄録訓点本『情史抄』では「オモイドホリニユカヌヨノナカ」という左訓を施す。なお、下文の〈茫々宇宙〉の語は、例えば南宋・陸游の「晩秋の風雨」詩（『剣南詩稿』巻二十一）に「茫茫たる宇宙の内、吾が道竟《つひ》に何《いづ》くに之《ゆ》かん」とあるが、実はこの語も『情史』巻九、情幻類の評に見えており、さらに〈浩浩古今〉と対偶表現にした例として、『情史』とともに逍遙の詩嚢を肥やした[9]清の陳球『燕山外史』巻八に侠士馬遴について「浩浩たる古今、茫茫たる宇宙、斯《こ》の人の如き者、幾輩有りや」とある。〈潘郎〉は、西晋の潘岳のこと。美男子で知られ、三十二歳で白髪を嘆じた。「秋興の賦」（『文選』巻十三）に「晋の十有四年、余春秋三十二、始めて二毛を見る」とあり、『燕山外史』巻一には「潘郎果を擲《なげう》つこと多しと雖も、朱顔色を改む」という。〈宋子〉は、戦国楚の文人、宋玉のこと。『楚辞』や『文選』に収められた「九弁」は悲秋の情を詠じた作品として名高い。江戸末期から明治にかけてよく読まれた明・高啓の「秋懐」十首其十（『高青丘集』巻三）には、潘岳と対偶にして「宋子悲しみ已に多く、潘生歎き弥《いよ》いよ深し」と見える。〈文心〉は、文思、文章。〈青衿〉は、書生。『詩経』鄭風「子衿」に「青青たる子が衿、悠悠たる我が心」とあるのに基づく語で、その毛伝に「青衿は、青領なり。学子の服する所」と注する。〈弾鋏〉は、剣のつかを叩くこと。戦国斉の公子孟嘗君の食客、馮諼（驩）が己れを遇することの薄いのを不満とし、剣の鋏《つか》を弾いて「帰らんか、帰らんか」と歌った故事（『戦国策』斉策下、『史記』孟嘗君列伝）に拠る。〈淋漓〉、ここでは長く連なるさまをいうか。〈関山〉は、国境の山。その遥か遠い彼方に故郷がある。〈匹馬〉は、自分が乗った馬（実際に逍遙が乗っているわけではなく、あくまで詩的虚構である）。それが〈長鳴〉するのは、今は帰れぬ故郷を懐うがゆえであろう。〈文章経国〉は、三国魏の文帝（曹丕）「『典論』論文」（『文選』巻五十二）に「文章は経国の大業にして不朽の盛事なり」というのに拠る。〈鳳闕〉は、宮城。〈露華〉は、露の美称。〈三更〉は、真夜中。〈鉄笛〉は、鉄製の笛。〈情塞〉および〈愛関〉は、恋路を阻むもの。〈錦絃〉は、華美な装飾を施した琴。逍遙が想いを寄せた南条貞子が爪弾く琴をいう。〈鴛夢〉は、深く愛し合う者同士が一緒に過ごす濃密な夢のような世界。鴛鴦夢ともいう。例えば、晩唐の曹唐「漢武帝の李夫人を思ふ」詩に「白玉帳寒くして鴛夢絶え、紫陽宮遠くして雁書稀なり」とある。〈神骨〉は、心身。

ここで逍遙の云う〈西哲〉こそ、古代印度哲学とりわけ〈仏氏〉すなわち仏陀の思想から影響を受け、盲目的意志に支配された人生は苦悩そのものであり、生の苦痛から逃れるためには欲望を否定しなければならないと説いたショーペンハウアーのことなのである。無論、彼の哲学は灰色の厭世的色調に全てを塗り潰されるようなものではないとされるが[10]、明治期においてはかかる見方が一般的であった。その思想から多大な影響を受けたのが、後年「僕に一個の主義一個の見地ありとせば、能く之有るを得たるは氏の哲學の賜也[11]」と述懐している田岡嶺雲で、明治二十七、八年頃に書かれた彼の文章にはこの哲学者の名が頻出する[12]。

なお、逍遙や嶺雲が文科大学で学び始めた明治二十四年頃には、ドイツから帰朝した井上哲次郎（当時三十八歳）が講義でショーペンハウアーを取り上げていたというから[13]、授業に出席していたとすれば、その名前自体は早くに知っていたと思われるが、確証はない。明治二十五年十二月には、当時二十二歳の高山林次郎（樗牛）が第二高等中学校の「文學會雑誌」第三号に「厭世論」を書き、ショーペンハウアーを俎上に載せている。もっとも、その時点では逍遥がこれを読んだかどうか不明で、おそらく直接的な影響はなかったのではあるまいか。その哲学に深く触れるようになったのは、もしかすると明治二十六年（一八九三）六月に来日し文科大学の教壇に立ったケーベル博士のドイツ訛りの強い英語による講義を通してではなかったかと思うものの[14]、これもやはり臆測の域を出ないでいる。さらに言えば明治二十六年十二月から翌二十七年二月にかけて「早稲田文學」の第

五十三、四、六、七、八号に掲載された〈みすゞのや〉こと金子筑水（一八七〇～一九三七）「ショオペンハウエル」もあるいは影響するところがあったのかも知れない。

四

以上、本章では、その作品や友人の証言にもとづきながら、中野逍遙が漢学ばかりでなく、「東洋の文学玄閫を叩き、西方の哲理奥儀に入る」（外編「狂残痴詩」其五）と自負するように、一方で西欧の思想や文学にも眼を向け、シラーやショーペンハウアーを精神的糧として愛読していたことを検証しようとしたものである。そこに従来の漢詩人には見られない、文科大学に学び明治とともに歩む逍遙ならではの新しさがあったといえよう。

なお、橋本夏男の「中野君志想ノ一斑」には、先に引用した箇所の前に「其友ニ與ル書ニ世の人に向てわか思ふ如き熱情を望むことゆめ〳〵かたかるへくむしろ超然主義冷然主義に身を置て動物の如き世人の眠をさまさんこと詩人の職分ならんかとわれは思ふト見ルヘシ君ハ文學ヲ以テ世ヲ濟ハントセシヲ君ノ志望豈尋常一様ノ者ナランヤ」という一節があり、これは嶺雲の「多憾の詩人故中野逍遙」にも引かれているのだが、橋本の引用する友人宛ての書簡[15]に示された、崇高な理想に燃える熱情を抱きながらも汶々たる俗世を憤るがゆえに却って冷腸を有せざるを得ないとする逍遙の心情を推し量る時、熱情の高揚をシラーによって鼓舞され、冷然主義の徹底をショーペンハウアーから学んだとみなすのは、あまりに短絡的で牽強附会に過ぎるであろうか。

（1）明治前期に於けるシラー受容については、福田光治・剣持武彦・小玉晃一編『欧米作家と日本近代文学　ドイツ篇』（教育出版センター、一九七五年）所収の鈴木重貞「シラー」および松田穣編『比較文学辞典』（東京堂出版、一九七八年）を参照した。

（2）前掲、鈴木重貞「シラー」参照。なお、『獨協学園史資料集成』（獨協学園、二〇〇〇年）によれば、明治二十六年専修科卒業。但し、坂田を阪田と表記する。

（3）昭和女子大学近代文学研究室編『近代文学研究叢書』第三十五巻（一九七二年）所収の巌谷小波の著作年表を参照。

（4）明治十九年（一八八六）、父の五郎に宛てた「寒気相増候処益々御勇敷被遊御暮奉賀候」と始まる手紙の中で、「独逸学相始メ課業追々多忙ニ相成申候」と報じている。川崎宏編「中野逍遙書簡」（「文学」一九六六年一月号）。

（5）一例を挙げると、これは中野逍遥の目睹したものではないが、明治二十九年五月に民友社の十二文豪号外として刊行された緒方維嶽『シルレル』にも、「彼れローラを歌て曰く」として、

ローラ、汝の麗容我が前に輝ける時
我れ世界の上に翔揚するを想ひ
五月空の光線に浴するが如きを感ず
汝の青瞳我が影を映ずれば
我れ更に天上の精氣を呼吸す
琴音遙かなる天園より來り
瑟聲美しき星宿より起る
汝の燃唇銀の如き音樂を吐けば
縷々たる餘韻我が耳に滿ちて
我心偏に牧者の生涯に似たり

と引かれている詩がある。これは、Die Entzückung an Laura（ラウラを想う恍惚）の前半二連である。

なお、ラウラについて、内藤克彦『シラー研究第一巻シュトットガルト時代のシラーの思想と作品』（南江堂、昭和四十七

年）によれば、「例えば、フリードリヒ・フェルスターがシラーからじかに聞いた話として伝えているところによると、ラウラとは、シラーがシュトットガルト時代に下宿していたある大尉未亡人――気立てがいいということのほかは才気煥発でもなければ美人でもなかったらしい――をかれの想像力の基礎にして空想した女性に過ぎなかった」ようで、緒方維嶽、前掲書にも「彼れに親切ならざる朋友は記して曰く、シルレルの戀せるローラは美ならず才ならず、唯だ何となく人を愛着せしむべき性質なりしと」と述べられている。これらの記述を読むと、逍遙が恋い焦がれた南条貞子について、第Ⅰ章「才子佳人小説との関わりをめぐって」の補記二に引いた安部能成の岩元禎からの聞き書き「存外美人でもなかつたかも知れない」という言葉も思い合わされて、興味深い。岩元禎は、実際に南条貞子を見知っていたり、あるいは友人からの伝聞によってかかる発言に及んだのではなく、おそらくシラーの事例が念頭にあり、それから類推して、そう言ったのではなかろうか。

（6）村山吉廣「中野逍遙―恋に生き恋に死す」（『漢学者はいかに生きたか―近代日本と漢学』所収）。

（7）笹淵友一『「文學界」とその時代　下』第十章「中野逍遙」。

（8）第Ⅲ章「故郷の恋人のこと」及び第Ⅳ章「狂残痴詩其六について」参照。

（9）中野逍遙が『情史』や『燕山外史』を愛読していたことについては、第Ⅰ章「才子佳人小説との関わりをめぐって」においてすでにこれを指摘した。

（10）西尾幹二「ショーペンハウアーの思想と人間像」（『世界の名著続10　ショーペンハウアー』。中央公論社、一九七五年）参照。

（11）『病中放浪』（玄黄社、一九一〇年）所収の「豆南の客舎より藝陽に復す」。本書は二〇〇〇年に嶺雲生誕百三十年を記念して西田勝氏の解説を附して復刻された（不二出版発売）。

（12）この時期の文章は、西田勝編『田岡嶺雲全集』第一巻（法政大学出版局、一九七三年）に収録されている。

（13）昭和女子大学近代文学研究室編『近代文学研究叢書』第五十四巻（一九八三年）の井上哲次郎の項参照。

（14）ちなみに、西田幾多郎「明治二十四五年頃の東京文科大學選科」（岩波書店「圖書」昭和十七年十月。後に『西田幾多郎全集』第十二巻所収。岩波書店、一九五〇年）には、「私共の三年の時に、ケーベル先生が來られた。先生はその頃もう四十を越えて居られ、一見哲學者らしく、前任者とコントラストであつた。最初にショーペンハウエルについて何か講義せられた様に記憶して居る」と回想されている。

(15)　この友人というのは、佐々木信綱のことである。日本近代文学館編『日本近代文学館資料叢書［第Ⅱ期］文学者の手紙Ⅰ明治の文人たち─候文と言文一致体』（博文館新社、二〇〇八年）に収められた明治二十六年四月二十日消印佐々木信綱宛封書参照。なお、この手紙には、信綱をゲーテに比し自らをシラーに擬えて、

文学か文学か東洋の「ゲーテ」を君に望む「ゲーテ」已に出づればいかでか「シルレル」いてさらむ

という一節も見える。

X　張滋昉について㈠

一

中野逍遙が明治二十七年一月作の「豆州漫筆」（『逍遙遺稿』正編）のなかで篁村島田重礼（天保九年〔一八三八〕～明治三十一年〔一八九八〕）とともに「篁村先生世に在らば、未だ必ずしも望を学海に絶たず。慈君髩未だ霜を交へず、尚ほ他日の春風に及ぶ可し」といい、「吾が文を問ふ者は其れ唯だ篁邨先生か、吾が心を知る者は其れ唯だ慈君か」として深い信頼を寄せ、その歿後『逍遙遺稿』に序文を書いた張滋昉の経歴については、蒼海と号した副島種臣（文政十一年〔一八二八〕～明治三十八年〔一九〇五〕）と親交があり、文科大学で支那語講師を務めた清国人であるという以外に、その生卒年を初めこれまでほとんど分からずにいたが、このたび復刻版『興亜会報告・亜細亜協会報告』第一巻（不二出版、一九九三年）に載せられた鱒澤彰夫氏の解説「興亜会の中国語教育」の末尾に「（興亜会支那語学校）中国人教師・張滋昉については略歴すら人名辞典の類に見られない」として、中国語教育の方面を主にその経歴が示されているのを知ったので、次に掲げておく。

張滋昉は道光己亥（十九）年十一月、順天府大興県に生まれ、国子監南学に学ぶ。明治九年副島種臣と交際を結び、また、曽根俊虎の中国滞在（明治九年二月～十一年一月）中に北京官話を教授する。明治十二年春、来日し長崎に滞在。十三年春、東京に到り、曽根俊虎宅に寄寓。二月、興亜会支那語学校教師に就任、一時期（十三年九月～十一月）、慶応義塾支那語科講師も勤め、十五年五月十四日興亜会支那語学校閉校にともない、同月十六日、文部省東京外国語学校漢語学講師に転ず。十九年同校廃校により退任。二十二年より二十七年迄帝国大学文科大学漢語学講師、二十三年文部省東京高等商業学校嘱託支那語学講師を歴任する。初代琳琅閣主人の回想によれば、日清戦争後帰国したという。著書に明治二十八年大日本実業学会刊『支那語』（大日本実業学会普通商科講義録第五十五冊）張滋昉・林久昌共著があり、校閲したものに、明治十八年七月昇栄堂刊『英清会話独案内』田中正程訳、明治十八～二十一年大成館刊『明治字典』重野安繹総閲、北京音磯部栄太郎・張滋昉校閲、明治二十八年嵩山堂刊『日清字音鑑』・伊沢修二、大矢透著がある。張滋昉は、日清戦争以前の十五年間余りの長きにわたり、日本の中国語教育を支えた中国人中国語教師であった。

道光十九年は西暦で言えば一八三九年、清朝の威信を大きく揺るがしたばかりか、わが国においても識者の対外的危機意識を一気に高める契機となった阿片戦争が勃発したのはその翌年にあたる。ちなみに、初代駐日公使を務めた何如璋（字は子峨。一八三八～一八九一）は道光十八年に、第二代の駐日公使で彼の地では散逸しわが国に残存する典籍を蒐集し『古逸叢書』を刊行した黎庶昌（字は蒓斎。一八三七～一八九八）は道光十七年に生まれており、黎公使の随員には『日本訪書志』の著で知られ書家としても有名な楊守敬（字は惺吾。一八三九～一九一五）も含まれているが、彼は張滋昉と同甲であった。また『日本雑事詩』や『日本国志』の著がある黄遵憲（字は公度、一八四八～一九〇五）が生まれるのは九年後の道光二十八年である。さらに黎庶昌とともに「曾門の四弟子」、すなわち曾国藩（謚は文正公。一八一一～一八七二）門下の四天王の一人に数えられ桐城派の掉尾を飾る呉汝倫（字は摯虞。一八四〇～一九〇三）は翌々年に生まれている。なおこの人も教育制度視察のため明治三十五年（一九〇二）

に来日したことがある。張滋昉が生まれたのは、わが国では天保十年にあたり、慶応三年（一八六七）生まれの中野逍遙からすれば一世代も上の人である。これまで逍遙とはせいぜい十歳か十五歳ほどしか年が違わないのではと想像していたので、少し意外に思われるが、二人の間に忘形の交が存在したのであろう。

二

張滋昉が来日するに至ったのは、もとより曽根俊虎（弘化四年（一八四七）～明治四十三年（一九一〇））――米沢の人。戊辰戦争の際、越後で陣歿した儒者曽根俊臣の子で、雲井龍雄（弘化元年（一八四四）～明治三年（一八七〇））に兄事した。新政府に出仕して海軍に入り、明治十二年（一八七九）七月海軍大尉となる。明治六年三月、外務卿副島全権大使に随行して清国に渡って以来、再三彼の地を訪れ、情報収集に当たっていた。(1)――の慫慂にもよるだろうけれども、副島種臣との出会いに左右されるところが大きかったように思われる。副島種臣は、いわゆる明治六年（一八七三）の政変で西郷隆盛（文政十年（一八二七）～明治十年（一八七七））や江藤新平（天保五年（一八三四）～明治七年（一八七四））らと連袂して参議の職を辞し野に下った後、御用滞在という名目で東京に留められていたが、明治九年（一八七六）四十九歳の秋、その禁足が解けるや直ちに中国に旅立った。(2)途中、十年の秋頃から暮れにかけての一時帰国の時期を挟んで、(3)あしかけ三年にわたる漫遊を終えて公式に帰国したのは十一年秋のことである。張滋昉と知り合った具体的な経緯については明らかでないものの、ある程度は彼の詠じた詩によって窺える。副島種臣の詩文集は、明治三十八年（一九〇五）その歿後まもなく清人の短評を附した作を中心にまとめられた『蒼海遺稿』が出版されたのを始め、大正六年（一九一七）に『蒼海全集』が、昭和十二年

（一九三七）に詩体別に編集された石田東陵（羊一郎）編『蒼海詩選』がそれぞれ刊行されているのだが、このうち『全集』巻四および『詩選』巻五に、明治二十三年（一八九〇）の作と思われる「張先生の韻に次す」と題する七律があり、両人の邂逅を回想して次の如く詠じられている。

初相見地是荊州　　初めて相見《まみ》ゆる地は是れ荊州
七澤雲夢呑吐遊　　七沢雲夢　呑吐の遊
樹色漢陽聊獻賦　　樹色の漢陽　聊《いささ》か賦を献じ
月明滬瀆共觥籌　　月明の滬瀆《ことく》　共に籌を觥す
驚聞故國滄桑變　　驚きて聞く故国滄桑の変
愁立灘頭紅蓼洲　　愁ひて立つ灘頭紅蓼の洲
我返公臻誰用怪　　我返り公臻《いた》る　誰か用《も》って怪しまん
闕東巨嶽入高樓　　関東の巨岳　高楼に入る

この詩によれば、張滋昉に初めて遇ったのは、かつて雲夢沢などの七つの沼沢が存在した古の〈荊州〉（今の湖北省江陵県）の地においてのことになる。〈七沢〉〈雲夢〉は、前漢の司馬相如「子虚の賦」（『文選』巻七）に「臣聞く楚に七沢有りと。（中略）臣の見る所、蓋し特に其の小小なる者のみ。名づけて雲夢と曰ふ」云々と見え、「雲夢の若き者を呑むこと八九、其の胸中に於いて曾て蔕芥せず」とある。第二句はこれをふまえるのであろう。ちなみに『全集』では先に挙げた「張先生の韻に次す」詩の次に配列されている「張先生と同《とも》に飲む」詩においても、やはり荊州での出会いに触れ、「話は到る荊州に相見ゆる日、如今《いま》公も亦た飄蓬を嘆ず」と詠じられている。

もっとも、明治二十年頃の作と思われる「張君子に寄す」詩（『全集』巻三）には、「昔我れ子を知る時、風霜呉江の潯《きし》」といい、上海で知り合ったと回想していて、些か混乱させられるのだが、二十六年正月の作「罵詈詞」の序（『全集』巻四）には「新年客稀にして、人暇豫を患《うれ》ふ。張先生なる者、突如として其れ来如たり。初め猶ほ慇慇懃懃、互いに旧故を話す。其の相識るは、蓋し荊州に在り。先生日本に来りて自《よ》り、既に十四五年。則ち余の漢上に翱翔するは、其の久しきこと知る可し」とあり、やはり荊州のこととして述べている。ちなみに〈突如其来如〉は、『易』離卦に見える表現。確たる資料に欠けるものの、両人が初めて対面したのは湖北の地においてであって上海で親交が深まったと見るのが妥当なところではあるまいか。その当否はともあれ、「張先生の韻に次す」詩にもどると、〈漢陽〉（今の湖北省武漢市）さらには〈滬瀆〉（黄浦江の下流の地。上海を指す）と、互いに詩を献酬し合い酒席を共にして交際を続けるうち、〈故国滄桑の変〉すなわち明治十年二月に勃発した西南戦争のニュースを〈灘頭〉で聞いた。それから八ヵ月後、おそらくは一時帰国する直前のことであろうか、深い悲しみに襲われ無限の憂愁を抱いて、なすすべもなく海の彼方に眼をやったまま茫然と立ち竦んでいる己が姿を詠じている。〈紅蓼〉は、赤ままの花。江南の秋を彩る風物として中晩唐あたりから詩に見える。再び中国に渡って、その一年後に彼が帰国すると、ついで張滋昉が来日した。時に明治十二年、この清国人はすでに不惑の歳を越えていた。第七句に〈誰か用って怪しまん〉とあるのは、この言葉の背後にある具体的な事情は不明ながら、帰国した副島種臣の後を追うようにして張滋昉が海を渡って来たことについて、わが国の内情を偵察しに来たとか何とかこの当時取沙汰するような動きがあったのを封じたものであろう。結句の〈関東巨岳〉とは、富士山のことである。

ところで、明治十三年四月一日刊の「興亞會報告」第二集には、「欽差大臣何公使ト曾根氏ノ談話(4)」と題する記事が載せられており、それには、新聞で興亜会創立とともに語学校設立の話を知った何如璋が教師として招かれた張滋昉について「果シテ何省何縣ノ人ニ係ルヤ貴地ニ至レルハ果シテ何ノ縁ニ由ルヤ」と尋ねたのに対して、曽根俊虎が「張滋昉ハ北京南城ノ儒士ニシテ前年副島種臣氏ガ貴國ニ遊バレシ時訂交セラレタル人ニテ又弟前年貴國ニ在リシ時官話ヲ傳習セシ人ナリ従來張氏ハ弊國ニ遊歴ノ念アリ既ニ昨春上海ヨリ崎港ニ至リシガ該地ノ詩士文人等ニ請ハレ滞在スルヿ十閲月今春初テ副島ト弟トヲ尋テ到京シ暫時弊居ニ寓セリ」云々と答えた話が見えるのだが、何如璋が張滋昉の身の上についてわざわざ尋ねているのは、従来官途に就いた経歴がないためであろう。彼の地においてほとんど無名に等しい人物だとしても過言ではないようだ。そのため副島種臣と出会う以前の張滋昉については、これを知る手だてに欠ける(5)。

但し、明治二十五年作の「張公を招きて飲む。雨山も亦た至り、佐々木子陪す。盃を引きて高歌すれば、則ち臘月の群陰悉く祓《はら》ふを覚ゆ。夫《そ》れ丈夫志を得ざれば則ち已《や》む。若《も》し志を得んか、天下を治めること諸《これ》を掌に運ぶ可し。是れ騒人の義なり。悲しいかな」（『全集』巻四、『詩選』巻五）と題する七律に、

張公高節駕高舟　　張公節を高くして高舟に駕し
日事吟哦泛泛浮　　日《ひ》び吟哦を事とし泛々として浮ぶ
卽自燕臺徂楚地　　即ち燕台自《よ》り楚地に徂《ゆ》き
便經上海達滄洲　　便《すなは》ち上海を経て滄洲に達す
常陽池館*哭朱子　　常陽の池館に朱子を哭し
江戸泮林談孔丘　　江戸の泮林に孔丘を談ず
歳暮草廬相對飲　　歳暮　草廬に相対して飲む

亭皐落木不關愁　亭皐《ていこう》の落木　愁に関せず

＊『遺稿』及び『全集』は、〈池〉を〈舎〉に作る。

と詠じられており、前半四句から来日前の行跡の一端が僅かながら窺える。詩題に見える佐々木子は、蒼海の書生佐々木哲太郎[6]（慶応二年〔一八六六〕～昭和元年〔一九二六〕）のことで、当時二十七歳。雨山は、歿後二十餘年を経て刊行された名著『中国書畫話』（筑摩叢書、一九六五年）で知られる長尾甲[7]（通称は槇太郎、元治元年〔一八六四〕～昭和十七年〔一九四二〕）の号で、当時二十九歳。後に一時期、五高教授を務め、その際、同僚の夏目漱石が漢詩の添削を乞うたことがある。ついでに言えば、「張公を招きて飲む」とはいうものの、主人の蒼海自身は「平生酒中の趣を解せず」（『全集』巻一、「解嘲」四首其二）というように飲める性《たち》ではなかったが、招かれた張滋昉は随分といける口で、雨山も好きな方であった。詩中の〈高節〉は、官職に就いていないことを暗示する常套表現で、〈燕台〉は、戦国時代、燕の昭王が築いた黄金台にちなみ北京を指す。〈楚地に徂く〉とあるから、張滋昉は北京から湖北・湖南にかけて遊歴していたことになる。そして先に挙げた「張先生の韻に次す」詩に述べられている内容と考え合わせれば、湖北の地で副島種臣と知り合い、それからずっと行動を共にしたかどうかは判然とせぬが、とにかく上海に出てさらに親交を深め、やがて来日するに至ったということであろう。なお〈滄洲〉は、わが国をかく称する。詩の後半四句は東京にやって来てからのことが詠じられており、今ここで問題としている内容と直接関係しないものの、とりあえず語釈をつけておくと、〈常陽〉は、常陸を中国風にいい、〈朱子〉は、明朝滅亡後わが国に亡命し、水戸光圀の賓師となった朱舜水（一六〇〇～一六八二）のこと。常陸太田市に墓がある。〈泮林〉は、湯島の聖堂。『詩経』魯頌「泮水」に「翩たる彼の飛鴞《ひきょう》、泮林に集まる」とあり、諸侯の国学を泮宮というのに拠る。〈亭皐〉は、沢地にある亭。例えば六朝梁の柳惲「擣衣の詩」に「亭皐に木葉下り、隴首に秋雲飛ぶ」と見える。戦国楚の宋玉が「九弁」（『楚辞』巻八、『文選』巻三十三）に「悲しい哉秋の気為《た》るや、蕭瑟として草木揺落して変衰す」と詠じて以来、詩文において秋は悲しい季節とされるのに対し、種臣は友と酒を酌み交わせば愁いなど与り知らぬことだというので、〈愁に関せず〉と結ぶ。とはいえ、そこにかえって尽きせぬ〈愁い〉が胸底深く秘められていることを暗に示していよう。

ちなみに、この詩について張滋昉は「小序は高掌遠蹠、朗懐畢《ことごと》く現はる。詩は則ち遥情逸韻、嘯傲滄洲を凌ぐ。鄙人何ぞ修めて此れを得ん」（『遺稿』）と評している。〈高掌遠蹠〉は、後漢の張衡「西京の賦」（『文選』巻二）に見える語だが、ここでは遠大な志、壮図をいう。

三

さて明治十三年春、東京にやって来た張滋昉が曽根俊虎の家に旅装を解いて間もない二月十四日には、彼のもとへ大河内輝声《てるな》（号は桂閣、当時三十三歳）と石川鴻斎（名は英、四十八歳）の二人が訪ねている。[8] 曽根俊虎の周旋によって、その前日興亜会が発足したが、彼も早速入会し、それと同時に興亜会が芝区西ノ久保の栄寿寺内に開設した支那語学校で教え始めた。七月十四日には、清国公使館員の黄遵憲とともに修史館一等編集官川田甕江（剛、五十歳）の家に招かれた。ちなみに、歌人の川田順はこの甕江の庶子で明治十五年生まれである。それはともかく、その席に列した依田学海（百川、四十八歳）は『学海日録』第四巻（岩波書店、一九九二年）に、

かねて川田編修が家に、清国公使館の書記官黄遵憲字公度、また文部に語学の教師として招かれたる張景栻号滋昉の両士を招かる、よしにて、余及び三島中洲・四屋穂峯・小永井小舟・岩谷迂堂・日下部翠雨などを会せられ

て筆話す。黄は三十余の人なり。張は四十ほどなるべし。公度、才気すぐれたるよし聞ゆ。

と記して、次に黄遵憲との筆談の内容を挙げ、ついで張滋昉とのそれを示しているのだが、さすがに黄遵憲と並ぶと張滋昉の方は些か影が薄かったようで、学海の興味や関心は専ら黄遵憲に注がれている。もっとも、「文部に語学の教師として招かれ」たというのは、学海の勘違いであろう。なお、ここに名前の挙がっている三島中洲（毅、五十一歳）は二松学舎の創設者で、帝国大学にも出講していた。(9) 四屋穂峯は修史館にいた四谷恒之（五十歳）、小永井小舟は浅草に漢学塾を開いていた小永井岳（五十二歳）、岩谷迂堂は巌谷小波の父一六（修、四十七歳）、日下部翠雨は日下部鳴鶴（東作、四十三歳）のこと。一六、鳴鶴ともに書家して名高い。

さらに『学海日録』には、それから一カ月餘り後の八月廿三日の条に「川田・小永井・北沢の数子」と柳洲（柳島）の料亭「はし本」で一杯やっていたとき隣の楼に来合せていた張滋昉がその席にやってきて筆談に及んだことを述べ、「景栻詩二首ありしかど、拙ければしるしとゞめず」と記している。(10) 北沢は北沢乾堂（正誠、四十一歳）のことである。

また十三年のことかどうかは断定できないが、股野藍田（琢、四十三歳）から求められて、その同年作の「庚辰十一月一日、茗讌の旧友と同《とも》に重ねて八百松楼に飲む」詩に評語を加えている。(11)

十一月十八日には興亜会の親睦会が麴町の米花堂で開かれ、席上、張滋昉は次のような口占の詩を作った。

氣清風朗淨氛埃　　気清く風朗らかにして氛埃浄《きよ》く
雅集賓朋盛會開　　雅集の賓朋　盛会開く
慷慨共懷憂國志　　慷慨共《とも》に憂国の志を懐《いだ》く
艱危須賴濟時才　　艱危須《すべか》らく済時の才に頼《よ》るべし

青天鴻鵠忽飈舉　　青天の鴻鵠　飈を忽《ゆるが》せにして挙り
碧海鯨鯢掣浪廻　　碧海の鯨鯢　浪を掣して廻る
固圉已聯縞紵誼　　固圉已《すで》に聯《つら》ぬ縞紵《こうちょ》の誼《よしみ》
同仇還望絶嫌猜　　同仇還《ま》た望む嫌猜を絶たんことを

貪欲で青海原をわがもの顔に泳ぎ回る〈鯨鯢〉は、欧米列強の喩え。これに対して突風を物ともせず青天高く舞い上がる〈鴻鵠〉は、日清提携の姿を象徴しているのであろう。〈固圉〉は、国境の守りを堅固にすること。『左伝』隠公十一年に「亦た聊《いささ》か以て吾が圉を固くせん」とあり、杜預の注に「圉は、辺垂なり」という。〈縞紵〉は、春秋時代、呉の季札が鄭の子産に呉地で貴ばれている縞（白絹）で作った帯を与え、子産が鄭国で貴ばれている紵（麻布）の衣を献じた故事から、友人間の真心のこもった贈り物を指す。友好のしるし。『左伝』襄公二十九年に見える。〈同仇〉の語は、『詩経』秦風「無衣」に「我が戈矛を修め、子と仇を同じうす」とあるのに基づく。ここで張滋昉は、欧米列強に対抗するには、日清両国の友好提携が不可欠であるとして、ために信頼関係を損ねるような嫌疑を忌避すべきだと説いているのである。その背景には、おそらく前年の琉球帰属問題が関係していよう。この詩は、十一月二十二日の「東京日日新聞」に興亜会の親睦会の模様を報ずる記事でも紹介され、十二月十五日刊の「興亞會報告」第十三集文苑雑報欄にも載せられた。

ついで明治十四年六月三十日の「興亞會報告」第十七集の文苑雑識欄には、第三代会長[12]の副島種臣が支那語学校を視察し、張滋昉と唱和した作が載せられている。このように、張滋昉は北京官話を教えるばかりでなく、[13]興亜会の「興亞會報告」および明治十六年一月に会名が亜細亜協会と変更されて後の機関誌「亞細亞協會報告」の文苑欄において、そこに寄せられた同人の詩文に評語を加えたり、自身の作を掲載したりしていたが、しだいに興亜会や協会関係者を中心に当時の名士や漢詩人たちとの間にも交流が広がり、やがて漢詩の専門雑誌にもその名を見ることができるようになる。

明治十六年（一八八三）四月十九日刊の「亞細亞協會報告」第三編の文苑雑録欄には「長岡雲海先生に招かる。諸君と同《とも》に雅集の席上賦して呈す」と題する詩が見える。(14) 雲海と号した長岡護美（天保十三年（一八四二）～明治三十九年（一九〇六））は元熊本藩主細川斉護の六男で興亜会の初代会長を務め、この当時は元老院議官であった。その漢詩集に明治三十六年刊の『雲海詩抄』上下二巻があり、『雲海詩抄續編』上下二巻とともに後に大正三年刊『長岡雲海公傳』の附録巻四、五に収められている。(15)

同年十月十六日刊の「亞細亞協會報告」第九篇の文苑餘賞欄には、会員の仁礼敬之が上海に遊学する際に贈った「仁礼雅兄、我が邦に留学す。行に瀕して詩を索む。率《にはか》に賦して別れに誌す」と題する七絶二首が載せられた。其二には次のように詠じられている。

扶桑我已久勾留　　扶桑　我れ已に久しく勾留せらる
秋月春風記共遊　　秋月春風　共に遊びしを記す
知己相逢如問訊　　知己相逢うて如《も》し問訊せば
頭銜依舊醉郷侯※　　頭銜　旧に依って酔郷侯

※原文は〈候〉に作るが、誤植であろう。

後半二句は、盛唐の王昌齡「芙蓉楼にて辛漸を送る」詩（『唐詩選』巻七）に「洛陽の親友如《も》し相問はば、一片の冰心玉壷に在り」というのをふまえ、彼の地で私のことを尋ねられたら、相も変わらず肩書のない無位無官の身ながら、「酔郷記」を書いた初唐の王績や「酔ひに真郷有らば我れ侯たる可し」(16) と詠じた北宋の蘇東坡よろしく我が輩は酔いどれ天国を領する大名だと伝えてくれという意。諧謔味を帯びた口調のなかにも、事志と違うという、一抹の不如意感が漂っているように感じられよう。

もっともその実、先に挙げた口占の詩に見るが如く、張滋昉は胸に「憂国の志」を抱く硬骨漢でもあった。明治十七年（一八六四）六月、清仏戦争が起こり、八月にフランス艦隊が福州を砲撃したという報せを聞くや、母国の危機に敏感に反応した。そのことは、副島種臣に「張滋昉の閩驚を聞きて感有りに和す」詩（『全集』巻三）があることから知られる。張の原詩はどういうものかわからぬが、種臣の詩は次の如くである。

閩疆烽火使人驚　　閩疆の烽火　人をして驚かしむ
故國艱難易感情　　故国の艱難　情に感じ易し
北地新涼先問雁　　北地の新涼　先づ雁を問ひ
南方殘瘴急行兵　　南方の残瘴　急に兵を行ふ
何時可喜凱歌入　　何《いづ》れの時にか喜ぶ可し凱歌の入るを
刻日方聞寇鬪平　　刻日方《まさ》に聞かん寇闘平らぐを
座上來賓漢中士　　座上の来賓　漢中の士
撫刀鞘裡有龍鳴　　刀を撫せば鞘裡龍鳴有り

〈閩疆〉は、福建省の沿岸部。〈残瘴〉は、有害な湿熱の気がまだ消えずいること。〈刻日〉は、日を期して。〈漢中士〉は、中国の人士の意で、張滋昉を指す。〈龍鳴〉は、剣の唸り。名剣は龍の化身とされたことによるもので、雄心勃々たるをいう。例えば、李白「独漉篇」に「雄剣壁に挂《か》くれば時時龍鳴す」とある。

ついでながら、書家の中林梧竹（文政十年〔一八二七〕～大正二年〔一九一三〕）に詩を贈ったのも、この明治十七年のことであったらしい。[17] 梧竹は、佐賀鍋島の支藩小城の出身で種臣より一歳年上、明治十五年に清国に遊び主に北京に滞在して十七年四月に帰国した。彼の地で蒐集した碑帖を携えて七月東京に出、種臣の紹介で銀座伊勢幸の二階に寄寓していたのである。

明治十九年（一八八六）二月二十四日の「朝野新聞」雑報欄と同月二十八日刊「亜細亜協會報告」第二篇の文苑餘賞欄とに、「末広鉄腸の病より起くの原韻に和す」詩が載せられた。

依然彩筆又生花	依然として彩筆又た花を生じ
海鶴風姿煥紫霞	海鶴の風姿　紫霞に煥たり
行樂及時身更健	行楽時に及んで身更に健にして
攝生有術壽頻加	摂生術有り寿頻《しき》りに加ふ
驚人妙句傳千古	人を驚かす妙句　千古に伝はり
濟世名言自一家	世を済《すく》ふ名言　一家自《よ》りす
從此病魔消除盡	此れ従《よ》り病魔消除し尽くす
漫將杯影誤弓蛇	漫《みだ》りに杯影を将《もっ》て弓蛇に誤る

鉄腸と号した末広重恭（嘉永二年〔一八四九〕～明治二十九年〔一八九六〕）は伊予宇和島の人で、若い頃八幡浜で上甲振洋（文化十四年〔一八一七〕～明治十一年〔一八七八〕）に師事し、続いて京都の陽明学者春日潜庵（文化八年〔一八一一〕～明治十一年〔一八七八〕）の門に学んだ。中野逍遙にとっては同郷の先輩にあたる。[18] 藩校明倫館の教授を務めた後、県の少属となったが上司と合わずして上京、一時大蔵省に出仕したものの意を得ず遂に操觚界に身を投じ、この当時は成島柳北（天保八年〔一八三七〕～明治十七年〔一八八四〕）の「朝野新聞」にあった。そして

柳北ともども興亜会会員に名を列ねていたのである。洛陽の紙価を高めた『二十三年未来記』や『雪中梅』などの政治小説はいずれもこの明治十九年に博文堂から刊行された。ちなみに、鉄腸の原作「病より起く」詩は二月四日の「朝野新聞」雑報欄の「鐵腸再生ス」に見え、大正七年（一九一八）二月に刊行の『鉄腸遺稿』上下二冊のうち上冊巻一に収録されている。[19]〈彩筆〉は、五色の筆。豊かな文才をいう。六朝梁の江淹が夢の中で五色の筆を授けられて大いに文思が進み（『南史』江淹伝、『蒙求』巻上「江淹夢筆」）、また盛唐の李白は筆先に花が生ずる夢を見てから才能が開花したという（『開元天宝遺事』）。〈海鶴〉の語は、例えば、中唐の李郢「裴晋公に上《たてまつ》る」詩に「四朝国を憂ひ鬢糸と成る、龍馬の精神海鶴の姿」と見える。〈一家〉は、一家言。結句は、西晋・楽広の友人が杯に映った影を、本当は壁にかけてある弓が映っただけなのに蛇の姿だと錯覚しその酒を飲んで病気になった故事（『晋書』楽広伝、『蒙求』巻上「広客蛇影」）をふまえ、神経が疲れているため過敏になって大病だと思い込んだのに過ぎないから大丈夫だと元気づけているのである。さらに二十一年四月六日の「朝野新聞」雑報欄には、張滋昉の「戊子仲春、末広鉄腸先生の将《まさ》に欧州に游ばんとするを聞き詩を賦す」と題する作が見え、[20]同欄には森槐南（文久三年〔一八六三〕～明治四十四年〔一九一一〕）の「末広君鉄腸の海外に周游するを送る」詩も掲載された。なお、『鉄腸遺稿』には、明治二十五年末から二十六年初めにかけての作に張滋昉の評が附されている。

　明治二十二年（一八八九）十月三日、二度目の駐日公使として一昨年より赴任中の黎庶昌が芝公園の紅葉館で都下の漢詩人数十人を招いて重陽の讌集を催した際、張滋昉もこれに出席した。その盛会ぶりを記録した孫点（君異）編『己丑讌集續編』巻下「登高集」[21]に収められた「己丑重九讌集會者姓氏録」に「張滋昉、字袖海。順天大興人。原籍廣東瓊州」と見え、同書所収の西島醇「紅葉館讌集記」にいう「清客張君」とは、張滋昉のことである。「登高集」には、その「己丑重九星使黎公、日東の諸名流を紅葉館に宴す。命ぜられて末座に陪す。卒《にはか》に四詩を賦し、録して教正に呈す」と題する詩が載せられ、其四に次のように詠じられている。

落木蕭蕭天地秋　　落木蕭蕭　天地の秋
龍沙高會此登樓　　龍沙の高会　此《ここ》に楼に登る
凌雲縹渺三山景　　雲を凌《しの》ぐ縹渺三山の景
濯足蒼茫萬里流　　足を濯《あら》ふ蒼茫万里の流れ
瀛島追陪北海宴　　瀛島《えいとう》追って陪す北海の宴
瞿塘久滯杜陵舟　　瞿塘《くとう》久しく滞る杜陵の舟
十年浪迹休相問　　十年の浪迹　相問ふを休《や》めよ
我本江湖一寄鷗　　我は本《も》と江湖の一寄鷗

起句は、杜甫「登高」詩の「無辺の落木は蕭蕭として下る」に基づく。〈龍沙〉は、江西省新建県の北に在る砂洲の名で、中唐の権徳輿に「李大夫の九日龍沙の宴会に陪し奉る」詩がある。〈凌雲〉は、楼の高きをいう。〈三山〉は、東海中にある神仙の住む三つの山。白居易「長恨歌」には「海上の仙山」の「虚無縹緲の間に在」ることを詠ずる。ここではわが国を指す。下句の〈蓬島〉は、蓬萊のことで、この三山の一つ。〈北海〉は、北海太守であった三国魏の孔融。黎庶昌を擬えていう。〈瞿塘〉は、巫峡・西陵峡とともに三峡の一。四川省奉節県の東にある舟の難所。〈杜陵〉は、杜甫のこと。京兆杜陵の人であるから、かく称す。この句は、張滋昉が自らについてわが国に滞留していることをいう。〈浪迹〉は、行方定めず気ままにさすらうこと。江淹「雑体詩」三十首其十八（『文選』巻三十一）に「迹《あと》を浪《ほしいまま》にして蚩妍無く、然して後に君子の道なり」と。結びの句は、李白「廬山謡、盧侍御虚舟に寄す」の「我は本《も》と楚の狂人、鳳歌孔丘を笑ふ」および杜甫「旅夜に懐を書す」詩の

「飄飄何の似る所ぞ、天地一沙鷗」をふまえた表現。〈江湖〉は、湖や大川のほとり。束縛の多い官僚社会とは無縁な自由の天地をいう。この己丑重陽の讌集については、神田喜一郎博士の『日本における中國文學Ⅱ―日本塡詞史話下』（二玄社、一九六七年。後に『神田喜一郎全集Ⅶ』所収。同朋舎出版、一九八六年）の「六十二　己丑重九讌集と槐南・君異の笛家㈠」および三浦叶氏の『明治漢文學史』（汲古書院、一九九八年）にも言及されている。

ところで、神田博士の前掲書「七十一　竹磎の大患と病後の作品㈠」には、張滋昉について次のように紹介されている。

……張袖海、名は滋昉、順天大興の人、原籍は廣東瓊州とある。當時日本に在つて清語の教授をしてゐた。詩文の才があり、副島蒼海のところへ常に出入したらしく、蒼海に彼と唱酬した詩が尠くない。

竹磎は、森川鍵蔵（一八六九～一九一七）の号。この明治二年生まれの年若い漢詩人は、わが国有数の塡詞作家でもあり、漢詩の専門誌「鷗夢新誌」を主宰した。その大患というのは明治二十三年（一八九〇）夏のことで、その回復後に作られた「病起懐人詩」（「鷗夢新誌」第五十三集、後に『得間集』巻上に収む）には、張袖海滋昉について、

淹留蓬島幾經年　　蓬島に淹留して幾たびか年を経る
老矣劉郎也可憐　　老いたり劉郎也《ま》た憐れむ可し
博得酒人聲價在　　博し得て酒人の声価在り
醉餘笑罵舌撟然　　酔餘の笑罵　舌撟然《きょうぜん》

と詠じている。〈蓬島〉は、先に見えた神仙の住む山の一つ。蓬萊。わが国を指す。〈劉郎〉は、六朝宋の劉義慶『幽明録』や『蒙求』巻中「劉阮天台」に見える劉晨のこと。阮肇とともに天台山に楮《こうぞ》の皮（一説に薬草）を採りに行って道に迷い、仙女に遇って半年を過ごしたが、帰ってみれば既に七世を経ていたという。張滋昉を喩え

る。〈撟然〉は、舌があがって声の出ぬこと。ろれつのまわらぬのをいう。『史記』扁鵲倉公列伝に「舌撟然として下らず」とある。ちなみに、明治二十四年四月に上梓された竹磎の『得間集』に張滋昉は序を書いているのだが、そこでは自らを〈浮査散人〉と号している。〈浮査〉は、『論語』公冶長篇の「子曰く、道行はれず、桴《いかだ》に乗りて海に浮ばん」とあるに基づく語で、その自称から、中国において志を得ず、海を渡って日本に来たものの、縦横に才能を発揮する場や機会もないままに無為無能の餘計者となっているとする彼の心情を汲み取っても、あながち不当ではあるまい。

明治二十四年（一八九一）一月、李鴻章（一八二三～一九〇一）の甥でその嗣子となった李経方（一八五五～一九三四）が黎庶昌の後任の駐日公使として来日した。その書記官に選ばれて六月六日着任したのが、後に満洲国初代国務総理を務めた鄭孝胥（一八六〇～一九三八）である。字は蘇堪（蘇戡、蘇龕）、福建省閩県（今の福州市）の出身で、光緒八年（一八八二）の挙人。「旧詩壇の驍将[22]」と評され、『海蔵楼詩』十巻続三巻がある。彼は二十三歳から七十九歳までの五十六年におよぶ間の日記を残しており、近年労祖徳氏の整理をへて《中国近代人物日記叢書》の『鄭孝胥日記』全五冊（中華書局、一九九三年）として刊行されたが、その東京駐在中の記述には張滋昉に関して興味ある内容が多々見られる。来日後二週間ほど経た六月二十一日（光緒十七年五月十五日）の条に、「教習張袖海来りて坐す。已に酔へり。琅然自ら詩十数篇を誦す。聴く可き者有り」と記し、

世事任従蒼狗幻、天機翻是白鷗閑　（世事蒼狗の幻に任《まか》せ、天機翻って是れ白鷗閑なり）
罵坐有因非借酒、點金無術但書空　（坐を罵るは因有り酒を借るに非ず、金を点するに術無く但だ空に書す）
道路流傳堪按劍、深山何處覓藏舟　（道路流伝剣を按ずるに堪《た》へ、深山何処にか蔵舟を覓《もと》めん）

等の句例を書き留めている。〈蒼狗〉の語は、杜甫の「歎ず可し」詩に「天上の浮雲は白衣に似たり、斯須改変

して蒼狗の如し」とあるのをふまえ、変化常ならざる喩え。〈天機〉は、天意。天の秘密。〈点金〉は、道家の語で鉄を黄金に変えること。ここでは金儲けをいう。〈書空〉は、晋・殷浩の故事。敗軍の責めを負って庶人の身分におとされ、日がな一日、空に向かって「咄咄《とつとつ》怪事」（ちぇっちぇっ、けったいな）という四字だけを書いていたという（『世説新語』黜免篇）。〈道路〉云々は、『史記』鄒陽伝の「明月の珠、夜光の璧、闇を以て人に道路に投ずる、人剣を按じて相眄《かへり》みざる者無し。何となれば則ち因る無くして前に至ればなり」というのに拠り、〈藏舟〉は、『荘子』大宗師篇に「舟を壑《たに》に蔵し、山を沢に蔵し、之を固しと謂《おも》へり。然れども夜半力有る者之を負ひて走れば、昧者知らざるなり」とあるのに基づく語で、確固不抜の喩え。この二句は、つまらぬ噂がむやみに広がって思わず身構えもするが、その出所はわからずいったいどこに確かなものを求められよう、というような意味であろう。

そして『日記』では、さらに語を継ぎ、「華人の在日する者、張を善と為《な》せり」と記した後、

酒を嗜《この》みて不羈、金を得れば輒《すなは》ち揮霍して生事を理《をさ》めず。詩は草を編まず。多く日本の従ひ学ぶ者の為に取り去らる。蓋し此《ここ》に浪游すること十二年なりき。其の刻集を勧むる者有れば、答へて曰く、吾が詩未だ必ずしも世に伝へず、身と存亡するも可なりと。

という張滋昉の言葉を挙げている。〈揮霍〉は、大盤振舞の意。

このように鄭孝胥が張滋昉についてかなり詳しく記しているのは、もとよりその話に興味を抱いたのは当然ながら、その人物にどこか惹かれるものがあったからに違いない。その後、明治二十六年（一八九三）四月に駐神戸兼大阪領事として東京を離れるまで頻繁に彼の名が登場する。ともに酒を飲み料亭に遊んだりする一方で、政界の動向を報じ新聞界の内幕を教えるなど、鄭孝胥にとって滞日十二年に及び各界の事情に通じている張滋昉

は、各方面で貴重な情報源でもあったようだ[23]。なお、『日記』の中に張滋昉について「旧家の子弟」とか「世家の子弟」などと形容している箇所が見え、副島蒼海にも「清国の貴紳」と称した例[24]があるが、その家世についても現在のところ具体的な事柄は不明である[25]。ついでに記せば、鄭孝胥とは「終生の刎頸の交わりをむすぶ[26]」ことになる長尾雨山をその年の十二月初めて彼に引き合わせたのも、この張滋昉であった。

明治二十六年一月、「鷗夢新誌」第七十六集に「自ら小影に題す」という張滋昉の七絶が載せられた[27]。

浪迹扶桑一寓公　迹《あと》を扶桑に浪《ほしいまま》にす一寓公
酒間時吐氣如虹　酒間　時に吐く気虹の如し
盱衡世事殷憂切　世事を盱衡《くこう》して殷憂切なり
却被人呼作醉翁　却って人に呼ばれて酔翁と作《な》る

〈寓公〉の語は、『礼記』郊特牲に「諸侯は寓公を臣とせず、故に古《いにしへ》は寓公世を継がず」と見え、故郷喪失者として他国に流離する者の謂で、張滋昉自身をいう。〈気如虹〉は、意気盛んなこと。例えば、晩唐の皮日休「令狐補闕の朝に帰るを送る」詩に「文は日月の如く気は虹の如し」と見える。〈盱衡〉は、眉をつりあげ目をむくこと。結句は自嘲の語であるが、一首全体としては解嘲の作とみなせよう。この詩について竹磎は「小影に題して胸中を言ふ、正《まさ》に是れ外自《よ》り視る能はざる処、詩以て之を補ふなり。然れども二十八字、宛然として袖海先生を見る、亦た是れ其の小影なるのみ。呵呵」と評している。

明治二十七年（一八九四）八月一日、日本政府は清国に宣戦布告した。日清間の友好提携を念じていた張滋昉が、かねてより朝鮮をめぐる両国間の紛擾に心痛めていたであろうことは想像に難くないけれども、多くの清国人が引き揚げるなかにあって、ひとり東京に留まることになった。その間の事情について、「東亞說林」第二号

（明治二十七年十二月七日発行）の「説林餘朶」欄には、「久しく我邦に在住す、朝野やゝその名を知る」に至った張滋昉が、「余は本國に歸る能はす、歸らは間諜の疑を免れす、而して余は日兵の勝たむことを望む敗るれば敵に通するの疑を以て殆ど身首その所を異にせん」と人に語った由、記している。間諜の嫌疑をかけられる恐れありとして帰国せずにいたとしても、だからといって心底から母国の敗北を願っていたわけではあるまい。当時、柳井絅斎《けいさい》[28]（一八七一～一九〇五）編の『征清詩集』や野口寧斎（一八六七～一九〇五）編の『大纛餘光』などが刊行されるなか、張滋昉はどのような感慨を抱いたのであろうか。また北洋艦隊司令長官丁汝昌（一八三六～一八九五）の死は新聞などで大々的に取り上げられたが、これらのことに対して、おそらくは内心悶々としつつ酒に沈酔したまま堅く口を閉ざしていたのではあるまいか。

明治二十九年（一八九六）六十九歳の副島種臣が「九日、袖海を招きて飲む」二首（『全集』巻五、『詩選』巻五）を作った。其二には、張滋昉について次のように詠じられている。

江關爲客又重陽
異域風塵慣旅裝
楡塞昨年龍戰野
草堂今日蟻浮觴
氣干霜雪菊初萼
愁入雲陰鴻早翔
庾信此間最蕭瑟
不妨桑落透人腸

江関に客と為り　又た重陽
異域の風塵　旅装慣る
楡塞　昨年　龍　野に戦ひ
草堂　今日　蟻　觴に浮ぶ
気は霜雪を干《をか》して菊初めて萼たり
愁は雲陰に入りて鴻早くも翔《と》ぶ
庾信《ゆしん》　此の間　最も蕭瑟
桑落　人腸に透《とほ》るを妨げず

〈江関〉は、ここでは江戸を中国風にいう。東京のこと。〈楡塞〉は、中国北辺の地。『漢書』韓安国伝に「石を累《かさ》ねて城と為し楡を樹ゑて塞と為す」とあるのに基づく語。例えば、初唐の駱賓王「鄭少府の遼に入るを送る」詩に「辺烽楡塞を警《いまし》め、侠客桑乾を度《わた》る」とある。この場合、平壌あたりを指すのであろう。〈龍戦野〉の語は、『易』坤卦の「龍　野に戦ひ、其の血玄黄」に基づき、日清両軍の会戦をいう。〈蟻〉は、酒の表面に浮かぶ泡。〈庾信〉云々は、杜甫の「古跡を詠懐す」詩五首其一に「庾信は生平最も蕭瑟、暮年の詩賦は江関を動かす」とあるのによる。庾信は六朝の詩人。初め南朝の梁に仕え、元帝の命を受けて西魏に使いして長安に留まるうちに西魏が北周に滅ぼされ、故国の梁も陳覇先に簒奪されたため、そのまま北周に仕えた。「江南を哀しむの賦」が名高い。わが国に流寓して久しい張滋昉を譬えたもの。〈蕭瑟〉は、双声の語で、ものさびしいさま。ちなみに、杜詩の江関は先のと違い、江南と関中の地。なお、種臣は明治二十三年作の「秋、懐を張袖海に寄す」詩（『全集』巻四、『詩選』巻五）でも「庾信の吟篇最も蕭瑟、十年反らず客愁濃し」と詠じている。〈桑落〉は、酒のこと。秋の末、桑の葉が落ちる頃に醸すという。

明治三十一年（一八九八）一月二十八日、「東京朝日新聞」に「蒼海老伯《さうかいらうはく》を訪《と》ふ」という見出しで、張滋昉の困窮を憂い病後の身を案ずる副島種臣の談話が載った。千駄ケ谷村本宿の邸に老伯を訪うた朝日の記者は「伯《はく》ハ梅花馥郁《ばいくわふくいく》たる銅瓶《どうへい》の傍《かたはら》に幾多漢《いくたかん》、魏六朝《ぎりくてう》の詩書《ししょ》を堆積《たいせき》せしめ、瘦軀鶴《さうくつる》の如《ごと》く儼然《げんぜん》として坐《ざ》せり」と、さながら超俗の高士のような風韻漂う蒼海について先ず叙した後、おもむろに口を開いた彼の談話を記しているのだが、その中に次のような箇所がある。

……余の友人なる清人張滋昉氏ハ一兩年前《りやうねんぜん》より中風症《ちうふうしやう》に罹《かゝ》り已《すで》に東京帝國大學《とうきやうていこくだいがく》の雇《やとひ》をも解《と》かれ、氏《し》の事《こと》とて清貧洗《せいひんあら》ふが如《ごと》く殆《ほと》んど糊口《こゝう》の道《みち》にも差支《さしつか》ふる場合《ばあひ》に陥《おち》いれり。氏《し》ハ我國《わがくに》に支那語《しなご》の教授《けうじゆ》を肇《はじ》めたる鼻祖《びそ》にして多年《たねん》斯文《しぶん》の擴張《くわくちやう》に從事《じうじ》し殆《ほと》んど我國人《わがこくじん》の如《ごと》し今日落魄《こんにちらくはく》の餘《あま》り歸國《きこく》せバ思《おも》はぬ災難《さいなん》にかゝる事《こと》もあらん且《かつ》氏《し》も我邦《わがくに》を以《もつ》て終焉《しうえん》の地《ち》としたしとの望《のぞみ》なれバ余《よ》ハ昨年大隈君《さくねんおおくまくん》が朝《てう》にありし時松方君《ときまつかたくん》と相談《さうだん》して同氏《どうし》を救助《きうじよ》し呉《く》るゝ樣懇請《やうこんせい》せしに大隈君《おおくまくん》も快《こゝろ》よく承諾《しようだく》し呉《く》れたるが未《いま》だ實行《じつかう》せざる内《うち》に野《や》に退《しりぞ》き遂《つひ》に御流《おながれ》となりたり、故《ゆゑ》に余《よ》ハ近日《きんじつ》伊藤君《いとうくん》を訪《と》ひ更《さら》に張氏救助《ちやうしきうじよ》の事《こと》を懇請《こんせい》する心算《しんさん》なり同氏《どうし》の如《ごと》きハ我國《わがくに》にハ隨分盡《ずゐぶんつく》したる人《ひと》なれバ之《これ》を救濟《きうさい》するハ至當《しとう》の事《こと》と考《かんが》ふ云々《うん〳〵》

性来酒好きとはいえ胸中の塊壘を洗いながすべく長年にわたり大量に呷ったせいか、〈酒人〉やら〈酔翁〉やらの綽名と引き替えに贏《か》ち得たのは中風という結果だった。当てにしていた第二次松方内閣の外相大隈重信が下野すると、今度は新たに首相となった伊藤博文に働きかけてでも何とか救済措置を講じたいとする副島種臣の配慮も空しく、翌三十二年（一八九九）七月、六十一歳の張滋昉は二十年にも及ぶ東京での生活に別れを告げ侘しく帰国することとなった。前年の秋には、戊戌の政変に敗れた康有為（一八五八～一九二七）や梁啓超（一八七三～一九二九）がわが国に亡命しているから、ちょうど入れ替わるように立ち去ったことになる。新聞や論壇では支那人雑居問題が取り沙汰されていた頃である。

四

その離日については、神田博士が前掲書の「百十八　明治三十二年の塡詞壇(二)」のなかで、

この七月、多年東京に流寓してゐた清客張袖海（滋昉）が「世外将爲世上人。多年蠖屈一朝伸。雖然未際風雲會。已覺胸中萬象春。」の七絶一首を遺して歸國した。森槐南はこの袖海の詩に評語を書いて、「轗軻不

遇。毫不掛懷。闊達豪邁。决然而去。惜君只欲苦死留。富貴何如草頭露也。」と言つてゐるが、以て袖海の人物を推察することができよう。竹磎は親交の間柄でもあつたので

望雲間　送張袖海歸清國。前段集陶彭澤歸去來辭中字。

歸去來兮。心在去留。言兮歸去來兮。既心爲形役。惆悵而悲。實覺昨非今是。吾生已矣何之。引壺觴自酌。樂以消憂。天命奚疑。　人間富貴。世上風雲。莫言際會無機。槎泛蓬萊清淺。人老當時。知有待君猿鶴。何堪似此分離。揭來只怕。月明千里。後夜相思。

の一闋を賦して、その行を送つた。

云々と述べられている。張滋昉の七絶は「鷗夢新誌」に載せられたものであろうが、現在のところ確認できていない。その詩は「世外将《まさ》に世上の人と為らんとす。多年の蠖屈《かくくつ》一朝伸ぶ。未だ風雲の会に際せずと雖然《いへど》も、已に覚ゆ胸中万象の春」と訓じ、〈世外〉は、ふつう世俗の外という意だが、ここでは中国の外つまり日本を指していう。ちなみに鄭孝胥が神戸で詠じた七絶に「流落中年仍《な》ほ世外、梅花数点中原を憶ふ」（『日記』光緒二十年一月六日の条）とあるのも同様である。また〈風雲の会〉は、明君或いは時運に際会して己が才能を発揮する意。例えば、三国魏の王粲「雑詩」に「風雲の会に遭遇し、身を鸞鳳の間に託す」とある。槐南の評語は、〈惜君〉から〈草頭露〉まで、『唐詩選』巻二にも収める杜甫の「孔巣父の病を謝して江東に帰遊するを送り、兼ねて李白に呈す」詩の一節「君を惜しんで只だ苦死して留めんと欲するも、富貴は何ぞ草頭の露に如《し》かん」をそのまま用いたもの。〈苦死〉は、懸命にの意で、口語的表現。神田博士によれば、竹磎の「望雲間」詞は「僻調」で、「悪趣味」だということになるが、とりあえず訓じておく。「帰りなんいざ、心は去留に在り。言《ここ》に帰りなんいざ。既に心を形の役と為す。惆悵して悲しむ。実に昨は非にして今は是なるを覚る。吾が生已《や》んぬるかな何《いづ》くに之《ゆ》か

ん。壷觴を引いて自ら酌み、楽しみて憂ひを消す、天命奚《なん》ぞ疑はん。／人間の富貴、世上の風雲、言ふ莫《な》かれ際会機無しと。槎《いかだ》蓬莱の清浅に泛《うか》ぶ、人老ゆ当時。君を待つ猿鶴有るを知るも、何ぞ堪へん此《かく》の似《ごと》き分離《わかれ》に。掲来《ここに》只だ怕《おそ》る、月明千里。後夜相思ふ」。〈猿鶴〉は、隠士の伴侶。〈掲来〉は、発語の辞。唐代からの俗語。

このほかに気づいたところでは、南摩羽峰（名は綱紀。文政六年（一八二三）～明治四十二年（一九〇九））にも「張滋昉の清国に帰るを送る」詩（『環碧樓遺稿』巻三）がある。

同文同種又同洲　　同文同種又た同洲
語盡襟期意氣投　　語　襟期を尽くして意気投ず
詩酒追隨空昨夢　　詩酒追随　空しく昨夢
參商疎隔奈今愁　　参商疎隔　今愁を奈《いかん》せん
家山勞思三千里　　家山　思を労す三千里
客土垂帷二十秋　　客土　帷を垂る二十秋
應有並州無限感　　応《まさ》に並州無限の感有るべし
富峰凝翠送歸舟　　富峰　翠を凝らして帰舟を送る

〈同文同種〉は、同じ漢字を用い、同じ人種であること。この語がいつ頃、誰によって使われ始めたのか、今のところ確かなことは不明だが、明治十三年四月一日刊「興亞會報告」第二集に載せる「欽差大臣何公使ト曾根氏ノ談話」中に曾根俊虎の言として「貴邦ト弊國トハ同文同種」と見えるのが、かなり早い時期のものに属するだろう。[29]〈襟期〉は、胸懐。〈参商〉は、参星（オリオン座）と商星（さそり座）。一度に見えることはない。〈垂帷〉は、下帷と同じ。教授する意。前漢の董仲舒が「帷を下して講誦」したことによる（『史記』儒林伝、『蒙求』巻中

「董生下帷」)。第七句は、中唐・賈島の作とされる「桑乾を渡る」詩(『唐詩選』巻七)に「并州に客舎して已に十霜、帰心日夜咸陽を憶ふ。端無くも更に渡る桑乾の水、却って并州を望めば是れ故郷」というのをふまえる。

なお、作られた時期はよくわからないが、長岡雲海に「春日賦して張先生に贈る」と題する七律があり、張滋昉の人となりが窺えるので、これも次に挙げておく。

纔罷吟癡復酒顚　　纔《わづか》に吟痴を罷めて復た酒顚
不妨人喚作頑仙　　妨げず人喚《よ》びて頑仙と作《な》すを
細翻棋譜消春晝　　細かに棋譜を翻して春昼を消し
間撿茶經廢午眠　　間《しづ》かに茶経を撿して午眠を廃す
蓬島尋盟聯舊誼　　蓬島　盟を尋《あたた》めて旧誼を聯《つら》ね
苔岑結契有前緣　　苔岑　契を結んで前縁有り
才高命蹇詩偏健　　才高うして命蹇し詩偏《ひとへ》に健なり
腹笥何曾讓孝先　　腹笥何ぞ曾《かつ》て孝先に譲らん

〈頑仙〉は、仙人の初心者。〈茶経〉は、中唐の陸羽が著した茶に関する本。〈蓬島〉は、わが国を指す。〈尋盟〉は、『左伝』哀公十二年に見える語で、旧盟をあたためる意。〈苔岑〉は、晋・郭璞の「温嶠に贈る」詩に「人も亦た言有り、松竹に林有り、爾《なんぢ》が臭味に及んで、苔を異にし岑を同じくす」とあるのに基づく語で、志向を同じくする友をいう。〈腹笥〉は、腹中の本箱の意。後漢・辺韶(字は孝先)の故事(『後漢書』辺韶伝、『蒙求』巻中「辺韶経笥」)。

帰国後の張滋昉は上海に留まり、わずか一年餘りにして彼の地で歿した。明治三十三年(一九〇〇)十二月一日、東京の新聞「日本」「朝日」「萬朝報」「二六新報」等に死亡記事が出たが、そのうち「日本」の〈雑報〉欄には、次のように報じられている。

●張滋昉氏の逝去　明治初年の頃より本邦に渡來し久しく帝國大學の教授たりし張滋昉氏は昨年中本國へ歸りたるが去る二十一日上海に於て死去し我が小田切領事等友人として盡力し葬送せる由

ここに名の挙がっている小田切領事は、上海総領事代理の小田切萬壽之助（一八六八～一九三四）のこと。古賀茶渓（勤一郎。文化十三年〔一八一六〕～明治十七年〔一八八四〕）の久敬舎で塾頭を務め、越後長岡の河井継之助とは同門であった米沢藩士小田切盛徳（明治十八年歿。宮島誠一郎の詩に出てくる小田切子敬はこの人のことか）の子で、東京外国語学校において張滋昉に就いて学んだうちの一人であった。[30] 明治三十三年と言えば、清朝では光緒二十六年にあたり、義和団鎮圧のため八カ国連合軍が北京を陥れた多事多難の年である。死因は不明ながら、おそらくはそれまでの過度の飲酒が祟った上に何かと心労が重なったものであろう。時に享年六十二。なお、その五年後の明治三十八年一月三十日に副島種臣が七十八歳で歿した。

その後、張滋昉のことは明治三十七年五月吉川弘文館から刊行された難波常雄・早川純三郎・鈴木行三編『支那人名辞書』に「久しく日本に客遊す。光緒二十六年病んで上海に卒す」と記されているのみで、鱒澤氏も指摘されるように、現在わが国や中国で刊行されている各種人名辞典の類にその名を見出すのは困難である。近年刊行された関捷・譚汝謙・李家巍主編『中日関係全書』（遼海出版社、一九九八年）にも全く言及されていない。この人の存在は中国ではほとんど知られておらず、[31] わが国でもすっかり忘却されてしまったのである。

さりながら、当時、張滋昉の死を悼み、その人となりをゆかしく懐う者がいないわけではなかった。誰あろう、かつて文科大学で張滋昉から北京語を習った選科生田岡嶺雲がほかならぬその人である。嶺雲は明治三十四年一月一日刊の「日本人」第一三〇号に「張滋昉氏を懐ふ」と題する一文を載せた。

明治二十四、五、六の交張氏大學に清語を授く予亦當時業を氏に受けたり予が清人と接し清語を習ひたる實にこれを初とす是れを以て予は張氏を懐ふ

清人にしてよく邦語を操り邦文を解し羽織を着け袴を着け其國の食を以て腥膻を吃するにたへずとし其國の住を以て汚穢處るにたへずとなす是を以て予は張氏を懐ふ

清人概ね錢に吝也而して張氏は錢を愛まず人の書をこふものある即ち一揮して與へ、また潤筆料を說かず今や邦人にして無爵のもの、ために書を作らずといふ者あり是を以て予は張氏を懐ふ

張氏善く罵る甞て渡邊洪基氏が何社長何會長其肩書累々として徒に多きを罵り又天長節の夜會絹帽燕尾服の人が食を争ふ餓鬼の如きを罵りたるを記す是を以て予は張氏を懐ふ

張氏善く飲む李經芳氏の我邦に公使たるや李氏張氏をして邦語を在東京の書生輩に授けしむ

張氏一夜此を拉して新橋に豪興す風流此の如し是を以て予は張氏を懐ふ

日清戰役の當時、清語を習ふもの一時頓に多し而して清人多く國に回りて張氏ひとり留まれるを以て張氏を請ふて師とする者甚だ多し予等同人當時東亞學院を剏立し開校の式を斯文學會に擧ぐ一時の名流悉く臻れり式終りて宴に移れる時島田重禮氏卒然張氏を顧み兩指を以て輪形を爲り此が儲かるだろうと張氏微笑答ふる所なし是を以て予は張氏を懐ふ

張氏生理に拙、當時の如き得る所亦寡からず而して一貧舊の如し環堵蕭然是を以て予は張氏を懐ふ

清人の人と交る多く城府を設けて輕しく《(ママ)》ゆるさず張氏は即ち磊落飾らず洒然挾む所なし是を以て予は張氏を懐ふ

西大后（ママ）再び垂簾し皇帝復政を親にせず清の國事日に非ならんとす張氏國を憂ふるの至誠禁ずる能はず慨然老軀を起して國に歸る期する所遂げざりきと雖ども是を以て予は張氏を懷ふ

張氏まさに國に歸らんとするや副島伯以下氏のために金を醵して之を贈る醵したるの金は多くして贈られたるの金はこれに足らず恐らくは奸者利を其間に私せるもの歟張氏滬上に於て此の事を以て予に語る予は同胞のために之を耻ぢたり今亦孫對中村氏の事あり是を以て張氏を懷ふ

張氏明治初年より我邦に來り外國語學校商業學校大學校等に清語を授く其功、錄するに足る政府氏に金を贈らんとす氏時に貧洗ふが如し而かも金を受くるを屑しとせずして之を辭せり是を以て予は張氏を懷ふ

去夏張氏の上海に到る予往いて訪ふ氏喜色面に溢れ手を開いて予を迎ふ雞を煮て酒を呼ぶ氏頽然として已に老い龍鍾亦當年の態なし曰ふ、來り訪ふもの稀に無聊慰め難し願くは數々來れと予聞いて爲之に泫然、而して予も亦當時累多く其意に違ふ是を以て予は張氏を懷ふ

一夕友四輩と滬の北里杏花樓に會飲す張氏を請ふ氏疾を推して強いて到る是を以て予は張氏を懷ふ

初め張氏の其國に回る先づ上海に到り而して後北京に入らんとするにありたり而かも北京廷臣張を悪む者あり氏是を以て往く能はず久しく上海に駐まる狐（ママ）丁零落遂に轗軻の間に逝く是を以て予は張氏を懷ふ

初め張氏滬上に到る常盤舍に寓す、後城內に移る予氏を見るに意あり氏の居る處を知らんと欲してこれを諸人に叩けども得ず遂に復相見ずして予は日本に歸り氏は滬上に逝きたり是を以て予は氏を懷ふ

今年新年、氏猶滬北の常盤舍にあり予は滬南の桂野*里にあり相距る一里にして遠し而して氏病軀を勞して予を訪ふて予偶々在らず蓋し氏清人の居の汚穢なるを嫌ひ城內に移ることを欲せず予輩と同じく住むに意ありたるがためなりと後氏を往訪へば氏已に城內に移り遂に其厭へるの處に逝きたり是を以て予は張氏を懷ふ

嗚呼張氏逝けり妻なく子なく友なく落莫孤丁の裡に逝けり悲夫
*桂野里は、桂墅里の誤り。ここに後出の東文学社があった。

文中に見える〈李経芳〉は、前出の李経方のこと。明治二十四年一月から二十五年十月まで、駐日公使の任にあった。〈孫対中村の事〉というのは、明治三十三（光緒二十六）年の恵州蜂起の際、孫文が代議士の中村弥六に武器の調達を求めたが、中村がその費用の大半を横領した一件。[32] 中村が残りの金で大倉組より購入したのは全く使用に耐えない廃銃と不発弾であり、そのことを隠蔽するために布引丸沈没事件を引き起こしたとする暴露記事が「進歩党の煽乱家」という見出しで十二月三日の「萬朝報」に出た。〈北里〉は、妓楼のならぶ歓楽街。〈杏花楼〉は、四馬路（福州路）に現在もある飯店の名。

田岡嶺雲が、文科大学時代からの友人で「夜鬼窟」[33]の同人でもあり、ともに明治二十八年四月の東亜学院[34]創設に関わった剣峰藤田豊八（漢学科の第二回卒業生、一八六九〜一九二九）の推薦を受けて羅振玉（字は叔蘊、一八六六〜一九四〇）らが設立した日本語学校、東文学社の教習として上海に渡ったのは、明治三十二年六月七日のことで、翌三十三年五月療養のため帰国するまで、ほぼ一年間彼の地に逗留した。[35] その時に虹口南潯路の日本旅館常盤舎に寄寓していた張滋昉のもとを訪れたのである。いったんはわが国に骨を埋める覚悟であったものの、混乱衰微する母国の現状を憂い、やむにやまれぬ思いで病軀をおして帰国した張滋昉だが、廷臣に憎まれて北京に戻ることもかなわず、上海旧城内の陋巷で窮死したという。張滋昉を憎んだという廷臣が具体的には誰なのか審らかにしないが、日清戦争後の保守的な宮廷では、一民間人とはいえ長年東京に在って広く各界との交流があった張滋昉の存在を快しとしなかった者がいたのであろう。その金銭に恬淡とした人柄、磊落で洒脱な一面を懐かしむとともに、善飲善罵のうちに熱誠を有する人として、嶺雲は満腔の同情を寄せている。なお餘談ながら、東文学社で剣峰や嶺雲から英書を習った学生の一人が王国維（字は静安、一八七七～一九二七）で、彼は嶺雲の文集にカントやショーペンハウアーの哲学が引用されているのを見て格別の興味関心を抱いたという。[36] 嶺雲は上海に渡る前の三月に第一評論集『嶺雲揺曳』を上梓し忽ち版を重ね、続いてその年の十一月には『第二嶺雲揺曳』を、翌年四月には『雲のちぎれ』を刊行していたのである。

五

さて、中野逍遙が張滋昉と識り合ったのは、後に掲げる『逍遙遺稿』の序文によれば文科大学においてのことであるように読み取れるものの、逍遙の小説『慈涙餘滴』に載せられた己丑十月八日附の緒言に「慈君常に世道の凌夷を嘆じ、重に命ずるに匡済を以てす」云々と見えていることからして、明治二十二年十月頃にはかなり親密であったことが窺える。

逍遙の詩文の才は、高等中学で作文を担当していた岡本監輔（号は韋庵、天保八年〔一八三九〕～明治三十七年〔一九〇四〕。阿波穴吹出身で明治の初年樺太や千島開拓に意欲を燃やした）のすでに認めるところであったが、[37] やがて張滋昉にも知られるようになり、口数の少ない逍遙もこの五十半ばの清国人に心を開き己が習作の幾つかを見せるようになった。張滋昉は逍遙が明治二十二年に百歳で歿した元宇和島藩主春山伊達宗紀《むねただ》[38]を追悼した「春山公挽文」（『逍遙遺稿』正編）に「筆意矯潔、情致纏綿、偉績大節、網羅して遺《のこ》す無く、允《まこと》に合作に称ふ」（合作は法度にかなった作）と評しているのを始め、二十七年九月正岡子規に寄せた手紙の中に記された「九州感慨十二律」には「吐辞忼慨、音節蒼涼、子美の時を哀しむ諸作に減ぜず」（子美は杜甫の字）という評語を附し、また川崎宏氏の『中野逍遙の詩と生涯—夭折の浪漫詩人』に拠れば、「摧琴の賦」に「哀艶の筆を以て幽怨の思を写す。之を読めば惻惻として人を動かす」と記している。けだし張滋昉は急激な欧化の風潮に抗して孜々として漢学を学ぶ中野逍遙を奇特とし、彼につねづね東洋学術の振興を図る必要性を説き、それによって頽唐せる世道人心を匡済することを期待したのであろう。

逍遙亡き後、漢学科同期の宮本正貫や同選科生の小柳司気太ら学友達が編纂した『逍遙遺稿』正外二編に求められて張滋昉は表題及び書扉の文字を揮毫し、次のような序文を寄せた。

中野君、名重太郎。逍遙子、其自號也。爲人沈默寡言、孜々勤學。當斯時西學盛行、而漢學幾無過問者。獨折節讀書、習爲漢文學。遂以明治二十七年七月卒業、得文學士。其年十一月遘疾而歿。既歿之明年、其親友爲葺其遺稿行之、而屬余爲序之。余初識子於文科大學、毎閲其所作、盖嘗以他日將立壇坫許之、於茲數載矣。子死而不及見其成、則天也。夫天之於人、富貴其所不惜、有洩靈祕而擅聲華者、則眞宰若默讎之。以吾觀於世之挾虛名而縻好爵者、陵夸恣傲、睥睨一世、豈不洋々得志哉。然造物不少靳也。一逍遙子、而遽奪之矣。豈固有幸不幸耶。抑蒼々者、所重將不在彼而在此耶。夫逍遙子已矣。吾將以俟諸不可知者。

(中野君、名は重太郎。逍遙子は、其の自号なり。人と為り沈黙寡言、孜々として学に勤む。斯《こ》の時に当たって西学盛行し、而して漢学幾《ほと》んど過《よぎ》りて問ふ者無し。独り節を折って書を読み、習ひて漢文学を為《をさ》む。遂に明治二十七年七月を以て業を卒へ、文学士を得。其の年十一月疾に遘《あ》ひて歿す。既に歿するの明年、其の親友為《ため》に其の遺稿を葺して之を行ひ、而して余に属《しょく》して為に之に序せしむ。余初め子を文科大学に識り、其の作る所を閲する毎《ごと》に、蓋し嘗《つね》に他日将《まさ》に壇坫に立たんとするを以て之を許す、茲《ここ》に於いて数載なりき。子死して其の成るを見るに及ばざるは、則ち天なり。夫《そ》れ天の人に於ける、富貴は其の惜しまざる所にして、霊秘を洩らして声華を擅《ほしいまま》にする者有らば、則ち真宰之に黙讐するが若《ごと》し。吾れを以て世の虚名を挟みて好爵を縻《つな》ぐ者を観れば、凌夸恣傲、一世に睥睨す、豈に洋々として志を得ざらんや。然れども造物少しく靳《をし》まざるなり。一逍遙子にして遽《にはか》に之を奪へり。豈に固《もと》より幸不幸有らんや。抑《そも》そも蒼々たる者、重んずる所は将《は》た彼に在らずして此れに在るや。夫れ逍遙子已《や》めり。吾れ将《まさ》に以て諸《これ》を知る可からざる者に俟《ま》たんとす。）

〈壇坫〉は、文壇。〈真宰〉は、宇宙の主宰者。『荘子』斉物論篇に見える語。〈好爵〉は、高い爵位。ちなみに明治二十五年十一月二十九日（光緒十八年十月十一日）の『鄭孝胥日記』に、「張袖海自ら日本を賦する詩を誦す。童呆好爵を縻ぎ、賈豎名流に預かると曰ふ有り。甚だ今の日本国中の風に肖《に》る」という。

かつて「江湖散人」と号した晩唐の陸亀蒙は「李賀小伝の後に書す」（『甫里先生文集』巻十八）において、「吾れ聞く、淫《みだ》りに畋漁する者は之を天物を暴《あら》すと謂ふと。天物既に暴す可からず、又た抉摘刻削して其の情状を露はす可けんや。萌卵自《よ》り槁死に至るまで、隠伏する能はざらしめば、天能く敢へて罰せんや。長吉の夭、東野の窮、玉渓生の官朝籍に掛からずして死す、正《まさ》に是れに坐《よ》りしや、正に是れに坐りしや」と呻いて、李賀（字は長吉）・孟郊（字は東野）・李商隠（号は玉渓生）という詩人達が遠慮容赦なく無謀にも造化の秘密を解き明かそうとした表現者であったがゆえに、却ってそれが禍となって夭折・貧窮・不遇といった現世での不幸を招いたのだと嘆息したが、ここもそうした認識や感慨と相通ずるものがある。

以上、中野逍遙が生前深く信頼し、その歿後『逍遙遺稿』に序文を寄せた文科大学漢学科の外国人教師張滋昉について、清国漫遊中の副島種臣との出会いとそれに続く明治十二年の来日から三十二年七月に帰国し翌年十一月上海で客死するに至るまでの間における事跡の一端を垣間見た次第である。調査考証が足らず疎漏な点が多いとはいえ、この名利に恬淡とし虚偽を憎み善飲善罵の内に熱誠を有した清国人が、副島種臣との交友もさることながら、文科大学で学んだ中野逍遥や田岡嶺雲からその人物を慕われた極めて異色の存在であったことだけは少なくとも確認できたのではないかと思う。

（1）曽根俊虎については、黒龍会編『東亜先覚志士記伝』および東亜同文会編『対支回顧録』に略伝が見える（いずれも復刻版あり。原書房、一九六八年）。専論には佐藤茂教「『興亜会報告』と曾根俊虎―興亜会活動に見る曾根の一軌跡」（『近代日本形成過程の研究』収録。雄山閣、一九七八年）および同「興亜会創設者曾根俊虎の基礎的研究」（『聖徳学園短期大学研究紀要』第十八号、一九八五年）がある。興亜会との関係については六角恒廣『中国語学習余聞』（同学社、一九九八年）の「興亜会と興亜学校」が参考になる。さらに草森紳一「薔薇香處［続］―副島種臣の中国漫遊」（「文學界」二〇〇〇年三月号）にも曽根俊虎について言及されている。ちなみに、草森氏の論考は従来その詳細がわからずにいた副島種臣の清国漫遊の経緯や足跡を丹念に辿りながら、その心事を解明されようとしたもので、「文學界」二〇〇〇年二月号から二〇〇三年五月号にかけて連載された。

　なお、明治十六年二月に成島柳北の序文を冠して績文館から刊行された曽根俊虎の『清国漫遊誌』には、文中ところどころ自作の詩と張滋昉の評を載せている。現在、小島晋治監修『幕末明治中国見聞録集成』第一巻（ゆまに書房、一九九七年）に収録。ちなみに、その第二巻には同じく曽根俊虎の『北支那紀行』（前編明治八年、後編明治九年）を収める。

（2）副島種臣の清国漫遊については、前掲、草森紳一「薔薇香處―副島種臣の中国漫遊」参照。ほかに山口勝朗「清国漫遊の跡を辿って」（『墨』四十一号。芸術新聞社、一九八三年）がある。大橋昭夫『副島種臣』（新人物往来社、一九九〇年）には清国での足跡に触れて、「副島は、住居を上海の郊外の浦東に定めたというが、そこばかりにとどまらず、蘇州、嘉興、杭州の各地に出かけ、時には揚子江をさかのぼって武漢まで足を伸ばしたらしい」という。

（3）「副島伯經歴偶談」（「東邦協會會報」第四十三号、明治三十一年二月。後に島善高編『副島種臣全集2』収録。慧文社、

平成十六年）に「明治九年に私が支那に行つた後に、日本が悉く大亂であつた。（中略）其れから明治十年の暮にちよつと歸つて、直ぐに亦再び支那に行つて、明かに歸つたことは明治十一年であつた」という。なお、草森紳一「薔薇香處［終］―副島種臣の中国漫遊」（『文學界』二〇〇三年五月号）によれば、副島種臣が一時帰国して神戸に着いたのは、九月二十四日、西郷が自尽した日であるという。

（4）この記事は、「興亞公報」第一輯（明治十三年三月二十四日）に載せられた渡辺洪基（一八四八〜一九〇一。当時、興亜会副会長。後に明治十九年三月から二十三年五月まで帝国大学総長を務めた）の興亜会創立大会における演説とともに、伊東昭雄編著『思想の海へ［解放と変革］⑪アジアと近代日本―反侵略の思想と運動』（社会評論社、一九九〇年）「第1部大アジア主義の形成とアジア民間交流」にも収録されている。

（5）もっとも、曽根俊虎が張滋昉について「従来張氏ハ弊国ニ遊歴ノ念アリ」と述べているように、張滋昉自身がわが国に関心を抱いていたことは確かなようだ。そのことは、袖海と字《あざな》していることとも関係がありはしないだろうか。というのも袖海の語は、北宋の蘇軾（東坡）の「文登蓬莱閣の下、石壁千丈。海浪の戦ふ所と為る。時に砕裂有り、淘灑歳久しく、皆円熟愛す可し。土人謂ふ、此れ弾子渦なりと。数百枚を取って以て石菖蒲を養ふ。且つ詩を作り、垂滋堂老人に遺る」と題する詩（『蘇文忠公詩合註』巻三十一）のなかに「我れ此の石を取りて帰る、袖中に東海有り。（中略）之を盆盎中に置き、日々山海に対す」とあるのをふまえたものだからである。ちなみに、乾隆時代、わが国にたびたび来航していた王鵬（字は厳翼、号は竹里）には『袖海篇』と題する長崎唐人屋敷での滞在記がある。王鵬の『袖海篇』については、大庭脩『漂着船物語―江戸時代の日中交流』（岩波新書、二〇〇一年）参照。

（6）佐々木哲太郎の事跡については、佐々木盛行『中林梧竹―人と書芸術の実証的研究』（西日本文化協会、一九九一年）の「佐々木哲太郎をめぐる副島種臣と梧竹」に詳しい。

（7）長尾雨山が副島種臣の知遇を得たのは明治二十一・二年頃であったらしい。新聞の漢詩欄に載った雨山の作を見て、蒼海がその存在を知り国分青厓を通じて訂交するに至ったという。このこと、杉村邦彦「長尾雨山とその交友⑦」（『墨』一二二号。芸術新聞社、一九九六年）参照。

（8）鄭子瑜・実藤恵秀編校『黄遵憲與日本友人筆談遺稿』第四巻第二十八話（早稲田大学出版会、一九六九年刊）。なお、さねとうけいしゅう編訳『大河内文書—明治日中文化人の交遊』（平凡社東洋文庫、一九六四年）「七　曽根俊虎」の章にも張滋昉の名が見える。ちなみに、それに拠ると大河内輝声や石川鴻斎らは曽根俊虎と全く肌が合わなかったようで、その詩も認めていない。

（9）ついでに言えば、中野逍遙は大学予備門時代に三島中洲から作文の指導を受けたことがある。明治二十三年五月十八日附、父宛ての書簡に「別紙文章二篇相送申候御覧被下べく漢文の方ハ三島と申文章家の評及び他二人漢学者の批評和文の方ハ久米と申歌よみの点刪に御坐候」と見える（前掲、川崎宏編「中野逍遙書簡」）。なお、中洲についての研究には、戸川芳郎編『三島中洲の学芸とその生涯』（雄山閣、一九九九年）がある。

（10）一方、漢文で書かれた『墨水別墅雑録』（今井源衛校訂。吉川弘文館、一九八七年）では、明治十七年五月十八日の条に張神海の名が見えるが、神は紳字の誤りであろう。

（11）『邀月樓存稿』全五冊（大正八年刊）のうち第一冊所収。他に藍田の明治十五年作「壬午九月、関根痴堂、居を墨江に移す。成島柳北と隣す。詩有り、柳北之に和す。余顰《ひそみ》に倣《なら》ひて寄贈し、兼ねて柳北に似《しめ》す」詩（同上）にも、張滋昉の評語がある。なお、関根痴堂は癡堂居士と号した三河豊橋出身の関根柔（一八四〇〜一八九〇）のこと。

（12）黒木彬文「興亜会・亜細亜協会の活動と思想」（復刻版『興亜会報告・亜細亜協会報告』第一巻解説）に拠る。

（13）興亜会の支那語学校で張滋昉について学んだ一人に宮島誠一郎（号は栗香。一八三八〜一九一一）の子、詠士宮島大八（一八六七〜一九四三）がいる。この人は明治二十年に中国に渡り、ほぼ七年間「曾門の四弟子」の一人で桐城派の文人張裕釗（字は廉卿。一八二三〜一八九四）に師事した。明治二十八年二月に張滋昉の後任として帝国大学の支那語講師（三十一年七月まで）となり、自宅に詠帰舎（後の善隣書院）を開いて中国語教育に大きな業績を残した。宮島の留学については魚住和晃『宮島詠士〔人と芸術〕』（二玄社、一九九〇年）があり、中国語教育者としての足跡については六角恒廣『漢語師家伝—中国語教育の先人たち』（東方書店、一九九九年）の第五章〈宮島大八—善隣書院と『急就篇』〉があるほか、村山吉廣『漢学者はいかに生きたか—近代日本と漢学』（大修館、一九九九年）にも「宮島大八—大陸とのかけはし」の章がある。

（14）張滋昉の詩は、次の如くである。

東風爛漫正韶華　　東風爛漫　正《まさ》に韶華
雅集園林興信嘉　　園林に雅集して興信《まこと》に嘉《よ》し
已坐元龍樓百尺　　已に坐す元龍が百尺の楼
更傾文擧酒千車　　更に傾く文挙が酒千車
無邊春色深如海　　無辺の春色　深きこと海の如く
彌望櫻花燦似霞　　弥望の桜花　燦として霞の似《ごと》し
既醉莫嫌歸路晩　　既に酔うて帰路の晩《おそ》きを嫌ふ莫《な》かれ
一輪皓月照檐斜　　一輪の皓月　檐を照らして斜めなり

〈韶華〉は、美しい春景色。〈元龍〉は、三国魏の陳登の字。誠実でさっぱりとしており、沈着で思慮深く大略を有していた。許汜と劉備とが荊州の劉表のもとで、天下の人材を論じた際、許汜が陳登を傲慢で主客の礼をわきまえずさっさと本人は大きな牀（寝台）に寝て客たる自分を牀下に寝かせたと非難したのに対して、劉備が許汜をたしなめ、自分なら百尺の楼上に臥し、君を地べたに寝させたいと思う、寝台の上下の違いどころではないと言ったという（『三国志』巻七、魏書、陳登伝）。〈文挙〉は、後漢末の孔融の字。曹操が出した禁酒令に反対し、「坐上客恒《つね》に満ち、樽中酒空しからざれば、吾れ憂ひ無し」と言ったという（『後漢書』、孔融伝）。〈弥望〉は、見渡すかぎり。後漢・張衡の「西京の賦」（『文選』巻二）に見える語。

（15）『雲海詩抄』巻下や『雲海詩抄續編』巻下に見える「張先生」というのは、張滋昉のことであろう。そのうち、明治二十三・四年頃の作と思われる「張先生に贈る」詩には、

不圖瀛海久相逢　　図らずも瀛海久しく相逢ふ
十載交際毎過從　　十載の交際　毎《つね》に過従す
學問淵源承道統　　学問淵源　道統を承け

文章風義仰儒宗　　文章風義　儒宗を仰ぐ
名同天上張公子　　名は天上の張公子に同じく
才比雲間陸士龍　　才は雲間の陸士龍に比す
大好光陰原逆旅　　大いに好し光陰　逆旅を原《たづ》ぬること
何妨蓬島寄仙蹤　　何ぞ妨げん蓬島　仙蹤を寄せるを

と詠じられている。第五句は、杜甫の「翰林張四学士垍に贈る」詩の「天上の張公子、宮中漢客星」に基づく。第六句は、西晋の陸機（字は士龍）が「雲間の陸士龍」と称したのによる（『世説新語』排調篇、『蒙求』巻上）。第七句は、李白「春夜桃李の園に宴するの序」の「天地は万物の逆旅、光陰は百代の過客なり」をふまえる。この詩には、社交辞令もあってか溢美の言が多用されている。

なお、長岡雲海の漢詩集として別に明治二十一年刊の『長雲海詩草』上下二冊があり、また二松學舍大学附属図書館には『長雲海詩草』上中下三冊を所蔵する。後者は刊行年不明ながら、上は甲子起辛未止、中は辛未起庚辰止、下は庚辰起癸未止、即ち元治元年（一八六四）から明治十六年（一八八三）までの作が収められている。両著ともほとんど毎篇にわたって張滋昉ほか清人の評が附されている。

（16）「王定国の晋卿が酒を得て相留めて夜飲するに次韻す」詩（『蘇文忠公詩合註』巻三十一）。また「喬将《まさ》に行かんとし、鵝鹿を烹、刀剣を出して以て客に飲ましむ。詩を以て之に戯る」と題する作（巻十四）には「便《すなは》ち先づ報恩子と呼ぶ可し、仍《な》ほ酔郷公を帯ぶるを妨げず」と見える。

（17）佐々木盛行氏の前掲書、「梧竹作品の評価」には、著者架蔵の「明治二十三年ごろ張滋昉から梧竹あての文翰」が写真版で示されており、参考までに読み下して次に挙げておく。

漢魏周秦至古初　　漢魏周秦より古初に至る
臨摸殆徧更心虚　　臨摸殆ど徧《あまね》く更に心虚なり
残碑斷碣積千軸　　残碑断碣　積むこと千軸

墨水成池樂有餘　　墨水池を成し楽しみ餘り有り

梧竹山人雅《つね》に八法を善くし、尤《もっと》も碑帖を喜ぶ。前に禹域に游び、至る所捜羅す。故に獲る所の六朝以上の旧帖甚だ富む。今携へて東都に至り、副島一一學人を経《ふ》。先生賞鑑して並びに貽《おく》るに詩を以てす。余も亦た韻を次ぎ、奉って粲正に博す。

弟張滋昉拝草

種臣の詩は、「梧竹至る。共に賦す。八首」其三（『全集』巻三）で、次の如く詠じられている。

梧竹先生習字初　　梧竹先生字を習ふの初め
搨摸天下鼎鐘虡　　天下に搨摸して鼎鐘虡なり
遂將成卷稱多在　　遂に巻を成すを将《もっ》て称多く在り
卽擬等身猶有餘　　即ち擬す等身猶ほ餘り有るを

佐々木氏は張滋昉の書簡を明治二十三年ごろの作とみなしておられるが、一方で、種臣の「梧竹至る。共に賦す」詩の第二首については明治十六年の作とする（前掲書「梧竹を巡る『忘れ得ぬ人々』政治家・副島種臣」）。けだし種臣の詩は明治十七年七月、梧竹が東京にやって来て間もない頃の作とみるのが妥当で、張滋昉の詩もその時に作られたのではなかろうか。

(18) ちなみに、末広鉄腸は『逍遙遺稿』刊行に際して、序文を草することになっていたが、入院中のため果たせなかった。その間の事情について、『逍遙遺稿』に添附された「發起人賛成者及出版費義捐金額」一覧表の附言に、次のように言う。

末廣衆議院全院委員長發起人トシテ助力ヲ與ヘラレシコト少カラズ且病間ヲ以テ序文ヲ草スルコトヲ約セラレシニ宿痾未ダ快カラズ今秋來第二醫院ニ於テ治療中ナリ故ヲ以テ遂ニ之ヲ得ル能ハズ殊ニ遺憾トス

(19) 鉄腸の「病起」詩は、次の如くである。

誰意枯枝又着花　　誰か意《おも》はん枯枝に又た花を着けんとは
心期百歳負烟霞　　心に期す百歳　煙霞を負ふを
裁衣妻怪腰圍細　　衣を裁ちて妻は腰囲の細きに怪しみ
對案兒驚食量加　　案に対して児は食量の加はるに驚く

喜比遺珠還入手　喜びは遺珠の還《ま》た手に入るに比し
情同逐客再歸家　情は逐客の再び家に帰るに同じ
自今踈懶任人笑　今自《よ》り踈懶　人の笑ふに任す
畢竟餘生添足蛇　畢竟餘生　添足の蛇

(20) 他に、管見では長岡雲海や福井学圃（一八六八〜一九一八）にも送別の詩がある。

(21) 二松学舎大学附属図書館所蔵本に拠った。一九九二年に貴州人民出版社から刊行された『黎星使宴集合編』には、この「己丑讌集讌集續編」は収録されていないが、二〇〇四年に刊行された王宝平主編『晩清東游日記匯編①中日詩文交流集』（上海古籍出版社）には、影印を収める。

(22) 吉川幸次郎「『中国書畫話』解説」（筑摩書房『吉川幸次郎全集』では第十七巻）に見える。なお、わが国で鄭孝胥の詩を論じたものに狩野直喜「海藏樓詩を讀む」（大正十二年「藝文」第十四年第三号。後に『支那學文藪』所収。みすず書房、一九七三年）があり、その後、今関天彭『近代支那の學藝』（民友社、一九三一年）、倉田貞美『清末民初を中心とした中国近代詩の研究』（大修館、一九六九年）にも論及されている。

(23) このほか、幾つか興味深い話柄を紹介しておく。

光緒十七年十月十五日（明治二十四年十一月十六日）の条に、「宮島（誠一郎）は態度がとてもでかいが、しばらくして張袖海がやって来ると、すっかりそわそわして、ちょっと腰掛けていただけですぐに帰ろうとした。思うに宮島は素より華人との交際で知られているが、画は中国公使の描いたもの、詩もみな黄公度や沈梅史等の代作である。張袖海がその間の事情を残らず知っているため、張を見ると悄気《しょげ》返るのだ」とあり、鄭孝胥は栗香と反りが合わなかったものか、あるいは何か別に理由があるのか、極めて底意地の悪い見方をしている。ちなみに沈梅史は、何如璋の随員であった沈文熒（字は梅史）のこと。またこれより先、九月十七日（十月十九日）の条には洋烟（阿片）の話題が見え、「張袖海が言うに若い頃に洋烟を吸っていたことがあるが、今は断って十七年になる」とある。ついで十一月廿二日（十二月二十二日）の条に「夜、袖海が来て話す」とあり、そこで張が「酒を飲むとむかっ腹が立って、よく人を面罵する」と言えば、鄭が「君は旧家の子弟だから、怒りっぽく剛直で阿《おもね》らない質《たち》なんだ」云々と答えている。なお十月廿四日（十一月二十五日）および十一月十四日（十二月十四日）の条からは、当時張滋昉に日本人妻がいたことが知られる。

年が改まって光緒十八年閏六月廿三日（明治二十五年八月十五日）の条に、「昨日、欽差大臣（公使の李経方のこと）と話した際、ついでに張袖海のために頼んでおいた。曰く、学堂の漢教習は本来緊急を要するものではなく、張の性格は矜傲寡合で、おそらくは汪公（汪鳳藻）が赴任してくると、皆から爪弾きされて、除け者にされてしまいかねない。張は世家の子弟で異域に流落し、公使館で面倒を見なければ、体面を傷つけてしまう。ましてや副島・榎本らの推薦であるから、途中でやめてしまうのは、なんとも面目が立たぬ。大臣が彼の本意を汪公によしなに取り次いで下されば、きっと人事異動はない。どうかくれぐれもよろしく」云々と見え、鄭孝胥が張の処遇を気に掛けていることが窺える。

張滋昉と副島種臣との関係は本文中に述べたが、副島の後を受けて興亜会の第四代会長（明治十四年十二月～十五年十一月）になったのが榎本武揚（一八三六～一九〇八）で、その時に張滋昉との交際が生じたものと思われる。〈学堂〉というのは、公使館に附設されていた東文学堂のことであろう。光緒十九年五月から九月にかけて来日した黄慶澄（字は愚初）の『東遊日記』（清・王錫祺輯『小方壷斎輿地叢鈔』再補編第十帙所収）に見える。張滋昉は公使館の雇員として日本文を教えていたのである。もっとも、この『東遊日記』には、張滋昉についての言及はなく、汪公使の時には雇いを解かれていたようだ。

さらに光緒十八年十一月二十日（明治二十六年一月七日）の条に拠れば、森槐南が『鶏林詩選』に題した絶句の中に、「乾嘉の詩格已に頽残、降って咸同に及べば観るに耐へず。此《かく》の如き中原愧づること無きや否や、遼東の属国旧衣冠」と詠じ、中国においては乾隆（一七三六～一七九五）・嘉慶（一七九六～一八二〇）の詩でさえもはや格調がくずれており、咸豊（一八五一～一八六一）・同治（一八六二～一八七四）以降になるとまるっきり見るべきものがないと批判しているのを知って、鄭孝胥は伊藤博文に随行して大磯に滞在中の槐南に皮肉を込めた反論の手紙を送っている。その大意だけ紹介すると、「足下の絶句八首を見たが、口吻が軽佻浮薄で、上海の申報館の習気に染まっているのは残念だ。真の詩人たらんとすれば詩学の根本たる敦厚の旨をよく拳々服膺したまえ。一知半解のまま得意がっていても、学術徳業においては無益である。足下は専ら作詩を学び文章は作られないが、手紙の文意はわかりやすいから理解できるだろう。もし意味がとれなかったら、重野成斎といった連中に解説してもらいたまえ」という内容である。ついで廿四日（一月十一日）の条には、槐南と同行していてその文面を見せられた野口麟斎（寧斎の誤まりであろう）が袖海のもとにやって来て、君の筆になるものではないかと訊ねたという後日談が載せられている。なお、鄭孝胥は新聞で槐南の詩を見たようだが、その槐南の題辞を冠した野口寧斎批点佐々木松菊庵編『雞林詩選』そのものは寸珍百種第拾五編として『岡本黄石翁雷笑餘聲』に附して、博文館から明治二十五年十二月二十二日に刊行されている。

(24) 明治二十二年頃の作「張滋昉・宮島誠並《とも》に草堂を訪はる」詩（『全集』巻四）。宮島誠は、宮島誠一郎のこと。

(25) もっとも、蒼海の「張滋昉先生に答ふ」四首其（『全集』巻三）には、秦檜に憎まれて永州に貶せられた南宋・張浚の令孫だという。

(26) 前掲、吉川幸次郎「『中国書畫話』解説」。鄭孝胥と長尾雨山との関係については、樽本照雄『初期商務印書館研究』（清末小説研究会、二〇〇〇年。後に増補版、二〇〇四年）に詳しい。『鄭孝胥日記』光緒十八年十月十五日（明治二十五年十二月三日）の条には、長尾雨山・張袖海とともに両国の料亭亀清楼に上がり、芸妓を呼び詩を賦した記事が見え、「子野歌を聞きて奈何《いかん》と喚《さけ》び、二君の句亦た人を感ぜしむること多し。蘇龕今夕君が為に酔ひ、両国橋頭月下過ぐ」と詠じている。ちなみに、〈子野〉云々は、『世説新語』任誕篇に「桓子野（尹）清歌を聞く毎に、輒《すなは》ち奈何と喚ぶ。謝公（安）之を聞きて曰く、子野一往に深情有りと謂ふ可し」とあるのをふまえる。

(27) この詩は「東亞説林」第三號（明治二十八年一月三十日発行）の「寒園一枝」欄にも、「戯像自像」と題して載せられている。またそれに続けて、同誌には「欲遊富士不果寄懐」（富士に遊ばんと欲して果たさず、懐ひを寄す）という七絶も掲げられているので、ついでに示しておく（圏批点は省略）。これは遊仙詩ふうに詠じたもの。

曾與仙人駕玉龍　曾《かつ》て仙人と玉龍に駕す
天門高處躡芙蓉　天門高き処　芙蓉を躡《ふ》む
罡風吹醒瑶池酒　罡風《こうふう》吹き醒ます瑶池の酒
身隔蓮華第幾峯　身は隔つ蓮華の第幾峯

〈玉龍〉は、伝説中の神龍。〈天門〉は、天帝の居所の門。〈芙蓉〉は、富士山の頂をそれに見立ててかくいう。結句の蓮華も同様。〈罡風〉は、高い天空を吹く風。道教の語。〈瑶池〉は、昆崙山上にあるとされた池の名で、西王母の居所。『穆天子伝』には、周の穆王が西王母に瑶池で酒をすすめたという話が見える。

(28) 三浦叶『明治漢文學史』の中篇第二章「日清戰爭と漢詩」参照。なお、そこで野口寧斎を金沢の人とするのは野口犀陽と混同された為であろうか。寧斎は肥前諫早の人である。柳井絅斎については、三浦氏の前掲書、下篇第六章第五節「柳井絅斎―若き稲門の漢詩家」に詳しい。

(29) 同文同種の語については、陳舜臣・陳謙臣『日本語と中国語』（祥伝社、一九七二年。後に徳間文庫、一九八五年）に、これを和製漢語とし、日本のいわゆる「支那浪人」たちが中国人に親愛の情を示すために用いはじめたのだろうと推測し、筧文生「日本人の中国理解と中国人の日本理解」（磯村尚徳・加藤周一ほか『世界の中の日本―日本に期待されるもの』第六章。法律文化社、一九八八年）も、この熟語は「おそらく日本人がこしらえた言葉」で、それも「日清戦争あるいは日露戦争以後のことではないか」とみている。

なお、上垣外憲一「黄遵憲『日本雑事詩』」（『国文学解釈と鑑賞』第六十巻三号、平成七年三月）に、「同文同種」を黄遵憲が言い出した標語とするが、『日本雑事詩』の其五に徐福伝説を取り上げて、その自注に「今の日本人は実に我と同種」といい、また其十に日清修交を詠じて、その自注に「念《おも》ふに両大（日中両国を指す）同《とも》に亜西亜に在り、同類同文、当《まさ》に倚《よ》ること輔車の如くなるべし」云々ということはあっても、同文と同種と結び合わせて用いた例そのものは見出せない。

さらに草森紳一「薔薇香處［XXIV］―副島種臣の中国漫遊」（『文學界』第五十六巻第一号、二〇〇二年一月号）に『大日本外交文書』第六巻所載の「使清日記」によって、清国皇帝に対する典礼問題で副島種臣が「中国と日本は、もともと同文同種であるから、清国の礼に従えと責めてくることに対しては、同じえなかった（「同文同種」の思想は日本人の錯覚かと思っていたが、中国の押しつけでもあったのだ）」と述べているのは、六月三日の記事に「総署大臣ヨリ大使（種臣のこと）へ再覆ヲ致ス其文ニ曰ク」として引くなかに「貴國與中國、本係同文之國、是否照行中國禮節」云々とあるのをふまえてのことであろうが、「同文」とは言っても「同文同種」とはしていないことに注意すべきである。

(30) 小田切萬壽之助については、『東亜先覚志士記伝』および『対支回顧録』の略伝参照。なお、漢詩集として『銀台遺稿』があり、その蔵書は「小田切文庫」として財団法人東洋文庫に寄贈されている。

(31) 管見では、張滋昉に言及した唯一の例として、蒋英豪編著『黄遵憲師友記』（上海書店出版社、二〇〇二年）の「張景式」の項に「字滋昉、鼒昉。駐日使館人員、黄遵憲同事」と見える。但し、張滋昉が正式に清国公使館員となったことはない。

(32) 宮崎滔天『三十三年の夢』にその間の事情が述べられている。島田虔次・近藤秀樹校注岩波文庫本（一九九三年）参照。また兪辛焞『東アジアのなかの日本歴史9　孫文の革命運動と日本』（六興出版、一九八九年）参照。

(33) 夜鬼屈のことは、笹川臨風『明治還魂紙《すきがへし》』（亜細亜社、昭和二十一年。後に筑摩明治文學全集99『明治文學回顧録集(二)』に収録）の「五　夜鬼窟」に当時のことが回想されている。また西田勝編『田岡嶺雲全集』第五巻（法政大学出版局、一九六九年）の「数奇伝」解題も参照。

(34) 東亜学院については、前掲『田岡嶺雲全集』第五巻の「数奇伝」解題を参照。三浦叶『明治の漢學』第二部第一章「新漢學者（赤門文士）とその活動」にも言及されている。また第XI章の「小柳司気太の『莛鐘録』」の条も参照。

(35) 上海時代の田岡嶺雲について論じたものに、趙夢雲「田岡嶺雲と上海」（西田勝退任・退職記念文集編集委員会『文学・社会へ地球へ』所収。三一書房、一九九六年）がある。後に改題して『上海・文学残像―日本人作家の光と影』（田畑書店、二〇〇〇年）に第一章「『或變動』を成し遂げた都市―田岡嶺雲の上海東文学社」として収録。

(36) 『静安文集続編』自序に「是時社中教師爲日本文學士藤田豊八田岡佐代治二君。二君故治哲學、余一日見田岡君之文集中有引汗徳叔本華之哲學者、心甚喜之」と見える。

なお、王国維が嶺雲から受けた具体的な影響については、須川照一「王国維と田岡嶺雲」上（『東方』四十五号、一九八四年）、竹村則行「田岡嶺雲の境界説と王国維の境界説」（『中国文学論集』第十五号、一九八六年）、岸陽子「田岡嶺雲と王国維―『人間詞話』をめぐって」（安藤彦太郎編『近代日本と中国―日中関係史論集』所収。汲古書院刊、一九八九年。後に『中国知識人の百年―文学の視座から』第I部に収録。早稲田大学出版部、二〇〇四年）などに詳しい。岸氏によれば、王国維は、ショーペンハウアーのみならずシラーの存在を嶺雲の著作から教えられたという。

（37）『逍遙遺稿』に冠せられた岡本監輔の序文を読み下して、次に挙げておく。

十許年前、余第一高等中学に在り、生徒の作文を督す。時に中野重太郎有り、伊予の人なり。学を好み漢文に長ず。雄健富贍、儕輩に超越す。尋《つ》いで大学に入り、卒業して文学士と為る。自ら逍遙子と号す。声名隆隆として日に起こる。余謂《おも》へらく異日牛耳を文壇に執る者は、必ず斯《こ》の人ならんと。忽ち其の泉下に客たるを聞く、事は去冬に在り。駭歎惋惜する者之を久しうす。曰く、耆宿漸く彫謝せり。望む所の者は、独り少壮重太郎の如き者有るのみ。而して今此《かく》の如し。嗟乎《ああ》何ぞ天の文章に恕《ゆるがせ》なるや。頃《ちかご》ろ其の友人橋本夏男宮本正貫等、遺文を刻し、以て同人に頒たんことを相謀る。書を馳せ来りて余に言を徴し、以て巻首に弁ず。益ます重太郎学に素養有り、能く交友相信ずの殷《さかん》なるを致すを感ず、啻《ただ》に文辞卓異なるのみならざるなり。則ち其の人逝けりと雖も、亦た自ら磨滅せざる者有りて存せり。胡《な》んぞ喜びて之を題せざらんや。

ちなみに、この序文を寄せた時、岡本監輔は郷里の徳島県尋常中学校長を務めていた。その事績や関係資料については、阿波学会・岡本韋庵調査研究委員会編による『阿波学会五十周年記念アジアへのまなざし岡本韋庵』（二〇〇四年）にまとめられているほか、評伝として林啓介『樺太《からふと》・千島《ちしま》に夢をかける—岡本韋庵の生涯』（新人物往来社、二〇〇一年）がある。なお餘談ながら、明治二十年に第一高等中学校に入学したものの、「月謝不納の故を以て」三年足らずで除籍になったという堺利彦は、「先生の中では、今ま記憶に殘つてるのが幾許もない」と言いつつも、「漢文の先生の岡本監輔さんは、田舍親爺のような好々爺に見えたが、あれで大變えらい人だそうだと云はれてゐた」と回想している（『堺利彦伝』改造社、大正十五年）。

（38）春山は宇和島藩の財政基盤を固め、養子宗城が四賢侯の一人として活躍するのに後顧の憂いなからしめたが、旧藩士の子逍遙にとってもまた格別の存在であった。『逍遙遺稿』に掲げられた「中野文學士小傳」に、

……学士幼にして敏、四歳にして能く管を搦《と》り字を画く。成童にして鶴鳴学校に学ぶ。故有り退きて山本先生に従ひ、彤管の訣を受け、飛走頗る観る可し。一日軒岐氏松本文哉、学士の作る所の書を視て、大いに之を賞し、即ち春山伊達公に呈す。公も亦た大いに喜び、人をして之を召さしめ、書を賜ひ臨みて以て進ましむ。後以て例と為す。

とある。〈彤管〉は、もとは『詩経』邶風「静女」に見える語で赤い筆筒をいうが、ここでは書法の意。〈飛走〉は、草書の書

きぶり、もしくは飛草のことをいうのであろう。〈軒岐氏〉は、医師。春山も頼春水を手本とし書を善くしたという。
なお、『逍遙遺稿』正編には、「春山老公百に満つる遐壽を賀する序」および「春山公挽文」が収められている。ちなみに、前者は明治二十二年五月一日に宇和島の天赦園で開かれた春山百歳の高寿を祝賀する宴に寄せたもので、宇和青年会を代表して逍遙が筆を執ったのである。後に、その時の賀詞や祝文を収録した『筆林集』が編まれ、二十三年十一月十五日に刊行された。このこと、川崎宏『中野逍遙の詩と生涯―夭折の浪漫詩人』参照。後者の場合もおそらく同様に宇和青年会を代表として捧げられた弔辞であろう。

本文では触れなかったが、本田種竹（文久二年〔一八六二〕～明治四十年〔一九〇七〕）の明治二十一年の作に「張袖海を訪ふ。袖海、壁に広瀬青村の詩幅を掛く。因って其の韻に次す」、「藤杖を張袖海に贈る。係くるに一絶を以てす」の二首があること（『懐古田舎詩存』に附された「詩歴」に拠る。但し、これらの詩は『詩存』には収載されておらず、どのような作品か未確認）、明治二十四年十二月刊の五高「龍南会雑誌」第二号に載せられた奥平謙輔「贈秋月子錫書」に中村正直・重野安繹とともに張滋昉の評語が附されていること（これは松本健一『秋月悌次郎―老日本の面影』作品社、一九八七年に指摘されている）、明治二十四年に東京堂から刊行された紀山松本正純の『増補訂正作詩訣』に題詞を寄せていること、さらに松枝茂夫「百年前の『紅楼夢』の読者」（「文学」一九八五年九月号。後に『松枝茂夫文集』第一巻所収。研文出版、一九九八年）および伊藤漱平「日本における『紅楼夢』の流行―幕末から現代までの書誌的素描」（古田敬一編『中国文学の比較文学的研究』所収。汲古書院、一九八六年）に拠れば、東京外国語学校で張滋昉が『紅楼夢』を講じていたと見られるふしがあることなども、ついでに書き添えておく。最後に、張滋昉について、その関連の漢詩文を調べる上で、二松學舍大学附属図書館や早稲田大学中央図書館等にお世話になった。ここに御礼申し上げる。※なお、その後知り得たこととして、萩の乱で刑死した奥平謙輔の遺稿集『弘毅斎遺稿』（明治十九年刊）には、そこに収める詩篇のほとんどすべてにわたって張滋昉の評語が加えられていることも、附記しておく。

XI　張滋昉について(二)

前章「張滋昉について(一)」において、『逍遥遺稿』に序文を寄せた文科大学漢学科の支那語講師、張滋昉（一八三九～一九〇〇）のことを取り上げ、清国漫遊中の副島種臣との出会いと、それに続く明治十二年（一八七九）の来日から三十二年（一八九九）七月に帰国し翌年十一月上海で客死するに至る事跡の一端を探ったが、本章では、そこに書き漏らしたことやその後知り得たことの幾つかを以下に記しておきたい。

一　「新文詩」

明治十三年（一八八〇）三月、森春濤（当時六十二歳）が主宰する漢詩雑誌「新文詩」第六十集に、川田甕江（五十歳）の「清客張滋昉に訪はる。賦して贈る」と題された一首とそれに次韻した張滋昉、長三洲（四十七歳）、中村敬宇（四十八歳）の諸作が載せられている。

清客張滋昉見訪賦贈　　甕江漁史剛

汎交来往厭紛紛　　汎交来往　紛紛を厭ふ

海外知音喜値君　　海外の知音　君に値《あ》ふを喜ぶ

頼有毛錐代唇舌　　頼《さいはひ》に毛錐の唇舌に代はる有り
一樽相對細論文　　一樽相対して細かに文を論ぜん

〈毛錐〉は、筆のこと。結句は、杜甫の「春日李白を憶ふ」詩の「何《いつ》れの時か一樽の酒、重ねて与《とも》に細かに文を論ぜん」に基づく。

次韻　　滋昉張滋昉

玉堂艸詔事紛紛　　玉堂詔を草す事紛紛
巨筆如椽却羨君　　巨筆椽《たるき》の如く却って君を羨む
幾巻才人詩讀罷　　幾巻才人の詩を読み罷《をは》り
始知滄海有奇文　　始めて知る滄海に奇文有るを

〈玉堂〉は、漢代、詔の下るのを待つ者が待機した官署。〈巨筆〉は、堂々としたりっぱな文章。東晋の王珣は夢の中で椽のような大きな筆を授けられ、天子が崩御したとき、哀冊文を草したという（『晋書』王珣伝）。〈滄海〉は、東海の意で、わが国を指す。

次韻　　三洲楂客炗

不關中外事紛紛　　中外事紛紛たるに関せず
半日清閒喜値君　　半日の清閑　君に値《あ》ふを喜ぶ
何問東西言語異　　何ぞ問はん東西言語異なるを
心心相印是同文　　心心相印す是れ同文

〈心心相印〉は、禅語で、言わず語らずして心が互いにぴったり合うこと。

次韵　　　　　　　　　　　　　　　　　　敬宇主人正直

勿嫌詩醺醉紛紛　　嫌ふ勿れ詩醺醉紛紛たるを
今日上賓原屬君　　今日の上賓　原《も》と君に属す
畢竟二邦兄弟似　　畢竟二邦兄弟のごと似たり
欵談不用事儀文　　款談用ひず儀文を事とするを

春濤が「応酬の作は、名手と雖も一卒字を免れず。姑《しばら》く一時の佳話を記すのみ」と評するごとく、いずれもそれ自体は格別言う程のこともない内容の詩であって、そのせいか明治四十二年（一九〇九）刊の『三洲居士集』や大正十五年（一九二六）刊の『敬宇詩集』には収められていないが（甕江の文集は未刊）、修史館一等編集官・学士院会員の川田甕江のもとに刺を通じ、陪席した元編集官の長三洲や学士院会員の中村敬宇らと応酬唱和し、さらにそれが当時の有力な漢詩雑誌の一つである「新文詩」に掲載されたのは、何ら官銜を持たぬ一介の布衣に過ぎず、まだ東京にやって来てさほど間もない張滋昉にとっては、漢詩壇や文界にその名を知られる一つの契機となったことであろう。おそらく甕江にもそうした紹介の意図があって、「新文詩」上に唱和の作を披露したものと思われる。もっとも、それに張滋昉の名が見えるのは、この一回きりで、その後、どうやら積極的に自ら関わりを求めたり、また求められたりしたわけではないようだ。

二　「會餘録」

明治十六年（一八八三）一月に興亜会は亜細亜協会と改称され、二十一年（一八八八）八月、「會餘録」が発行された。これは漢文で記した「亜細亜各国の古今の逸事遺聞、民情風俗」や会員の「詩文雑説」を輯録紹介した史料集で、仁礼敬之が編集にあたり、二十六年（一八九三）三月の第十五集までは確認されているが、それ以後は日清戦争のため続刊されなかったと云われている（以上、一九七七年に開明書院から出た復刻版『會餘錄』に附された末松保和氏の解題および一九九三年に不二出版から刊行された復刻版『興亜会・亜細亜協会』解説(1)、黒木彬文氏の「興亜会・亜細亜協会の活動と思想」参照）。

興亜会の設立以来同盟員として加わっていた張滋昉も、この「會餘錄」にその詩文を幾つか載せている。明治二十二年二月発行の第四集には、その編になる「水土雑輯」および「丸岡知事莞爾の任に沖縄に之《ゆ》くを送る」詩が、同年十一月発行の第六集「會餘酬唱」には、「大鳥公使の任に中国に之くを餞す」詩が、二十三年十月発行の第九集「會餘酬唱」には、「朝鮮金東農星使、将《まさ》に国に帰らんとす。紅葉館席上、此れを賦して別れに贈る」詩および「渡邊浩堂星使大人、将に澳京に之かんとす。同人紅葉館に公餞す。此れを賦して別れに贈る。即ち粲正を希ふ」詩が、それぞれ載せられている。さらに二十四年三月発行の第十集には、「庚寅小春、亜細亜協会同人、星使黎公を紅葉館に公餞す。敬《つつし》んで長句を賦す。録して教正に呈す」および「庚寅重九、星使黎公、時に将に述職せんとす。中東の士夫を紅葉館に宴して登高の会を修す。兼ねて以て留別す。謹んで四章を賦す。並《なら》びに敬んで原韻二章に次す。録して誨正に呈す」と題された七律が見える。このうち丸岡莞爾については、落魄不遇の漢詩人小鷹西山麓の生涯を描いた安岡章太郎の小説『鏡川』（新潮社、二〇〇〇年）に詳しい。また〈大鳥公使〉は大鳥圭介、〈渡辺浩堂〉は渡辺洪基のことで、これらの詩はおおむね社交辞令に終始した儀礼的な作にすぎないものの、二十三年作の七律「庚寅重九」詩の其一においては、自らを「天涯の倦客」と称して無能のまま消磨してゆくのを慚じる言葉が見え、其四では、

公従早歳策龍韜
薄海爭傳姓字高
久藉敦槃招勝侶
直將經術挽狂濤
頻陪瀛島黄花酒
毎憶京華赤棗糕
翹首五雲天際遠
側身西望夢魂勞

公早歳従《よ》り龍韜を策し
薄海争ひ伝へて姓字高し
久しく敦槃《たいばん》に藉《よ》って勝侶を招き
直ちに経術を将《もつ》て狂濤を挽《ひ》く
頻《しき》りに陪す瀛島の黄花酒
毎《つね》に憶ふ京華の赤棗糕
首《かうべ》を翹《あ》ぐれば五雲天際遠く
身を側《そばだ》てて西のかた望めば夢魂労す

と詠じて、前半は黎庶昌の功績をたたえ、後半では公使の帰国を前にしたためか、めずらしく北京を懐かしみ望郷の念を露わにしている。〈龍韜〉は、太公望の兵法書とされる『六韜』の一つ。起句は曾国藩の幕僚となったことをかく称したもの。〈薄海〉の語、『尚書』益稷に「州に十有二師あり、外は四海に薄《いた》る、咸《みな》五長を建つ」と見え、ここでは東海の地をいい、わが国を指す。〈敦槃〉は、古代、諸侯の会盟で用いられた礼器。敦は食を盛り、槃は血を盛る。『周礼』天官・王府に「若《も》し諸侯を合せば、則ち珠敦玉槃を共にす」とある。〈勝侶〉は、勝れた同好の士。〈狂濤を挽く〉は、中唐の韓愈「進学解」に「狂瀾を既倒に廻らす」というのをふまえ、衰勢を挽回する意。当時のわが国がひたすら欧化に突き進むなか漢学振興に寄与したことを称す。〈黄花酒〉は、菊花酒。〈赤棗糕〉は、清の敦崇『燕京歳時記』（小野勝年訳注が『北京年中行事記』として岩波文庫に、さらに『燕京歳時記』と改題して平凡社東洋文庫に収められている）に見える重陽節の風物詩、花糕の一種であろうか。

ところで、二十一年四月に亜細亜協会から「北清地方の商業の実況を輯録」した仁礼敬之の『北清見聞録』が刊行されたが、その第二篇に渡辺洪基とならんで張滋昉の序文が載せられているので、ここに紹介しておく。

北清見聞録序

尝讀孔子去兵去食、及孟子何必曰利、亦有仁義而已矣。未尝不掩巻而嘆曰、世無聖賢、其孰能與於此。況居今之世、而欲行古之道、尤戞〻乎其難哉。司馬子長曰、富者人之性情所不学而倶欲者也。又曰、千乗之王、萬家之侯、百宝之君、尚猶患貧、況匹夫編戸之民乎。又曰、夫倮鄙人牧長、清窮郷寡婦、禮抗萬乗、名顕天下、豈非以富耶。論者皆以為子長發憤而傳貨殖、余獨以謂不然。盖當是時、上有好大喜功之主、而國用匱乏、故不得已而為此補偏救弊之計耳。方今各國聯盟、首重通商、則其言益信而有徴、況貿遷為今日之急務。有心世道者、誠不可不亟為講求也。尝觀近之游我國者、其記述大抵抄襲志乗、擇焉而不精、語焉而不詳、且未嘗與賢士大夫游、故齊東野語、悉入於中、以肆其輕侮譏訕之志。自有識者視之、多見其不自量耳。仁禮存心兄、留学我邦有年、歴游数省而帰、然不為阿世媚俗之論、而著此實事求是之説。豈非銕中之錚〻者耶。其分門別類、詳細精審、讀者當辨之。今将付梓、問序於余、因書数語於簡端。

光緒戊子仲春張滋昉序

(嘗《かつ》て孔子の兵を去り食を去る、及び孟子の何ぞ必ずしも利を曰《い》はん、亦た仁義有るのみといふを読み、未だ嘗て巻を掩うて嘆じて曰はずんばあらず、世に聖賢無くんば、其れ孰《たれ》か能く此れに与らん。況んや今の世に居り、而して古の道を行はんと欲する、尤も戞々《かつかつ》乎として其れ難い哉と。司馬子長曰く、富は人の性情の学ばずして倶《とも》に欲する所の者なりと。又た曰く、千乗の王、万家の侯、百宝の君、尚猶ほ貧を患《うれ》ふ、況んや匹夫編戸の民をやと。又た曰く、夫《そ》れ倮は鄙人の牧長、清は窮郷の寡婦にして、礼は万乗に抗し、名は天下に顕はる、豈に富を以てするに非ずやと。論者皆以為《おもへ》らく子長発憤して貨殖を伝すと、余独り以謂《おもへ》らく然らず。蓋し是の時に当たって、上に大を好み功を喜ぶの主有り、而して国用匱乏す、故に已《や》むを得ずして此の偏を補ひ弊を救ふの計を為すのみ。方今各国聯盟し、首《はじめ》に通商を重んず、則ち其の言益ます信にして徴有り、況んや貿遷今日の急務と為す。心を世道に有する者、誠に亟《すみやか》に講求を為さざる可からざるなり。嘗て近ごろの我国に遊ぶ者を観るに、其の記述は大抵志乗を抄襲し、択んで精ならず、語りて詳らかならず、且つ未だ嘗て賢士大夫と遊ばず、故に斉東野語、悉《ことごと》く中に入れ、以て其の軽侮譏訕の志を肆《ほしいまま》にす。有識者自《よ》り之を視れば、多く其の自ら量らざるを見るのみ。仁礼存心兄、我邦に留学すること年有り、数省を歴游して帰る、然れども阿世媚俗の論を為さず、而して此の実事求是の説を著す。豈に銕中の錚々たる者に非ずや。其の門を分かち類を別つ、詳細精審、読者当《まさ》に之を辨ずべし。今将《まさ》に梓に付さんとし、序を余に問ふ、因って数語を簡端に書す。）

〈去兵去食〉は、『論語』顔淵篇に子貢が政治の要諦をたずねたのに答えて、孔子が国を治めるには兵（軍備）や食よりも信義が大切で「民は信無くんば立たず」と説いたなかに見える。〈孟子〉は、『孟子』梁恵王篇上。〈其孰能与於此〉は、もと『易』繫辞上伝に見える表現。〈戞々乎其難哉〉は、中唐・韓愈の「李翊に答ふる書」に見える言い方。戞々乎は、ぶつかって音のでるさま。困難なことをいう。戞は戛の俗字。〈司馬子長〉は、前漢の司馬遷（字は子長）。以下の引用は、『史記』貨殖伝に見える。なお、清の姚鼐「貨殖伝の後に書す」（『惜抱軒文集』巻五）に「世に言ふ司馬子長は已れが漢に罪せられ、自ら贖《あがな》ふこと能はざるに因って、発憤して貨殖を伝すと。余謂《おも》へらく然らず」云々とある。〈貿遷〉は、交易。〈志乗〉は、地誌、地理書。〈択焉不精、語焉不詳〉は、韓愈の「原道」に見える言い方。〈斉東野語〉は、道理を弁えない愚人の言葉（『孟子』万章篇上）。〈実事求是〉は、物事の実態に即して正確に認識把握すること。もとは『漢書』河間献王伝に見える語。〈銕中之錚々者〉は、ふつうの人のなかで優れている者の喩え（『後漢書』劉盆子伝）。

仁礼敬之が上海に遊学する際、張滋昉が贈った七絶二首が明治十六年十月十六日刊の「亜細亜協会報告」第九篇の文苑餘賞欄に載せられており、そのうちの一首は前章で取り上げた。なお、薩摩出身の仁礼は宮島大八らとともに明治十三年二月に設立された興亜会の支那語学校に学び、十五年五月その閉鎖に伴って東京外国語学校に移った一人で、生年は詳らかにしないが、大植四郎編『明治過去帳』（東京美術、一九七一年）には、農商務省に入った後、両毛鉄道会社支配人を務め、二十八年台湾総督府に出仕し、翌二十九年十二月に台北で歿したという。著作には『北清見聞録』のほかに二十七年刊の『清仏戦争日記』、二十八年刊の『清国通商』があり、後者には樺山資紀が序文を寄せている。

三　中林梧竹

中林梧竹（一八二七～一九一三）と張滋昉との関係については、前章において、佐々木盛行氏の『中林梧竹―人と書芸術の実証的研究』（西日本文化協会、一九九一年）を参照したが、その際に「墨美」第二九〇号（一九七九年四月）掲載の「中林梧竹①生涯篇」及び第二九五号（同年十一月）の「中林梧竹　書道研究篇上」は見ることができなかった。その後、「中林梧竹①生涯篇」に次のように述べられているのを知ったので、これも次に挙げておく。神田博士の『日本における中國文學Ⅱ―日本塡詞史下』に張滋昉のことが触れられているのを除けば、その事跡について簡潔ながら最も早く紹介された記事だと思われる。

張先生＝張滋昉。清国人。明治十三年二月十三日、支那語学校（愛宕下天徳寺境内）の設立計画が興亜会の事業として企画されるに当たり、興亜会創立委員が集会を開いた。この時に講師となる上海から招聘された張滋昉も出席した。創立委員会長は旧宗家鍋島藩主直大公である。興亜会（会長長岡護美、副会長渡辺洪基）は毎月一回親睦会を開き、例えば明治十五年六月二十一日には築地の寿美屋で、副島種臣、榎本武揚、清国欽差大臣黎庶昌、張滋昉も出席している。興和会《（ママ）》は、明治十六年一月二十日に「亜細亜《あじあ》協会」と改名した。

張滋昉は東京帝国大学の支那語科担任であった。が、明治三十年に中風症で大学を退職した。種臣語るに「氏は我国に支那語の教授を肇《はじ》めた鼻祖である」と述ぶ。種臣は氏の退職後の生活を心配して大隈重信にも救助方相談した。が、重信野に下だり御流れとなった。同三十二年清国に帰国した張は、同三十三年十一月二十一日上海で歿した。種臣とは非常に懇意であった。梧竹と三人《（ママ）》は、痛飲して清談をした。これは副島種臣の「秋晩張先生を邀《むか》へて飲み、遂に梧竹に柬す」詩に附された佐々木氏の語注に見える。この詩は、『蒼海全集』巻四に載せるもので、

饗無甘旨已如何　饗に甘旨無く已《すで》に如何《いかん》せん
夫子飄蕭枉駕過　夫子飄蕭として駕を枉《ま》げて過《よぎ》らる
節士性情嘗苦得　節士の性情は苦を嘗めて得
騒人憂悶味酸多　騒人の憂悶は酸を味ふこと多し
笑窺叢菊英英色　笑いて叢菊英英の色を窺ひ
酔撫孤松磊磊柯　酔うて孤松磊磊の柯を撫す
乗興未須言日夕　興に乗ずれば未だ日夕を言ふを須《もち》ひず
辛勞待出月中娥　辛労して出づるを待たん月中の娥

と詠じられている。〈節士〉は張滋昉を指し、〈騒人〉は自身のことをいうのであろう。頸聯には陶淵明の「帰去

来の辞」や「飲酒」詩などに基づいた表現が用いられ、結句の〈月中の娥〉は嫦娥の故事により月をいう。

但し、佐々木氏が第七句について、〈湏〉を「昧（夜あけがた）と同じで、〝未昧《みまい》〟となる」とし、「興に乗りて未湏《みかい》、言すること日夕」と訓じておられる点は、些か首肯しがたい。石田東陵編『蒼海詩選』巻五には〈湏〉を〈須〉に作っており、それに従うべきであろう。

また、佐々木氏は、この詩を明治十九年（一八八六）の作かと推定されているが、『蒼海全集』には多少の出入りはあるものの、おおむね制作年代を追って配列されており、巻四の劈頭、この詩のすぐ前に載せる「紅葉館にて清欽差大臣黎・書記孫・朝鮮辨理公使金と同《とも》に長岡通俟の韻に次す」詩二首が明治二十一年の作であることからすれば、これもやはり同じ年に作られたものとみる方が妥当かと思われる。ついでに言えば、「紅葉館」云々の詩は、十月三十一日に亜細亜協会が芝の紅葉館で開いた親睦会の席上の作で、黎は黎庶昌、孫は孫点、金は金嘉鎮、長岡通俟は長岡護美のこと。それぞれの作は「會餘錄」第四集にも掲載されている。

四　赤沼金三郎

『逍遙遺稿』外篇に信州諏訪出身の赤沼金三郎（一八六五〜一九〇一）に寄せた明治二十七年（一八九四）作の「短歌行、赤沼士朗に寄す」と題する作がある。士朗は、その字。初め天心狂史と号し、後に枕戟学人とも称した。日清戦争に志願兵中尉として出征したのに因んだのである。なお、「短歌行」というのは楽府題で、三国魏の曹操の作がよく知られているが、若き日の過ぎ去りやすく人生の短いのを嘆じ、酒を飲んで憂を晴らそうという内容のものが多い。

士朗信州之快男子
忼慨有奇氣
一周扶桑六十州
行程食竭只飲水
南豫威卿以文交
校門把臂直傾意
士朗不嗜酒
咀豆罵英雄
威卿好悲歌
吊古哭烈士
談闌豆已盡
天凍夜欲死
士朗眼中總無人
威卿襟邊只有涙
君不知疾風吹艸勁弱知
雲漢茫々大月墜

士朗は信州の快男子
忼慨して奇気有り
一周す扶桑六十州
行程食竭《つ》き只だ水を飲む
南予の威卿　文を以て交はり
校門　臂《うで》を把《と》って直ちに意を傾く
士朗　酒を嗜《この》まず
豆を咀《か》んで英雄を罵る
威卿　好んで悲歌し
古を弔って烈士を哭す
談闌《たけなは》にして豆已に尽き
天凍って夜死せんと欲す
士朗眼中総て人無く
威卿襟辺只だ涙有り
君知らずや疾風艸《くさ》を吹いて勁弱を知る
雲漢茫々として大月墜つ

ここに詠じられている「豆を咀んで英雄を罵る」赤沼の姿は、ある意味で貧書生の常態とはいえ、そこには極めて意気軒昂たるものがある。その昔、荻生徂徠は人から先生は講学の外に何をお好みですかと問われて、別にこれといってないが、ただ炒り豆を噛んで、古今東西の人物を槍玉にあげることだと語ったというが（原念斎『先哲叢談』巻六）、それを髣髴とさせよう。

二歳年下の逍遙とは、赤沼が明治二十二年（一八八九）七月、第一高等中学の法科一年から転じて文科二年に入ってきたとき、ちょうど同じ組になっており、若き日の夏目漱石や正岡子規も一緒であった。子規が「筆まかせ」第一篇に記している「生徒の尊称」には、the Sincere と評されている。その頃、「痛く抑制して自らを修むることストア哲學者の如く」、苦に堪え難を忍ぶ精神鍛練の意味で夏に重ね着をし冬に単衣でいるようなことを敢えてし（高橋作衛『天心遺韻』叙）、そのためであろう、子規が二十三年の一月に書き綴った小説「銀世界」に赤ペンで評語を加えた漱石は、第五篇「親の雪」の「誰だつて寒くない筈はない、ヲヲ寒い」という一節に「寒クナイト云フ人ハ赤沼先生許リナリ」と半ば揶揄《からかい》気味に書き込んだこともあった。そのほか、周囲の思惑を顧慮せぬ彼の真率な言動が奇行狂態とみなされ、学友たちを驚かせたことは、岡村司「文學士赤沼金三郎君傳」に見えるが、高等中学の寄宿寮で自治制度の確立に尽力したのも、この赤沼士朗であった。そのこともあってか、逍遙や漱石・子規らとは一年遅れて二十四年に岩元禎・不破信一郎・山川信次郎（以上文科）や高橋作衛（政治科）らと同期で第一高等中学を出ることになったが、その後、文科大学の哲学科に進み、やがて漢学科に転じて三十年（一八九七）に白河鯉洋（次郎）とともに卒業。第一高等学校、京華中学などで倫理修身を講じ、三十四年（一九〇一）十一月五日に肺結核のため三十七歳の生涯を閉じた。

その遺稿集『天心遺韻』を編んだ高橋作衛は、

……而して余が最も居士の長逝を惜む所以は稀世の篤學者且つ能文家を失ひたることとなり、一般識者の歎するが如く近來漢文學漸く衰へ帝國大學等に在て所謂漢文を専修するものも往々漢文を草する能はず又漢書に通暁せざる者多きは事實なるが如し是れ盖し輓近學生の素養漸く乏しく又百科の學を研究するの必要に迫られ遂に意を漢書に専らにする能はざるに由る是の時に方り嶄然頭角を露はせしもの二人あり即ち天心居士及故中野逍遙是なり、逍遙は才を以て勝ち一氣呵成乍ち千言の詩賦を爲し、常に自から司馬相如を以て居る其一朝病に斃れたるは吾人の遺憾とする所なるが、天心居士に至りては更に惜むべきものあり、天心居士の漢學に於ける其素養洵に深く、幼時已に鹽原叢竹先生の薫陶を受けて後上京、東京大學古典講習科に入り今の鹽谷青山君等と異級同窓の契あり爾來其學漸く進み文科大學に入るに及ひ古今東西の哲學を比較研究するに方り諸子百家を研究し學力に於て優に儕倫を抜きたるのみならず、其文章に巧みなるや數行並び下り千言立ろに成る、其文字往々瑕疵あるも要するに大家の口調を有し其學と其文と優に博士たるに價することを疑はず、若し居士にして生存今日に至らしめば此遺稿そのものを提出するも已に以て此學位を得ることを信ずるものなり而して今や空し矣噫是れ實に余が此編纂に際して遺憾止む能はざる所にして一言せざるを得ざるも亦此點に在り

云々と、天心居士赤沼士朗が漢文に秀でていたことを回想するなかで、これまた旧交のあった中野逍遙についても追懐しているが、ここでは文章法の定石に従って当然ながら逍遙を抑え赤沼を揚げる言い方となっている。

後年、黒頭巾こと横山健堂が『舊藩と新人物』（敬文館書店、明治四十四年）の「五、信越附佐渡（十三）（十四）」において文学士赤沼金三郎を取り上げ、

赤沼の時《とき》、文科大學《ぶんくわだいがく》に二文才《ぶんさい》あり。赤沼と中野逍遙と也《なり》。逍遙は、伊豫の人《ひと》、過敏にして容顔婦人の如く、赤沼の豪宕なると相反す。而《しか》して其《そ》の文章《ぶんしょう》は、才華爛熳《さいくわらんまん》、極《きは》めて華《はな》やか也《なり》。赤沼は能く意《い》を達《たつ》するのみ、敢《あへ》て修飾《しうしょく》を加《くは》へず。而《しか》して千言《げん》立ろに成《な》るの慨《がい》あり。此《こ》の二人者皆故人《にんしゃみなこじん》となる。爾後《じご》、文科學生《ぶんくわがくせい》、漢文《かんぶん》を屬《ぞく》し

て、能《よ》く自在《じざい》なること、此《かく》の如《ごと》き者《もの》、またあること無《な》し。

と記したのは、おそらく高橋作衛の文章をふまえたものであろう。

ところで、この赤沼は漢学科に在学中、盲目的な欧米崇拝のあまり「方今邦人軽佻に趨《はし》り、喜んで西人功利の書を誦し、四子六経に至っては、則ち舎《す》てて講ぜず」という世上に瀰漫する浮薄な風潮を嘆き、その実「我の舎つる所は、彼則ち之を取り、以て希世の宝典と為す」のを知らずにいる現状に警鐘を鳴らすべく、レッグ James Legge（一八一五〜一八九七）をはじめとする泰西諸家の孔子論や伝を英文から訳出編纂し、『孔夫子』と題して明治二十六年（一八九三）六月に上原書店から刊行した。それには漢文による自序を附し、その後に篁村島田重礼、成斎重野安繹、中洲三島毅、豊城星野恒といった当時の文科大学漢学科の教授や講師による評語が加えられており、その最後に張滋昉のそれが載せられている。

中正之論、不偏不倚、與出奴入主者、有霄壤之別、足以塞囂囂者之口。且援引博洽、議論明暢、洵屬有功斯道。

（中正の論、不偏不倚、出奴入主の者と、霄壌の別有り、以て囂囂たる者の口を塞ぐに足る。且つ援引博洽、議論明暢、洵《まこと》に斯道に功有るに属す。）

〈出奴入主〉は、韓愈の「原道」に「其の道徳仁義を言ふ者は、楊（楊朱）に入らざれば則ち墨（墨翟《ぼくてき》）に入り、老（老子）に入らざれば則ち仏（仏教）に入る。彼《かしこ》に入れば、必ず此《ここ》を出づ。入る者は之を主とし、出づる者は之を奴とす」とあるのに基づく。ひとつの学説や見解を頑なに守ること。

ちなみに、明治期における孔子研究を代表する学術書として、哲学科を出た蟹江義丸（一八七二〜一九〇四）の『孔子研究』があり、明治三十七年（一九〇四）に金港堂から刊行されたが、そこに同期卒業の赤沼の著書も挙げである。

五　小柳司気太「莛鐘録」

南豫威卿性峭岸
卓然常爲白眼看
咄々書字睨大空
意氣慷慨斗牛貫
羈絆脱來未數旬
鵬翼直欲覆天半
何圖一朝玉樹摧
空裁錦繍詑憤惋
猶記當年西湖會
滿身奇氣盎兩眉
寒夜青燈澆磊塊
藻思傾盡筆如馳
少陵沈鬱濺花涙
太白飄逸把杯姿

南予の威卿　性峭岸
卓然として常に白眼の看を為す
咄々字を書して大空を睨み
意気慷慨　斗牛貫く
羈絆脱し来って未だ数旬ならずして
鵬翼直ちに天半を覆はんと欲す
何ぞ図らん一朝にして玉樹摧かれ
空しく錦繍を裁ちて憤惋を詑《つ》ぐるを
猶ほ記す当年西湖の会
満身の奇気　両眉に盎《あふ》るるを
寒夜青燈　磊塊を澆《そそ》ぎ
藻思傾け尽くして筆馳《は》するが如し
少陵（杜甫）の沈鬱　花に濺《そそ》ぐ涙
太白（李白）の飄逸　杯を把《と》る姿

別有氷刄藏筐底　別に氷刄の筐底に蔵する有り
醉中一振短髪披　醉中一たび振へば短髪披《ひら》く
可哀半生空鬱勃　哀れむ可し半生空しく鬱勃
千里天涯葬奇骨　千里天涯　奇骨を葬る
遺編閲來暗銷魂　遺編閲し来たりて暗《ひそか》に魂を銷す
掩巻先拭双涙痕　巻を掩うて先づ拭ふ双涙の痕

※岩波文庫本は誤って〈醉〉字を〈砕〉に、また〈編〉字を〈響〉に作る。

ここに示したのは、柳々子小柳司気太（一八七〇～一九四〇）の「中野威卿を弔す」詩（『逍遙遺稿』外篇雑録所収）である。田岡嶺雲とともに文科大学漢学科の選科に学んだ小柳司気太は、三歳年上の本科生中野逍遙とは同期で彼の歿後『逍遙遺稿』編纂に中心となって尽力した一人でもあった。詩中に見える〈西湖の会〉は、おそらく上野不忍池畔の長酡亭あたりで開かれた田岡嶺雲を始めとする「夜鬼窟」同人の集まりを言うのであろう。そしてこの弔詩の後に、酒を飲むとふだんとはうって変わって節を撃ち朗々と杜詩を誦する逍遙の姿を伝えている。

当時の「醉ふと、詩吟剣舞する氣鋭の漢學生」から時を経て「謹厚なる老先生」（笹川臨風『明治還魂紙《すきがへし》』）となった小柳司気太は、昭和十五年（一九四〇）に一年遅れで開かれた古希祝賀の宴で、かつて学んだ漢学科の教授たちや十五の歳から上京するまで教えを受けた郷里の私塾長善館の第二代館長鈴木惕軒について、その師恩を記した「莚鐘録」を列席者に配り、自らの今日あるのを謝した。そのなかに島田篁村・竹添井井・重野成斎・星野豊城らといった錚々たる教授陣に並んで張袖海の名が見えている。これは昭和十七年刊の森北書店版『東洋思想の研究』にも附載された。

ちなみに、〈莛鐘〉の語は、『説苑』巻十一、善説に「子路曰く、天下の鳴鐘を建て、之を撞《つ》くに莛《くき》を以てせば、豈に能く其の声を発せんや。君の先生に問へる、乃ち猶ほ莛を以て鐘を撞くがごとき無からんや」、東方朔の「客の難ずるに答ふ」に「語に曰く、管を以て天を窺ひ、蠡《ひさご》を以て海を測り、莛を以て鐘を撞かば、豈に能く其の条貫に通じ、其の文理を考し、其の音声を発せんや」（『漢書』東方朔伝、『文選』巻四十五）というのに拠り、せっかく当代の碩学鴻儒に就いて教えを受けても己が浅才非力ゆえ多くを学び得なかったとする謙遜の意を込めたものであろう。

張袖海先生

曰白話、曰時文。卑者通于急就凡將、高者汎濫於宋詞元曲。支那語學之盛、莫甚今日。大學亦夙有見於此。當時既聘先生、令主之講席。初課以亞細亞言語集、稍進至西廂記桃花扇等而止。然學生未及知其必要、作輟靡常、十寒一暴。先生亦不巧教術。講席輙從容吹煙、頹唐自放耳。副嶋蒼海詩集、收贈于先生詩數首。其一曰、人間只看白頭翁、天覆蒼茫雨又風。暫撤上賓號白日、聊將意氣掃長虹。百年抱負孤身裡、無限神情一盞中。話到荊州相見日、如今公亦嘆飄蓬。先生其隱于象胥者歟。

（白話と曰ひ、時文と曰ふ。卑《ひく》き者は急就・凡将に通じ、高き者は宋詞・元曲に汎濫す。支那語学の盛なる、今日より甚しきは莫《な》し。大学も亦た夙《つと》に此に見有り。当時既に先生を聘し、之が講席を主らしむ。初め課するに亜細亜言語集を以てし、稍《や》や進んで西廂記・桃花扇等に至って止む。然れども学生未だ其の必要を知るに及ばず。作輟常靡《な》く、十寒一暴す。先生も亦た教術に巧みならず。講席輙《すなは》ち従容として煙を吹き、頽唐自放するのみ。副島蒼海詩集に、先生に贈る詩数首を収む。其一に曰く、人間只だ看る白頭翁、天覆蒼茫雨又た風。暫く上賓に檄して白日に号し、聊か意気を将《もつ》て長虹を掃ふ。百年の抱負孤身の裡、無限の神情一盞の中。話は到る荊州相見ゆる日、如今公も亦た飄蓬を嘆ず、と。先生は其れ象胥に隠るる者か。）

〈急就〉〈凡将〉は、初級用のテキストをいう。〈亜細亜言語集〉は、広部精の編纂による明治十二、三年刊の中国語教科書。〈作輟靡常〉は、やったりやらなかったりで、継続性がないこと。〈十寒一暴〉は、『孟子』告子篇上の「天下に生じ易き物有りと雖も、一日之を暴《あたた》め、十日之を寒せば、未だ能く生ずる者有らざるなり」に基づく表現。全く効果が挙がらぬことをいう。〈象胥〉は、『周礼』秋官に見える官名で、通弁、通訳のこと。明治十四年五月七日発行の「興亜會報告」第十六集の和文雑報欄に載った興亜会の第二代会長伊達宗城による「一週年會ノ祝文」には、支那語学校の順調な発展経過を報じ、教員の勉励ぶりを述べて、「就中張教師ノ如キハ。人ニ誨テ倦マス。未ダ曾ツテ一日モ放逸セシメズ。是レ實ニ興亞至要ノ舟車タリ」と称えられており、草創期のことゆえ「すべての事が不整頓で、教授法など全く無關心であつた」にしろ、「只暗誦だけは嚴重にやらせられ」たという生徒の一人宮島大八は、「このやり方のおかげで、語學にも文學の根底にもなつたと思ふ。これは實に興亞學校に入つたおかげだとおもふ。この恩義は忘れられない。この興亞學校ほど思ひ出深き處はない」（「詠歸舎閑話」。中國文學研究會編輯「中國文學」第八十三号、昭和十七年五月）と回想している。これはひとえに興亜会の支那語学校では教える側も学ぶ側も使命感に燃えていたことによるのであろう。だが、帝国大学では状況が一転して、学生は中国語の必要性を充分に認識していないためか身を入れて講義に臨もうとせず、先生も教えるのが巧くゆかず、教壇で悠然と煙草をくゆらせるありさま。傍目には意気揚がらず投げやりで、いいかげんとも思えるような教授ぶりであったらしい。とはいえ、よしんばそういう心もとない教師であったとしても、受講生のなかにはその風姿から只者ではない雰囲気を鋭敏に感じとった者がいたのである。中野逍遙や田岡嶺雲それにこの小柳司気太はそうした学生の一人であった。そして小柳の場合、おそらくは後年に蒼海の詩を目にして、その当時の清国人教師の心事のほどを推察したのであろう。ここに引かれている副島種臣の詩は、「張先生と同じく飲む」と題する作で、『全集』巻四及び『詩選』巻五に見え、それには〈看〉字を〈著〉に作る。

ところで、先に挙げた「中野威卿を弔す」詩には「羈絆脱し来って未だ数旬ならずして、鵬翼直ちに天半を覆はんと欲す」の句が見えていたが、これはひとり逍遙のみならず、明治二十七年七月文科大学を出た後、その歳の十一月三日に「東亞說林」を創刊し、新たな東洋学樹立のために大いに気を吐かんとした小柳司気太自身を含む田岡嶺雲ら「夜鬼窟」同人のことを指して言ったのに違いない。逍遙は志半ばにして斃れたが、同人たちは翌年四月、神田区駿河台西紅梅町七番地に東亜学院を創設するに至った。資金難のためわずか半年あまりで潰えたものの、それは「経学子類」を以てする支那哲学、「詩文戯曲小説」を以てする支那文学、「政史法制」を以てする東洋史を科学的に研究することをめざし、本科・漢学別科(各二学年)に朝鮮支那語専修科(一学年)を設けた本格的なもので、「本邦及び西欧学術」にも目配りした画期的な試みであった。評議員に副島種臣・谷干城や加藤弘之・島田重礼・重野安繹らを擁し、講師として田岡嶺雲・小柳司気太・藤田豊八・宮本正貫・西谷虎二はもとより、二十三年に哲学科を出た服部宇之吉や当時まだ漢学科の学生であった狩野直喜・桑原隲蔵それに二十七年史学科卒業の不破信一郎らが名を列ねるほか、さらに岩渓裳川・大江敬香といった在野の漢詩人が迎えられており、張滋昉の名も見える(明治二十八年十月刊「精美」第四十四号掲載「東亞學院設立趣旨」に拠る)。

なお、ここに紹介した「莛鐘錄」のことは、村山吉廣氏から御教示をいただいた。その村山氏の監修で『近世之醇儒 小柳司氣太』(小柳司氣太博士顕彰記念誌編集委員会、一九九九年)が故郷の新潟県中之口村から刊行されており、その第二章第三節「東京帝国大学選科時代」には「『逍遙遺稿』について」の項が立てられ、先に示した

「中野威卿を弔す」詩が岩波文庫本に基づいて書き下しとともに挙げてある。また村山氏の『漢学者はいかに生きたか―近代日本と漢学』(大修館、一九九九年)にも小柳司気太についての一章が設けられている。

六　二代目琳琅閣主人の回想

昭和九年(一九三四)、訪書会から刊行された反町茂雄編『紙魚の昔がたり』に収められた琳琅閣第二代斎藤謙蔵の思い出話「初代琳琅閣主人とその周辺」に、揚守敬について語っているなかで張滋昉の名が出てくる。今、平成二年(一九九二)に出た八木書店版の『紙魚の昔がたり明治大正篇』から、その箇所を引くと、

……また張滋舫《(ママ)》という大学へ教授に来ていた人がよく来ました。ちょうど日清戦争時分に日本に居られたので、敵愾心《てきがいしん》というのか、日本の人が乱暴をしたり、石をぶつけたりして困る、と言っておられました。この人も大学をやめて困っておられたので、遂に国へ帰られました。帰る間際に、佐伯文庫に在った大観帖を売りましたが、大変に喜んで、支那に帰って売れば帰りの旅行費が充分に出る、と言って買って帰りました。

とある。中風症に罹り大学の雇いを解かれて後の張滋昉の窮乏ぶりについては、前章で紹介したように、「東京朝日新聞」に出た副島種臣の談話や「日本人」に載った田岡嶺雲の「張滋昉氏を懐ふ」と題する追悼文にも触れられている。

七　森川竹磎「病起懐人詩」

森川竹磎（一八六九〜一九一七）の「病より起きて人を懐ふ詩」については、第Ⅷ章で落合東郭を、前章で張滋昉を詠じた作をそれぞれ紹介しておいた。竹磎が当初この詩を明治二十三年十二月発行の「鷗夢新誌」第五十三集に掲載したときには、すべて二十六首あり、その後に「張袖海曰く」として評語が附されていたのが、翌年四月に上梓された『得間集』では評語の類はすべて削られ、この「病より起きて人を懐ふ詩」の数も三十五首に増やされている。そこで、張滋昉の評語を参考までに挙げておく。

竹磎性好苦吟。夏間抱恙、幾瀕於危。余惄然憂之。頃已吉占勿藥、攜懷人詩過訪。讀之風華掩映、才氣横溢。知與此道結契甚深、竟有不能須臾離之勢。然當自重、愼勿效長吉嘔心也。

（竹磎、性苦吟を好む。夏間恙を抱き、幾《ほと》んど危に瀕す。余惄然《できぜん》として之を憂ふ。頃《ちかごろ》已に吉占して薬すること勿《な》し、人を懐ふ詩を携へて過訪せらる。之を読むに風華掩映し、才気横溢す。此の道と結契すること甚だ深く、竟《つひ》に須臾も之を離る能はざる勢有るを知る。然れども当《まさ》に自重すべく、慎んで長吉の嘔心に效《なら》ふこと勿れ。）

〈勿薬〉は、医薬の必要がないこと。『易経』无妄に見える語。〈惄然〉は、胸がしめつけられるさま。心痛めること。〈風華〉は、風采才華。〈長吉〉は、中唐・李賀の字。詩作に専心し、この子は心を嘔き出してしまうまでやめないだろうと母親が嘆じたという（李商隠「李賀小伝」）。二十七歳で歿した。

また、これまで気づかなかったが、竹磎がこうした詩を詠じたのは、実は先蹤に倣ったもので依拠するところがある。そのこと自体は張滋昉その人と直接結びつく事柄ではないにせよ、今述べたように「鷗夢新誌」で評語を加えており、さらに『得間集』に駢体の序文を寄せていて（明治二十四年五月発行「鷗夢新誌」第五十八集にも掲載）、その意味では、全く関係がないわけではないので、このことも、ついでに記しておきたい。

すなわち、竹磎の「病より起きて人を懐ふ詩」の序に、

入夏臥病、瀕死者再。中閒旬餘、惛然如夢。至三匝月、始能彊起。不與故人相見者久矣。小院晝靜、相思何堪。乃拂拭几研、謾成小詩三十五首。見者當憫其勞而喜其能不廢此事耳。只意到成章、亦不更次第也。

（夏に入りて病に臥し、死に瀕する者再びなり。中間旬餘、惛然として夢の如し。三匝《そう》月に至りて、始めて能く強ひて起つ。故人と相見《まみ》えざる者久し矣。小院昼静かにして、相思何ぞ堪へん。乃ち几研を払拭して、謾《みだ》りに小詩三十五首を成す。見る者当《まさ》に其の労を憫れんで其の能く此の事を廃せざるを喜ぶべきのみ。只だ意到りて章を成す、亦た次第を更《あらた》めざるなり。）

＊「鷗夢新誌」では「病起懐人詩二十六首」としており、〈三十五首〉の四字がない。

というのは、清・郭頻伽（名は麐《りん》、字は祥伯。呉江の人。一七六七～一八三二）の「病より起きて人を懐ふ詩三十首并びに序」（『霊芬館詩三集』巻二）に、

臥病一月、瀕死者再。中閒旬餘、惛然如夢。時惟壽生一來看視。稱藥量水者、呉季子獨游余弟丹叔而已。虛堂偃息、稍復似人痛定思痛、念幾與諸故人不復相見。伏枕呻吟、顯顯在目。又少時始得起坐。拂拭几研、聊復試筆。滴藥汁和墨、一食頃得絶句三十首。獨游丹叔取而讀之。憫其勞而喜其能不廢此事也。爲鈔錄存之。意到卽成章、亦不更次第云。

（病に臥すること一月、死に瀕する者再びなり。中間旬餘、惛然として夢の如し。時に惟《た》だ寿生〔潘眉〕一たび来りて看視す。薬を称《はか》り水を量る者、呉季子独游〔呉鷗〕、余が弟丹叔〔郭鳳〕のみ。虚堂に偃息し、稍《や》や復た人の痛み定まって痛みを思ふに似たり。幾《ほと》んど諸故人と復た相見えざるを念ふ。枕に伏して呻吟し、顕顕として目に在り。又た少時始めて起坐するを得。几研を払拭し、聊か復た筆を試み、薬汁を滴して墨に和

し、一食頃にして絶句三十首を得。独游・丹叔取りて之を読む。其の労を憫んで其の能く此の事を廃せざるを喜ぶなり。為に鈔録して之を存す。意到りて即ち章を成す、亦た次第を更めずと云ふ。）

とあるのに倣っていることは、紛れもない。

それに、そもそも『得間集』という名称についても、竹磎はその自序のなかで蘇子瞻（名は軾、号は東坡）の「病に因って間を得たる殊に悪しからず」（「病中、祖塔院に遊ぶ」詩、『蘇文忠公詩合註』巻十）から取ったものだというが、これも郭頻伽が嘉慶十年（一八〇五）六月から十月までの作を「得間集」と名づけて、

五月以前、屢牽人事、且妄欲致力於古文辭。故詩絶少。六月臥病、幾死者至再。至三匝月、始能彊起。看書則目眩、爲文則氣弱。未忘結習、呻唫中時有所作。東坡詩云、因病得閒殊不惡。勞人草草、於此求息、亦足嘅矣。

（五月以前、屢《しば》しば人事に牽かれ、且つ妄りに力を古文辞に致さんと欲す。故に詩絶《はなは》だ少し。六月病に臥し、幾《ほと》んど死せんとする者再びに至る。三匝月に至って、始めて能く強ひて起つ。書を看れば則ち目眩み、文を為《つく》れば則ち気弱し。未だ結習を忘れず、呻唫中時に作る所有り。東坡の詩に云ふ、病に因って間を得たる殊に悪しからずと。労人草草、此《ここ》に息ふを求む、亦た嘅《なげ》くに足れり矣。）

と記しているのが当然ながら強く意識されていよう。「病より起きて人を懐ふ詩」も、この「得間集」に収められている。なお、先に見えた〈痛み定まって痛みを思ふ〉は、中唐・韓愈の「李翺に与ふる書」に「今にして之を思へば、痛み定まれる人の、痛みに当たるの時を思ふが如し」と見えるのに基づく表現。それから、ここに〈古文辞〉というのは、郭頻伽が『古文辞類纂』全七十五巻を編んだ惜抱先生姚鼐（字は姫伝。桐城の人。一七三二〜一八一五）に師事していた関係からで、その子、持衡（一に景衡。字は根重）とは同じく江寧（南京）の鍾山書院

に学んだ親しき友であった。また〈労人草草〉は、『詩経』小雅「巷伯」の「驕人は好好たり、労人は艸艸たり」をふまえ、労人は、いたづき病む者。草草は、憂苦のさまをいう。

もっとも、竹磎が摸したのは序文ばかりでなかった。その序詩とも言うべき第一首目に、

一病沈綿三月餘　　一病沈綿　三月餘
起來殊覺意蕭疏　　起き来《きた》って殊に覚ゆ意蕭疏たるを
縱敎吟骨孱如此　　縦《たと》ひ吟骨をして孱《よわ》きこと此《かく》の如くならしむるも
應有故人能記予　　応《まさ》に故人の能く予《われ》を記する有るべし

＊「鷗夢新誌」では〈沈綿〉の二字を〈纏綿〉に作り、また〈縱〉字を〈假〉に作る。

というのは、その転句を郭頻伽の第一首目「枕を欹《そばだ》てて鰥鰥として夜闌《たけなは》に到り、月痕漸く淡く燭光残す。若《も》し病骨孱きこと此の如くに非ざれば、那《なん》ぞ識らん虚堂六月寒きを」という第三句から換骨奪胎して用いている。

さらに第二首の森槐南を詠じた作において、

詩壇認箇魯靈光　　詩壇　箇《こ》の魯霊光を認む
度曲塡詞亦壇場　　度曲塡詞亦た壇場
博得大名天下徧　　大名を博し得て天下に徧《あまね》く
猶言飮酒本無量　　猶ほ言ふ飲酒本《も》と量無しと

というのは、その前半二句を郭頻伽が浙西六家のひとりで『有正味斎詩集』のある呉穀人（名は錫麒、字は聖徵。銭塘の人。一七四六～一八一八）を詠じて、「詩壇両浙魯霊光、老いて塡詞を愛すも亦た壇場」というのからほとんどそのままなぞっているのである。〈魯霊光〉は、前漢の時代に景帝の子、魯の恭王が建てた宮殿の名で、幾度

も戦火を免れて残ったという。『文選』巻十一、後漢の王延寿「魯霊光殿の賦」の序に見え、そこから転じて年長けた得難い人物をいう語として用いられる。詩壇の耆宿重鎮に対して使うのなら別だが、いかに天分すぐれ詩のみならず塡詞から散曲に至るまで往くとして可ならざるはなき槐南とはいえ、まだ三十にもならぬうちから竹磎にこのようにおおげさに持ち上げられては、当人も多少はくすぐったく感じたのではあるまいか。なお、結句は『論語』郷党篇の「唯だ酒は量無く、乱に及ばず」というのに拠るが、酒にひっかけて文学的才能が広大無辺であるという意も含んでいよう。

それはともかく、竹磎の『得間集』に題詩や題詞を寄せた十五名にものぼる詩人たちのうち、永坂石埭（明治二十三年当時、四十六歳）・佐藤六石（二十七歳）・野口寧斎（二十四歳）それに森槐南（二十八歳）の四人は、さすがに郭頻伽について言及しているので、それぞれの作を次に掲げておく。このうち寧斎の詩以外は、神田博士の前掲書「七十七　竹磎の『得間集』㈠」および「七十八　竹磎の『得間集』㈡」に挙げられていて、先に言及した張滋昉の序も、そのなかに引かれている。

題詩三首其二　　石埭永坂周

眉白郭郎才絶倫　　眉白の郭郎　才絶倫
也曾病起賦懷人　　也《ま》た曾て病より起き人を懐ふを賦す
詩家自古嘔心慣　　詩家古《いにしへよ》り心を嘔《は》くこと慣れ
嘔盡舊心思更新　　旧心を嘔き尽して思ひ更に新たなり

〈眉白〉の語、郭頻伽は片方の眉が白く、そのため「郭白眉」と称されたことによる。霊芬館詩二集に附された呉錫麒の序に「痩身玉立して一眉瑩然たり。故に人皆《みな》白眉を以て之を称す。遂に并せて其の詩も亦た称して郭白眉詩と為すと云ふ」と。

〈嘔心〉は、李長吉の故事。先に挙げた張滋昉の評語に見える。

題詩三首其三　　六石佐藤寛

臥看裊裊藥煙幽
詩句偶然來枕頭
院小無風花氣澹
簾空於水月痕流
瓣香應祭靈芬館
低首偏欽湖海樓
自是洛陽高紙價
新篇竟合百年留

臥して看る裊裊として薬煙幽なるを
詩句偶然枕頭に来る
院小にして風無く花気澹なり
簾空しく水に於いて月痕流る
瓣香応《まさ》に祭るべし霊芬館
低首偏《ひとへ》に欽す湖海楼
自《おのづか》ら是れ洛陽紙価を高くし
新篇竟《つひ》に合《まさ》に百年留むべし

〈瓣香〉は、敬仰の意。〈湖海楼〉は、清の陳維崧（字は其年、号は迦陵。宜興の人。一六二五〜一六八二）のこと。竹磎が愛好した詞人で、「鷗夢新誌」第五十六集（二十四年三月）には竹磎の「湖海楼詞集の後に書す」詩が載せられている。※この詩は、昭和四年刊の『六石山房詩文鈔』（巻四）にも収める。

題詩七首其四　　寧斎野口弌

別有靈芬館
病來才未孱
若使性情同
貌似任等閒

別に霊芬館有り
病来　才未だ孱からず
若《も》し性情をして同じからしめば
貌似たるは等間に任す

懷人妙絶句　　人を懐ふ妙絶句
偶然看一斑　　偶然　一斑を看る
〈任等閒〉は、どうでもよいことの意。＊〈同〉字、「鷗夢新誌」第五十六集では〈近〉に作る。

題詞　沁園春　　槐南森大来

病是厭厭　　病は是れ厭厭たるも
也算人生　　也《ま》た人生に算す
此際最閒　　此の際　最も間なり
便閒中樂趣　　便《すなは》ち間中の楽趣は
金尊檀版　　金尊に檀版
病中詩夢　　病中の詩夢は
紅粉青山　　紅粉か青山か
春鳥園林　　春鳥の園林
秋花池館　　秋花の池館
只恐潘郎星鬢斑　　只だ恐る潘郎星鬢斑なるを
流年早　　流年早し
伴簾前詠絮　　簾前に伴して絮を詠ずるは
謝妹煙鬟」　　謝妹の煙鬟
蠶眠　　蚕のごと眠り

又界烏闌　又た烏闌を界す
問似草新詞刪不刪　問似す新詞を草して刪すや刪せざるや
定小紅吹篴　定めて小紅篴《ふえ》を吹かん
奴兒非醜　奴児醜に非ず
楊枝解舞　楊枝解《よ》く舞ふ
菩薩何蠻　菩薩何ぞ蛮なる
倚竹幽居　竹に倚《よ》る幽居
懷人妙句　人を懐ふ妙句
敢道頻伽吟骨孱　敢へて道《い》はん頻伽吟骨孱しと
佳人笑　佳人笑ひ
試相思琴調　相思を琴調に試む
流水潺湲　流水潺湲

〈也算人生〉は、これも人生のうちの意。〈檀版〉は、拍子をとる楽器の名。〈詩夢〉は、詩人の見る夢。〈紅粉青山〉の語、郭頻伽「病起懐人詩」其五の許青士（名は乃済、字は作舟）を詠じた詩に「一笑才を憐れむ元自《もとよ》り有り、只だ紅粉を除けば是れ青山」と見える。紅粉は、紅や白粉。美女を指す。〈潘郎〉は、西晋の潘岳のこと。美男子で知られ、三十二歳で白髪まじりになったのを嘆いた。〈星鬢〉は、ごましおの鬢髪。〈謝妹〉は、東晋の謝道蘊のこと。かつて謝安が「白雪紛々何の似る所ぞ」と問うたところ、甥の謝朗が「塩を空中に撒けば差《やや》擬す可し」と言ったのに対して、姪の道蘊は「未だ柳絮の風に因って起こるに若《し》かず」と答えたという（『世説新語』言語篇）。竹磎の妹で詩を善くし芝蘭と号した三吉（美好）のことをかく称する。〈煙鬟〉は、美しい髷。

〈烏闌〉は、烏糸欄。黒い罫線。〈問似〉は、この二字で（君に）問うの意。〈小紅〉は、もと南宋・范成大の侍婢で、後に姜夔（白石）に贈られた。姜夔の「垂虹を過る」詩に「自ら新詞を作りて韻最も嬌、小紅低唱し我れ簫を吹く」と。〈箋〉は、笛と同じ。〈奴児非醜〉〈楊枝解舞〉〈菩薩何蛮〉は、それぞれ詞牌の「醜奴児」「舞楊花」「菩薩蛮」をもじった表現で、竹磎の詞がすばらしいことをいうのであろう。〈佳人〉は、具体的に誰を指すのか不明だが、神田博士の前掲書「七十六　竹磎の『花影塡詞圖』」に、高野竹隠「望湘人」詞の「記す蒨桃年紀才《わづか》に盛んなり、願はくは郎君の小婦と作《な》らん」と云う末二句を挙げて、「何か本事があつたのかも知れない。蒨桃は、宋の宰相寇準の妾であつた美人の名である」と言っておられるのと、同じ女性であるように思われる。〈相思〉云々、詞牌に「琴調相思引」があるのも意識していよう。〈流水〉は、琴曲の名。

※「鷗夢新誌」第五十六集では〈楽趣〉の二字を〈楽事〉に、〈詩夢〉を〈情緒〉に、〈簾前〉を〈詩成〉に作る。また明治四十五年刊の『槐南集』（巻二十八）は〈池館〉を〈亭榭〉に、〈只恐〉を〈恐説〉に、〈箋〉を〈笛〉に、〈敢〉を〈肯〉に作る。

森川竹磎が霊芬館詩を嗜読愛誦し、他にもその詩を摸した作のあることについては、その『聴秋仙館詩稿』や『夢餘稿詞』を刊行された水原渭江氏が「近代日本詞壇紀事」（『中國文學と日本文學』所収。香港日本學術交流委員会、一九八〇年）において「鷗夢新誌」の第一集から第百五十五集にわたってそれぞれの梗概を紹介されたなかで、「第六十一集の竹磎の夏日田園雑興十首、夏日遊仙詩十首、夏日閨中詞十首といった、絶句三十首は郭頻伽の詩に擬して作ったものであろうと思う」と述べておられる。郭頻伽のもとの詩はいずれも『霊芬館詩二集』巻十、竿木龕集に収められており、嘉慶九年（一八〇四）の作である。

ところで、竹磎の座右に置かれていたのは、明治十七年から十八年にかけて東京の擁書城より刊行された石印本であるまいか。それには初集四巻二集十巻三集四巻まで入っているが、四集十二巻や詞餘詩話雑著の類は含まれていない。これより以前すでに森春濤が明治十一年に刊行した袖珍本の『清三家絶句』三巻（巌谷一六、小野湖山序）に張船山・陳碧城とともにその七絶を収め、同年に出た冬野中島一男編集『清廿四家詩』（川田甕江序、依田学海跋）にも丹羽花南の撰になる郭頻伽詩二十八首が収められている。

なお餘談ながら、清末の光緒二十九年（一九〇三）、日露戦争前年のわが国に留学し、同三十一年（一九〇五）に黄節（一八七三～一九三五）や柳亜子（一八八七～一九五八）らとともに「国粋学報」を創刊し、宣統元年（一九〇九）に南社を興した陳去病（字は佩忍、号は巣南。呉江の人。一八七四～一九三三）が光緒三十二年四月発行の「国粋学報」第二年第四号（第十六期）に掲載した「五色脂」のなかに、同郷の郭麐に言及して「頻伽の才名、尤《もっと》も江淮の間に震ふ。其の詩文を霊芬館集と曰ふ。今に至って日本人猶ほ以て宝貴と為す。昔吾が友野口寧斎、嘗《かつ》て是の書と秋笳集とを以て請を為すも、余卒《つひ》に未だ以て応ずること有らず。而して寧斎逝けり矣。道遠くして其の墓安《いづ》くに在るかを識らず。余剣を掛けんと欲すと雖も、何ぞ得可けんや」という記述（銭仲聯主編『清詩紀事』十三、嘉慶朝巻［江蘇古籍出版社、一九八九年刊］にも引く）が見え、明治後期に至っても漢詩壇では郭頻伽がもてはやされていたことが窺える。ちなみに、『秋笳集』は、清初の呉兆騫（字は漢槎、一六三一～一六六四）の集。この人も呉江の出である。〈掛剣〉は、『蒙求』巻下にも見える呉の季札の故事（『史記』呉太伯世家）で、生前の約束を果たすこと。それから、服部擔風を顧問として中京の地で発行された雅堂逵致民（辻市治郎）主幹の漢詩雑誌「雅聲」の第百五十九号（昭和九年十月）から第二百二号（昭和十三年五月）にかけて逵雅堂の「郭頻伽の事ども」（一）～（二十五）が掲載されていることも、最後に附け加えておく。

XII　香奩体の影響について

一

明治二十八年（一八九五）六月、その年の正月に文科大学の教授や学生らによって創刊された「帝國文學」の第六号〈雑報〉欄に無署名の「明治の漢詩壇」と題する記事が掲載された。

この記事は、同年十二月、同誌第十二号に載せられた大町桂月の書評「逍遙遺稿を讀む」や「日本人」第十一号、十二号に発表された田岡嶺雲の「多憾の詩人故中野逍遙」に先んじて、逍遙の詩業を高く評価しているもので、冒頭にまず漢詩壇の現状について、江戸末期からの史的展開を簡潔に示し、ついで現今の詩人に対する批評を加えている。

すなわち、その源流を神田お玉が池に居を構え玉池吟社を開いた梁川星巌（寛政元年［一七八九］〜安政五年［一八五八］）に求め、星巌のもとから小野湖山（文化十一年［一八一四］〜明治四十三年［一九一〇］）・大沼枕山（文政元年［一八一八］〜明治二十四年［一八九一］）・岡本黄石（文化八年［一八一一］〜明治四十三年［一九一〇］）・森春濤（文政二年［一八一九］〜明治二十二年［一八八九］）が派生したものの、詩壇の主流となったのは春濤で、その門下が隆盛を誇っていることを述べ、「気魄」「気格」を重視する観点に立って、当時の詩人中、国分青厓（安政四年［一八五七］生まれ、当時三十九歳）をかなり高く評価し、一々学人こと副島種臣（文政十一年［一八二八］生まれ、六十八歳）および本田種竹（文久二年［一八六二］生まれ、三十四歳）と合わせて三幅対とするのに対して、星社の森槐南（文久三年［一八六三］生まれ、三十三歳）・野口寧斎（慶応三年［一八六七］生まれ、二十九歳）については、その詞藻の美を認めながらも、気骨に缺け高大の韻致に乏しいとみなしており、大江敬香（安政四年生まれ、三十九歳）、籾山衣洲（安政二年［一八五五］生まれ、四十一歳）などは第二流以下だと一蹴している。

ちなみに、槐南や寧斎に対して、さらに強い口調で難じているのが、桂月の「逍遙遺稿を讀む」で、「今の詩人たるものは、徒に詞を弄するのみ」で「毫も生色あるを見ず」、「權に媚ひ、世に阿り、胸中一片の赤誠なく、國家の何物たるを解せず、美の何物たるをも解せず、血なく、涙なく、徒に支那人の口眞似して、陳腐相襲ぎ、浮華輕佻、人をして嘔吐を催さしめむとす」（批点は省略）と語気鋭く断じ、また「多憾の詩人故中野逍遙」を書いた嶺雲も、漢詩壇で牛耳を執る槐南たちに批判的であった(1)。

そしてその後半部には、前年の十一月十六日急性肺炎に罹り忽焉として逝った中野逍遙を取り上げ、

予輩は記して此に至り、亡中野逍遙を憶うて、覺えず流涕大息に堪へざるものあり。彼は明治の文壇に向て未だ詩人の名なし。然れども詩人の資なくんばあらず。惜むらくは桂蘭早く秋風に摧けて、無情の坏土空しく未死の魂を埋め了んぬ。彼は實に夭折せり。隨て其詞句未だ圓熟渾成の域に臻らざる者ありと雖も、彼が才情と氣魄とは竟に掩ふべからず。彼は血あり、涙あり、多情多恨の才子にして加ふるに稜々たる氣骨を以てす。是を以て、花を見て泣き、鳥を聞きて泣き、佳人に對して泣き、國家に對して亦泣くなり。其骯髒不平の餘發して詩文となる者、皆才情躍々として逸氣掬すべく、首々多くは咄嗟の作なれど詞藻秀麗を極はめ、陳腐露骨の嫌なく、玲瓏として玉の如く、高大縱横の筆致更に天馬空に行くの觀あり。其才筆旣に獲易

からず、而して其毫も輕佻浮華の氣なく、忠厚沈摯にして纏綿たる情緒あるは、絶えて滔々たる現代の俗詩人の比すべきものあらず。強ひて前人に比せば、其れ久能山頭に『鐵槌難入九泉底、此是祖龍埋骨山』と大喝して、而かも比翼塚に幾斛の涕涙を灑ぎし松本奎堂乎。はた、三叉江上に『鬢髪在手亂如糸、木蘭舟中斬蛾眉』と哀吟して、而かも忼慨悲歌の作多かりし山田蠖堂乎。要するに逍遙が未だ熟成せざりし詩篇は、大詩人たるの伎倆を示すに由なかるべし。然れども、彼が才情と氣骨とは、夐に當世の俗詩人の上に出づ。聞説らく、世に出さずして空しく篋底に收めたりし彼が遺稿は、頃者其親友の手に由り、梓に上りて同人の間に頒たれむとすと。斯道に熱心なる者幸に一讀して、俗詩人の蠢動する明治の詩壇にも、血あり涙あり而かも才情絶世なりし厭世的の青年詩人ありしを知れ。

と述べている（圏批点は省略）。「才情と氣骨と」を有し、己が真情を綿々切々と吐露した逍遙を現代の「俗詩人」からはるかに抜きんでた存在だと高く評価し、その早逝を痛嘆しているのである。

この「明治の漢詩壇」という一文は、おそらく「帝國文學」編集委員の手になるものであろう。そうすると、その顔ぶれからしてこれも桂月が執筆した可能性が高いように思われる。(2)

二

さて、ここに「強ひて前人に比せば」として挙げられている前代の詩人のうち、奎堂松本衡（字は士権、天保二年［一八三一］～文久三年［一八六三］）は三河刈谷の人。若くして昌平黌に学んだ逸材で（同学に岡鹿門・松林飯山のほか、重野成斎らがいる）、尊皇攘夷の志に燃え天誅組蹶起の首謀者の一人として大和の五条で若い命を散らした。その詩は明治二年（一八六九）に刊行された『奎堂遺稿』二巻に収められている。なお、奎堂が名古屋で開いた塾で教えを受けた者のなかに、後に森春濤門下の四天王の一人に数えられる丹羽花南（名は賢。弘化三年［一八四六］～明治十一年［一八七八］）がおり、(3)『奎堂文稿』を編んで明治四年に上梓している。

奎堂が東照宮のある「久能山」を詠じた二首は、安政五年（一八五八）の作で、(4)其二に次のように云う。

石磴盤囬老樹間　　石磴盤回す老樹の間

此中何事設重關　　此中《ここ》に何事ぞ重関を設くる

金槌難入三泉底　　金槌入り難し三泉の底

知是祖龍埋骨山　　知る是れ祖龍骨を埋めし山

〈石磴〉は、石段。〈金槌〉は、韓の公子であった張良が亡国の恨みを晴らすため、ハンマー投げの力士を雇って博浪沙で秦の始皇帝狙撃を図った故事（『史記』留侯世家）をふまえる。〈三泉〉は、地下。始皇帝の墓室は三泉を穿って作られたという（『史記』秦始皇本紀）。〈祖龍〉は、始皇帝のこと（『史記』秦始皇本紀）。ここは、借りて徳川家康を指す。

一方、「比翼塚」は、安政四年の作で、目黒不動尊の仁王門近くにある平井権八とその恋人小紫の塚を詠じたもの。(5)

比翼鳥　　比翼の鳥

翼難比　　翼比《なら》べ難し

雌未死　　雌未だ死せざるに

雄先死　　雄先づ死す

菱花生塵鸞影孤　　菱花塵を生じ鸞影孤なり

精衛無力填海水
華貌忽萎三尺霜
嫣血痕古土花紫
生縦暫別死同穴
比翼塚存目黒里
空林月白語嚅嚅
初或如怨後如喜
芳魂相依兩不消
情死之情何時已
風俗日淫靡
鯽誓多難恃
死者若有知
應笑人情薄於紙

精衛海水を填《うづ》むるに力無し
華貌忽ち萎《しほ》る三尺の霜
嫣血痕《あと》古《ふ》り土花紫なり
生きて縦《たと》ひ暫し別るるとも死せば穴を同じうす
比翼塚は存す目黒の里
空林月白く語ること嚅嚅
初めは或いは怨むが如く後には喜ぶが如し
芳魂相依りて兩つながら消えず
情死の情何《いづ》れの時にか已《や》まん
風俗　日に淫靡
鯽誓多く恃《たの》み難し
死者若《も》し知ること有らば
応《まさ》に笑ふべし人情紙よりも薄きを

〈比翼鳥〉は、雌雄それぞれ一目で片翼しかないが、合して一体となって飛ぶという。中唐の白居易「長恨歌」に「天に在りては願はくは比翼の鳥と作《な》らん」と歌われ、男女の深い契りの象徴。〈菱花〉は、鏡。〈鸞影〉の語は、その昔、鸞が鏡に映った己れの姿を見て哀鳴して息絶えたという、六朝志怪小説の『異苑』に見える話に基づく。〈精衛〉は、鳥の名。炎帝の女《むすめ》が東海に溺死し化して精衛となり、西山の木石を銜《くわ》えて東海を填めんとしたと云う。もと、『山海経』北山経に見え、晋末宋初の陶淵明「山海経を読む」十三首其十に「精衛微木を銜へ、将《まさ》に以て滄海を填めんとす」と。〈三尺霜〉は、白刃のこと。

三尺は刀剣をいう。〈嫣血〉は、美しい女の真紅の血潮。〈土花〉は、苔。〈空林〉は、人気《ひとけ》のない林。〈嚅嚅〉は、ささやくさま。〈鯽誓〉は、墨書きの誓詞。鯽は、烏賊のこと。

また山田蠖堂（享和三年［一八〇三］〜文久元年［一八六一］）の「三叉江」詩（『蠖堂遺稿初集』巻一）は、已れになびかぬ二代目高尾を仙台侯伊達綱宗が大川筋の三つ叉に浮べた舟の中で手討にしたという歌舞伎の「先代萩」で知られる話柄を題材に詠じられている。(6)

贖佳人　　佳人を贖《あがな》ふ
佳人顰　　佳人顰す
大守瞋　　大守瞋《いか》る
妾身任君殺　　妾が身は君の殺すに任《まか》す
妾身任君活　　妾が身は君の活かすに任す
妾身已有五郎在　　妾が身に已に五郎の在る有り
妾心不可奪　　妾が心奪ふ可からず
鬒髪在手亂如糸　　鬒髪手に在り乱れて糸の如し
木蘭舟中斬蛾眉　　木蘭舟中　蛾眉を斬る
遺恨不知深幾尺　　遺恨は知らず深さ幾尺
三叉之水終古碧　　三叉の水　終古碧なり

蠖堂、名は政苗。米沢の人。古賀侗庵（天明八年［一七八八］〜弘化四年［一八四七］）に師事し、昌平黌に学んだ。上山藩に招かれ藩政改革の実を挙げたが、嫉視するものあり、米沢に帰った後、禁錮せられ病を得て歿したという。慶応三年（一八六七）刊の『蠖堂遺稿初集』三巻がある。戊辰のおり、それぞれ米沢藩のために周旋奔走し、やがて新政府に徴用されたものの、その後の命運を異にすることになる雲井龍雄（天保十五年［一八四四］〜明治三年［一八七〇］）や宮島誠一郎（天保九年［一八三八］〜明治四十四年［一九一一］）はその門に学んだことがあった。(7) なお、天保六年（一八三五）生まれの信夫恕軒によれば、幼年の頃、書生たちがこの詩をしきりに伝誦していたと云う（明治二十五年刊、『恕軒漫筆』巻上）。

ちなみに、蠖堂にも「比翼塚」と題する詩（『蠖堂遺稿初集』巻一）があり、また奎堂にも「三叉行」と題する作（『奎堂遺稿』巻下）があるが、ここでは、後者を挙げておく。

五湖煙水春不春　　五湖の煙水　春も春ならず
雙蛾欲蹙意先顰　　双蛾蹙《ひそ》めんと欲し意先づ顰《ひそ》む
肝肺蓄火醉大守　　肝肺火を蓄ふ酔大守
雲鬟十八綠滿手　　雲鬟十八　緑手に満つ
玉碎花飛風色愁　　玉砕け花飛び風色愁ふ
血漾猩紅凝不流　　血は猩紅を漾《ただよ》はし凝って流れず
象櫛金釵竟何用　　象櫛金釵　竟《つひ》に何の用ぞ
波底長沉紫小鳳　　波底長く沈む紫小鳳
松媒磨盡滴香淚　　松媒磨し尽くして香涙を滴らす
蘭窻夜結相思字　　蘭窓夜結ぶ相思の字
潛托丫鬟寄情人　　潜《ひそか》に丫鬟を托して情人に寄す

彈指幽明路已異　　弾指　幽明　路已に異なる
孤魂倀倀無所依　　孤魂倀倀　依る所無し
冥漠悠遠不得歸　　冥漠悠遠　帰るを得ず
魚龍夜泣空江雨　　魚龍夜泣く空江の雨
碧燐團團出水飛　　碧燐団団　水を出て飛ぶ

〈五湖〉は、中国では太湖もしくはその附近を指すことが多いが、ここは三叉をそれに見立てる。〈双蛾〉は、蛾眉。〈雲鬟〉および〈緑〉は、黒髪。〈猩紅〉は、猩々の顔のような紅色。〈紫小鳳〉は、小紫を中国風にいう。〈松媒〉は、墨。〈香涙〉は、美人の涙。〈蘭窓〉の語は、初唐の駱賓王「帝京篇」（『唐詩選』巻二）に見えるが、ここは女の部屋の窓をいう。〈丫鬟〉は、揚げ巻に結った髪。まげ。〈弾指〉は、瞬刻。〈倀倀〉は、どこにゆけばよいのかわからぬさま。『礼記』仲尼燕居に「倀倀乎として其れ何《いづく》に之《ゆ》かん」と。〈冥漠〉は、あの世。〈空江〉は、人気《ひとけ》のない大川。〈碧燐〉は、青白い鬼火。

山田蠖堂や松本奎堂は、あるいは藩政の改革を志し、あるいは時代の変革を夢みながら、いずれも途半ばにして斃れたが、中野逍遙の詩句を借りて言えば「豪侠の気は児女の情を兼ぬ」（『逍遙遺稿』正編、「偶成」五首其三）る者であったのである。

三

ところで、『奎堂遺稿』（巻上、丁巳之上）には、安政四年（一八五七）作の「香奩十首」と題する詩があって、その五首が節録されている。〈香奩〉とは、化粧道具をいれる小箱のことで、もっぱら女性の姿態や閨怨の情、それに狭斜の巷での色恋を詠ずる艶冶な詩を香奩体と称した。その名称は晩唐・韓偓の『香奩集』に由来するものである。[8]

其一

銷金帳裏語低低　　銷金帳裏　語低低
漫笑自家做小妻　　漫《みだ》りに笑ふ自家《われ》は小妻と做《な》ると
曽許檀郎情一片　　曽《かつ》て檀郎に許す情一片
涅他三十六瓠犀　　涅他す三十六瓠犀

〈銷金帳〉は、金糸で織ったきらびやかな帳。ここでは妓楼のそれ。例えば、南宋の汪元量「湖州歌」に「銷金帳下忽ち天明け、夢裏無情亦た有情」と。〈低低〉は、ひそひそと。例えば、五代の李煜「蝶恋歌」詞に「誰か秋千《(ぶらんこ)》に在る、笑裏低低と語る」と。〈自家〉は、己れ。唐代からの俗語。〈小妻〉は、妾のこと。〈檀郎〉は、美男子で知られる西晋の潘岳が小字を檀奴といったことから、愛する男のことをいう。〈涅〉は、お歯黒で染めることをいう。〈他〉は、動詞の接尾語的に用いられる。唐代からの用法。其四の看他も同じ。但し、江戸明治期には、下の名詞に冠して「他の～を」と訓じられている。〈瓠犀〉は、美しい歯の喩え。『詩経』衛風・碩人に「歯は瓠犀の如し」とあり、朱子の集伝に「瓠犀は、瓠中の子《み》。方正潔白、而して比次整斉なり」という。

其二

番番情和軟於絲　　番番情和して糸よりも軟らかく
一雨一雲誰耐痴　　一雨一雲　誰か痴に耐へん
滑脱金釵曽不識　　金釵を滑脱するも曽て識らず
鴛鴦被上夢春時　　鴛鴦被上　春を夢むる時

〈番番〉は、一回一回。〈軟於絲〉の語、中唐の白居易がその家妓を詠じた「楊柳枝詞」に「一樹春枝千万の枝、金色に嫩《めば》えて糸よりも軟らかし」とある（『太平広記』巻一九八に引く晩唐の范攄『雲渓友議』。孟棨『本事詩』事感篇にも見える）。ここでは女のしどけない姿態をかくいう。〈一雨一雲〉は、男女の情交をいう常套表現。簪が布団に落ちても全く気がつかないのである。

其三

一塲残酔尚醺然　一場の残酔　尚ほ醺然

絃索寥寥午夜天　絃索《つ》く寥寥　午夜の天

倚着欄干人未睡　欄干に倚着して人未だ睡らず

海棠枝上月如煙　海棠枝上　月　煙の如し

〈午夜〉は、午前零時。真夜中。〈倚着〉は、よりかかったまま。

其四

骨憶魂驚難奈何　骨憶ひ魂驚くも奈何《いかん》ともし難し

深情一點寄秋波　深情一点　秋波を寄す

看他匿蕙含蘭處　看他す蕙を匿し蘭を含む処

却勝喃喃話説多　却って勝る喃喃話説の多きに

〈骨憶魂驚〉の語、六朝梁の江淹「別れの賦」（『文選』巻十六）に「別れ有れば必ず怨む。人をして意奪ひ神駭《おどろ》き、心折れ骨驚かしむ」と。〈秋波〉は、流し目。〈蕙蘭〉の語、例えば五代の孫光憲「更漏子」（『花間集』巻八）に「雲雨の態、蕙蘭の心、此の情江海より深し」とあり、女性の真情をいう。〈喃喃〉は、小声で語らうさま。

其五

一場綺夢忽驚回
酒暈鉛痕総恨媒
頼有嫦娥憐寂寞
夜深悄地入窓来

一場の綺夢忽ち驚回す
酒暈鉛痕　総べて恨の媒
頼《さいはひ》に嫦娥の寂寞を憐れむ有り
夜深くして悄地に窓に入りて来る

〈酒暈〉は、酒気が抜けず、まだ顔がほんのり赤いこと。例えば、北宋の蘇軾「紅梅」三首其一に紅梅を美人に見立てて「酒暈端無くも玉肌に上る」と。〈鉛痕〉は、化粧を落としたつもりでも、白粉が残っていること。〈恨媒〉は、恨みのたね。〈嫦娥〉は、月のこと。〈悄地〉は、こっそりと。口語的表現。

これら奎堂の作は遊里を舞台にした情痴の作であるが、こうした香奩体などの艶詩は、後述するように明治の漢詩壇でも大いに流行していた。

かかる香奩体の艶詩と中野逍遙との関係については、つとに中村忠行氏が『近代日本文学辞典』（東京堂出版、一九五四年）において「彼は作法において良師好友を得ず、独り李杜の詩、韓偓が香奩体の艶詩などに親しみ、傍らシルレルの詩を愛誦して、その真髄に触れることに努めたが、却ってこれは幸したようである」と指摘され、続いて村山吉廣氏も『日本近代文学事典』（講談社、一九七七年）の中野逍遙の項で「杜甫や宋の邵康節の雄渾で沈痛な詩風を慕うとともに唐の韓偓《あく》の香奩《こうれん》体の艶詩からも多くを学んでいる」と述べておられる。さらに、中村氏が担当された神田喜一郎編『明治漢詩文集』（明治文學全集62。筑摩書房、一九八三年）の詩人小伝や村山氏の『漢学者はいかに生きたか―近代日本と漢学』（大修館、一九九九年）にも、それぞれほぼ同様の見解が披瀝されているほか、三浦叶氏もまた「逍遙は唐の韓偓の香奩體の詩（婦女の媚體とか閨怨の情を敍す艶體の詩の一種）を學び、之に西歐の近代詩から得た自由な詩想を混じえ、獨得な詩境を開いた浪漫的な詩人」（『明治の漢學』第二部第一章。汲古書院、一九九八年）だと評しておられる[9]。

しかしながら、逍遙が韓偓の香奩体の艶詩に親しみ多くを学んでいるとするのは、いささか偏頗で誤解を生じやすい言い方のように思われる。もとより『香奩集』を読んでいたこと自体を否定するわけではないが[10]、それよりも韓偓に始まる香奩体などの艶詩からの影響も見られるとするのが穏当で、当時の詩壇の風潮からして首肯けるのではなかろうか。次に、その点をもう少し詳しく見てゆきたい。

四

明治十年代における香奩体流行の一端ならびにそれが読者の支持を得ていた事情については、森鷗外が明治四十四年（一九一一）九月から大正二年（一九一三）五月まで「昴」に連載した『雁』のなかで、明治十三年（一八八〇）のこととして「僕」の友人で一学年若い「岡田と云ふ學生」に託して「岡田《おかだ》が古本屋《ふるほんや》を覗《のぞ》くのは、今《いま》の詞《ことば》で云《い》へば、文學趣味《ぶんがくしゆみ》があるからであつた。併《しか》しまだ新《あたら》しい小說《せうせつ》や脚本《きやくほん》は出《で》てゐぬし、抒情詩《じよじやうし》では子規《しき》の俳句《はいく》や、鐵幹《てつかん》の歌《うた》の生《うま》れぬ先《さき》であつたから、誰《だれ》でも唐紙《たうし》に摺《す》つた花月新誌《くわげつしんし》や白紙《はくし》に摺《す》つた桂林一枝《けいりんいつし》のやうな雜誌《ざつし》を讀《よ》んで、槐南《くわいなん》、夢香《むこう》なんぞの香奩體《かうれんたい》の詩《し》を最《もつと》も氣《き》の利《き》いた物《もの》だと思《おも》ふ位《くらゐ》の事《こと》であつた。僕《ぼく》も花月新誌《くわげつしんし》の愛讀者《あいどくしや》であつたから、記憶《きおく》してゐる」と回想していることからも窺えよう。

但し、鷗外のいう香奩体とは、後述の竹枝なども含んで広く艶冶な詩を指すのであろう。「花月新誌」[11]のなかから試みに上夢香（名は真行、嘉永四年［一八五一］～昭和十二年［一九三七］）の七絶を例に挙げると、「小湖雜詩三ている。

首」其一（第二十号、明治十年八月十六日）には、夜露にぬれながら蓮の花を眺める美人の姿が次のように詠じられ

紘聲細々阿誰家　　紘声細々　阿誰の家
月氣如烟籠淺沙　　月気烟の如く浅沙を籠む
凉露滿身人獨立　　涼露満身　人独り立ち
小西湖上看荷花　　小西湖上に荷花を看る

詩題の〈小湖〉は、結句の〈小西湖〉と同じで、不忍池を中国風に称したもの。江戸後期からの詩的トポスで、その蓮の姿は好んで詠まれた。〈阿誰〉の阿は、接頭語。承句は晩唐の杜牧「秦淮に泊す」詩の「煙は寒水を籠め月は沙を籠む」をふまえる。

また「失題」詩（第二十五号、明治十年十月六日）には、屋形船の中で寄り添う男女を描いて、

水禽戛々掠船鳴　　水禽戛々《かつかつ》　船を掠めて鳴く
短夢醒來何限情　　短夢醒め来たる何限の情
一點秋燈兩人影　　一点の秋燈両人の影
妙蓮香裏話三生　　妙蓮香裏　三生を話す

と詠じられている。〈何限〉は、多少（どれほど）、無限の意。

ちなみに、明治二十五年（一八九二）生まれの芥川龍之介が大正九年（一九二〇）十一月、新潮社の文藝誌「文章倶樂部」に「漢詩漢文を讀んで利益があるかどうか？」という問いかけで始まる「漢文漢詩の面白味」という文章を寄稿しており、そのなかに、「漢文漢詩は一様にみんな極大雑把《ごくおほざつぱ》な枯淡の文字のやうに思はれてゐる」が、

「しかし實際は大雜把どころか、頗る細な神經の働いてゐる作品も少くない」として明・高青邱の「林下」と題する五絶を挙げた後、次のように述べている箇所がある。

それから抒情詩《リリカル》的な感情は、漢詩に縁が薄いやうに思はれてゐるが、これ亦必しもさうではない。名高い韓偓《かんかく》（唐）（ママ）の『香奩集《かうれんしう》』と云ふ詩集は、殆どこの種の詩に充滿してゐるが、その中から一つ引くと、「想得《おもひえ》たり」と云ふ七言絶句に、

　兩重門裏《りやうちようもんり》、玉堂《ぎよくだう》の前《まへ》
　寒食《かんしよく》の花枝《くわし》、月午《げつご》の天《てん》
想得《おもひえ》たり、那人《かのひと》手《て》を垂れて立ち、
嬌羞《けうしう》、肯《がへん》じて鞦韆《しうせん》に上らざりしを。

と云ふのがある。羞ぢてブランコに上る事を承知しなかつた少女を想ふ所なぞは、殆生田春月君の詩の中にでも出て來さうである。（序ながら云ふが『香奩集《かうれんしふ》』の中には、「手を詠ず」と云ふ、女の手の美しさばかり歌つた詩がある。[12]如何にも凝つたものだから、暇な方は讀んで御覽になると好《い》い。）

この一節を、森鷗外が自身の文学体験をもとにして述べている先の「雁」のそれと比べてみると、鷗外がわが国の漢詩について触れ芥川が中国のそれを主に取り上げているという違いはあるけれども、わずか四十年ほどの間に漢詩に対する世間一般の認識が大いに様変わりしていることがわかる。「十七八の頃」に「香奩體と稱する支那詩中の美麗なる文字が何《ど》れだけ私の心を魅したのであらう」（「下谷の家」、明治四十四年二月「三田文學」第二巻第二號）と回想する明治十二年（一八七九）生まれの永井荷風[13]のような人は少なくなかったはずだが、明治が終って大正も半ばを過ぎると、文藝雑誌の読者にとっても漢詩はどれも「極大雜把な枯淡の文字」のようにしか思われ

なくなっていたらしい。各新聞から漢詩欄が消えてゆくのも、ちょうどこの頃である。(14)

それはともかく、明治の漢詩壇では、森春濤が七年十月に名古屋から上京し下谷は摩利支天のほとりに居を構えて以降、清新な詩風や政府高官を取り込んだ巧みな詩社運営によって、その主導権を握り、ついで子の槐南がその門下に幾多の才俊を擁し、華々しい活躍を見せていた。小野湖山が翌八年作の「森春濤が蓮塘詩の後に題す」詩（明治十年刊『湖山近稿』巻二）において、

千古香奩韓渥《ママ》集　千古香奩韓渥［偓］の集
繼之次也竹枝詞　之に継ぐ次なるや竹枝詞
兩家以外推姸妙　両家以外　妍妙を推す
一種森髯艷體詞　一種森髯艶体の詞

と詠んでいるように、(15)春濤は香奩体や竹枝体を継承した優美繊細、艶冶柔弱な詩風を得意とし、それが一世を風靡したのである。明治十七年に上京した中野逍遙の場合、その十年にわたる東京での生活において当時の漢詩壇と交渉を持った形跡は窺えないのだが、さりとて、こうした詩壇の風潮と全く無関係無関心であったとは考えにくく、本人が意識するとしないとに関わらず、ある程度は自然と影響されているとみるべきであろう。

『逍遙遺稿』には、明治十九年から二十一年までの間に作られた「無題」詩（正編）があり、思春期の少女の可憐なしぐさを詠じて、次のようにいう。

綠鬢梳兮翠眉染　緑鬢梳《くしけづ》り翠眉染む
羞向鏡臺照半面　羞づ鏡台に向って半面を照らすを
手把金釵插鬢邊　手に金釵を把《と》って鬢辺に挿《さしはさ》む

捲簾未倚玉欄干　　簾を捲いて未だ倚《よ》らず玉欄干
玉欄干外薔薇發　　玉欄干外　薔薇発《ひら》き
飄搖晩風散奇馞　　飄揺たる晩風奇馞を散らす
花迎風々戯花　　花は風を迎へ風は花に戯る
花枝隨風横復斜　　花枝風に随って横に復た斜めに
妬殺造物弄裊娜　　妬殺す造物の裊娜を弄するを
起折庭花擲一朶　　起って庭花を折って一朶を擲《なげう》つ
再拾落片笑相看　　再び落片を拾って笑って相看る
猶憐清芳似郎顔　　猶ほ憐れむ清芳の郎が顔に似たるを

〈奇馞〉は、バラの強く芳しい香。〈妬殺〉の殺は、意味を強める助字。〈造化〉は、造物主。万物を造り育む自然。〈裊娜〉は、双声の語で、しなやかなさまをいう。〈憐〉は、いとおしく思うこと。〈郎〉は、好いた人、いとしの君。

「無題」と題する詩は、晩唐の李商隠に始まり、一世代後の韓偓に受け継がれるが、この詩などは香奩体だと言ってもよかろう。[16]

このほか逍遥には「竹枝に擬す」（正篇）と題する明治二十三年作の七絶四首がある。

其一

洛陽美女趙飛燕　　洛陽の美女趙飛燕
學畫鴉黄未巧姸　　鴉黄を画くことを学ぶも未だ巧姸ならず
呼來同伴誇佳福　　同伴を呼び来たりて佳福を誇る

一股寶釵三百銭　　一股の宝釵　三百銭

〈趙飛燕〉は、漢代の美女の名。歌舞を学び、身のこなしの軽いことから飛燕という。後に成帝の寵を受けた（『漢書』外戚伝）。ここでは、それに比すべき美しい雛妓。〈鴉黄〉は、黄い粉を額につける化粧。初唐の盧照鄰「長安古意」（『唐詩選』巻二）に「纖纖たる初月鴉黄に上る」と。

其二

紫陌香塵紅玉堆　　紫陌の香塵紅玉堆《うづたか》し
玄都桃樹一時開　　玄都の桃樹一時に開く
芳花満目定誰有　　芳花満目　定めて誰か有する
得意劉郎鞭馬來　　得意の劉郎　馬を鞭って来る

この詩は、中唐・劉禹錫の七絶「元和十年、朗州自《よ》り京に至り、戯れに花を看る諸君子に贈る」詩（『唐詩選』巻七）に「紫陌香塵面を払って来る、人の花を看て回《かへ》ると道《い》はざる無し。玄都観裏桃千樹、尽《ことごと》く是れ劉郎去って後栽う」とあるのをふまえる。〈紫陌〉は、都大路。〈紅玉〉は、ここでは桃の花の形容。

其三

水晶宮裡玉塵生　　水晶宮裡　玉塵生ず
馬嚙柳條断有聲　　馬は柳条を嚙み断《いな》いて声有り
蛾眉一笑値何幾　　蛾眉一笑　値何幾《あたひいくばく》なりや
只換趙家十五城　　只だ換ふ趙家の十五城

〈水晶宮〉は、水精宮ともいい、もと呉王闔閭の建てた宮殿の名（『述異記』）。盛唐・杜甫の「曲江酒に対す」詩（『唐詩選』

巻五）に「水晶宮殿転《うた》た霏微」とあるが、ここは妓楼をかく称する。結句は連城璧の故事。戦国時代、趙の恵文王が所蔵する和氏の璧を秦の昭王が十五城と交換しようとした（『史記』廉頗藺相如列伝）。

其四

枉把景光傷錦心　枉《ま》げて景光を把《と》って錦心を傷ましむ
贈君玉佩價千金　君に贈る玉佩価《あたひ》千金
春風白馬落花路　春風白馬　落花の路
廿四橋頭烟月深　廿四橋頭　烟月深し

〈錦心〉は、ふつう華麗な詞藻をいうが、ここでは詩人の心。〈廿四橋〉は、杜牧の「揚州の韓綽判官に寄す」詩に「二十四橋明月の夜、玉人何《いづ》れの処にか吹簫を教ふる」とある。

〈竹枝〉とは、もともと中国は巴渝の地（今の四川省重慶を中心とする一帯）の俗謡で、中唐頃から注目されるようになり、とりわけ劉禹錫さらには白居易がそれに合わせて七絶の詩形で作詞したことで広く知られ、後に各地の風俗人情やそれを背景とする男女の情愛を詠ずるようになった。このスタイルの詩がわが国でも江戸後期以降、都市風俗とりわけ花柳街を詠ずるものとして盛行していたのである。(17) 先に挙げた奎堂の「香奩十首」も、市河寛斎（寛延二年［一七四九］～文政三年［一八二〇］）「北里歌」やその門弟柏木如亭（宝暦十三年［一七六三］～文政二年［一八一九］）『吉原詞』などの系譜を継ぎ、竹枝体と称してもさしつかえないもので、儒教倫理をたてまえとする中国のそれにはほとんど例を見ないような遊里での濃密な交情のさまを描き出している。

　こうした竹枝の流行は、明治に入っても衰えることがないばかりか益々盛んになって、当時世に喧伝された漢詩人のみならず、その予備軍とも称すべき漢学書生の間にまで広まっていたらしい。例えば、明治二十一年

（一八八八）の夏休みに勉学に励むつもりで向島の長命寺門前の桜餅屋、山本屋の二階に籠もった正岡子規は、そこを月香楼と名づけ、周囲の環境に刺激を受けたためか、旺盛な創作意欲を掻き立てられて、その作品を『七草集』（講談社版『子規全集』第九巻）にまとめることになるが、その萩之巻のなかに「向島竹枝」と題する十首があり、其三には、

郎君駆馬看花回　　郎君馬を駆って花を看て回《かへ》る
花落郎君不復来　　花落ちて郎君復《ま》た来らず
簾外月明相思夢　　簾外月明　相思の夢
櫻花十里一齊開　　櫻花十里　一斉に開く

と詠じている。

かかる風潮を惹起し詩壇を領導したのが森春濤で、「岐阜竹枝」を始め「高山竹枝」「三国港竹枝」それに「新潟竹枝」などの諸作があるように、春濤がこの体を得意としていたことは前に触れたが、やはり「花月新誌」のなかから竹枝と題する例を挙げると、第七十号（明治十二年四月）に当時十七歳の槐南作「小西湖竹枝」三首が載せられていて、其一には、

阿郎和月按銀箏　　阿郎　月に和して銀箏を按じ
儂亦對花吹玉笙　　儂《われ》も亦た花に対して玉笙を吹く
月影迷離花影亂　　月影迷離として花影乱れ
一簾春夢不分明　　一簾の春夢　分明ならず

とあり、其二には、

不分明處最消魂　　分明ならざる処　最も消魂
半是啼痕半酒痕　　半ば是れ啼痕　半ば酒痕
夢醒春人情亦懶　　夢醒めて春人　情も亦た懶《ものう》し
落花時節又黄昏　　落花の時節　又た黄昏

と詠じられている。(18)

それに対して、逍遙の「竹枝に擬す」詩は多分に擬唐詩風の観念的習作的なものに過ぎず、巧緻繊細という点において遜色があることは否めない。ただし、実際の逍遙は紅燈の巷に遊んだことがあっても、それはたんなる遊興好色のためというより、「妓を聘さば須《すべか》らく俠流の人を邀《むか》ふべし」（正編、「偶成」五首其五）と念じ、小説に登場するような義の心に篤く共に語るに足るべき相手を求めてのことであったが、所詮は「香閨妓を呼ぶも俠流無し」（正編、「春秋夜感懐」四首其三）という現実に直面して失望落胆を味わっており、したがって自身の体験に裏打ちされて、こうした艶詩が作られたのではないことも、観念的なものになっている一因であろうか。(19)

五

これまで見たように、中野逍遙に艶体の作がないわけではないが、まだ漠然と美人を夢みている段階は別として、佐々木信綱の竹柏園で歌を学ぶ南条貞子を恋い慕うようになってからは、その一途な想いの迸りは、香奩体とか竹枝とかという従来の艶詩の枠では括ることができなくなる。というのも、己が恋慕の情をあからさまに訴え吐露することになるからである。

その際、逍遙の詩が「時に極端な和習の語を交えながら、唐詩をふまえた朗朗たる格調で、畳みかけるように激情を歌いあげ、そして、そのすぐれたものは、唐代の異端の詩人、李賀《りが》や李商隠を思わせるものがある」（入谷仙介『近代文学としての明治漢詩』）のは確かであるが、そればかりでなく漢代や魏晋の古詩をふまえた表現がなされることがあった。

例えば、「我が思ふ所は上毛の人」で始まる「我所思行」四首（外篇）の場合は、明らかに後漢の張衡「四愁詩」（『文選』巻二十九）をふまえており、そのことはすでに笹淵友一氏はじめ諸家によって指摘されている。[20]

また、逍遙の代表作とされる五絶「君を思ふ十首」（外編）其七に「君を訪うて台下を過ぐ、清宵琴響揺らぐ。門に佇みて敢へて入らず、月前の調を乱さんことを恐る」とあり、そこには彼の行動がありのままに詠み込まれていると思われるにせよ、詩的表現として形象化する上で、西晋の陸機「擬古詩」十二首其十「〈西北に高楼有り〉に擬す」詩（『文選』巻三十、『玉台新詠集』巻三）の、

高樓一何峻　　高楼一《いっ》に何ぞ峻なる
迢迢峻而安　　迢迢として峻にして安し
綺窻出塵冥　　綺窓塵冥より出で
飛陛躡雲端　　飛陛雲端を躡《ふ》む
佳人撫琴瑟　　佳人琴瑟を撫づ
纖手清且閑　　繊手清くして且つ閑《みやびやか》なり
芳氣隨風結　　芳気風に随って結ぶ
哀響馥若蘭　　哀響馥《かんば》しきこと蘭の若《ごと》し

玉容誰得顧　　玉容誰か顧みるを得ん
傾城在一彈　　城を傾くるは一弾に在り
佇立望日昃　　佇立して日の昃《かたむ》くを望む
躑躅再三歎　　躑躅して再三歎ず
不怨佇立久　　佇立して久しきことを怨まず
但願歌者歡　　但だ歌者の歓びを願ふ
思駕歸鴻羽　　帰鴻の羽に駕して
比翼雙飛翰　　翼を比《なら》べ双飛して翰《はね》うたんことを思ふ

という発想なり表現がその背後にそれとなく影を落としているように感じられる。

さらに、「帯囲寛《ゆる》むこと幾尺ぞ、君を思うて痩すること此の如し」と歌い起こし、「彼の可憐妹を思ふ、彼の可憐子を思ふ」と結ばれる「長想痩」（外篇）のなかに、

願托秋天月　　願はくは秋天の月に托し
片々訴幽思　　片々幽思を訴へん
願借曉空鴈　　願はくは暁空の鴈を借り
行々寄錦字　　行々錦字を寄せん
願爲黄金環　　願はくは黄金の環と為って
一生付玉指　　一生玉指に付さん
願爲綺羅衣　　願はくは綺羅の衣と為って

百年纏紅臂　　百年紅臂に纏はん
願爲巻髪梳　　願はくは髪を巻く梳《くし》と為らん
願爲洗膚水　　願はくは膚を洗ふ水と為らん
願爲照影鏡　　願はくは影を照らす鏡と為らん
願爲分温被　　願はくは温を分かつ被と為らん

と恋い焦がれる女性への想いを切迫した調子で訴える箇所がある。いったい、香奩体にかぎらず、それ以前の六朝の宮体詩にしろ、一般に情詩とか艶詩とか呼ばれるものは、おおむね男の作者が女性の姿態を詠じたり、女の恋心を歌うものであっても、直接自身の恋情をあらわに詠ずるものはほとんどないのだが、唯一その例外とも言うべき作品に晋末宋初の陶淵明「閑情の賦」があって、本来は「情欲を静める」意図で作られているというものの、実際はうるわしき女性への熱烈な思慕の情を歌い上げており、ためにその人品や文学を高く評価したはずの六朝梁の昭明太子（蕭統）も「白璧の微瑕」としてこれを難じたほどである。逍遙の「長想痩」の一節は、その「閑情の賦」を想起させよう。あるいは『唐詩選』（巻二）に収める初唐の劉廷芝の「公子行」に「願はくは軽羅と作《な》って細腰に著《つ》かん、願はくは明鏡と為って嬌面を分たん」というのからひとまず学んだとみられなくもないが、その場合にしても、やはり「閑情の賦」の「願はくは衣に在りては領《えり》と為り、華首の餘芳を承けん」「願はくは裳に在りては帯と為り、窈窕の織身を束ねん」「願はくは髪に在りては沢と為り、玄鬢を頽肩に刷《は》かん」「願はくは眉に在りては黛と為り、瞻視に随いて以て閑揚せん」「願はくは糸に在りては履《くつ》と為り、素足に附して以て周旋せん」云々と畳みかける表現なしには成り立たなかったに違いない。

もっとも、誤解のないように言うと、ここに示した諸例は、逍遙が意識的にこうした古典の詩賦を獺祭して表現を彫琢し練りあげたものではなく、むしろ激情の迸りとして咄嗟に口を衝いて出た詞が結果としてそれらをふまえた形になっていると見るべきであろう。

ところで、学友宮本正貫が[21]「亡友中野君の遺稿の後に書す」（外編雑録）において「他日、余も亦た君を訪ぬ。君示すに秘蔵を以てす。受けて之を閲すれば、則ち皆古文辞なり。君且つ曰く、韓柳李杜、其の学本源有り。吾れ之を溯らんことを願ふ、と。蓋し君の志す所、文は則ち秦漢を降らず、詩も亦た漢魏を下らず」と証しているように、そもそも逍遙があるべき詩文の姿としてめざしたのは、文章家の最高峰たる中唐の韓愈・柳宗元、詩人の双璧たる盛唐の李白・杜甫から、さらに遡ってその淵源となった秦漢以前の文、漢魏までの詩であった。そのことも大きく与っていたのであろう、漢魏以上の詩と評され詩壇の外に屹立していた副島蒼海の詩を高く評価していた。[22]けだし、逍遙は雄勁な詠懐述志の文学をよしとしていたのである。

しかしながら、かかる文学観を有していたからといって、逍遙が実際に漢魏や盛唐の詩以外のものを排斥しておらぬのは勿論、一方で才子佳人の綺談情話に心を寄せ、『情史』や『燕山外史』を愛読して、そのなかの登場人物を詩中に詠み込んでいるし、[23]さらに当時流行していた清の張船山を読み、[24]また陳碧城についても「千年の哀句白居易、百代の痛詞陳碧城」[25]（外編「明治廿七年一月、熱海の客舎にて痾を養ふ。傷春十律」其三）と詠じている。ただあくまで逍遙の場合は、才子佳人の故事を借りるにしろ、それは恋慕の情をひたすら真率に吐露するためであって、詩賦を詠ずるのは要するに胸臆に滾る思い、すなわち彼の好んだ詞で言えば〈紅心〉を吐き出すことにほかならなかった。現実の厚い壁を前にしてその熱情が悲憤慷慨となって奔出し、「花を見て泣き、鳥を聞きて泣き、佳人に對して泣き、國家に對して亦泣く」という悲鳴絶叫としてあらわれたのである。そして「明治の漢詩壇」に松本奎堂や山田蠖堂の名が挙げられていたのは、その詩に慷慨と艶情という相反する両面が見えるからであったが、逍遙の場合には、前田愛氏のいう〈琴〉の主題すなわち恋慕の情と〈剣〉の主題すなわち国士的な慷慨とが密切不可分のものとして詠じられているのである。(26)中野逍遙がそれまでの漢詩人と異なるのは、伝統的な束縛を破って、述志という行為において己が恋情を訴えることを排除しなかったばかりか、それを憚ることなく大胆に表現したからなのだ。(27)さればこそ大町桂月や田岡嶺雲ら同世代の青年の熱い共感や支持を得たのであろう。

以上、中野逍遙と香奩体との関係について見てきたが、最後に改めて私見を述べれば、晩唐・韓偓の『香奩集』そのものからというよりも、当時流行していた香奩体などの艶詩の影響が初期の作に見られることは否定できないものの、さりとてそれを逍遙詩の本色とみなすことはできず、笹淵友一氏が「比較的初期の彼には香奩体の詩の感化も全くないとはいへない(28)」とされているのが妥当な見方であろうと思われる。

（1）明治二十九年六月刊の「青年文」第三巻第五号「時文」欄「今日の漢詩人」（西田勝編『田岡嶺雲全集』第二巻所収。法政大学出版局、一九八七年）。ところで、前年十二月刊の同誌第二巻第五号「時文」欄には、中野逍遙を悼んだ「惜しき青年詩人」と題する記事が見える。無署名ながら、これも嶺雲の筆になるものであろう。但し、『田岡嶺雲全集』には未収録。「青年文」には、不二出版の復刻版（二〇〇三年）がある。次に参考までに挙げておく。

秋葉搖落、滿地の霜銀の如く、片月低く懸りて孤雁一聲耳に痛きの時、情あり涙ある者誰か悽愴の感なからむや。況んや此時一穗寒燈影青きの下、世を厭うて憂心惸々、俗に背きて怏々樂まず、天稟の大才を抱て空く夭折せし中野逍遙が遺稿を讀む、泣かざらむと欲するも涙の潸々として下るを拒む能はざるなり。中野逍遙小字は重太郎、伊豫の人なり。去年七月螢雪の業成りて文學士となり、將に文壇に出で、牛耳を執らんとするに際し、不幸病に罹り、其年十一月十六日、慘ましい哉、桂蘭空しく秋風に折かれぬ。其友等これを哀み、遺稿を蒐めて梓に上せ、これを同人に頒てり。今吾人が繙きて泣き、泣きて讀者に紹介し、讀者とともに其一週年の今日、其在天の靈を吊はんと欲するもの、即ち此『逍遙遺稿』二巻なり。逍遙は多情多恨の人なりき、天地覆載の間、物として彼が情を惹き恨を催さしむるの媒とならざるはなかりき。彼は稜々たる氣骨を有し、燃ゆるが如き眞摯の血と、沸くが如き狂熱の涙とを具ふ。彼が胸には鬱勃不平の蟠るあり、彼が心には懊惱怨恨の皷つあり。花鳥風月既に彼には涙の種たり、况んや人事の蹉跎戀愛の失望に於てをや。彼が詩文は皆肺肝より出づるもの、こゝに於てか字々皆涙、句々皆血、耳を劈くの聲あり、心を裂くの力あり。而して其詞藻は豊富にして、典麗を極め、朗々玉の如く、誦すべく吟ずべし。加之ならず、其結構或は雄大、或は精細、或は天地を包み、或は毫毛を貫くの概あり。且つ彼は早くより西學を學びて、泰西名家の遺響を味ひ、最もシルレルに私淑せり。こゝに於てか彼は漢學の素養より得たる簡勁の妙に、泰西文學の醇爛を加味せり。彼が詩文の卓然として凡俗に超越し、陳腐單調の弊なきは全くこれに歸すべし。試に會心の作四五篇を抜き來りて、彼が才情の一斑を示し、以て讀者とともに此絶世の厭世詩人の早世を惜まむ。

と述べた後、「過近江見琵琶湖」「四季」「斬魔詩」「思君」（十首の其七）「道情」（七首の其五）「傷春」（十律の其四）「哭花」（十律の其二）「幽憤賦」を挙げるが、これは省略する。※「四季」は、逍遙の高等中学在学中の詩稿『芸窓餘感』に「四秀」と作っており、『逍遙遺稿』はこれを誤写したもの。このこと、川崎宏『中野逍遙の詩とその生涯—夭折の浪漫詩人』（愛媛県文化振興財団、一九九六年）参照。

なお、逍遙の槐南・寧斎に対する批判については、第Ⅶ章「高橋白山・月山父子のこと」において言及した。

（2）当初の編輯委員は、塩井正男（雨江）・狩野直喜（君山）・高山林次郎（樗牛）・島文次郎（華水）・岡田正美・内海弘蔵（月杖）・上田敏（柳村）であったが、第四号の役員変更の記事によれば、大町芳衛（桂月）・武島又次郎（羽衣）・佐々政一（醒雪）・畔柳都太郎（芥舟）・岡田正美・上田敏・藤岡勝二に替わっている。

ちなみに、三浦叶『明治漢文學史』（汲古書院、一九九八年）下篇第六章第一節「『帝國文學』と漢文學」には「桂月・天随あたりの筆であろうか」としているが、筑摩『明治文學全集41』掲載の年譜に拠れば、天随久保得二は明治八年生まれで、帝国大学に入学したのが明治二十九年七月であるから、時期的に合わない。

なお、桂月は明治三十年一月の「帝國文學」第三巻第一号に載せた「晴瀾焚詩を讀む」のなかでも「支那の詩人は、山川花月を吟ずるに切にして、粉黛娥眉を詠ずるを憚る。短刀直入的に之を言へば、即ち戀愛の詩を賦せざる也。嗚呼これ豈に詩人の情ならんや」と前置きした上で、「中野逍遥は、天眞爛漫たる詩人なりき。彼は戀愛を賦するを憚らざりき。われは《ママ》。頗る漢詩人として之を多とす」（圏批点は省略）として逍遥に言及している。

（3）丹羽花南については、斎田作楽編著『花南丹羽賢付花南小稿』（太平書屋、一九九一年）参照。

（4）『奎堂遺稿』では巻下己未の什に載せ、安政六年の作とするが、森銑三『松本奎堂』（『森銑三著作集』第六巻、中央公論社、一九七一年）に従う。

（5）なお餘談ながら、明治二十七年刊の石川鴻斎『夜窓鬼談』下巻に「比翼塚」の条があり、明治十一年に初代駐日公使の何如璋ならびに副使の張斯桂らと目黒に観菊の会を催したおり、比翼塚を展じ、三人がそれぞれ五絶を賦した話を載せる。小倉斉・高柴慎治訳注『夜窓鬼談』（春風社、二〇〇三年）参照。

（6）簡野道明『漢漢名詩類選評釋』（明治書院、初版は大正三年）および猪口篤志『日本漢詩上』（明治書院、新釈漢文大系、一九七二年）にこの詩を載せるのを参照。後者には蠖堂の小伝が附されている。

（7）安藤英男『新稿雲井龍雄全傳上巻本篇』（光風社出版、一九八一年）参照。また宮島誠一郎については、由井正臣編『幕末維新期の情報活動と政治構想―宮島誠一郎研究』（梓出版社、二〇〇四年）があり、金子宏二編「宮島誠一郎年譜」が附載されている。なお餘談ながら、雲井龍雄の墓碑は明治十六年七月に谷中の天王寺に建立されたが、二年前の十四年五月に撰せられたその碑文は、旧幕臣で、戊辰の際に遊撃隊を率いた人見寧（勝太郎。天保十四年［一八四三］～大正十一年［一九二二］）の作になり、それを浄書したのが張滋昉であった。ここで張滋昉が一役買っているのは、米沢出身で雲井龍雄に兄事したことのある曽根俊虎との関係によるものであろうか。

（8）和刻本に舘機（柳湾）・巻大任（菱湖）校の文化七年（一八一〇）跋『韓内翰香奩集』三巻があり、汲古書院刊『和刻本漢詩集成唐詩10』に影印を収める。

（9）これらの見方は、あるいは日夏耿之介が『明治大正詩史巻上』（新潮社、昭和四年）第一編第三章第五節「古詩型の新詩才」において、逍遙の「思君十首」を挙げて、「ひととき漢詩壇に時花《はや》つた韓偓が香奩体の艶體、鄭谷の柔媚、飛卿が穠麗等の感化もあつたらうが、また、尙傳統の臭味を脱離し切らずに終つたけれど、この小篇のみを看ても、彼の詩情の卓越は、爭はれない」と評しているのに拠っているのかも知れない。

(10) 杉下元明校注『逍遙遺稿』(抄)(『新日本古典文学大系明治編2漢詩文』岩波書店、二〇〇四年)には、「君を思ふ十首」其八の「忽ち発《ひら》く屋頭の桃、君に似たり三両朶」が、韓偓「中春憶ひて贈る」詩(『韓内翰香奩集』巻三)の「君に似たる花は発く両三枝」に基づくことを指摘している。

(11) 明治十年一月、朝野新聞社主の成島柳北によって創刊され、十七年十月、柳北の死とともに第百五十五号をもって廃刊された。昭和五十九年に、ゆまに書房から総目録を附した復刻版が刊行されている。

(12) 芥川の云う「手を詠ず」と題する作(『韓内翰香奩集』巻一)は、次のごとくである。

腕白膚紅玉筍芽　　腕白く膚紅なり玉筍の芽
調琴抽線露尖斜　　琴を調へ線を抽《ひ》きて尖斜を露はす
背人細撚垂臙鬢　　人に背きて細く撚《ひね》る臙に垂るる鬢
向鏡輕勻襯臉霞　　鏡に向ひて軽く勻す臉に襯する霞
悵望昔逢褰繡幔　　悵望す昔繡幔を褰《かか》ぐるに逢ひ
依稀曾見托金車　　依稀たり曾て金車に托するを見る
後園笑向同行者　　後園笑って同行の者に向ひ
摘得蘼蕪又折花　　蘼蕪を摘み得て又た花を折る

〈玉筍芽〉〈尖斜〉は、女性の手指の形容。〈臙〉は、臙脂。〈勻〉は、手でととのえる。〈襯臉霞〉は、瞼に施した化粧。〈金車〉は、華美な車。〈蘼蕪〉は、せりに似た香草。

(13) 荷風は父、久一郎(禾原。嘉永五年[一八五二]~大正二年[一九一三])から漢詩の手ほどきを受け、明治二十七・八年頃、岩渓裳川(名は晋。安政二年[一八五五]~昭和十八年[一九四三])について本格的に漢詩の作法を学んだ。入谷仙介氏は、「のちに詩稿を破棄したので、今に残る作は少いが、本格的に力を入れれば、父をしのぐ漢詩人にあるいはなったかもしれない」（『近代文学としての明治漢詩』研文出版、一九八九年。新版二〇〇六年）と述べている。

なお餘談ながら、木山捷平に「春雨」（昭和十八年初稿。二十三年三月「早稲田文学」）と題する短篇があり、そのなかで、かつて我が子に文学への夢を断念させようとして勘当同然の扱いをした百姓暮しの父親が、実は明治三十二年頃、故郷を出奔し岩渓裳川の門を叩いたことのある漢詩の方の文学青年で、しかも荷風とは同甲であったことを、ほのぼのとしたユーモアとペーソスとを交えた筆致で描き出していることも附け加えておく。

(14)　福井智子「漢詩と新聞―『大阪朝日』と『大阪毎日』を中心に」（「和漢比較文学」第二十四号、平成十二年）に拠れば、漢詩欄は「大阪毎日」では大正七年二月に、「大阪朝日」も大正十四年に入って消滅したという。

(15)　揖斐高「明治漢詩の出発―森春濤試論」（「江戸文学」21、一九九九年）に拠れば、湖山の詩は「春濤のこの種の艶体詩を一見推称しているようであるが」、その実「髯を蓄えた偉丈夫の容貌にも似ず、いつまでも艶冶佳麗な竹枝詞や香奩体の詩に手を染めていることを揶揄した」ものという。入谷仙介「森春濤小論」（『新日本古典文学大系明治編2漢詩文』解説。岩波書店、二〇〇四年）も、その見解を踏襲する。

(16)　ちなみに、明治十八年（一八八五）十一月発行の「新新文詩」第六集に附載された「詩問」欄で「唐人無題ノ詩多ク閨闈婉孌ノ情ヲ述ブルニ似タリ是レ即チ所謂香奩體カ」という質問に答えて、槐南は「然ラズ無題ノ作ハ李義山ニ創マリ香奩ノ什ハ韓致光ニ起ル此兩體自カラ判セリ混ジテ一トス可カラズ今人少コシク語ノ綺艶ニ渉ルヲ見レバ則チ目スルニ香奩體ヲ以テス是レ大ニ誤レリ義山言ハズヤ楚雨含情倶有託ト是レ即チ其無題ノ什ノ大宗旨ニシテ其言必ズシモ盡ク情懐ヲ寫サズ譬ヘバ離騷ノ芳草ニ託シテ以テ王孫ヲ怨ミ美人ヲ借テ以テ君子ニ喩フルガ如ク其文ハ則チ纏綿凄楚ト雖其意ハ實ニ忠臣孝子ノ肺肝ニ出ヅ無題ノ深婉味フ可キ此ニアリ香奩ニ至テハ則チ專ラ柔膩ヲ主トシ間情風懐亦皆ナ浪子蕩婦尤雲殢雨ノ實事ニアラザルハ無シ其鄙褻卑ム可キ此ノ如シ其趣旨ノ界スル鴻溝ノ如キコト即テ見ル可キナリ」と述べ、寄託するところのある無題詩と専ら柔膩を主とする香奩体とは別物だとしている。

(17)　揖斐高「竹枝の時代―江戸後期の風俗詩」（「季刊日本思想史」第二十一号、一九八三年。後に汲古書院刊『江戸詩歌論』

収録、一九九八年）参照。

ちなみに、わが国における竹枝詞の代表作を集めたものに昭和十四年刊の伊藤信編『日本竹枝詞集』三巻（岐阜華陽堂）があり、斎田作楽氏によって『竹枝詞集成第一巻』（太平書屋、平成十二年）も編まれている。中国では近年、雷夢水・潘超・孫忠銓・鍾山編『中華竹枝詞』全六冊（北京古籍出版社、一九九七年）、王利器・王慎之・王子今輯『歴代竹枝詞』全五冊（陝西人民出版社、二〇〇三年）が刊行された。前者は地域別（省別）に唐代から民国初までの二万一千六百餘首を配列し、後者は時代順に清末までの二万五千餘首を収録したもの。さらにその後、丘良任・潘超・孫忠銓・丘進編『中華竹枝詞全編』全七冊（北京出版社出版集団、二〇〇七年）が出、これには地域別に民国までの六万九千五百餘首が採録されている。

(18)　この詩は、槐南が歿した翌年の明治四十五年に刊行された『槐南集』二十八巻八冊には収められていない。なお、槐南の艶詩に関しては、福井辰彦「森槐南と陳碧城—槐南青少年期の清詩受容について」（『国語国文』第七十二巻第八号、二〇〇三年）参照。

(19)　原田憲雄氏によって「方向」第一二六号（一九九一年三月）から第一三一号（一九九一年六月）にかけて、逍遙が春夢女史と称した坪井すむの手になる小説「誰が罪」全十回が翻刻掲載されており（原田氏によれば、逍遙歿後数年のうちに書かれたものらしい）、そこには自身は藤井倭文子、逍遙は岡野一郎という名で登場しているが、その第六回（「方向」第一二九号）に「倭文子は初の程こそ岡野を嫌ふとには有らねど逢ふを厭ひもしつれ終には肉親の者も及ばぬ彼が親切に感じ真の兄とも頼もしき友とも思ひて彼をいつしか慕ふ様になりけり此《こ》は最初の倭文子に比ぶれば聊か岡野が心を慰めしも充分満足を与ふる事能はざりきされどその中には自然と心解け我が望むか如くならんと彼は親が子の成人を楽むが如くに楽めり。此の楽み有る為この意中の佳人有る為友人に誘はれ交際上花柳の巷を踏む事あるも決して汚れたる花を手折らんとは思はず」という一節がある。どこまで事実をふまえているか、よくわからない点もあるが、逍遙が純粋でストイックな心情の持ち主であったことは確かなようである。

なお、『逍遙遺稿』には収められていないが、前掲、川崎宏『中野逍遙の詩とその生涯—夭折の浪漫詩人』によれば、明治二十二年六月頃の作に「冶春詞」題する七律四首があり、それには「花柳之地、余未嘗親踏之、只以想像寫之者耳。読者勿訝也」（花柳の地、余未だ嘗て親しく之を踏まず、只だ想像を以て之を写す者たる耳《のみ》。読む者訝ること勿《なか》れ）という注記を附されているという。この注記をみると、坪井すむが記している「決して汚れたる花を手折らんとは思はず」という言葉は、そのまま中野逍遙の本心を表しているとみてよいかと思われる。

参考までに、川崎氏が節録されている「冶春詞」の二首を読み下し、簡単な語釈を附して次に挙げておく。

偸見少年客是誰　　偸見す少年　客は是れ誰ぞ
相携笑入小迷洞　　相携へて笑って入る小迷洞
青山無意引雲過　　青山意無く雲を引いて過ぎ
緑水有心托波送　　緑水心有り波に托して送る
吹面不寒楊柳風　　面を吹いて寒からず楊柳の風
蕩人難醒楼臺夢　　蕩人醒め難し楼台の夢
劉郎艶福孰辺多　　劉郎の艶福　孰《いづ》れの辺にか多き
六曲香屏鎖双鳳　　六曲の香屏　双鳳を鎖《とざ》す

〈小迷洞〉は、遊里をいう。小迷楼も同じ。例えば、柏木如亭「吉原詞」二十三首其二に「郎を迎へて笑って入る小迷楼」と。〈蕩人〉は、遊冶郎。〈楼台〉ここでは、妓楼。〈劉郎〉は、後漢の劉晨が阮肇と楮の皮（一説に薬草）を採りに天台山に入って二人の仙女に出会い、半年逗留した故事（六朝宋の劉義慶『幽明録』、『蒙求』巻中「劉阮天台」）から、色男をいう。〈六曲香屏〉は、妓女の部屋にある六双の屏風。六曲屏風の語、例えば、晩唐の李商隠「行きて金牛駅に至り、興元の渤海尚書に寄す」詩に「六曲の屏風江風急に、九枝の燈檠夜珠円《まろ》やかなり」と。〈双鳳〉は、つがいのおおとり。娼妓と客とを擬える。

長安四月麗光新　　長安四月　麗光新たなり
白馬鞭風蹴玉塵　　白馬風に鞭ち玉塵を蹴る
百夕春唯今夕好　　百夕の春　唯だ今夕好し

曰帰客是不帰人　　帰客と曰ふも是れ帰らざる人
揚州遊在鶴辺梦　　揚州　遊は在り鶴辺の夢
桃峡舟迷花外津　　桃峡　舟は迷ふ花外の津
軟語銷魂別有在　　軟語銷魂　別に在る有り
湘簾夜雨幾眉顰　　湘簾夜雨　幾たびか眉顰《ひそ》む

〈白馬〉これにまたがるのは颯爽とした貴公子。〈玉塵〉は、砂塵を美しく形容していう。〈帰客〉は、本来、故郷に帰る人をいうが、妓楼に上がる客をかく称する。〈揚州〉は、繁華の地をいう。六朝梁の殷芸『小説』に、「腰に十万貫を纏ひ、鶴に騎って揚州に上る」ことが我が意を得た人生最大の楽事であると説く話が見える。また晩唐の杜牧「懐を遣る」詩に「十年一たび覚む揚州の夢」と。〈桃峡〉は、桃源と同じ。平仄の関係で仄字の峡を用いる。〈軟語〉は、甘いささやき。〈銷魂〉は、六朝梁の江淹「別れの賦」に「黯然として銷魂する者は、唯だ別れのみ」と見えるが、ここでは、ぼうっとして夢うつつになること。〈別有在〉は、眼前の客とは別に想う人がいる、という意。〈湘簾〉は、湘竹で作ったすだれ。

(20)　笹淵友一『「文學界」とその時代　下』（明治書院、一九六〇年）。その後、前田愛「中野逍遙」（『近代日本の文学空間』新曜社、一九八三年および『前田愛著作集』第四巻、筑摩書房、一九八八年に収録。原題は「明治の漢詩」『講座日本現代詩史―明治期』右文書院、一九七三年）において、東海散士『佳人之奇遇』（巻四）の「我所思行」を下敷きにしていることを明らかにされた。なお、この詩は前掲、杉下元明校注『逍遙遺稿』（抄）にも収録されている。

(21)　宮本正貫は明治二十八年九月に冨山房から『東洋歴史』上下二巻を刊行しており、その「東洋歴史叙」に漢学科同期で正科の逍遙や西谷虎二、選科の小柳司気太・田岡嶺雲の名が見えるので、ついでにその一節を示しておく。坪井博士は、坪井九馬三のこと。

而シテ余ハ西谷虎二、中埜重太郎兩君ト共ニ我カ大學興テヨリ始メテ漢學科ノ業ヲ卒ヘタリ實ニ明治廿七年ノ夏ナリ偶々日韓清事アリ是ニ於テカ相約スルニ東洋史ノ著ヲ以テス而シテ悲イカナ中埜君ハ逝キ西谷君ハ去レリ余モ亦病アリ

乃チ更ニ學友小柳司氣太、田岡佐代治兩君ニ托シ更ニ坪井博士ノ校閲ヲ受ケテ此書ヲ成ス是レ茲ニ特書シテ謝スル所以ナリ

(22)「豆州漫筆」（正篇）及び「新春書感、信州高橋月山子に寄す、長篇一首」（外篇）。

(23) 第Ⅰ章「才子佳人小説との関わりをめぐって」参照。前掲、杉下元明校注『逍遙遺稿』（抄）には『燕山外史』をふまえた表現について丹念に指摘されている。

(24) 第Ⅵ章「張船山のこと」参照。なお、明治期における張船山詩の流行や受容ぶりを具体的に論じたものとして、福井辰彦「宮崎晴瀾と張船山―明治漢詩における清詩受容の一斑」（『国語国文』第七一巻第四号、二〇〇二年）があり、杉下元明校注『逍遙遺稿』（抄）には張船山詩に基づいた表現についても注記がなされている。

(25) わが国では、文久元年（一八六一）刊の桜井監編『陳碧城絶句』二巻を始めとして、明治十一年刊（一八七八）の森春濤編『清三家絶句』三巻（巌谷一六、小野湖山序）、および明治十二年刊の市村水香編『頤道堂詩鈔』四巻がある。これらは、いずれも七言絶句を集めたものである。また明治十一年刊の冬野中島一男編集『清廿四家詩』（川田甕江序、依田学海跋）には、永坂石埭の選による陳碧城詩十九首を収める。なお、『清三家絶句』の第三冊、郭頻伽の巻末に附された「茉莉巷売詩店発行書目」に近刊として挙げられているなかに森春濤鈔本『陳碧城香奩詩』三冊と同上『碧城仙館女弟子詩選』三冊とがあるが、実際に刊行されたか、未確認。前者は『頤道堂外集』十三巻のうち巻六～巻九が香奩の部となっているのから選んだものであろうか。また後者に関して、明治十一年三月刊の「新文詩」第三十三集に小野湖山の「碧城仙館女弟子詩選序」を載せる。ちなみに陳碧城の事跡については、合山究「陳文述の文学と逸事と女弟子」（九州大学「文学論輯」第三十三号、一九八七年。後に『明清時代の女性と文学』第五篇第三章として収載。汲古書院、二〇〇六年）がある。

ところで、白居易の「千年の哀句」が「長恨歌」を指しているのは間違いないが、陳碧城の「百代の痛詞」が具体的にどういう詩を言うのかは、これだけでははっきりしない。ただ、森槐南が明治十七年作の「陳雲伯が頤道堂集を読む」詩（『槐南集』巻三）の評において、「七古長篇、一に貞烈を表章し忠孝を激揚するを以て主と為す。明末の諸忠尤《もっと》も詳し。盧忠烈の墓の如きは、沈鬱悲愴、字字淋漓、自ら謂ひて集中の第一と為す。真に愧ぢず矣。餘《ほか》に沈雲英の墓、秦良玉が屯兵の処等、皆明

季の奇女子を詠ずる者、詞意哀婉、音旨蒼涼、純乎として梅村の蹊径なり」と述べていることは興味深く、逍遙の場合も槐南が挙げているような「明季の奇女子」を詠じた七言古詩が念頭にあったのかも知れない。ちなみに、梅村は明末清初の呉偉業（号は梅村）のこと。さらに馮小青を始めとする三女士の墓を修したことを詠ずる「西湖三女士墓詩」（『頤道堂集詩選』巻二十二）なども意識にあったか。森槐南における陳碧城詩の受容については、前掲、福井論文に精細に論じられている。

なお、合山林太郎「幕末明治期の艶体漢詩―森春濤・槐南一派の詩風をめぐって」（『和漢比較文学』第三十七号、二〇〇六年）には、逍遙の「哭花十律」其三（外編）に「一現せる曇華輙《すなは》ち凋歇す、驚くに堪へたり風信の太《はなは》だ飄忽なるを」とある〈一現せる曇華〉という表現が、薄命の佳人を表す比喩として森春濤一派の艶詩によく用いられることを指摘した上で、その先例として陳碧城の「又た憶芝図に題す。図は兪鮑両女士の小影を写す」詩（『清三家絶句』）に「同《とも》に作《な》す優曇の花の一現するを、前世は原《も》と是れ采芝の人」とあることを明らかにされている。さらに合山氏は、逍遙が恋の破局を愛する女性の死という形で表現すること自体、そこに春濤・槐南らの詩から示唆を受けた可能性があると見ておられる。

もっとも、〈一現せる曇華〉という表現については、陳碧城のそれにやや先行する用例として、張船山に「外姑杜恭人将《まさ》に広州に赴かんとす。亡婦周孺人の脂箱・粉奩及び殤女阿梅の衣衫・弄物を以て余に貽《おく》る。燈下寐《い》ねられず、凄然として作有り」と題する七絶五首其一（『船山詩草』巻三、出山小草）に「曇華一現可憐紅、銷向愁中復病中。二十四年如短夢、人間風信太匆匆」（曇華一現す可憐の紅、愁中に銷して復た病中。二十四年短夢の如し、人間風信太だ匆匆）というのが見える。ちなみにこれは、最初の妻たる周氏とその間に出来た女児阿梅とを悼んだ詩である。向は於の口語的表現。あるいは、これも逍遙の意識にあったか。

（26）前掲、前田愛「中野逍遙」。

（27）但し、恋情を詠じた詩を知友に示しはしても、逍遙がそれを世に出す意思があったかどうかは、また別の問題である。杉下元明氏は前掲書の解説において、かりに逍遙が長寿をたもった場合、漢学者として名を成したであろうから、「信綱が安房の少女について多くをかたらなかったように、逍遙もまた若い日の恋愛については沈黙をまもった可能性が高い」という。

（28）前掲、笹淵友一『「文學界」とその時代　下』。

後　記

中野逍遙の名を私が知ったのは、南伊予の山峡《やまかい》にある小さな町から汽車で宇和島南高に通学していた頃、家にあった新愛媛刊の『南予の群像』を読んだのが、そのきっかけである。三年の時に古文や漢文をずいぶんと鍛えられた谷岡武城先生からも、名前を聞いたことがあったような気がする。もっとも当時は、島崎藤村が「哀歌」を捧げた宇和島出身の明治の漢詩人だというぐらいの知識しか持たなかったし、学校帰りにわざわざ寄り道をして神田川《じんでんがわ》沿いの光国寺に逍遙の墓を訪うというような殊勝なこともした覚えがない。それでも大阪市立大学文学部に入って三年めの夏の宵、その日のアルバイト代をポケットにつっこんで立ち寄った南田辺のとある古本屋の片隅で、昭和四年刊の岩波文庫本『訳文逍遙遺稿』を見つけた時は、懐かしい人に出逢ったかのように思わず胸が躍った。それでいて、たった百円の値段しかついていなかったのには、なんだか妙に寂しい気がしたものである。それ以来、読むともなしに頁を繰るようになった。実のところ当時は原文はおろか訓読文すら碌に読めはしなかったし、詩の典故などほとんどわからなかったのだが、熱に浮かされたような思いや恋情の激しさ切なさだけは充分に伝わってきた。ぼろぼろになって今も手元に残るその本には、S49・8・8と書き込んである。

不勉強で卒論が書けず将来の進路についても思い悩んだ末、悔いの残らぬように二三年だけとにかく勉強を続けるつもりで大学院に進むことを考え、両親に無理を言って市大中文を一年餘分にかかって卒業した後、九州大学の大学院に入った。初めて逍遙子の墓を展じたのは、その時分であったろうか。博士課程に進んでまもなく、出来がよくないにもかかわらず、指導教授の岡村繁先生から故久徳高文先生に引き合わせて下さり過分な推薦状を書いていただいたおかげで、思いがけなくも名古屋の椙山女学園大学短期大学部（現在は文化情報学部）に就職できた。それから五六年、それまで中晩唐の詩人に興味関心を抱いていたものの、なかなか論文として結実させることができず、あれこれ迷いを重ねるなかで、どうせ物にならぬなら、『逍遙遺稿』についてこれを改めて読み直してみようと思い立ち、そこで自分なりに調べたり気のついたことを覚え書きとしてぼつぼつと紀要に載せはじめた。

かくしてこれまでに発表した拙稿は、次のとおりである。

「『逍遙遺稿』札記——才子佳人小説との関わりをめぐって」（「椙山女学園大学研究論集」第十八号第二部、昭和六十二年二月）
「『逍遙遺稿』札記——秋怨十絶其七について」（「椙山女学園大学研究論集」第十九号第二部、昭和六十三年二月）
「『逍遙遺稿』札記——故郷の恋人のこと他」（『椙山女学園大学短期大学部二十周年記念論集』、平成元年十二月）
「『逍遙遺稿』札記——狂残痴詩其六について」（「椙山女学園大学研究論集」第二十三号第二部、平成四年二月）
「『逍遙遺稿』札記——鶴鳴いて月の都を思ふかな　子規と逍遙」（「椙山女学園大学研究論集」第二十七号人文科学篇、平成八年三月）
「『逍遙遺稿』札記——張船山のこと他」（「椙山女学園大学研究論集」第二十九号人文科学篇、平成十年三月）

「『逍遙遺稿』札記――高橋白山・月山父子のこと他」（「椙山女学園大学研究論集」第三十号人文科学篇、平成十一年三月）
「『逍遙遺稿』札記――落合東郭のこと」（「椙山女学園大学研究論集」第三十一号人文科学篇、平成十二年三月）
「『逍遙遺稿』札記――シルレルとショウペンハウエルのこと及び張滋昉について」（「椙山女学園大学研究論集」第三十三号人文科学篇、平成十四年三月）
「『逍遙遺稿』札記――張滋昉補遺」（「椙山女学園大学研究論集」第三十五号人文科学篇、平成十六年三月）
「『逍遙遺稿』札記――香奩体の影響について」（「椙山女学園大学研究論集」第三十六号人文科学篇、平成十七年三月）

こうして列挙してみると、結局のところ、いたずらに年数ばかりを費やしたのみで歩みは遅々として進まず、いかほどのことを明らかにし得たか心もとないかぎりである。そもそも詩人とその作品とについて、緻密な分析や犀利な批評を行い、気のきいた論や目新しい説を立てるのはもとより柄ではないし、自ら望むべくもないのは承知の上ながら、肝腎の詩文の読みにしても資料調べにしても、それを踏まえた実証の面でも、いずれも至らぬ点が多く、まことに忸怩たる思いがする。

かかるしだいではあるが、それでも初出時に抽印本をお送りした方々、とりわけ原田憲雄・故入谷仙介・林田愼之助・合山究の諸先生からそれぞれ懇切な評言を寄せて下さったのは、たいへん有り難くまたことのほか励みにもなった。いつぞや、全く面識のない故日野龍夫氏が拙稿の存在を知っておられたと人づてに聞き、その目配りの広さに驚いたことがある。今と違って、以前はこの方面についての研究があまりなされておらず、そのため内容如何はともあれ、たんに珍しかったためであろう。第Ⅰ章については、院生時代に合山先生から謝希孟のことが『情史』に見えるとの御教示を得たのによるところが大きい。また原田先生には春夢女史こと坪井すむについての資料や論考を載せられた「方向」を毎号恵投していただいた上に、いつも丹念に拙稿の誤字を直して下さり、川崎宏先生からは「俊聡院葬礼略記」などをわざわざ複写していただいたばかりか、逍遙について初の専著となる『中野逍遙の詩と生涯―夭折の浪漫詩人』の恵贈に与った。

このほか、村山吉廣先生や竹村則行先生それに高橋良行・杉下元明の両氏から誤記誤植を指摘訂正していただいたのも、有り難いことであった。なかでも竹村先生には九州大学中国文学会編の『わかりやすくおもしろい中国文学講義』（中国書店、二〇〇四年）に中野逍遙について一文を草するよう勧めて下さった。該書の第二十三講「明治の漢詩人中野逍遙―その夢、その恋」というのがそれである。さらに高校時代の谷岡先生にはかつて「辞書めくる手の凍てつゝも夜白む」の句を寄せられ、惰弱の徒に発奮を促されるとともに、今に至るまで鈍学の歩みを暖かく見守って下さる。このようにお名前を挙げてゆくときりがないが、中国古典文学の手ほどきをしていただいた市大当時の本田濟・西野貞治両教授や非常勤で出講されていた今は亡き増田清秀・武部利男のお二方を含め、諸先生の御指導・御教示に対して深謝にたえない。ここに改めて厚く御礼申し上げるしだいである。

このたび一冊にまとめるにあたって、できるかぎり初出時の誤りを正し不備を補ったのは言うまでもないことながら、表題や内容の構成を一部改めたり、あるいは第Ⅵ章の補記二・三や第Ⅷ章の補記などのように新たに附け加えた箇所がある。それとともに杉下元明・福井辰彦・合山林太郎といった気鋭の諸氏による明治漢詩文研究の成果をなるべく吸収するよう努めた。とはいえ、元来が文章の拙い未熟な論考である上に、緒言にも述べたごとく各章間で論述部分や注に重複があるのは否めず、その疵はいまさら隠しようもないのだが、どうか寛恕願いたい。

なお、原稿の入力製版に際しては、宇和島で叔父の後を継ぎ印刷工房を営む従弟の二宮幸夫に多大の負担をかけた。出版先をどうするかで迷っていた時に、大学院同期の古川末喜氏からの助言を得、恩師の林田先生には知泉書館社長の小山光夫氏を紹介していただいた。何とか上梓できるめどがついたのは、小山氏のおかげである。逍遙ともゆかりの深い本郷の地から小著を刊行できるのは、殊に感慨深い。末筆ながら、記して衷心より謝意を表する。もし泉下の逍遙子に知ることあらば、はたして如何なる感想を抱くであろうか。

平成二十一年仲春

二　宮　俊　博

索　　引

緒言から第XII章までの本文ならびに注にみえる主な人名、書名・作品名・新聞雑誌名の索引である。但し、中野逍遙(重太郎)、逍遙遺稿については省略した。また引用した漢詩文中に出て来る人名や漢詩文の典拠として挙げた人名および書名・作品名は、おおむねこれを除いたが、本文や注の別の箇所にみえる場合には一部採録したものがある。なお、配列は五十音順を一応の基準としたものの、各行内の順序は必ずしも厳密ではない。この点、諒とせられたい。

人 名 索 引

ア　行

サ　行

タ　行

ナ　行

ハ　行

マ　行

ヤ　行

ラ　行

ワ　行

書名・作品名・新聞雑誌名索引

ア　行

カ　行

タ　行

ナ　行

ハ　行

マ　行

ヤ　行

ラ　行

ワ　行

二宮 俊博（にのみや・としひろ）

1953年、愛媛県北宇和郡広見町（現、鬼北町）生まれ。大阪市立大学文学部中文卒、九州大学大学院博士課程中退。椙山女学園大学短期大学部講師，同助教授を経て、現在、椙山女学園大学文化情報学部教授。
〔論文〕「白居易の恋愛体験とその文学」（岡村繁教授退官記念論集『中国詩人論』所収。汲古書院、1986年）「詩人の墓 ― 中晩唐期における前代の詩人評価に関して」（林田愼之助博士古稀記念論集編集委員会『中国読書人の政治と文学』所収。創文社、2002年）ほか。

〔明治の漢詩人中野逍遙とその周辺〕　ISBN978-4-86285-060-7

2009年5月25日　第1刷印刷
2009年5月30日　第1刷発行

著者　二宮俊博
発行者　小山光夫
製版　二宮印刷工房

発行所　〒113-0033 東京都文京区本郷1-13-2
電話03(3814)6161 振替00120-6-117170
http://www.chisen.co.jp
株式会社 知泉書館

Printed in Japan　印刷・製本／藤原印刷